娘が巣立つ朝

伊吹有喜
Ibuki Yuki

文藝春秋

目次

装画　合田里美
装丁　大久保明子

娘が巣立つ朝

第一章　一月

智子

　十一月の終わり、新宿で着付け教室の講師をした帰りに、高梨智子《たかなしともこ》は初台に住む娘のマンションをたずねた。

　娘の真奈《まな》は二十六歳。歯磨きなどのマウスケア用品や洗剤などを作っている会社の総務課にいる。就職とともに多摩市にある実家を出て、一人暮らしを始めて四年。

　同じ都内とはいえ、娘の住まいから実家までは電車と徒歩を合わせて五十二分。遠くはないが、それほど近くもない。そのせいか、めったに真奈は実家に帰ってこなかった。

　そんな娘が、週末に都心に出てくるなら一緒にお茶を飲まないかと誘ってきた。何かあったのかと心配して訪れると、大学時代の同級生の渡辺優吾《わたなべゆうご》という青年と、結婚を考えていると打ち明けた。年が明けたら実家に彼を連れていくので、お父さんにそれとなく伝えておいてほしいと言う。

　もちろんそうしておくけれど、大事なことだから、自分で伝えてみてはどうかと智子はすすめた。直接言うのが照れくさいのなら、メールでもＬＩＮＥでも、最近は伝える手段が豊富だ。

すると、まだきちんとプロポーズされたわけではないので、言いづらいと真奈は笑っていた。それから優吾は真奈の言う「きちんと」プロポーズをしたらしい。

年が明けた今日、二人がこの家に来る。

旧財閥系の工作機械関連の会社に勤めているという優吾は、名古屋支社で働いており、本当は日曜の朝にこの家に来る予定だった。しかし、仕事の都合で土曜の今日になり、しかも彼は名古屋で一仕事を終えてから車で上京するという。東京に着いたら、真奈の住まいに寄って彼女も乗せてくるそうだ。そこで多摩のこの家で夕食をともにすることにした。

二人が到着する一時間前。真奈が好きな料理をずらりと並べた写真を智子は撮る。「準備完了」という言葉を添えて、真奈のスマホに送り、充実した思いで部屋や玄関のしつらえを点検した。

これでもてなしの準備は整った。しかし、何かが足りない。

夫だ、と気付き、智子は二階にいる夫に声をかける。

「お父さーん、そろそろ真奈ちゃんたちが来るよ。準備して」

夫の返事がないので、智子は二階へ上がった。

二十三年前に購入した中古戸建てのこの家は、一階に風呂などの水回りと台所と居間と和室、二階には洋室が二つある。二階の八畳間は長年、真奈の部屋だったが、昨年、彼女の荷物を倉庫に収め、代わりに夫の書斎に模様替えをした。

「お父さーん、いるの？　返事してよ」

書斎をノックしたが、返事はない。何気なく廊下の窓から外を見ると、夫が門の近くにいるのが見えた。すぐに階段を降りて外へ出る。門の脇に植えたピンクの椿《つばき》の前に夫は立っていた。

「お父さん、どうかしたの？」

小さくため息をついてから、夫は答えた。

「別に何も」

「何もないなら、そろそろ支度してよ」

夫が再びため息をついた。今度は「わかってるよ」と言いたげな息づかいだ。

一歳年上の夫、健一《けんいち》は五十四歳。隣の市に本社がある自動車メーカーの関連企業に勤めている。昔は穏やかでユーモアがある人だったが、最近は常に不機嫌で、ため息をつくことが多い。何か怒っているのかと聞くと、違うと答えるが、その声がすでに怒気をはらんでいる。

夫が三度目のため息をついたとき、エプロンのポケットに入れたスマホが着信を告げた。真奈と優吾は合流したが、高速道路が混んでおり、予定より四十分ほど遅れるそうだ。

「あらら、お父さん、真奈ちゃんたち遅れるんだって」

そうか、とだけ答え、夫は庭のほうへ歩いていく。

夫のあとに続いてガレージの脇を通ると、智子は小さな庭に出た。

真奈がいた頃、庭仕事は夫の趣味だった。季節に合わせて、彼は熱心に植え替えをしたり、苗を育てたりしていたが、最近は熱意が失せてしまったようだ。黄色くなった芝生のあちこちに、枯れているのか落葉しているのかわからない庭木が並んでいる。

そのなかで智子の背丈ほどの椿の木だけがひときわ鮮やかに、つやつやとした葉とピンク色の花を付けていた。木の下にはまだ色褪《いろあ》せぬ花が落ちていて、地面を華やかに彩っている。

夫が椿の前に立ち、葉の様子を調べ始めた。

「ねえ、お父さん。遅れるって言っても、真奈ちゃんたち、すぐに来るよ。そろそろ準備してよ」

夫は量販店の紺色のダウンジャケットに、好きだったバンドのツアーグッズだったスウェットを穿いている。ダウンジャケットの縫い目はほころび、スウェットは毛玉だらけだ。

苛立ってきたが言葉は優しく、智子は夫の背に語りかける。

「ねえ、お父さん、そんな格好で娘の彼氏に会うつもり？」

「何を着ればいいんだ？　スーツ？　ジャケットを着たほうがいいのかな。真奈の彼氏は何を着てくるんだろう？」

「知らないけど……あまりかしこまった格好をしても、優吾くんが緊張しそう。セーターはどう？ほら、紺色のカシミヤがあるでしょ。アウトレットで買ったやつ。あれの下にシャツを着たら？」

夫がピンクの花に触れて、ため息をついた。

「店で食事をするなら、着るものに迷わないのに。家に来られては何を着たらいいのか悩むよ」

「きれいめな格好でいいと思うの。毛玉のないもの着れば。ね？」

智子の言葉に応えず、夫はポケットから花ばさみを出し、次々と枝を切った。小気味よいはさみの音がするたび、清々しい木の匂いが立ち上る。

乙女椿という名のこの木は、花びらが幾重《いくえ》にも広がる八重咲きで、バラの花のような豪華さがある。花の枝をまとめ、夫が差し出した。豪華な花束を贈られたようで、智子は微笑《ほほえ》む。

「えっ？　くれるの？　ありがとう」

「違う。部屋に飾ったらどうかと思って。この花は真奈も好きだよ」

「なんだ、真奈ちゃんのためか。ちょっとがっかり」

「誰が主役だと思ってるんだ」

自分が主役だとは思っていない。ただちょっと……昔みたいにふざけてみただけだ。

味気ない思いで、智子は花に顔をうずめる。足早に夫は玄関に戻っていった。

夫が摘んだ椿は居間の三カ所に飾った。どの席からも見えるように一輪は家具調こたつの上、あとは飾り棚とテレビの脇だ。

当初は居間でお茶を出し、まずはあらたまった話をするつもりだった。ところが道路の渋滞は一向に緩和せず、二人の到着予定はどんどん遅れていく。そこで、まずは食事をしたほうがいいと考え、智子は居間のこたつの上に次々と料理を運ぶ。

ほとんどの料理を運び終え、水炊きの鍋を卓上に置いたとき、真奈と優吾が到着した。娘の恋人、優吾は名前の通り、優しげな雰囲気の大柄な青年だった。濃いグレーのスーツを着て、上品な色合いのネクタイを締めている。

セーター姿の夫が、ちらちらとこちらを見る。こんな格好で俺はいいのか、という表情だ。大丈夫、という思いをこめ、智子は何度もうなずいてみせる。

気楽にしてほしいと伝え、智子は優吾のジャケットを預かる。上着を脱いでしまえば、夫のセーター姿も目立たない。必要になったら、彼に渡すついでに、夫にも軽めのジャケットを出してあげればいいのだ。

居間に入った真奈が、わあ、と歓声をあげた。

「おいしそう！　私の大好物ばっかり」

この一言が聞きたかったのだ。嬉しそうな真奈に、智子は鼻高々に答える。

「でしょう？　もう、お母さん、朝から張り切っちゃったんだから。優吾さんも座って。疲れたでしょう、足を崩して楽にしてね」

テレビを背にした席に、真奈と優吾が座った。その向かいに夫が座る。

帰りは真奈が車を運転すると聞いて、夫が優吾に酒を勧めている。

四人で乾杯をしたあと、夫が寿司の大皿を優吾に勧めた。

「優吾さん、遠慮せず、つまんでください。君がまず取ってくれないと、こちらも食べにくい」

あの、と優吾が申し訳なさそうに言った。

「すみません……僕……」

しまった、と智子は一瞬目を閉じる。

優吾が魚が苦手なことを、夫に伝え忘れていた。

「ごめんね、お父さん、言い忘れてた。優吾さんはお魚が苦手なんだって。だから、優吾さんの分はね、高梨家特製、炊き込みご飯を炊いてあるから」

「優君、お母さんの炊き込みご飯、すっごくおいしいよ」

真奈の言葉が嬉しく、炊き込みご飯をおむすびにしたものを智子はいそいそと運ぶ。時間があったので、ささげの缶詰を使った赤飯のおむすびも添えてある。これなら寿司の豪華さにもひけはとらないはずだ。

皿をこたつに置くと、「あっ」と真奈が声をあげ、優吾を見た。

本当にすみません、と優吾が頭を下げた。

えっ？　今度は何？　心のなかで智子はつぶやく。

「僕、おむすびが苦手で。寿司もそうなんですけど、素手で握られたものが昔から苦手で」

思わず、智子は自分の手を見る。

「きちんと手は洗って結んだけど……そうね、最近はラップを使うんだっけ」

「すみません……あの、大丈夫です」

優吾が炊き込みご飯のおむすびに手を伸ばし、勢いよく口にした。

「あっ、おいしい。うん、すごくおいしい」

「いいのよ、優吾さん。無理しないで」

「無理してません。おいしいです」

赤飯のおむすびを一口食べ、優吾が微笑む。必死の気遣いを感じさせる笑みだ。

「そう？　お口にあってよかったけど……ほんと、楽にしてね」

おむすびを手にした真奈が、木目調のこたつの天板を撫でている。

「ねえ、お母さん、このこたつの板、素敵だね。一枚板みたい」

唐突な言葉だが、真奈が沈んだ雰囲気を変えようとしている。智子は再び明るい声を出す。

「そうでしょ、ぱっと見るとテーブルっぽいというか。これなら夏も使えるってすぐれもの」

優吾がこたつ布団を少しだけめくって、なかを見た。

「僕、実はこたつ初体験かもしれない。こうして食事をするのは初めてです」

「そうなの？　暖かいところのご出身？　沖縄とか」

「いいえ、いちおう東京……親は山梨に住んでいますけど」

真奈が部屋の奥で稼働している石油ファンヒーターに目をやった。

「私も今の部屋にはこたつもファンヒーターもない。エアコンと加湿器だけだな」

黙っていた夫がぽつりと言った。

「エアコンだけだと、うちは寒いんだよ。隙間風も入るし、古いから」

我が家はあばら家だと言わんばかりの陰気な口調に、場の空気が再び沈んだ。

卓上電気鍋からふつふつと、水炊きが煮える音が響いてきた。

静けさに耐えきれず、音楽でもかけようかと智子はオーディオのラックを見る。しかし、こんなときは何を流せばいいのだろう？

あせって智子が隣を見ると、夫は黙々とビールを飲み、向かいに座る優吾も新しい酎ハイの缶を開けている。二人の飲みっぷりは息が合い、それなりにコミュニケーションが取れている気もするが、見ようによっては険悪だ。

何か、話題を振らなければ。楽しい話題を。

あせって、そう考えたとき、真奈と目が合った。同じ思いでいるようだ。

卓の上に飾った椿の花に、真奈の目が留まった。

「そうだ、真奈ちゃん、その椿ね……」

場の空気に耐えかねたように、花がぽとりと枝から落ちた。

真奈が吹き出した。

「へ、変なタイミングで落ちたね、今」

笑い出した真奈に誘われ、智子も笑う。優吾も笑っているのを見て、智子は彼に話しかける。

「椿ってこうやって花が落ちるから、縁起が悪いって言う人もいるのよ。でも、地面に花が落ちた様子もきれいでね」

卓に落ちた花を、真奈が手に取った。華奢《きゃしゃ》な手のひらに、ピンク色の花が可愛らしくおさまっている。優吾が手を伸ばし、花びらに触れた。

「造花みたいにツヤツヤだ。このまま飾れそうだね」

乙女椿というんです、と夫が優吾に言った。

「色も咲き方も美しい。個人的にはバラや蘭もしのぐと思ってる」

「私もこの花が一番好き」

真奈が庭の方角を指差し、優吾を見た。

「こっちに小さな庭があるんだけど、子どもの頃、花を集めて冠や首飾りをつくるのが好きで……」

真奈が覚えているのが嬉しく、智子は目を細める。

「ああ、よく遊んだね。冬は椿で、五月はツツジ」

花を糸でつなげて作る花輪は短いものは腕輪、中ぐらいは冠、長くできると首飾りになった。なかでも乙女椿の花輪は幼い頃の真奈の大のお気に入りだった。

花を見ながら優吾は微笑んでいる。

「いいね、お母さんとそういう思い出があるのって」

「優吾さんのお母様ってどんな方？　お仕事を持っていらっしゃるの？」

優吾が軽く咳払いをした。

「会社に勤めていた時期もあるんですけど、趣味で続けてきたことを仕事にしようとして、ずっと頑張ってます」

「私と似たような感じね」

大学卒業後、生命保険会社の総合職として働いていたが、妊娠した際に体調を崩して退職した。真奈が小学校高学年になってからは中学生の通信教育の添削《てんさく》のパートをずっと続けている。

子育てが一段落してからは趣味として、安くて上質なリサイクル着物を見つけて和装を楽しむことを覚え、好きがこうじて着付けや着物のカラー診断の講師の資格を取得した。その資格を出している団体の教室で今は教える立場になっているが、それだけで生計が営めるほどの収入はまだ得られていない。

電気鍋の水炊きがにぎやかな音を立てだした。そろそろ食べ頃だ。

中腰になって鍋の蓋をあけ、智子は取り分け用のおたまを優吾に渡す。

「お腹を温めてから、大事なお話をしましょう。優吾さん、ほら、好きな具を取って」

いただきます、と礼儀正しく言い、優吾がおたまを手にした。もう一本のおたまで、智子は夫のために具をすくう。

自分の分を取り終えた優吾が真奈に手を差し出す。

「真奈さん、取ろうか？」

夫の前に取り皿を置くと、黙々と夫が食べ出した。

「あら、優しいのね、優吾さんは。私たちの世代とは違うね。うちのお父さんとは全っ然、違う」

全然、と言葉を強調したせいか、夫がちらりとこちらを見た。

あ、いや、と優吾が返答に困っている。

「それほどでも……ただ、自分でも困ってるんですけど、僕は潔癖症が少し入って……」

真奈が「あっ」と声をもらし、優吾の声が詰まった。

夫が自分の箸を鍋に入れている。ヒョイヒョイと豆腐と肉を取ったあと、手を止めた。

あっ、と遅れて夫がつぶやいた。

「直箸《じかばし》、駄目だな、悪かった。いつもお母さんと二人きりだから、ついうっかり」

すみません、と優吾が大きく頭を下げた。

「大丈夫です。お気遣いをさせてしまって、本当に、申し訳ないです。皆さんどうぞ直箸で」

ねえ、みんな、と呼びかけたものの、智子は迷う。こんなときはどう対応したらいいのだろう。

「そんなにあやまらないで……気楽に食べられるもの食べてね」

真奈がテレビのリモコンに手を伸ばした。

「ねえ、テレビでもつけようか。優君、ほら、試合が気になってたもんね」

救われた気分で、智子も真奈の言葉を後押しする。

「見て見て、優吾さん、なんでも遠慮なく。うちのテレビは大きいでしょ」

テレビの画面に広々とした競技場が映った。紺色のユニフォームを着た青年たちがベンチに向かっている。どうやらサッカーの国際試合のようだ。

優吾の顔が明るくなり、少し身体をひねってテレビに目をやった。

「実は気になってたんです、ハーフタイムだ」

前半のハイライトシーンと思われる映像が流れ始めた。優吾と真奈は身体をひねり、背後のテレビを見ている。場所、替わろうか、と夫が二人に言った。

大丈夫、と言って真奈が座り直して、父に背を向ける。

優吾も少しずつ身体の向きを変えていき、気が付くと二人は完全に夫に背を向け、画面に見入っていた。

卓上鍋の電源を落とし、智子は立ち上がった――。

健一

――立ち上がった智子を目で追ったあと、高梨健一はスイッチが切られた卓上鍋を眺める。

せっかくの鍋だが、娘の恋人が手を付けることはないだろう。妻にあやまりたい。

しかし、ここで再び謝罪をすると、娘の恋人に当てつけているようだ。台所へ追いかけていってあやまるのも難しい。さっき、娘と恋人に席を譲ろうとして気が付いた。

立ち上がれない。どうしてこんなに酔っているのだろう？

飲み干したビールの本数を思い、これは酔うわけだと今さらながら健一は納得した。

トイレに行きたい。でも立ち上がったら倒れる。

鍋が煮える音が消え、サッカーの中継の音声だけが耳に届いた。真奈と恋人は肩を並べてテレビを眺めている。

恋人のこの男は、玄関に現れたときはスーツを着た好青年だった。しかし、帰りは真奈が運転するのをいいことに、こちらに対抗するかのように彼もハイペースで酒を飲み、今やネクタイをゆるめ、シャツの両袖をまくっている。そしてリプレイ映像を見ながら、「ああ」とか「ふう」などと嘆きの声を漏らしていた。間違いなく、彼も相当酔っている。

ビールをさらにグラスに注ぐと、ため息が出た。

最近、何をするのにも息が切れ、ため息ばかりが出る。

トラックやバスなどの部品に関わる会社で働いて三十年近く。来年の誕生日に役職定年を迎える。給与が減額される前に転職をしようと何度か試みたが、うまくいかない。

家のローンはなんとか終わった。しかし、これから真奈の結婚に費用がかかる。静岡県三島市のグループホームで暮らす母にも不自由をかけたくない。そして老後の資金はいくらあれば大丈夫なのだろう？　本当は家も建て替えたかった。

石油ファンヒーターに目をやると、再びため息が出た。

優吾の家にこたつがないことを妻は不思議がっていた。おそらく彼が育った家は断熱素材が入り、床暖房が完備されていたのだ。そんな家を妻の智子に贈りたいと思っていたから、よくわかる。

妻に提案する前にハウスメーカーのカタログを取り寄せ、建て替えを検討していた時期があった。しかし、予想外の大きな不景気が来て、長期ローンを組むのは悪手とあきらめた。家族には内緒にしていたから、誰もがっかりさせなかったのは幸いだが、集めたカタログを捨てるとき、むしょうに悲しかった。

自分の人生はいつも夢を描くばかり。何も果たせていない。

そう思うと、ため息が出る。そんな自分のことを、智子はきっと陰気でいやだと思っているのだ。沈滞した空気を払おうとする彼女の明るさがつらい。

昔は、その明るさが好きだったのに。

智子がみかんを運んできた。優吾の隣に座り、三人は仲良く並んでテレビを見ている。テーブルにグラスを置き、ビールの瓶を眺める。

彼女の父親のことが健一の心に浮かんだ。

二十八年前に、新潟県に住む智子の実家に結婚の挨拶にでかけた。

一人娘の結婚話に、左官職人の父は黙ってビールのグラスを重ねるばかり。会話は弾まず、母親と智子だけが話をしていた。何度か父親に酌をしようとしたがそれも拒まれ、智子の父はずっと手酌で飲み続けている。居心地が悪くて、こちらはほとんど飲めなかった。

ところが最後に、結婚の許可を求めると、父親は手を伸ばし、こちらのグラスにビールを注いだ。そして「娘を頼みます」とだけ言うと、ごろりと横になり、そのまま寝てしまった。

高いびきの父に智子が毛布をかけ、彼女の母親は「お父さん、緊張してたのね」と優しく言っていた。自分も緊張していたが、父親もそれ以上に緊張していた。それがわかったとき、ほのぼのとした気持ちで笑った。そして、母親の優しい口調が心に沁みた。こうした家庭で育ったから、智子はいい娘なのだと思った。

そんな二人も鬼籍に入り、あのときの二人の立場に今、自分たちがいる。

三人が背中を向けているのを確認して、健一は畳に両手をつく。四つん這いになっているのは情けないが、幸いにもみんなテレビに夢中だ。そのまま壁に沿って歩いていくと、妻が振り返った。

「お父さん、どこ行くの？　あっ、おトイレね。ごゆっくり」

再びテレビを見始めた妻の頭頂部に、数本の髪の毛の束がツンツンと立っている。

妻の頭頂部は若い頃から、数本の髪の束が立っていた。特に映画で見たジーン・セバーグを真似てベリーショートにしたときは、ウニのように毛がツンツンに逆立っていた。本人は嘆いていたが、その髪型は大きな目を引き立てて、たいそう愛らしかった。

そこで「トモツン」というあだ名をつけたが、覚えているだろうか。三十年以上も前のことだ。

用を足したあと、健一は廊下の窓から庭を眺める。

家を買おうとしたとき、都心に近いマンションか、京王線沿線の中古のこの戸建てを買うかで悩んだ。しかし、小さくても庭で遊べる環境を真奈に与えたくて、この家に決めた。

この町は勤め先にも近いし、沿線には良い学校もある。ところが、真奈が大学に進学すると、都心の学校への通学は時間がかかった。卒業後の就職先は墨田区にある会社で、この家から一時間以上かかる。満員電車での長時間の通勤がつらいと言って、娘は家を出ていった。

その理由を聞いて以来、ときどき考える。土地付きの戸建てにこだわらなくとも、都心に出やすい街のマンションのほうがよかったのかもしれない。

それでも妻と娘が庭で花を集めて遊んでいた光景は、なにものにも代えがたいほど幸せだった。

お父さーん、と妻の声がした。

何？　と返事をすると、「試合が始まるよー」と真奈の声がした。

壁に手をつき、ゆっくりと健一は歩き出す。

妻子に必要とされている。それなら行かねばならない。サッカーの試合に興味はないが、今夜は娘の恋人から結婚の話を聞かねばならない。


居間に戻ると、三人はおむすびを食べていた。赤飯の握り飯を食べている優吾を見ると、まあ悪くはない奴だと、健一は思う。

しかもその横顔はなかなかに知的だ。孫は美男美女になりそうだ。

小さくため息をつき、健一は優吾に声をかけた。

「優吾君、悪いが、そろそろ酔いがまわってきた。その前に聞いておきたいんだけれど」

はい、と応え、優吾が振り向く。その顔に、なるべく優しく言った。

「大事なことがあるなら、先に言ってくれないかな」

「はい、そうでした」

優吾がネクタイを整え、まくったシャツの袖を下ろして身体の向きを変えた。真奈も身体の向きを変え、神妙な顔をしている。それを見て、健一は妻に目で合図する。

テレビを切ってほしい――。

まなざしでそう伝えたのだが、妻は「よく声をかけた！」と言いたげに何度もうなずいている。

違うよ、智子。テレビだ。電源を切ってくれ。

再び目線を送ると、「心得た」とばかりに妻がリモコンを手にした。

三十年近く夫婦をやっていると以心伝心。言葉はなくとも気持ちは通い合う。ところが妻は電源を切らず、わずかに音量を下げただけだった。

だから、智子よ、テレビ……。

優吾が真剣な眼差しで、お父さん、と呼びかけた。

「僕は六月の人事異動でおそらく東京の本社に戻ってきます。だから、それに合わせて、あの……」

緊張したのか、優吾が軽く咳き込んだ。

こちらまで息苦しくなり、健一は優吾の背後に広がるテレビの画面を見る。大勢の選手を振り切って、紺色のユニフォームの選手が一人、ゴールに向かっていった。

子育てのゴールとはなんだろう?

もしかしたら、今、この瞬間が、ゴールかもしれない。

むせた優吾をいたわるようにして、真奈が彼の背に軽く触れる。優吾が真奈を見て微笑み、再び姿勢を正した。

テレビから歓声があがる。アナウンサーの声が大きくなった。

(さあ、行けるか? パスを受けてシュートに行くか!)

「お父さん、お母さん、真奈さんを僕に……」

行ったー! という絶叫が響いた。

(ゴール! 日本、ゴール! これで同点!)

優吾と真奈が瞬時に背を向け、テレビを見た。「おっしゃあああ」とこぶしをつきあげ、優吾が奇声を上げる。

やったーと真奈と智子が両手を挙げ、優吾とハイタッチをした。

智子よ……。

苦々しい思いで、健一はグラスを口に運ぶ。

そんなにサッカー、好きだったっけ？

無言の圧に気付いたのか、智子が振り返り、取りつくろうように明るく言った。

「お父さん、ほらほら見て、日本が同点」

「ああ。うん。優吾くんは何か言いかけてたよな、続きを聞こう」

「あっ、すみません……」

優吾が再び神妙な顔で座り直し、頭を下げた。

「あの、そういうわけでして……すみません。これから、どうぞよろしくお願いします」

「そういうわけ」とは何なのか。もう少し言い方があるのではないか。

ああ、そうだ、と智子がこちらを見た。

「真奈ちゃんからもお父さんに大事な話があるんだよね」

今度は真奈が姿勢を正した。

「あのね、お父さん。お母さんにはさっき話したんだけど。私のマンション、来月更新で、家賃二ヶ月分と保険料の更新で費用がかさむの。それで……これからいろいろお金がかかるから、この家に戻ってきていい？」

えっ？　と言いかけた声を呑み込み、代わりに健一は腕を組む。

駄目？　と真奈が心配そうに言った。

「二階の私の部屋。お父さんの書斎になってるけど。結婚式まで使わせてくれない？」

いいでしょう、と智子が言い添えた。

「二階の真奈ちゃんの部屋の隣、私の物置と言うか、納戸《なんど》にしてるでしょ？　あの簞笥にある着物とか細々したもの、収納サービスに預けるから。しばらく納戸をお父さんの書斎にするのはどう?」

智子は美しいものが好きで、時折インターネットや骨董市で簪《かんざし》や着物を買っている。彼女が磨いたり修繕したりした品は長い間にコレクションになり、その部屋に納めてあった。

「お母さんはそれでいいのかい? 集めたお宝が入っているだろうに」

大丈夫、と智子がうなずき、二階を見上げた。

「最近は便利なサービスがあるんだって。むしろそうした倉庫のほうが、湿度が一定で布にはいいのかも。さっき優吾さんから教わった」

真奈が遠慮がちに言葉を続けた。

「それでね、お父さん、急だけど今月末に引っ越してきていい?」

「通勤が大変じゃないか?」

「リモートで働く日もあるし。時差通勤もできるし。働き方が前と変わってきたの。だから……それにね」

真奈が手を伸ばして、こたつの隅に置いた椿の花を手にした。

「もう一回、お父さんが育てた花で首飾りを作ってから、お嫁に行きたいな、なんてね」

不意に、目の奥が熱くなった。親と同じように、娘もまた小さな庭で花と遊んだ日のことを覚えていたのだ。

この家を選んでよかった。万感が胸にこみあげ、真奈を正視できない。

娘がこの家に帰ってくる。巣立つその日の朝まで、家族でともにいる――。

冬枯れの庭に一足早く春が来た。

真奈

ツツジが咲く頃の空を見るのが好きだ。でも一番好きなのは今の季節。冬の空の色が好きだ。

多摩の実家に優吾と挨拶に行った翌日。初台のマンションでベッドに横たわったまま、真奈は空を見上げる。

幼い頃の記憶がよみがえった。

芝生に敷かれたタータンチェックのブランケットに寝転び、乙女椿の花ごしに見る空は澄んだ青。洗いたての洗濯物からは清々しいミントの香り。

幸せの記憶はいつも清潔な香りとともにある。

だから、衣類や身体、口腔を清潔に保つ製品の会社に勤めた。本当は商品開発か広報の仕事をしたかった。しかし希望は通らず、ずっと別の部署で働いている。入社以来、異動の願いを出し続けているが、希望部署は人気があって、ライバルが多い。

そこで働き始めて三年目、異動がかなった人のことを丁寧に分析してみた。すると誰もが何かしら秀でた要素を持っている。だから希望が通ったのだと感じ、自分にもそうした要素がないかと探してみた。その結果感じたのは、自分の能力は万事ほどほど。欠けてはいないが突き抜けてもいない。ドラマでいえば主役ではなく彼らの友人。それもたいした台詞もなく、うなずいているだけの「友人A」だ。

あれからさらに一年。それでも恋愛においては、優吾が結婚に踏み切るだけの要素があったようだ。ゆっくりとベッドから起き上がり、真奈は隣で眠る優吾を眺める。

枕元に置いたスマホが母からの着信を告げた。電話に出ると、朝から陽気な声が響いてきた。

今朝の父はひどい二日酔いだったが、味噌汁だけを飲み、祖母が入所している三島のグループホームへ出かけていったらしい。三日前に腰を痛めた祖母の見舞いと、優吾の話も早く伝えたいのだろうと母は言っている。出がけに「優吾君は大丈夫だろうか」とぽつりとつぶやいていたそうだ。

大丈夫じゃなさそう、と答え、真奈はベッドから出る。

「優君も倒れるようにしてずっと寝てる」

キッチンに移動して、小さなダイニングテーブルの前に座ると、母が笑っている気配が伝わってきた。二人とも緊張してたんだね、と朗《ほが》らかな声がした。

(お母さんもちょっとだけ緊張したな。最近の男の子ってみんな、あんなふうにシュッとしてスラッとしてるの？　格好いいコね)

スーツ姿は細身に見えるが、薄着になると優吾はほどよく筋肉がついていてたくましい。そんなことは母には言えず、「そうかな、うん」と真奈は当たり障《さわ》りのない言葉を返す。

人柄も良さそう、と母がほめた。

(潔癖症ぎみなのは戸惑ったけど、きれい好きなのはいいことよ。優吾さんが来たときは、居心地良くいられるようにお母さん、気をつけるから)

ごめんね、と言うと、「あやまることじゃないよ」と母は笑った。

(真奈ちゃんたちが仲良く暮らせればそれが一番。でね、今日電話したのは……)

母の話によると、父は昨日、優吾に聞きたいことがあったらしい。しかし、酔い潰れてまったく聞けなかったので、質問事項を母に託していったそうだ。

「何だろう？　お父さんも、お母さんに託さないで自分で言えばいいのに」

まあね、と母が笑みを含んだ声で言った。

(面と向かって、真奈ちゃんには言いにくいんでしょ、照れくさくて。質問は四つ。一番！　優吾くんの人柄は？)

人柄？　と聞き返すと、「これはいいや」と母が答えた。

(お母さん、なんとなくわかった。こっちで答えを書いとく。少し潔癖で、サッカーが好きで、空気をそこそこ読んで、お酒もそこそこ飲む。どう？)

二番！　と母が読み上げた。

(どこで出会ったか。これもいいや。大学だよね。お母さんたちと一緒だ)

「付き合いだしたのは、卒業してからだけど……」

両親は大学の映画サークルで知り合った先輩、後輩の仲だ。自分と優吾は大学の学部の同級生だが、学生時代は話をしたことがなかった。それが大学を卒業して二年目、学生時代の友人の結婚式で二次会の幹事をしたとき、新郎側の幹事が優吾だったことから親しく話をするようになった。

あのときはこだわりの強い新郎新婦の要望に、二人してずいぶん振り回されたものだ。

苦労しただけに二次会が大盛況に終わったときの充実感は大きく、打ち上げの別れ際に思わず優吾とハグを交わしたのが交際のきっかけだ。

そのときの優吾のぬくもりを思いだすと、今も心がときめく。薄手のドレスで冷えきった身体が、大柄な優吾に包み込まれるように抱きしめられたとたん、つま先までほかほかと温まり、世界が薔薇色に見えた。あのぬくもりは、温厚な彼の性格そのままで、きっと一生忘れない。

ところが交際が始まった三ヶ月後、彼は東京から名古屋に転勤していった。それから互いに名古屋と東京を行き来して二年。二人で名古屋を拠点に旅行に出かけたり、地元のグルメを食べ歩いたりして、楽しい時間はどんどん積み重なっていった。

（もしもーし、真奈ちゃん、聞こえてる？）

「ごめん、ちょっとボーッとしてた」

なんだかね、と、母がしみじみとした口調になった。

（さっき、お父さんの書斎に入ったら、子どもの結婚のときに親はどうするかって本があった）

「お父さん、研究してたんだ……」

してたね、と言った母の声に感慨深い響きがある。

（それもずいぶん熱心に。真面目な人だから。優吾さんへの質問もプリントアウトして置いてあった。なのに、なんで言ってくれないのかな。そうしたらお母さんも協力したのに）

昨日、久しぶりに会った父は少し瘦せ、精彩がなかった。昔はまめに手入れをしていた庭は枯れた植物がそのままで、ずいぶん荒れている。ただ、乙女椿の木だけが昔と変わらず、部屋からこぼれたあかりと月の光を受けて、ピンクの薔薇のような花が輝いていた。

「お父さん、どこか具合が悪いのかな」

どうかな、と母がつぶやく。最近、父は不機嫌でため息ばかりをついており、理由を聞くとさらに不機嫌になるのだという。

なんだかね、と再び母が言う。今度は投げやりな言い方だ。

（たぶん、役職定年や老後のことが気になっているんじゃないかな。もちろん収入は減るだろうけど、お母さん、心づもりはできてる。添削の仕事も増やすし。本当はね、着付け教室の仕事が増えるといいんだけど）

役職定年制度は自分の勤務先にも導入されており、収入はたしかに大きく変わっていく。そんな矢先に娘の結婚話が持ち上がり、父はさらに悩んでいるのだろうか。

あまり迷惑かけられないな、と真奈はぼんやりと考える。

でも、大丈夫、と母の明るい声がした。

（真奈ちゃんの結婚資金は、ちゃんと貯めてきてるから。何も心配しなくていいよ。できるだけのことはするからね。恥ずかしい思いはさせない）

「でも、優吾君……優吾君は堅実な人だし、私たち、そんなに大きな式をあげるつもりはないから」

（そのつもりでいても、なんだかんだで飛ぶようにお金と時間が飛んでいく。それが結婚ってものよ。だって、ひとつの家庭をつくるんだもん。お母さんたちも親にそうしてもらったんだから、何も遠慮しなくていいんだよ）

ありがとう、と再び母に言うと、電話の向こうで洟《はな》をすする気配がした。

母との通話が終わると、父の質問の三番と四番がＬＩＮＥで送られてきた。ざっくりでいいので時間があるときに見通しを書いて、送り返してほしいと母の言葉が添えられている。

優吾がキッチンに入ってきた。よろめきながら流し台の前に立っている。

「優君、大丈夫？」

「ちょっと……駄目な感じ」

水を飲んだあと、優吾が小声で言った。

「電話……真奈のお母さんから？　お父さんはどんな様子？」

「優吾君は大丈夫だろうか、って言いながら、祖母のところに出かけていったみたい。何か食べる？」

ちょっと待ってて、と声をかけ、真奈は近所のコンビニへ向かった。すぐに戻って、優吾にスポーツドリンクを手渡す。微笑みながら礼を言い、彼はのどをならすようにして飲み始めた。広めのVネックのアンダーシャツの下から、優吾の肌がのぞいている。たくましい喉仏が上下している様子を見ると、胸の鼓動が速くなってきた。

優吾は容姿も性格も、ドラマで言えば主役級だ。彼に思いを寄せている人は学内にも多くいた。そんな優吾がどうして「友人A」の自分と一緒にいるのか、ときどき不思議な気分になる。

飲みものを置き、優吾が大きく息を吐いた。

「ああ、人心地ついた。ありがと、買ってきてくれて。これまでは酔ってもずっと一人だったけど。あと少ししたら真奈が一緒にいるんだね。一人の部屋に帰らなくていい。すげえ幸せ。ごめん……もう少し横になっててい い？」

ふらふらしながら、優吾が部屋に戻っていく。ベッドに入ろうとする背中に、父から質問表が来た、と告げると、不安げな顔で振り返った。

「質問表？　何の？」

「本当は昨日、優君と話したかったんだけど、何も話せなかったからって……」

怖いな、とつぶやきながら、優吾が布団にもぐって言った。

「どんな内容の質問？」

「えっ？　たとえば将来設計について。子どもについてとか……」

父の質問には「将来設計について」の項目の下に「子ども、住宅」と書いてあった。子どもと住居のことなのか、二世帯住宅を考えているのかわからないが、とりあえず「子どもについて」と口に出してみた。

子ども？　と優吾がつぶやく声がした。

「それは……欲しいけど……というか、まだそこまで具体的に考えてないというか。一緒にスポーツができたら楽しいよね。男の子、いいかもなあ」

「男の子一人？　女の子は？　私は二人欲しいな」

「そんな、ピザの注文を取るみたいに言われても」

歯切れの悪い優吾の答えを聞きながら、真奈はソファに座る。

ベッドにもぐっていた優吾が顔を出し、天井を見上げた。

「それに……俺はすぐに親にならなくても、真奈との生活をしばらく楽しみたいな。三年、いや二年ぐらい。一年でもいい。今までずっと離れてたんだし。いきなり父親になれって言われても実感ない。真奈はどう思ってるの？」

私？　と聞き返した声の温度が少し冷えた。

「三十なんてあっという間だし。早めに産みたい。欲しいって思ったときに、できるものじゃないから。二人だけの生活は……今までもう二人で楽しいことをいっぱいしてきたじゃない？」

「次の質問は？」と優吾はたずねた。彼の声も、少し冷ややかだ。

「次は家のこと。これからどこに住む予定か。あと、将来的には、どこに家を構えるかって」

優吾の会社には社宅もあるが、家賃補助も出る。この件は二人で千葉方面も含めて、東京湾岸の街で新居を探すつもりだ。

優吾が目を開け、天井を再び眺めた。

「将来的にどこに家を構えるかって話はわかんないな……。転勤もあるだろうし。俺が次に転勤になったら真奈はついてきてくれるの？」

一呼吸置いてから、真奈は慎重に言葉を返した。

「私、仕事を続けていきたい。もし、私が転勤になったら、優君は一緒に来てくれるの？」

無理、と間髪入れずに優吾は答えた。

「というか、真奈に転勤あったっけ？」

「今の部署なら無い……。でも、優君は自分は無理って即答するのに、私にはついてきてくれるかって聞くの？」

本当はもっと早く、この話をするべきだった。でも、できなかった。意見が割れて、優吾に別れを告げられるのが怖かったのだ。

天井を見つめていた優吾が起き上がった。

枕元に畳まれたシャツに手を伸ばしている。ボタンを留めながら、「次の質問は？」と聞いた。

彼がこの部屋を出て行くような気がして、真奈は目を伏せる。

「もういい。二人でこれから話し合うって、父に返事をしとく」

「いや、大事なことだよ。お父さんの心配はもっともだし。俺もすっかり酔いつぶれてたから。次の質問は？」

「じゃあ続けるけど。結婚式と披露宴はどんな形にするのか。結婚資金についてどう考えているか。結納《ゆいのう》はどうするのか」

結婚式と披露宴……と優吾がソファの背もたれに身を預けた。

「正直なところ、すべて身内だけでいいかなって思ってるけど、そうはいかないんだよな……うちの会社は古いところあるから。きちんと職場の上長を招いて披露宴をやらなきゃ」

「それはうちも一緒。じゃあ、こんな感じかな」

結婚関連の情報誌を広げ、真奈は優吾に渡す。そのページには結婚式から新居、新婚旅行までのあらゆる費用が表になっていた。

「うわ……こうやって表で見ると壮観だな。スナップ写真にビデオ撮影、会場装花にギフト……」

「でも、ご祝儀《しゅうぎ》をいただけるから、全額を私たちで負担するわけじゃないんだよ」

「それはわかってるけど……結納」

結納のページを優吾がじっくりと眺めている。そこには新郎側から新婦に贈る結納の平均額が、大きな数字で書かれていた。

うーん、と優吾がうなった。

「結納って、こんな額なんだ……？ これだと、俺、結納したらほとんど貯金は残ってない」

「優君は結婚資金はどれぐらいあるの？」

優吾の返事は想像をはるかに下回っていた。

それだけ？ と言いそうになるのをおさえて、「ああ」とだけ、真奈はつぶやく。

何、と優吾が心配そうに言った。

「その『ああ』はどういう意味？ そういう真奈は、いくらあるの？」

結婚用に貯めてきた額を伝えると、優吾も「ああ」と答えた。

「優君こそ、その『ああ』はどういう意味？」

再び「ああ」と言って、優吾はソファに背を預けた。

「『やばい』『真奈、さすが』『俺、どうしよう』って感じ。よくそれだけ貯めたね」

のんびりとした優吾の口調がなぜか苛立たしく、真奈は情報誌のページを眺める。

頑張ったのだ。それなりに節約してきたのだ、将来のために。

「優君……結婚しようって言いながら、何も貯めてこなかったんだね。借り上げ社宅に住んでて、社食もあるのに、毎日何にお金を使ってるの？」

「英語関係のスクールとか、ゴルフや釣り関係だとか、そのほかいろいろ勉強に……」

「勉強っていうか、それ、優君の趣味だよね」

乱暴な言い方だね、と優吾の声が沈んだ。

「ゴルフでも釣りでもテニスでも、仕事関係の人に呼ばれたら、遊びのようで仕事。下手より上手なほうがいい。練習も道具も必要。趣味と言われたらそうだけど……」

優吾が情報誌を取り上げ、ページをめくる。苦々しげな声がした。

「それなら俺も乱暴な言い方をするけど、結婚って役所に届けを出せばできる。極端なことを言えば、職場や身内にそれを報告すれば完了。そこに数百万単位の金額を、たった一日着るだけの衣装や食事にガッツリ投入することだって趣味のきわみ……結婚式を否定してるわけじゃないよ。貯金が少ないのも悪かった。見通しが甘かったことも」

でも、と優吾がつぶやき、情報誌をテーブルに戻した。

「俺たち、結婚が決まってからケンカばっかりだ。俺、昨日も仕事してから上京して、二日酔いになるくらい頑張ったつもりだけど」

優吾の二日酔いをすっかり忘れていたことに気づき、真奈は手をあわせる。

「ごめんね、優君。なんか……うちの家族も私も気持ちがぶわーっとあふれちゃって」

「こっちこそごめん。俺もぶわーっとしてる。まだ緊張してて余裕がない。結婚資金のことは……気が進まないけど……親に相談してみるよ。ただ、あまり豪華な式はあげられないかも」

「そんなに豪華じゃなくてもいい。でも、お料理は、おいしいものを食べてもらいたいな」

あっ、と優吾がつぶやき、口に手を当てた。

「料理で思いだした、大事なことを。昨日、親から連絡が入ってて。来月、東京に来る用事があるんだって。そのとき、真奈やご両親にご挨拶をしたいって言ってる……。真奈は引っ越し直後で忙しいからって、俺の一存で断ったんだけど」

「断らなくていいよ、ちゃんとご挨拶するよ」

優吾が暗い顔で考え込んでいる。その様子に真奈は言葉を重ねた。

「どうかした？　うちの両親も大丈夫だと思うけど、何か、問題ある？」

いや、と優吾がため息まじりに言った。

「問題があるのは俺のほう。言いづらいんだけど、実は俺、親が苦手で。うちの親、変わってて」

「どう変わってるの？」

説明しづらいんだけど、と優吾はつぶやく。

「父は働き方や暮らし方についてのアドバイザーで、母は料理研究家というか……」

優吾がスマホを出して、操作を始めた。

「本人たちのウェブサイトによるとアラカン……アラウンド還暦のインフルエンサー夫婦として、人生謳歌世代の退職後の身の処し方や、エコでエシカルなクッキング&カントリーライフのライフハックを、動画配信やオンラインサロンでシェア……してるらしい」

言葉の意味はわかるが、まとめて聞くと何を言っているのかわからず、真奈は首をかしげる。

「ごめん、優君。よくわからなかった」

「俺もよくわからない。ブログをまとめた本があるから送るよ。それを見てから、食事会のことは考えてくれても」

「でも、いずれにせよ、ご挨拶するから、その時期が早くなっても大丈夫」

心強いな、とつぶやいたあと、もう少し眠っていいかと聞き、優吾はシャツを脱いで、ベッドに戻っていった。

スマホを持ち、真奈は再び父からの質問表を眺める。

結局、父の質問に対して、今の自分たちは何一つ明確な答えを出せなかった。

挙式の予定まであと半年——。

第二章　二月

智子

風呂上がりの髪を乾かしたあと、智子はダウンが薄く入った上着をパジャマの上に羽織る。二階へ向かう階段を上がると、夜の寒さが足もとから這い上がってきた。

先月の末、娘の真奈が都心の住まいを引き払い、この家に戻ってきた。マンションの契約更新の時期が来たのが理由だが、親としては結婚までの半年間、再び家族で暮らしていけるのが嬉しい。

二階の二部屋のうち、八畳は真奈のものだったが、彼女が家を出たあとは、夫が書斎にしていた。その隣の五畳は納戸と呼ばれ、二棹の桐簞笥とスチール製のラックを設置して、智子が集めた着物や帯、小物類を納めている。

真奈が帰ってくると聞き、夫は書斎の本を倉庫に運び、パソコン用の机を隣の納戸に移すことにした。その机の設置のために、智子は入り口に一番近いラックを分解して、置いていた着物をレンタル倉庫に預けたが、部屋の奥にはまだ二つのラックと二棹の桐簞笥が残っている。

本当はすべての荷物をレンタル倉庫に移すつもりだった。ところが見積もりを取ると、予想以上に費用がかさむ。そこで最小限のものだけを移動させることにしたため、夫の机は今、うずたかく積まれた着物の棚の脇にぽつんと置かれている。

納戸に入り、智子は暖房をつける。続いて、衣装敷と呼ばれる一畳分の和紙を畳に敷き、桐簞笥から紬《つむぎ》の着物を取り出した。

郷里の新潟県は米どころで有名だが、染織の一大産地だ。娘の成人式のあと、母は少しずつ着物をこしらえ、嫁入り道具として簞笥に納めて送り出してくれた。華やかな染めの着物は年齢的に、もう着られないが、母の見立てがよかったのか、控えめな色の紬は五十代の今もよく似合う。

鼻歌まじりに着物を広げ、そんな自分に気付いて智子は照れる。好きなものに囲まれていると、枯れた乙女心が息を吹き返す。家じゅうでこの空間が一番好きだ。

衣装敷に置いた着物に帯を乗せ、智子はそれに似合う色の小物を探し始めた。

明日は真奈の恋人、優吾の両親との食事会だ。

当初、娘と優吾は互いの親にご馳走をしようと考え、新宿のてんぷら屋を予約していた。しかし優吾の両親が、こちらの都合に合わせて皆が集まってくれるのだから招待させてくれと言い、広尾のイタリア料理店で食事をすることになった。検索すると、カジュアルな店だ。気取りのない着物に、春を感じさせる色の小物を合わせてみたい。

桜色の帯揚げを手にしたとき、洗い張りをした着物が届いていたことを思いだし、智子はラックに手を伸ばす。

真綿紬のその一枚は、リサイクルの店で見つけた掘り出しものだ。みごとな絣なのに、しつけ糸がかかったままで、着られた形跡がなかった。しかし、縫い糸が弱っていたので悉皆屋《しっかいや》にほどいて洗ってもらい、自分のサイズに仕立て直してみた。

さっそく衣装敷に広げてみる。扇と松竹梅を織り出した模様は、たいそう縁起が佳い。

一度も袖を通されたことのない着物だ。せっかくだから明日、外に連れ出してやろうと考え、智子はしつけ糸を抜く。

部屋の外から真奈の声がした。

「お母さん、ちょっと、相談があるんだけど。入っていい？」

もちろん、と答えると、真奈が部屋に入ってきた。床に置かれた着物を見て、「どっち着ていくの？」と言った。抜いたしつけ糸を集めながら、智子は濃紺の紬を指差す。

「扇のほう。末広がりで縁起がいいから」

ラックに置かれた着物をのぞきながら、真奈は不思議そうに言った。

「お母さんはここにある着物、どこに何があるかわかってるの？」

「もちろん、わかってるよ。ラックにあるのはリサイクルの着物。箪笥に入ってるのは、お母さんがお小遣いを貯めて誂《あつら》えたものや、嫁入り道具で持たせてもらった着物」

「取っておきの着物は箪笥に入ってるんだね」

本を手にした真奈が、夫のデスクチェアに座った。ただ、それだけで部屋が明るく見える。若さっていいな、と愛おしむような思いで、智子は真奈のつややかな肌と髪を眺める。

娘が帰ってきたとたん、この家の空気は一気に華やいだ。

物干し竿の洗濯物の色合いが明るくなり、真奈が使ったあとの風呂や洗面所には、うっすらと甘い香りが残る。夫の好物の醤油や味噌味のおかずは減り、代わりにトマトソースやチーズ、ホワイトソースなどを使ったおかずが増えた。

そのせいだろうか。隔週の土曜日、夫は三島市のグループホームへ母に会いにいくのだが、今までは家で必ず夕食を取っていた。それが真奈が戻ってからは出先で食事をするようになり、今夜もまだ帰らない。

「あのね、お母さん。明日のことなんだけど……」

「何？　何かあったの？　もしかして中止？」

「いや、中止じゃないんだけど……」

あのね、と言って一呼吸おき、真奈が言いづらそうに口を開いた。

「相談っていうのは、優君のご両親のこと。少し、個性的というか、現代風っていうのか……」

現代風？　と智子は聞き返す。そう言われると、我が家がずいぶん時代遅れのようだ。

「真奈ちゃん、どういうことか、よくわかんないんだけど」

「つまり啓蒙的というか、意識が高いというか……これ優君のお母さんの本」

「えっ、お母さんは本を出してるの？」

受け取った本のカバーには、「菌&麴で発酵生活《ライフ》！　腸、超美人のススメ」とあった。

著者は「菌&麴ライフ・コーディネーター　マルコ」。タイトルの下には写真があり、白いワンピースを着た女性が右手には珐瑯の器、左手には味噌のカメを持って、草原のなかで微笑んでいる。遠くから撮っているせいか、少女めいた雰囲気の人だ。

「へえ……優吾さんのママは料理研究家なんだ……おいくつ？」

「年はお母さんと同じ。でもその前はカリスマブロガーだったらしい。昔、すごく流行《はや》った本を出したって聞いた。お母さん、知ってる？」

ポケットからスマホを出して操作すると、真奈は差し出した。

画面には、三歳ぐらいの男の子の写真がうつっている。緑の芝生の上で彼は前屈みになり、ずり落ちそうになっている赤いショートパンツを押さえて、恥ずかしそうに笑っていた。パンツのうしろは下がって、丸いお尻が半分見えている。

可愛いね、とつぶやき、智子はスマホを操作する。

本の表紙らしく、「オトコノコの福」というタイトルが出てきた。

紹介文には「ゆーごクンとマルコママのハッピィ・ライフ。男の子の服と福、まるごと大公開」と書かれている。思わず「ああ」と声が漏れた。このタイトルには聞き覚えがある。

「思いだした……覚えてるよ。この本、真奈ちゃんが小さい頃、男の子のママたちがこぞって買ってたっけ」

当時、女の子の服や小物作りの本はあったが、男児に特化した本は少なかった。そうしたなかで、男の子を持つ母親の喜びや戸惑いをつづったうえ、親子おそろいで着られる、お洒落な服や小物を紹介したこのフォトエッセイは、モデルになった男児の愛らしさもあり、たしかに人気があった。

恥ずかしそうに笑っている幼児の写真を、智子は再び眺める。

「この子が優吾さんだったんだ。イケメンは小さいときからイケてるんだね」

「だけど、彼的にはこれ、絶対に触れられたくない黒歴史なんだって。でも、『マルコ』って検索すると、発酵や麹の話より、この本がトップに出てくる」

「つまり、明日この話が出ても、さらっと流せばいいんだね。わかった、お父さんに言っとく」

うーん、とうなったあと、「それでね」と真奈が再び話を始めた。着物を片付けようとした智子の手が止まる。

「えっ？　何？　まだ何かあるの」

ためらいながら本を差し出し、早口で「こっちが優君のお父さんの本」と真奈が言った。

「えっ、お父さんも本を出してるの？」

受け取った本には「ハッピィ・リタイヤメントのススメ」とあった。

著者名は「カンカン」。本の帯には「人生謳歌世代のすべてに捧ぐ　御存じ！　解決カンカンの最高傑作！」と書かれている。

「真奈ちゃん、これは一体何の本？」

うーん、と真奈が絞り出すような声を出した。

「優君のお父さんは『人生謳歌世代のカントリーライフ』っていうブログやSNSをやってて……早期退職して起業して、地方で第二の人生を謳歌中、ってブログね。それが本になって。今は熟年世代の起業支援のコンサルティングや講座や……オンラインサロンとかしてる」

「ごめん、何のお仕事かよくわからないんだけど……いわゆる職業名というか肩書き的には？」

「動画を見たら肩書きは『ハッピィ・リタイヤメント・ファシリテーター』だった」

ますます煙に巻かれた気分になり、智子は「ハッピィ・リタイヤメントのススメ」を手にする。

ページをめくると、著者の大きな写真が目に入ってきた。黄色いセーターを肩にかけた白髪の男性がスツールに浅く腰掛け、真っ白な歯を見せて笑っている。パパやお父さんというよりダディと呼ばれていそうな風貌だ。その横には「ＨＡＰＰＹにやろうよ！」「役職定年はすぐ来るぞ！」「世界に、自分を謳いあげよう！」「定年退職を待つ人生なんて」と手書き風のメッセージがあった。

すぐに本を閉じ、智子は真奈を見る。

「真奈ちゃん、こんなのお父さんに見せちゃ駄目」

だよね、と真奈がうなずき、ため息をつく。

「これ、四十代向けの本だから。定年退職間近の人が読むとは思ってない、だから書かれていることとに悪気はないの。でも、この手の話は明日は絶対しないでって、優君に強く言っといた」

「真奈ちゃん、他に何かないの？　もう少し……当たり障りのない本は」

「これが最新刊。これは大丈夫そうだった」

真奈がさらに一冊の本を取り出した。

「御存じ！　解決カンカンが語る　人生謳歌世代のライフハック50」とある。カバー写真には、やはりセーターを肩にかけたカンカンが赤い自転車にまたがり、真っ白な歯を見せて笑っていた。

夫の好みにはまったく合いそうもない。

ただいま、と階下から声がした。どうしよう、と真奈がうろたえている。

「お父さん、帰ってきちゃったよ」

目の前の本を二冊つかみ、智子は衣装敷の下に突っ込む。ライフハックの本を持った真奈が同じように敷紙の下に隠したとき、夫が階段を上がってきた。

「おーい、誰もいないの？　上か？」

夫の声が近づいてきて、納戸のドアが開いた。

「なんだ、こんなところで。二人で何してるの？」

「着物、見せてもらってて」

真奈の言葉に、智子も話を合わせ、何度もうなずく。

「そうそう、明日、何を着るかって話を、真奈ちゃんとしてたところ」

部屋をのぞいていた夫が、コートを着たままで入ってきた。

「みんなすっかり忘れてるけど、ここは今、お父さんの書斎だからね。おみやげを買ってきたよ」

和菓子屋のものらしい紙袋を、夫が揺らして見せた。

「あら、珍しい。下でお茶でも淹れようか。お父さん、ほら、下でコートを脱いで」

おみやげの紙袋を受け取った真奈が、鼻をかすかに鳴らして、つぶやいた。

「お父さん、いい香りがする……すごく」

部屋を出ようとした夫が足を止め、「お菓子の匂いだろう」と言った。

違う、と真奈が立ったままで微笑んだ。

「すごくいい香り。森のなかにいるみたいな。何だろう？」

「ああ、これか」

コートのボタンを外し、夫は上着の内ポケットに手を入れる。

「思いだした。真奈は相変わらず鼻が利くね」

ポケットから出てきたのは、緑の折り紙で折られた鶴だった。

「施設でもらった。ボランティアの手伝いをしたときに」

夫が真奈に折り鶴を渡した。大切そうに受け取り、真奈は手のなかの香りを楽しんでいる。

娘を見守る夫の目が優しい。なごやかな気持ちで、何のボランティアかと智子はたずねた。

音楽だよ、と夫が答えた。リラックスするアロマオイルの香りのなかで、参加者が歌を歌ったり、プロの演奏を聴いたりするのだという。そのボランティアの荷物を運ぶ手伝いをしたお礼にもらったそうだ。

何のオイルかな、と目を閉じたまま、真奈がつぶやく。

「そのボランティアさんが自分でブレンドしているらしい」

「……だと思った」

真奈が夫に折り鶴を返した。上着の内ポケットにその鶴を入れ、今度は代わりにスマホを出して、夫は操作を始めた。

「おばあちゃんがいるホームがＳＮＳを始めたんだよ。今日の様子もアップされてる。ほら、おばあちゃん」

夫のスマホを、智子は真奈とともにのぞく。車椅子に座った義母《はは》と、同じく車椅子に乗った色白の老女が並んで微笑んでいた。

友だちができたんだ、と夫が温かな口調で言った。

「新しく入ってきた人とウマがあって。この年になっても、仲良しができると気持ちに張りが出るんだね。よく笑うようになったし、おしゃれに気を遣うようになった」

たしかに年末に会ったときより、義母は楽しそうだ。

週末は着付け教室の仕事があるので、お盆と年末以外は義母がいる施設に行くことはない。年に二度のその面会も、一緒に行くと、夫が気を遣って早く帰りたがるので、それほど長い時間を義母とは過ごしていなかった。

いたずらっぽく、真奈が笑った。

「よかった。いい匂いだけど、私、一瞬、お父さんが浮気してるのかと思った」

誘われたように笑い、智子は夫の背中を数回叩いた。

「そんなわけないでしょ。そんな物好きがいたら、『ため息ばっかりつくけど、いいですか?』って、熨斗《のし》をつけて差し上げるわ。即刻、返品されると思うけどね」

夫の眉がわずかに動き、表情がくもった。その反応に、智子はほがらかに笑ってみせる。

「いいんだよ、返品されたって。大事にするからね。お父さんの良さを一番わかってるのは、お母さんだけだから」

「私もちょっとだけわかってる」

「ちょっとだけか」

小声ながらもコントのようにタイミングよく言い、夫は笑った。妻の冗談には笑わないのに、娘の言葉には打てば響く反応だ。

笑った拍子に衣装敷を踏んだ夫が、「おっとっと」とつぶやいた。

「何か踏んだ、ごめん。何だろう？」

紙をめくった夫が、本を見つけた。真奈が隠した本だ。

さわやかに笑っているカンカンを見て、夫が顔をしかめた。

「なんだ、またこいつか。最近よく見るな。誰の本？」

黙って手を挙げた真奈に、夫が本を返した。

後ろ手で本を隠しながら、真奈がたずねる。

「お父さんは、カンカンさんのこと知ってるの？」

「最近、ネットを見てると、やたら出てくる。ご意見番みたいな顔して。こんなふざけた名前の男の話を、なんでみんなありがたがって聞くんだろうな。名乗りの時点で人を馬鹿にしてるよ」

「お父さんなの」

真奈が小声で言った。何が？　と夫が問い返す。

「だから、優君の、お父さんなの」

マジか、と若者のようにつぶやき、夫はデスクチェアに座った。座るというより、力が抜けたという様子だ。

「本当に？　……と言っても、よく知らないんだけど」

スマホで検索をしながら、独り言のように夫はつぶやいた。

「見る気にもならなかったし……まあ、そんなに……毛嫌いしてはいけないのかもな。真奈の義理の父親になるんだったら……あった」

夫の言葉に、智子は彼のスマホをのぞく。

「人生謳歌世代のカントリーライフ」というSNSのタイトルが出てきた。

机の引き出しからシニアグラスを出し、夫がかけた。

すぐにプロフィールを見つけて、カンカンの生年を読み上げ、「俺より十歳年上か」とつぶやく。

「お父さん、私、老眼鏡がなくて見えない。もうちょっと字を大きくして」

字を大きくする代わりに、夫がプロフィールを読み上げ始めた。

軽妙に書かれたその文によると、カンカンこと渡辺寛治《かんじ》は都内の有名大学を卒業後、外資のコンサルティング会社を経て、IT関連の企業をいくつか起ち上げた人らしい。

ため息をついた夫が、気を取り直すようにして、再びプロフィールの朗読を続けた。

「……ということで会社にミキリをつけた我らがカンカン。ハヤバヤ早期退職ののち、同じく人生謳歌世代のマルコとともに山梨に移住。そこでカントリーライフを謳歌するつもりが、じっとしていられないのが、御存じカンカンという男」

知らねえよ、と珍しく伝法な口調でつぶやき、夫はさらに読み上げた。

「戦友マルコとともに同地でオーガニックな惣菜とパンの店『アルモニィ・ブーランジェリー』を開業（ご存じアルブラ！）。そこからの快進撃はシューチ、羞恥、いや周知の知るトコロ……」

なんじゃこりゃ、と夫がつぶやき、真奈に顔を向けた。

「ご存じ、ご存じと、そんなに有名な店なの？」

控えめな声で真奈が答えた。

「ネットの評価では、まあまあみたい」

「戦友マルコってのは誰？　イタリア人？」

「お母さんなの……優君の」

大きな音を立てて、夫はスマホを机に置いた。

「主張が濃い人たちだな」

「優吾さんは普通なのにね」

夫そっくりのため息をつき、真奈が小声で言った。

「彼も、実は親が苦手って言ってて……あまり、というか、今まで全然ご両親の話をしなくて」

座っている夫の頭越しに、真奈がこちらを見た。

「さっきの『オトコノコの福』って本の話も、この間初めて聞いた。優君にとってかなり、いやな記憶みたい。だからあの本で呼ばれてるみたいに『優吾君』って呼ばれるのをすごくいやがる」

ノートパソコンの電源を入れ、夫が「男の子のふく」と検索している。

出てきた画像のなかに、「オトコノコの福」の表紙が現れた。画像が掲載されているサイトを続いて開く。

画面いっぱいにたくさんの優吾の子ども時代の画像が現れた。この作品は全五巻のシリーズになっていたようだ。写真は幼児の頃から始まり、最後は小学校高学年ぐらいにまで成長していた。

夫がさらにパソコンを操作している。ずり落ちそうなショートパンツを押さえて笑う、三歳の優吾の写真が大きく画面に出た。

「モンローみたいだ……」

ぼそりとつぶやき、夫がノートパソコンを閉じた。真奈、と呼びかける声がした。

「ずいぶん個性的な人たちだけど、真奈は正直、どう思ってる？」

「戸惑ってる……ってのが近い、かな」

「実の息子も苦手な両親と、真奈はこれから付き合っていけるのかな？　親同士が顔を合わせたら、おそらく結納や挙式の話になる。そうなると結婚をとりやめようと思ったとき、話がこじれるよ。大丈夫？」

非難の思いをこめ、「お父さん」と智子は呼びかける。

「どうしてそんな縁起でもないこと言うの？　話がこじれるってどういうこと」

「破談を切り出したら相手への慰謝料が発生する。納めた結納金はどうするのかって問題も出る。そんなことより、式の準備が進んでいったら、真奈が結婚を取りやめたくなっても、なかなか言えない」

夫の隣に座った真奈がうつむいた。

沈み込んだ空気を変えようと、智子はなるべく明るめの声を出す。

「ねえ、お父さん、真奈ちゃんをそんなに追い詰めないでよ。言いたいことは私もわかるけど……」

真奈の傍《かたわ》らにある本を、夫が手に取る。瀟洒《しょうしゃ》な赤い自転車と写っている優吾の父親は、自分たちより一回り近く年上なのに、実にパワフルで楽しそうだ。

夫の深いため息が部屋に響いた。

「優吾君のお父さんは、たまたま日本の景気がいいときに退職だの起業だのして、うまくいったから理想論を語れる。でもお父さんたちの世代はそうじゃない。そもそも自分のことをカンカンだのマルコだのと名乗っている人たちと顔を合わせるのは気が重い」

「でもね、お父さん。ネットで使う名前って、そういうものかも。私たち夫婦がなじめないだけで」

風の音が聞こえてきた。多摩丘陵に吹きつける風は、都心よりも強くて冷たい。

おめでたい話のはずなのに。どうして自分たちはうつむいているのだろう？

いいじゃないの、と智子は声を上げる。

「主張が強い人って、わかりやすい。すぐに黙りこむ人たちのほうがわかりづらいよ。お父さんは固く考えすぎ。明日は真奈ちゃんの応援団みたいな気分でご飯を食べよう？　お父さんはあちらのご家族に、娘を一人で立ち向かわせるつもり？　私は行くよ。真奈ちゃんの味方だから」

「ケンカしにいくんじゃないから、お母さん」

真奈の言葉に「まるで殴り込みだよ」と夫もかすかに笑う。皮肉っぽさがない笑みを見て、智子はさらに声を弾ませる。

「会ってみたら、気持ちのいい人たちかもしれないよ。だって優吾さんはいい人だし。あんないいコの親御さんなんだから、きっと悪い人ではないよ」

硬くなっていた真奈の表情がゆるみ、笑みが浮かんだ。

さて、と元気よく言い、智子は立ち上がる。

「下でお茶でも淹れよう。お父さんのおみやげは何？」

「いちご大福だよ。三島で有名なんだ。真奈はいちご、好きだろ？」

「好きだよ、お母さんも好きだよね」

知ってる、と夫は答えた。だけど、こんなおみやげを妻に買ってきてくれたことは一度もない。

少しだけ、心に隙間風が吹き抜けた。寂しさを押し殺して、智子は朗らかに笑ってみせる。

「でも夜に食べたら太るかな？　明日にしようか。ほら、お父さんはお風呂。真奈ちゃんは明日の支度。睡眠不足は美容の敵よ。明日は彼ママに会うんだから、きれいにしていかなきゃ」

よっこいしょ、と声をかけ、夫が腰を上げた。

「そうだな、こんな狭いところで話をするのはよそう」

軽やかに立ち上がった真奈が、申し訳なさそうな顔になった。

「ごめんね、お父さんの部屋を取っちゃって」

「真奈は悪くない。お母さんの荷物が無駄にでっかいだけだ」

ドアをノックするように軽く桐簞笥を叩き、夫は階段を降りていった。

真奈が隣の部屋へ戻ると、再び風の音が聞こえてきた。

一人残された小部屋で、智子は桐の簞笥に手を置く。

すっかり邪魔者扱いされたが、これは父が、友だちの職人に頼んで作ってくれた嫁入り道具だ。

挙式の朝、いつも笑顔で明るく、安らげる家庭を作るようにと、父はとつとつと方言で言った。

その隣で母は、身体に気をつけるようにと、何度も繰り返していた。

きっと似たようなことを、自分たちも真奈に伝える。

上京して三十五年。

父母と暮らした歳月より、夫と暮らした年月のほうが長くなった。それでも桐の手触りは昔と変わらず、今も滑らかで温かい。

この簞笥の大きさは、遠い日の父母の愛情。ふるさとの空が、なつかしくなってきた。

健一

娘の婚約者、優吾の家族との食事を控えた朝、健一はリビングのソファに座り、妻と娘の身支度を待った。家を出る予定の時刻から二十三分が経過しているが、二階で支度中の智子と真奈はまだ降りてこない。

組んだ腕の内側から、かすかに森林の香りがした。

上着の内ポケットに手を入れ、健一はそこに入れた折り鶴に触れる。ポケットから手を出すと、さわやかなアロマオイルの香りが広がった。

このオイルをブレンドしたのは、母が入所している施設で、音楽のボランティアをしている大田《おおた》真理子《まりこ》。施設のスタッフや入所者から「リコさん」と親しまれている人だ。

二歳年上の彼女は短く切った髪に、いつも洒落たピアスを付け、落ち着きのある温かな声をしている。これまでは彼女がボランティアに来たとき、目礼をするぐらいの間柄だった。それが最近、彼女の母親も施設に入所し、健一の母親と仲良くなった。

自宅にいたときより母が笑うようになったとリコは喜び、昨日、そのお礼にアロマオイルの小瓶をもらった。このオイルを折り紙やハンカチに一滴落とし、疲れたときに嗅ぐとリフレッシュするそうだ。

深く息を吸い、健一は涼やかな香りに身を委ねる。身体のこわばりが緩んだ気がしたとき、階段を降りてくる足音がした。

「お待たせ、お父さん」

目を開けると、紺色の絣の着物を着た智子が立っていた。

じゃーん、と言いながら、智子がくるりとまわって見せる。細かな絣で描かれた模様は扇子と松竹梅で、白い帯には桃色の花が描かれていた。

「どう、お父さん？」

「よくわからない。でも、着物で行くのは張り切りすぎてないかな？」

再び階段を降りてくる足音がして、真奈が現れた。クリーム色のワンピースが菜の花のようで春らしい。

「ごめんね、お父さん、遅くなって。……どうしたの、二人とも渋い顔して」

「いや、お父さんがね、着物で行くのは、張り切りすぎじゃないかって」

何を今さら、と真奈が笑った。ほんのりと彩られたピンク色の口紅が初々しい。

「全然問題ないよ。似合ってるし、お母さんは着付けの先生なんだし。それに紬って、おしゃれなデニムみたいなものなんでしょ」

そうだよ、と智子が笑顔で答えている。母親の影響を受けたのか、真奈にも和装の知識があるのが嬉しそうだ。

「昭和の言葉で言うとジーンズみたいな感じ」

「おいおいジーパンはまずいだろ？　あちらのご両親に会うのに」

智子が軽く手を持ち上げ、着物の袖を見た。

「そこ、悩んだんだけどね。でもカジュアルなお店だし。あまり仰々しい格好で行くのも。う〜ん……やっぱりもう少し格の高いものがいいかな。着替えたほうがいい？」

まあ、いいんじゃない、と健一は投げやりに答えて、立ち上がる。格の高い着物がどういうものかわからないし、着替えたらさらに時間がかかる。

「もう行こう。ずいぶん待ったよ。あちらをお待たせしては悪い」

真奈がバッグからスマホを出した。

「わあ、ほんと、もうこんな時間。やばい、遅れちゃう」

智子と真奈が小走りで玄関に向かっていく。ハイヒールと草履を履くと、二人の身支度は完璧に整った。

早く早く、とせき立てる智子に返事をしながら、健一は盛装した妻と娘を眺める。温かな思いが胸に満ちてきた。

紺色の着物の智子と、クリーム色の服の真奈が微笑んでいる。寄り添う二人の装いは、夜空と月のような色合いでたいそう綺麗だ。

智子が心配そうな顔をした。

「お父さん、何ぼんやりしてるの？　大丈夫？　眠い？　運転できる？」

ぼんやりしているのではなく、見とれたのだ。それを口に出すのは照れくさく、黙って健一は靴を履く。

待たされたが待つ価値はあった。親子三人で出かけるのは久しぶりだ。

優吾の両親が選んだ店は、港区にあるオープンキッチンのイタリア料理の店だった。タイル貼りの床に、カウンター席とテーブル席を備えた店内はトマトソースやガーリックの香りが漂い、とてもにぎやかだ。客の服装は智子の言うとおりカジュアルだが、土地柄もあるのか洗練されている。

智子の着物はそのなかにしっくりと溶け込み、春らしい色柄の帯が洒落ていた。

ところが店の奥へ導かれ、スタッフに個室のドアを開けられたとき、心の中で驚きの声が漏れた。

こちらの床にはベージュの絨毯、高い天井には瀟洒なシャンデリア。その下には大きな円形のテーブルが置かれ、部屋の奥にはレンガづくりの暖炉が設置されている。

真っ白なクロスがかかったテーブルにはコース用の銀のカトラリーがセッティングされていた。

皿の上には慶事を表すのか、鶴の形に折られた純白のナプキンが置かれている。

すでに着席している三人は、優吾はジャケット姿だが、父親はスーツ、母親は若草色の着物に、白い帯を締めていた。着物の柄は檜扇《ひおうぎ》に色とりどりの花が描かれた華やかなものだ。

その装いを見たとき、出かける前に智子が迷っていたことの意味がわかった。同じ扇の模様だが、優吾の母親の着物は生地が滑らかでゴージャスなドレスのようだ。対する智子の着物はざっくりとした風合いの布で、たしかにジーンズのような気軽な雰囲気が漂っている。

優吾の家族が立ち上がった。子どもたちによる簡単な両家の紹介のあと、皆で円形のテーブルに着く。真奈と優吾が向かい合って座り、高梨家は円の右側、優吾の家族は左側だ。

乾杯のあと、父親のカンカンがこの日のために持ち込んだという「とっておきの泡もの」の酒について、とうとうと話し始めた。左に座っている智子に健一は目をやる。妻は相づちをうちながら時折、自分の膝に目を落としている。着替えてくればよかったという顔だ。右に座っている真奈を見ると、こちらも表情は硬い。予想とは違う室内の豪華さに戸惑っているようだ。

前菜を口に運びながら、健一はカンカンの話に耳を傾ける。

ここは彼らの「東京の別宅」の近くで「我が家のキッチン」的な店らしい。「ここなら多少のわがままを聞いてもらえるんでね」とカンカンが笑っている。

話に区切りがついたところで、優吾がなおも話し続けようとする父を止めた。

「そろそろ食べたら？　次の料理が来るよ」

「今日はめでたい日だから、ついつい口も滑らかになるんだ」

二杯目の酒を飲み干し、カンカンは上機嫌だ。その隣でマルコは上品な手つきで食事を口に運んでいる。

「しかし、あれですね、真奈さんパパ」

テーブルの向こうから、カンカンが微笑みかけてきた。

「真奈さんママも和服でいらしたとは。着物っていいものですが、ちょっと困りませんか？」

何がですか、と健一はたずねる。カンカンが親指を立てて、優吾を指し示した。

「ほら、うちの家族は男ばっかりでしょう。マルコが着物を着ると、マダムの迫力がドーンと出てしまって。優吾は若いツバメに見えるし、僕と来たら、マダムに仕える執事、じいやに見える」

「じいやならまだしも……。僕は先に来てたんですけど、サングラスを掛けてここに入ってきたカンカンを見てびっくりしたよ」

「ああ、これかい？」

優吾に指摘されたサングラスを内ポケットから出し、カンカンが掛けた。ティアドロップ型の黒いサングラスだ。気落ちしていた智子が声を弾ませた。

「あら、トム・クルーズが掛けてたサングラス。映画の『トップガン』で」

その言葉に健一はスープを飲む手を止める。

学生時代、映画サークルの後輩だった智子の、古今東西の名作を一通り見ておきたいという希望に応じ、自分の好みはさておき、見ておくべき国内外の作品を厳選し、彼女を誘って名画座に通った。鑑賞の前後には下宿や喫茶店で、その映画の見所や俳優の魅力を解説したものだ。

ところが智子の最愛の俳優はトム・クルーズで、不動のベストワン映画は「トップガン」。その牙城は崩せなかった。自分も嫌いではないが、あれほど多くの名画について解説したのに、すべてトム・クルーズの前には無力だったかと思うと報われない。

サングラスをかけたカンカンが感心している。

「ほほう、トムを連想しますか。若いな、真奈さんママ」

「トム」という英語の発音が良すぎて、「タム」と聞こえた。きっと「トップガン」も本場風の発音で言うのだろう。

料理にはたいして手も付けず、カンカンは機嫌良く話し続けている。

「レイバンのコイツで僕が思い出すのは『西部警察』の渡哲也だな。あと、形は違うけど、『あぶない刑事』の舘ひろしと柴田恭兵。で、このグラサンをかけて、着物の女性の隣に立つとね、僕はマダムにつきまとう悪い男に見えてしまう」

悪い男というより、と優吾が苦笑した。

「うさんくさい。どう見ても怪しい熟年ホストか詐欺師だよ」

まったく、そのとおりだ。健一はひそかに優吾に同意する。

右手の人差し指と親指で指鉄砲をつくり、カンカンが優吾に向けた。

「優吾、今の発言は大門刑事だったら撃ってる。タカ&ユージなら殴ってる」

そして、と、なぜか智子がいきいきとした様子で続いた。

「マーヴェリックなら即、撃墜です」

サングラスを外し、カンカンが白い歯を見せて笑った。

「真奈さんママは話していて楽しいな。才気煥発、当意即妙。こんな奥様といたら、真奈さんパパも毎日楽しいでしょう」

「さあ、どうでしょう」

当たり障りのない相づちを打ったが、智子に悪い気がして健一は言い添えた。

「長い間一緒にいると互いに空気のような関係になりますからね。普段はあまり意識しません」

それは自分の考えというより、結婚したとき、披露宴のスピーチで上司が言っていた言葉だ。夫婦は恋人と違い、これから良くも悪くも互いに空気のような存在になっていく。上司はそう言っていた。そのあと、夫婦が大事にするべき三つの袋、「堪忍袋、給料袋、お袋」の話に続き、最後は雨が降っていたので「雨降って地固まる」の言葉で彼は祝辞を締めた。古き良き時代の昭和の結婚式のスピーチだ。

あの人、どうしてるだろうか……。

はるか昔に定年退職していった元の上司のことを、数年ぶりに思い出した。あの当時、ずいぶん大人に見えた彼らの年を、自分も智子ももう超えている。

それでも真奈が結婚し、目の前の家族と親子の関係になるのかと思うと実感がわかない。そして大事なものを取り上げられたような気分になってくる。

そのせいだろうか。まるで逃避しているかのように、彼らの会話の輪のなかに入っていけない。まあ、いいか。そう思いながら健一はパンにバターを塗る。婚礼において父親ができることなどほとんどない。滑舌のいいカンカンの声が聞こえてきた。

「真奈さんパパは情熱的だ。空気のような存在ってことは、君がいないと死んでしまう、って意味だもんね。なかなか人前でそういう台詞は言えませんよ」

健一は曖昧《あいまい》に笑ってパンを口にする。

メインの料理が運ばれてくると、話題は着物の話に移っていった。

マルコが智子の着付けが綺麗だとほめている。着付けの講師をしているのだと、真奈が嬉しそうに母を紹介した。

照れながらも、智子が小さくマルコに頭を下げている。

「でも、ごめんなさい……気取りのないお店と思ったので、軽めの装いで来てしまいました」

「あら、そんなことないわよ。真奈さんママのお召しもの、素敵よ」

それほど興味がないようだが、マルコも和装に詳しいようだ。智子の着物が織られた北関東の地名を挙げた。へえ、と感心した声をあげ、優吾がマルコを見ている。

「ぱっと見ただけで産地がわかるんだ」

「わかるわよ。優吾クンのお祖母様もたまに着てるじゃない？　でも真奈さんママのほうがお値段はうんと高価。エルメスのリザードのバーキン30ぐらいかな。帯も素敵な作家ものね。シャネルのマトラッセ20ぐらい」

「マジ？　なんだかよくわかんないけど、車が買えそう」

「えーっ、車？　そんなにするの、お母さん？」

マルコの言葉は謎だが、優吾が言った「車が買える」はわかりやすい。真奈と同じ思いで健一は妻を見る。智子が手を横に振った。

「そんな、これはあの、リサイクルのお店で購入したんです。帯はインターネットのオークションで……どちらも私にとっては思いきった買い物で、大事にしてますけど、元値はともかく、そんな、車が買えるほどのお値段では」

あら、とマルコがつぶやいた。

「リサイクルのものを、そのまま着てらっしゃるの？」

「いいえ、洗い張りに出して、私のサイズに仕立て直しています」

素晴らしい、とカンカンが音を立てずに拍手をした。

「実にサステイナブル。古着を仕立て直して着る。真奈さんママは時流の最先端を行っていますよ」

「古着ってわけじゃないんです。未使用でしたから。箪笥で眠っていたものに光を当てた感じです」

私、とマルコがゆったりと言った。

「若い頃は伝統あるメゾンのお品が好きだったんです。でも、最近はモノにまったく執着がなくて。着物も折々に母がつくってよこすんですけど全部、箪笥のこやし。今度、母に言っておこうかな。古着でもいいわよって」

マルコの言い方に棘《とげ》を感じて、健一は肉料理を切る手を止める。

突然、優吾が笑い出した。

「マルコさんはひどいな。未使用の着物を古着って言うなら、僕の車は年代ものの中古だけど、どういう目で見てるんだよ」

「どう見てるかって？　優吾クンの車？」

マルコが可愛らしく小首をかしげた。

「走るポンコツ」

ひどい、とつぶやき、優吾が横を向く。

私は苦手、ガレージの車、とマルコが追い打ちをかけた。

「コンパクトでもいいから新しいのがいい。うちの男の人たち、ガラクタを集めたがるんですよ。カンカンも古時計が好きだし」

「現代では作れない技法のものもある。新しければいいってものじゃないんだ」

苦々しげな口調のカンカンの声を聞きながら、健一は不思議に思う。優吾が家に来たとき乗っていたのは、年数が経過した車ではなかった。優吾はもう一台、車を持っているのか。そして、それは実家のガレージにあり、ずいぶん大切にしているようだ。

集めているとマルコは言っていた。彼は何台、車を持っているのだろう？

同じ疑問を抱いたのか「優君」と言ったあと、優吾の親に遠慮したのか「優吾さんは」と真奈が言い直した。

「お母さんのことをマルコさんって呼ぶの？」

聞くべきことは他にもあると感じ、健一は真奈へ視線を送る。真奈は気付かず、一途な眼差しで恋人を見つめていた。

答えようとした優吾の口に、まだ食べものが入っている。彼の代わりに、カンカンが答えた。

「僕らは昔からそうですよ。名前で呼び合ってる。カンカンっていうのはさすがに最近ですけど、前は僕のことを寛治さんと呼ばせていた。親というより一歩先んじて生きている、一人の人間として、僕らは優吾と相対したい。子どもといえど一個の人間ですから」

食べ終えた優吾が「あの、ですね」とカンカンの言葉が終わらぬうちに畳みかけた。

「でも僕は真奈さんとの間に子どもが生まれたら、パパ、ママ、またはお父さん、お母さんって呼ばせたい。だってその子にとって、そう呼べるのはDNA的にはこの世に一組だけだから」

「親の心、子知らずですよ」

カンカンが肩をすくめ、お手上げだというジェスチャーをした。

私、と再び、マルコが強い口調で言った。

「親子の呼び方もそうなんですけど、既成の概念にとらわれたくないっていうか。もっとマインドフルネスに……エシカルでエフォートレスに。肩のチカラを抜いて生きていきたい。ずっと都会で暮らしてきたけれど、自然のなかにいる心地よさを覚えたら、もう東京には戻れません。だからね、優吾クンの結婚式もシンプルな感じがいいんじゃないかって思うんです。手作りで」

手作り？　と聞き返した智子に、「そうです、手作り」とマルコが繰り返した。

「まずお客様へのおもてなしのお料理は手作り。私が主宰しているスタジオのスタッフたちと身体にやさしいお料理を作ります。ケーキカットのケーキも手作り。ぜひ、お母様と真奈さんもケーキ作りに参加してください」

「ええ？　参加、ですか」

反対とも賛成ともつかぬ智子の口調に「そうです」と有無を言わせぬ強さでマルコは答えた。

「美しい森の緑の伽藍《がらん》のなかで、二人は永遠の愛を誓い合い……そのあとは参列者全員で丘の上に立って、タンポポの綿毛をみんなでフウッと吹くんです。願いをこめた掛け声をかけながら。『ハッピー・ウエディン』」

「グ」の代わりに、マルコは唇をすぼめて「フーッ」と息を吐いた。

何それ、と、これ以上ないほどに優吾が顔をしかめている。

「ウエディンフー？　それ、みんなでやる気？」

「そうよ。タンポポ・ウエディングと呼ぼうかな。大丈夫、うちのスタッフ、優秀だから」

「待って、それ、決定なの？」

優吾の言葉を聞き、健一はナプキンで口を押さえる。

決定も何も。そんなことを君らで勝手に決めるな――。

心のなかで優吾親子を叱りつけ、健一は娘に目をやる。自分の婚礼の話なのに、沈んだ顔で真奈は皿を見つめていた。

ハッピー……ウエディンフー、と健一はつぶやく。

会話の輪のなかに、加わるべき時が来た。

真奈

「ハッピー……ウエディンフー」

父が呪いの言葉のようにつぶやいた。

その声に、真奈は顔を上げる。今まで黙々と食べ続けていた父の言葉に、皆の目が集まる。

「無理です」

ナプキンで口を押さえたあと、きっぱりと父はマルコに告げた。

「まず一つめの理由。綿毛のついたタンポポはすぐに崩れる。配った時点で毛が飛びます。二つめ。参加者の人数分の綿毛のタンポポを揃えるのは物理的に無理です。三つめ、季節を考えましょう。真奈たちの挙式予定は六月か七月です」

「なんだって無理と決めつけたら、そこで終わりでしょ！」

リキッドで一本ずつ描かれた眉をつりあげる勢いで、マルコが言い返す。

この部屋に入ったとき、マルコのメイクはウェブの写真と同じく素顔風に見えた。しかし、席について間近で見ると、この人のメイクは実は濃い。

カンカンが笑顔を浮かべ、場をなだめるような口調で言った。

「真奈さんパパのご指摘はごもっとも。でもね、その無理をなんとかしようってトコロに、大きな感動が生まれるんですよ」

「感動、ですか」

冷ややかに父は笑った。

「ご自身の式でされたらどうですか。銀婚式か金婚式で。これは優吾君と娘の結婚式です」

再び父が冷ややかに笑った。その笑みにカンカンがたじろいでいる。

「言い方、お父さん」

そっとたしなめると、母も加勢した。

「そうよ、正しければいいってものじゃない、言い方ってものがあるわよ」

母と娘の言葉に、父が目を伏せる。それを見て、申し訳なくなった。

父が無理だと言ってくれて、すっきりした。

勝手に話を進めていくマルコに、実はモヤモヤした気持ちを抱いてもいたのだ。

優吾の温かな声がした。

「お義父さん、どうか気にしないでください。おっしゃるとおりですから」

「私はまだ君の義父ではないよ」

優吾が一瞬、寂しげな顔をした。それを見て、真奈は声を強める。

「だから、言い方！　お父さん！」

父が内ポケットからスマホを出した。シダーウッドのような香りがふわりと立ち上る。

昨日から、父は時折いい香りがする。深い森のような、謎めいた香りだ。

父がスマホを操作して、メモのアプリを呼び出した。

「言い方が悪いならあやまるよ。でも、優吾君と真奈は、挙式についてどう考えているんだ？　実現可能かどうかはさておき、この際だから皆さんの意見を聞いてみたいですね。カンカンさんは？」

僕から？　とカンカンがたずね、「そうだね」と考え込んだ。

「僕は特にプランはないいな。優吾と真奈さんさえよければいい。ただ、招待客の人選を考えると頭が痛い。ハワイやヴェガスで海外ウエディングをしたらどうかな、身内だけで」

スマホに文字を打ち込み、「優吾君は？」と父は促した。

「僕は普通に、結婚式場で……今の職場の名古屋でするか、東京でするかで悩みますけど」

「真奈は？」

「私はレストランでのお式もいいかなって思う。みんなで、おいしいものを食べて……ささやかでもいいから、心温まる感じ。お母さんは？」

「お母さんたちもそうだったけど、ホテルはどう？　お父さんはどうなの？」

スマホに文字を打っていた父が、手を止めた。

「神社付属の結婚式場が……いいと思ってる」

どこの？　と聞こうとして、「神田明神？」と真奈は父にたずねる。

父はうなずき、母はなつかしそうに目を細めた。

七五三の折、江戸総鎮守の神田明神に参拝した。そのとき花嫁花婿の行列を見た。参拝者が大勢いるなか、境内に赤い毛氈が敷かれ、その上を二人の巫女に先導された花嫁花婿と参列者たちが静々と本殿まで歩いていく。

当時は何もわからず夢中になって拍手をしていたが、今も心に深く残るのは、秋晴れの青い空と白無垢の花嫁。新郎新婦に差し掛けられた番傘の赤い色だ。

ありゃー、とカンカンの陽気な声がした。

「タンポポ・ウエディングに海外ウエディング。結婚式場にレストラン・ウエディング。ホテルか神社での挙式と披露宴。見事にバラバラだ」

スマホのメモを父が眺めた。

「そうですね。……真奈と優吾君の意見ですら合ってない。ちゃんと二人で話し合ってるの？」

すみません、と優吾が頭を下げた。

「まだ具体的なことは」

「お父さん、優君……優吾さんを責めないで。私たちも忙しくて」

マルコが卓上にあるベルを鳴らした。澄んだ音が室内に響く。

ウェイターが個室に入ってきた。続けて何かを言おうとしていた父が黙る。

マルコが手を上げ、無言で空のグラスを指差した。著書やＳＮＳでは素朴そうな雰囲気なのに、女王然とした仕草だ。

ウェイターがうやうやしく、そのグラスにワインを注ぐ。ほかの席のグラスにも飲みものを満たすと、彼は静かに去っていった。

グラスを口に運び、マルコがゆったりと皆の顔を見回した。

「落ち着きましょうよ。意見はバラバラでも選ぶのは一つ。それを間違いなく選んで、実行すればいいだけ。ですよね？」

学級会で発言する人のように、母が手を挙げた。

「あのー、こういうのは資金をいちばん出す人の意見を優先させるのがいいと思います。私たちも援助しますが、真奈は本当に頑張り屋で。毎日お昼も会社にお弁当をつくって、結婚資金をこつこつ貯めてきたんです」

私も、と父が母の意見に同意した。

「できれば真奈の意見を尊重してやってほしいです。優吾君は結婚資金、あまりないんだよね」

そうなんです、と優吾が恥ずかしそうに言った。

「結納金を納めたら、あとはカツカツ……」

「それなら結納金はなくていい。二人の今後の暮らしに当ててほしい。新生活に必要な真奈の嫁入り道具は私たちでなんとかするから」

優吾があわてた様子で手を横に振った。

「いや、それがその、あまりにどうかと思って、親に相談したところ……」

しどろもどろと言った様子の優吾の話しぶりに、カンカンが割って入った。

「それなんです、その話をしなければ。……ごめんね、真奈さん。結婚資金が無いのを怒られたって話、優吾に聞いた。それは怒るよ。あなたの怒りは至極当然」

「私、怒ってなんていません」

それができたなら、結婚の準備はとうに進んでいる。優吾に疎《うと》まれるのが怖くて強く出られないから、会場に関する二人の意見もまとまらないのだ。

カンカンが軽く頭を下げた。

「真奈さん、優吾は結婚を軽く見てたわけじゃない。ただね、男ってのは己の牙を研《と》ぐ資金が必要なときがある。僕が言ったんだ。二十代は金を貯めるより、自分への投資にかけろって。どうか許してやってください」

カンカンの言葉が心に刺さった。

自分への投資？

女子会もランチの誘いも断り、ひたすら貯金をした。そのせいか今では誰にも昼食に誘われなくなり、学生時代の友人とも疎遠《そえん》になってしまった。

その間に優吾は英会話にゴルフにテニスに釣りと、自分への「投資」をしていたのか。いや、それは単なる趣味じゃないのか。

気持ちが乱れる。でも場の空気を沈ませるのがいやで、真奈は無理に微笑む。

カンカンが微笑み返してきた。お洒落なバーのカウンターが似合いそうな、粋《いき》で洒脱な笑顔だ。それが妙に苛立たしい。

「そのかわりといってはなんですがね……」

カンカンが今度は母に微笑みかけている。落ち着かない様子で、母はグラスの水を飲んだ。

「結納も含め、優吾の婚礼の費用は僕らが援助します。それからマルコの両親と、僕の父も。つまり、優吾には三つの財布が付いていると考えてくだされば」

いやな表現だ、と父がつぶやいた。

「たとえ身内でも、人を財布よばわりするのは」

すみません、と優吾が頭を下げた。

「僕が不甲斐ないばかりに……」

でも、わかりやすいでしょう、とカンカンは悪びれずに言った。

「優吾はどちらの家にとっても一番末の孫でしてね。可愛がられてきました。だからご心配なく。結納はできます。しかるべき人物を使者に立てて」

「使者ですか。それはまた大仰な」

父の言葉に、カンカンは肩をすくめている。

「令和のこの時代に、たしかに大仰だと僕も思いますよ。でも、マルコの実家は手広く事業を営んでいましてね。彼女もそのなかの役員に名前を連ねて、いろいろ付き合いがあるんです」

「でも、私、そういうことには疎くって」

ほんのりと目のふちを赤くしたマルコが会話に加わった。

「……全部、父と兄にまかせています。いわゆる名士的な？　そういう人を使者にお願いするって話になってるみたい」

えっ、そこまで話が？　と母がつぶやく。まったく同じ思いだ。

マルコがゆったりとうなずいた。

「こういうことは先様のご都合もあるから、早めに打診しないと。とにかくお日にちを決めないとね。二人を今後も見守ってくださるような方を御使者と御媒酌人に……」

勝手に決めるな、と優吾がマルコの言葉を遮った。

「俺、僕ら……そんな偉い人に世話になる予定はない。使者も媒酌人も無しでいいよ」

「でもね、就職のときだって、そうした方々がお口添えをくださったでしょう。優吾クンの力では今の会社への就職は無理だったわよ」

「そういうことを言う？　しかもこの席で」

優吾の激しい口調を聞きながら、真奈は就職活動の頃を思い出す。

皆が就活で苦戦していたとき、たしかに優吾は早々と優良企業に内定していた。むろん彼は優秀だったが、母校はそれほど知名度が高くない。自分自身、今も並みいる有名大学卒業の会社の同期のなかで、引け目を感じるときがある。

優吾はいわゆるコネ入社だったのか。

これまで彼との生活レベルの違いをあまり意識したことはなかった。しかし今日のたった数十分の間に、今さらながら育ってきた環境に違いがあることを感じた。

テーブルの上にある優吾の手が、固く組み合わされている。

「たしかに就職のとき、最初の選考のときぐらいは便宜をはかってもらえたかもしれないよ。でも、最終的なところでは、ウチ程度のコネでは通用しない。マルコさんは自分と自分の実家の力を過大評価しすぎだ」

「恩着せがましいこと言うなって？　でも優吾クンだって、自分の実力を過大評価してない？　真奈さんパパに愚図だって叱られちゃったくせに」

マルコが口元に手を当て、クスッと笑った。仕草は可愛らしいが、言っていることはきつい。

「愚図だとは言っていません」

再び淡々とした口調で父は言う。

マルコと父の視線が一瞬絡み合った。ふふっとマルコが再び可愛らしく笑った。

「真奈さんパパ、優しいのね。愚図じゃないなら、私はあなたたち愚鈍だと思うけど」

真奈もですか、と母が抗議した。

「愚鈍ね。優吾クンの手綱は緩めてないで、ちゃんと引かなくちゃ。それにね、真奈さんだって、もし優吾クンが転職するんだったら、力になってくれる人がいると嬉しいでしょ」

「人を馬扱いするな。それに転職なんてしない」

憤る優吾に「そお？」とマルコが首をかしげた。

「だって、真奈さんが可哀想じゃない。自分だって働いてるのに優吾クンの転勤先に一緒に行くの？　行きたくないでしょ？　子どもができたら？　真奈さんが一人で育てる？　私、カンカンが単身赴任中にワンオペ育児したけど大変よ。転勤のない会社に転職してほしいよね、どう？」

「えっ……それは、あの」

優吾が強い目でこちらを見ている。マルコの挑発に乗るな、と伝えているみたいだ。

「ちょっと……そこまでは、まだ、考えて、なくて」

なんて答え方だろう。これではまさにマルコの言うとおり、愚図で愚鈍な女の返事だ。

こちらの返事をあっさりと聞き流し、マルコが優吾に顔を向ける。

「この先、転職だったり、子どもの就職だったり、力になってくれる人がいるのは大事なことよ」

父がため息をついた。

「いや、優吾君も真奈も、自分たちの力でやっていけますよ」

「とはいえ、とはいえ」

フランス語のように言い、カンカンが話に入ってきた。

「大事なお嬢さんとのご縁。優吾は甘すぎる。そこはきっちり詰めないと」

あの、と再び母が手を挙げ、遠慮がちだが、凜とした声で言った。

「私たち、真奈を大事に育ててきました。どこに出しても恥ずかしくない、とまでは言いませんが、できる限りのことはしてきたつもりです。真奈も真面目な、いい子です」

親の欲目かも知れませんが、と小声で言い、母はうつむく。しかし、すぐに顔を上げた。

「私どもはそんな大層なおうちではないんです。私の親はすでに他界してますし、夫の母は高齢で、金銭的な援助はできません……。それこそ、マルコさんがおっしゃるとおり、肩のチカラを抜いて、エフォートレスに」

言葉に詰まった母が、グラスをつかんで一気に水を飲んだ。

「だから、どうか肩の力を抜いて、気取らないお付き合いをさせていただければと思います。二人の式もその方向で」

しかし、ですね。と、カンカンがとろけるような笑顔を母に向ける。

「結婚資金をいちばん多く出す人の意見が最優先だと、今のところマルコの実家がトップですから、つまり、マルコの意見が……」

「勘弁してくれよ」

優吾のうめくような声がした。

「俺はいやだよ、ウエディンフー。普通がいい、普通の挙式がいい。頼むから」

「真奈さんはどう思ってるの？」

マルコの視線がまっすぐに向かってきた。

「あの、ハッピー、ウエディンフー、も可愛いですけど」

けど？　とマルコが聞き返す。その低い声が怖い。

「私も、優吾さんと同じく、普通の式がいい、です」

「そこは息があってるのね。でもね、結婚式って、百組いれば百通りの式があると思うの。二人に聞くけど、普通ってなあに？」

「それは、これから、優吾さんと探します」

なんとか笑顔を浮かべ、真奈はそれ以上の返事を拒む。でもマルコの言うことにも一理ある。

普通の結婚式。「普通」ってなんだろう？

第三章　三月〜四月

智子

梅が咲き終わり、桜の開花が待ち遠しい時期になった。

一階の寝室に布団を敷きながら、智子は柱の時計を見上げる。

日付が変わるまであと一時間。今日は帰りが遅くなるから、夕食はいらないと真奈は言っていた。優吾と二人でいるので心配する必要はないが、それでも何かあったのかと今夜は気にかかる。

先週の土曜、二人は山梨にある優吾の両親の家へ挨拶に出かけた。そして今日は優吾の母、マルコの実家に出かけている。どちらも東京近県で気軽に行ける距離だが、先月の食事会で、互いの実家の暮らしぶりや、結婚式への考え方が大きく異なることを知った。

両家での食事会の折、優吾は仲人を立てるつもりはないと言っていた。ところが彼の両親、特に母親のマルコは仲人を立てることにこだわっている。あれから三週間近く経過するが、結論はまだ出ていない。

布団を敷いたあと、風呂上がりの前髪にカーラーを巻き付け、智子は二階に上がる。真奈には

「昭和の人みたい」と笑われるが、ホットカーラーの熱で髪を傷《いた》めるのはいやだし、もとより昭和時代の生まれ。正真正銘の昭和の人だから構わない。

夫の書斎兼着物部屋をノックすると、不機嫌な返事が戻ってきた。暗い雰囲気を払おうと、智子はほがらかに呼びかける。

「ねえ、お父さん。入っていい？　私、明日の支度をしたいの」

「いやだと言ったら入ってこないのか」

棘のある言い方……。思ってはみたが口には出せず、智子は黙る。こんなとき、真奈が父をたしなめる「言い方！」というあの口ぶりを真似してみたい。

その一言は、「寸鉄人を刺す」の言葉通り、真奈がぼそっとつぶやくだけで、夫は一瞬たじろぐ。そして、そのあときまって口調が和らぐ。それが面白くもあり、同時にまったく面白くない。娘には弱いのに。どうして夫は妻に対しては当たりが強いのだろう？　最後まで一緒にいるのは子どもではなく、伴侶、配偶者、お連れ合い様、つまり妻なのに。

部屋に入ると、真剣な顔で夫はパソコンを眺めていた。そんな表情を見ることはめったにない。考えごとをしている横顔が、妙に格好良く見え、怒りはすぐに収束してしまった。

「なんだ、ごめんね。お父さん、仕事中？　だったら言ってくれればいいのに」

無言で、夫はキーボードを叩いている。学生時代からの付き合いだが、働いている夫の姿を見たことはない。職場ではこんな様子なのかと思うと、優しい気持ちになってきた。

「お父さん、格好いいね。仕事ができる男って感じがする」

「何言ってんだよ、馬鹿」

言葉は悪いが、まんざらでもない口調で言ったあと、キーボードを叩く音が大きくなった。もう話しかけるな、と言われているようだ。

桐の箪笥から、大事にしている桜色の紬を智子は取り出す。

明日は着付け教室の指導のあと、母方の従姉《いとこ》、伊藤恵《いとうめぐみ》と会う。

六歳年上の恵は母の姉の娘で、智子の郷里の隣町の出身だ。実家は歯科医で、郷里の医院は兄が継ぎ、恵自身は東京の大学の歯学部を出て、都内で審美歯科のクリニックを開いている。

恵はアンティークの櫛と簪を集めるのが趣味で、彼女に誘われて骨董市に行ったり、着付け教室に通ったりしたのが、和装に関わるきっかけだった。もともと仲はよかったが、趣味が合うので、今では幼い頃より親密だ。

桜色の紬に、淡い緑か玉子色の長襦袢を合わせたくなり、智子は再び桐箪笥を開ける。畳に広げた衣装敷に着物を置くと、夫の背中が目に入ってきた。

その背を見ていると、新婚の頃を思い出した。当時の住まいは六畳と四畳半の2LDKのアパートで、ユニットバスではない風呂とトイレが嬉しくてたまらなかった。本やビデオが多くて手狭な家だったが、その分、互いの距離が近く、視界のなかにはいつも彼の姿があった。

真奈が生まれたことでそのアパートを出て、やがてこの家を買った。娘が独立したことで、今度は夫婦それぞれの趣味の部屋を持てるようになったが、気が付くと自室にこもり、会話が激減している。

着物に合わせる帯を選びながら、智子は夫に声をかけた。

「ねえ、お父さん。こうしていると新婚の頃を思い出すね。あの頃はいつも同じ部屋にいて。お父さんはパソコン通信したり、私は本を読んだり」

「あのアパート、まだあるかな」

「そんなに古くはなかったから、まだあるんじゃない？」

急にその住まいを見に行きたくなり、智子はコーディネートの手を止める。新婚時代の部屋も、学生時代に住んでいたアパートも、さらに言えば、ふるさとの家も、すべてがなつかしくなってきた。

「お父さん、そのうち二人で見に行こうか。新婚時代や学生時代に住んでたアパート」

「見て、どうするんだ？」

「どうもしないけど……」

顔を上げると、再び夫の背中が目に入ってきた。白くなった髪と、痩せた背中に、一緒に年を重ねてきた実感がわいてくる。

「お父さん、私たち、上京したときは小さな下宿にいて。そのときはまだ、お互いのことよく知らなくて。そこから、ほんと、ここまで頑張ってきたよね」

感傷的な気持ちがこみあげ、智子は小さく洟をすする。夫は何も言わず、パソコンの画面を見つめている。涙ぐみそうになったことが恥ずかしくなり、智子は夫の背に笑いかけた。

「ねえねえ、お父さん。これ、明日着るんだけどね。……ピンクの着物に合わせる帯、黒地と深緑。どっちがいいかな」

わからん、と言った夫がちらりと衣装敷を見た。

「桜餅みたいだね、ピンクと深緑」

面倒臭そうな口調に、邪魔をしているような気分になり、智子は夫に背を向ける。

「そっか。じゃあ桜餅にしようかな。……明日ね、恵さんに会うんだけど、真奈の結婚式にお招きしようと思って。ご夫婦で来てもらえたら、ぜひ」

「そうだな、恵さんのご主人は真奈の恩人だしな」

恵の夫は婦人科の医師で、都内の病院にいる。二十数年前、里帰り出産で実家に帰っていたとき、大晦日に出血したことがあった。そのとき、たまたま恵夫婦が帰省していて、力になってもらったことがある。それ以来、二人は何かと真奈のことを気に掛けてくれ、一人っ子の自分にとっては、姉夫婦のように思っている人たちだ。

夫が時計を見て「遅いな」とつぶやいた。

その机の上に結婚式関連の本が何冊も積んである。本にはたくさんの付箋が貼られ、どれも読み込まれていた。

夫は昔から何事にも、のめりこむ性格だ。高校時代は好きな映画の影響で、バンドを組んでいたそうだ。大学に入ってからは映画サークルの活動に夢中になっていたが、下宿の部屋にはほこりをかぶったエレキギターがいつまでも置いてあった。

知り合った頃に、そのギターを弾いてくれたことがある。上手だった気がするが、隣の部屋の学生に「うるさい」と怒鳴られた記憶のほうが鮮やかだ。

夫のため息が聞こえ、智子は振り返る。

「ごめん……私がいると邪魔?」

「邪魔じゃないけど、気になることがあってね」

夫がパソコンを操作すると、プリンターが動き始めた。印字された紙を一枚取り、彼はその書面をじっくりと見ている。

「真奈の結婚式は六月か七月の予定って言ってたよな。六月なら、もう三ヶ月前だ。通常は、その時期には式場の選定も結納もすっかり終わって、招待状に取りかかっているものらしい」

「結納も何も決まってないもんね」

「あれは名言だったのかな」

何が？　と聞き返すと、夫は腕を組んだ。

「この間、マルコさんが言ってた、『優吾クンの手綱は緩めちゃ駄目』的なことを。馬扱いするなって彼は怒ってたけど、けだし名言……かもしれん。これは真奈や周囲の誰かが、しっかり手綱を取らないと、何も進まないぞ」

真奈以上に、親もしっかりしなければ、ということだろうか。

しかし、これではまるで優吾が駄馬みたいだ。

「でも、お父さん、今日は二人とも優吾さんのお祖父ちゃん家《ち》……マルコさんの実家に行ってるし。そこで一気に話が進展しているかも」

「それが真奈たちの希望にかなったものならいい。でもあっちの家業の付き合いで振り回されるのは気の毒だ。そもそも……」

夫がパソコンのキーを叩き、画面を見た。

「式場の予約はできるのか？　六月って、ジューン・ブライドの月だ。結婚を考えてるカップルにとって人気の月じゃないか。来年六月だって、予約が入ってるかもしれない。俺たちの式の記録を見たんだけど……」

「そんな記録が残ってたの？」

夫がうなずき、机の引き出しから古びた書類と、黒い手帳を出してきた。昔はモールスキンと呼ばれていたその手帳は、スマホでスケジュール管理をするまで、常に夫のそばにあったものだ。

夫が手帳をめくりながら、書類と照合している。

「ちなみに俺たちは九ヶ月前には下見をして、八ヶ月前には式場を決めていた。五ヶ月前には招待客のリストを作って手配をし……三ヶ月前の今頃は『トモツン、エステ』……挙式前のエステをどうするかって決めてた」

「なつかしい！　あれは人生、初のエステサロンだったたな。真奈ちゃんにもプレゼントしたいな」

「いや、エステの前に決めることが山積みだよ。今とは時代が違うのを差し引いても、あの二人はのんびりしすぎてる。マルコさんが言ってたな、『愚図、あるいは愚鈍』。なんて、ひどいこと言う人だと思ったが……」

けだし名言？　と聞くと、「かもしれん」と夫はまた答えた。

着物に当て布を置き、智子はシワに軽くアイロンをかける。繊細な絹の特性を考えると、熱を加えないほうがよい。それでも人目に付きそうなシワはそっと延ばしておきたい。

同じように、若い二人の考えが及ばぬところには、親がそっと手を貸すべきかもしれない。

「どうしたらいいのかな。真奈ちゃんは、たいていのことはしっかりしてるけど。こと、優吾さんのことになると甘いのよね」

「惚れた弱みだよ」

夫の口からそんな言葉が出たのが意外で、智子は彼に目をやる。

寂しそうにも、冷めているようにも見える表情で、夫は机に積まれた本に手を伸ばし、「オトコノコの福」を引き出した。

「恋人も夫婦も『好き』の分量は同じじゃない。たくさん惚れてる方が常に相手に譲歩する。あの二人は真奈のほうが優吾君に惚れてるんだ。だから、強く出られない」

幼い優吾が笑っている本の表紙を智子は眺める。今も整った容姿をしているが、三歳の頃の優吾は天使のようだ。

「真奈ちゃんって、面食いなんだな……」

「トモツンも人のことは言えないよ。トム・クルーズ命だったんだから」

思わず吹き出した。やっぱり小さな部屋はいい。夫とこんな話をするのは、何年ぶりだろう？

「トム様は格好いいもん。健君もまあまあだけどね。うちの『好き』の分量はどうなってるのかな」

「見ろ、この部屋を。俺は着物に囲まれてるんだぞ」

机の横や背後に置かれたスチールラックを見て、智子は笑う。

たしかに、この部屋だけを見れば、夫は妻に譲歩している。

でも、お互い様じゃないかな。心のなかでつぶやき、智子はアイロンを片付ける。

健君、トモツンと呼びあっていた時代から、自分のほうが惚れている、というより、彼はずっと憧れの先輩だった。だから、大事な局面では常に夫に判断を譲り、立ててきたつもりだ。

黒い手帳を引き出しに戻し、夫はため息をついた。

「うちの真奈は奥手だけど、優吾君みたいなタイプはガールフレンドが途切れたことがないだろう。本人にその気はなくても、まわりが放っておかない。そういう意味でも真奈は分が悪い」

夫の言葉の古めかしさに、智子は思わず笑った。

「ガールフレンド！　昭和の人って言われちゃうよ」

「女が途切れたことがないと言うのは生々しくて。そんな男に娘をまかせると思うのもいやだ」

娘をまかせる、か、と智子はつぶやく。しかしマルコの言い方だと、手綱をまかされているのは真奈のほうだ。立場が違うと、感じ方も変わる。

おそらく、夫が優吾に辛辣《しんらつ》なのは、結婚資金のことがあるからだ。

彼は真奈と同じく、結婚のために貯蓄に励んでいた。妹が結婚するときも、他界していた父親の代わりに、かなり大きな額をお祝いとして渡している。苦労人の夫から見れば、優吾はのんびりした、お坊ちゃまに見えるだろう。

夫が本を机に戻し、印字した紙をA4サイズの茶封筒に入れ始めた。

「現実的に考えて、六月、七月の挙式は無理じゃないかな。優吾君も、人事異動で東京に戻ってくるなら、部署が変わったばかりで大変だ。挙式は仕事に慣れてからでもいいんじゃないか。秋か、年末あたり」

「私に言うより、真奈ちゃんに言ってよ」

夫が腕時計を見た。

「そのつもりだけど、遅いな」

「それなら先にお風呂に入って。真奈ちゃんが帰ってきたら、すぐに温まりたいだろうし」

意外にも素直に立ち上がり、夫は部屋を出ていった。これで遠慮なく、明日の支度ができる。それなのに、なぜだろう。彼が部屋を出て行ったとたん、寂しくなってきた。

明日の着物の支度を終え、智子は一階に降りた。夫はまだ風呂に入っている。

長風呂だな、と思いながら、智子はそっと脱衣場をのぞく。

浴室から水音がした。倒れているわけではなさそうだ。

「ただいま」という声がした。

お帰り、と、玄関に向かって智子は声をかける。暗い顔をした真奈が台所に入ってきた。

「どうしたの、真奈ちゃん、疲れてない?」

ハンドバッグを床に置き、よろめくようにして真奈が食卓についた。そのまま卓に顔を伏せ、「づがれだー」とうめいている。疲労困憊《こんぱい》のせいなのか、言葉が不明瞭だ。

「ちょっと、なんて声を出してるの」

「心の叫び。……遠かった、凄かった、とにかく疲れた」

郷里の名産の洋梨のジュースをグラスに入れ、智子は食卓に置く。礼を言ったあと、ジュースを一口飲み、真奈は大きな息をついた。

「ねえ、真奈ちゃん、何が凄かったの？」

「マルコママの実家が凄かった。ずっと、延々と、長々と、敷地の塀が続いてた」

へえ、としゃれを言ってみたが、真奈は取り合わない。

「お家も広かったな。玄関ホールだけで、私が前に住んでたマンションぐらいの広さがあった。それからあとは庭の木が動物。あれはツゲの木？　うちにもあるあの木が、キリンや恐竜の形に刈り込まれて、芝生の庭にポコポコあった」

それは庭というより、専門家が管理している庭園だ。

「すごいお宅なんだね」

うん、と力なく真奈は答えた。

「山梨のカンカンとマルコさんの家はお洒落だったけど、まだ居心地よかったな。マルコママの実家は威圧感が凄い。私たち、まずお茶室に通されて……」

庭園がある家なら、茶室があっても不思議ではない。幸いにも、着物好きの母親の影響か、真奈の高校時代の部活は茶道部だ。

「茶道、お母さんはそんなにだけど、真奈ちゃんは大丈夫でしょう」

それがまったく、と言い、真奈は首を横に振った。

「肝心なところを忘れて。優吾さんが、『どうやって飲むんだっけ』って、お祖母ちゃんにお作法を聞いてくれたから、乗り切れた」

初めて優吾が家に来たとき、真奈は優君と呼んでいた。それが先日の食事会以来、彼のことを優吾さんと呼ぶ。微妙な距離を感じてひそかに心配しているが、面と向かうと理由が聞きづらい。

ねえ、真奈ちゃん、と呼びかけ、智子はためらう。少し悩んだが、呼び方のことはやはり無視することにした。

「……茶道を少し習っておく？」

「そんな付け焼き刃でいいのかな」

「付け焼き刃でも無いよりいいよ。この先、そういう機会が何度もあるかもしれない。とりあえず、カルチャーセンターで三ヶ月……って、もう三ヶ月後には花嫁じゃない！」

「それがね、式場を下見しようと思ったけど、私たち完全に出遅れてて。六月、七月はもう予約でいっぱい」

やっぱり、と心のなかで智子はつぶやく。夫の予想通りだ。

「今日は、優吾さんの伯父さん……マルコさんのお兄さんも同席してて。顔が利く式場があるからって、そこを事前に調べてくれてた。やっぱりその時期、そこの式場も予約でいっぱいなんだって。でも十月にキャンセルがあったから、とりあえず仮押さえをしたって。こういうことは一年ぐらい前から計画するものだって、伯父さんはあきれてたけど」

「うちのお父さんもそう言ってた」

「私たち、やっぱり愚図で愚鈍なカップルなのかな」

そこまで言わないが、たしかに出遅れている。

「平気、平気。これから追い上げていけばいいよ。それなら秋までうちにいる？」

真奈が首を横に振った。

「優吾さんは六月に東京に引っ越してくるでしょ。ひとまず二人で暮らし始めようかと。籍を入れるタイミングは、六月でも秋でもいいから」

「了解。で、その伯父さんの顔が利く式場ってどこなの？」

ためらったのち、真奈が小声で式場の名前を言った。

椅子から腰を浮かせそうになったのを、智子は寸前で抑える。真奈が挙げた式場は都内でも指折りの、格式あるホテルだった。

「えっ！　そんなところで挙式……」

一体、いくらかかるの？　心に浮かんだ言葉を呑み込み、智子は別の言葉を探した。

「お、お母さんは人生で、数えるほどしかそこに行ったことがないな。お芝居を見に行ったあと、お友だちとお茶を飲んだことがある」

そのときは紅茶の値段に驚き、ケーキを食べるのをあきらめたのだった。それでもその一杯はおいしく、貴婦人のような優雅な気分になったものだ。

私だって、と真奈が口ごもった。

「前に行ったときは、パンケーキを食べずにコーヒーだけ飲んで帰った。優吾さんの従兄姉たちは、みんなそこで式を挙げてるんだって。ほかにも何かいいことがあると会場はそこ……あのホテルなら間違いないって言うんだけど」

「当たり前でしょ。国賓《こくひん》やセレブが泊まるんだから！」

だよね、と真奈が遠い目をした。

「私、そんな式場、想像したこともなくて。出席者の人数も、渡辺家の招待客は数が多いの。だから招待客の費用は、人数分を頭割りして負担ってことになり……」

「優吾さんち、そんなにお客様が多いの？」

多い、と言い、真奈がため息をついた。夫のため息はいらつくのに、真奈がつくと切ない。

「私、帰りの電車のなかで数えたんだけど、三島のお祖母ちゃんは参列できないだろうし、お父さんの伯父さんは亡くなってるし。四国の美貴《みき》叔母さんの家は二人か三人？」

四国で暮らしている夫の妹、美貴は八年前に離婚し、息子が二人いる。一人は大学の浪人が決まり、もう一人は留学中だ。

「美貴叔母さんのところは一人か二人じゃないかな。お母さんは兄弟がいないから、恵さんのご夫婦に来てもらう予定」

「そうなると、うちの親戚の参列者は最多で四名、最少二名」

「真奈ちゃんのお友だちや会社の人は？」

軽い気持ちで聞いたのだが、傍目に見ても心が痛むほど、真奈は肩を落とした。

「私、呼べる人が少なくて。来てくれる人は会社関係が三名。友だちは……大学時代の友だちが一人か二人。それから、優吾さんと私がいたゼミの先生。これで終わり」

真奈が指を繰り、ため息をついた。

「私側のお客様は最多で十名。最少で七名。手の指で足りる」

親戚が少ないのは仕方がない。しかし、真奈はそんなに友だちがいないのだろうか。

「真奈ちゃん、ほかにご招待する人いないの？」

いない、と答えた真奈の瞳が、わずかに潤んで見えた。

「招待したら『えっ、どうして私が？』って、内心、戸惑いそうな友だちなら、それなりにいる」

「真奈ちゃんがそう思ってるだけで、喜んでお祝いに来てくれるかもよ」

「断られるのつらい。困らせるのもいや。確実に来てくれそうな人にしか声を掛けたくない」

寂しげな真奈の顔に、智子は考え直す。

思えば大人の付き合いは広くて浅い。人生の節目に立ち会ってくれる友人が一人でもいれば、すごいことだ。

「そうか、友だちって数が多ければいいわけじゃないしね。それで、優吾さんのほうは……渡辺家はどれぐらいの人数なの？」

「マルコさんは四人兄妹、カンカンさんは兄弟三人」

親族が多いな、と智子は人数を勘定する。仮に優吾の親族が夫婦だけで出席しても、それだけですでに真奈の招待客を越えてしまう。

それから、と言って、真奈が目を伏せた。

「マルコさんのご実家と、カンカンさんの関係者。優吾さんは異動前と異動後の部署の人を両方呼ぶから、この時点でかなりの人数。お友だちを入れると八十人から百人近くだって」

そんなに？　と聞いた声が裏返った。たしかにそこまでの規模なら、大きな式場が必要だ。でも真奈の招待客は最大で十名だ。

「優吾さんのほうの人数、少し削れないの？」

「マルコさんのご実家は、いずれ優吾さんに事業を手伝ってもらいたいみたい。だから今後のことを考えて、ご招待する人が多いようで……優吾さんは最初は反発してたんだけど、最後のほうはおとなしくなっちゃって」

「優吾さんが費用を出すわけじゃないもんね」

「そこなの」

真奈がため息をつき、肩を落とした。

「もともと、その伯父さんと仲がいいみたいで。だから、『優吾に悪いようには絶対しない』って言われて、それならおまかせしたほうが楽かも、的な流れに。いいのかな、それで」

台所の扉が開き、タオルを頭に乗せた夫が顔を出した。

「真奈、帰ってたのか。遅かったじゃないか」

「今、真奈ちゃんの話を聞いてたところ。お父さんも聞いてよ」

「そうか、ちょっと待ってて」

階段を上がる足音がした。夫は二階の書斎に入ったようだ。しかし、すぐにA４サイズの茶封筒を抱えて戻ってきた。

真奈と智子が並んで座った席の向かいに、夫が座った。席を立ち、智子は発泡酒を一缶、彼の前に置く。少しだけ嬉しそうな顔をして、夫が缶を開けた。ひとくち飲むなり、「うまい！」とつぶやき、目を細めている。

家族みんながそろった春の夜、風呂上がりの発泡酒はうまいに決まっている。

顔をゆるませた夫が、真奈にたずねた。

「ところで、結納はどうなった？」

「結納は、使者を立てないで、挙式予定のホテルでお食事会をしようってことになったよ。マルコさんの家の人たちは納得してない顔をしてたけど、そこは優吾さんが押し切った」

そうか、と答えた夫が不思議そうな顔をした。

「挙式予定のホテルって？　決まったの？　どこ？」

ためらいがちに真奈が告げた会場の名に、夫も驚いたようだ。何かを言いかけようとして、口をふさぐようにして発泡酒を飲んだ。

缶を置いた夫が言葉を選びながら、ゆっくりと話し始めた。

「お父さんは……式場や費用のことを調べてみたんだけど。そこは調べるまでもなく、すべてにおいて業界トップクラスだね」

「それを真奈ちゃんとさっき話してたの。招待客関係の費用は、参列者の頭割りで負担。真奈ちゃんたちは六月に一緒に暮らし始めるけど、その時期は予約でもういっぱいだから、挙式は秋でどうかって」

そうか、と夫が腕を組んだ。

「やっぱり出遅れていたか。これは……あちらが仕切るにせよ、真奈がしっかりしないと、うまく進まないな」

真奈がうつむき、「でも……」とつぶやいた。

でも、じゃない、と夫が強い口調で言った。

「真奈が常に譲って、彼の希望を優先してしまう気持ちはわかる。でも、そういう関係は長くは続かないよ、無理をしているわけだから。真奈も譲れないところがあるだろう。そこは主張すべきだ。無理を重ねるとその分、壊れたときの衝撃が大きいぞ。ドカーンと行く」

爆発を表すような手振りを夫がした。真奈が顔を上げ、その手振りを見た。

「その『ドカーン』は私が？　それとも優吾さんのほうが？」

「どちらが爆発しても、ダメージは双方大きい。そこで、だ」

茶封筒から夫が書類を出してきた。さきほど熱心に印刷していた紙だ。

「お父さんが、チェックリストの表を作った。これがまず、すべてをまとめた総合リスト」

真奈に手渡された二十枚ほどの書類を、智子ものぞきこむ。

表は一年前から挙式前日まで一ヶ月ごとに区切られ、その時期に確認すべき項目がびっしりと書かれていた。チェックを終えた日を書き込む欄や、備忘欄まで設けられた立派な表だ。

再び、封筒から書類を出し、夫が真奈に手渡した。

「これは、総合リストの内容を分野別に分けたもの」

受け取った書類を真奈がめくる。衣装、食事、会場装飾、引き出物などと書かれた、個別のチェックリストが次々と現れた。

うわあ、細かい！　と言いながらも、智子は食事会に関するリストに目を留める。そこには両家が顔を合わせる際には「当日の親の服装を双方で確認して、雰囲気を合わせる」と書いてあった。この間の食事会で、真奈たちがこれを確認してくれたら……。準礼装のマルコの前で、いたたまれない思いをしないですんだのに。

思わず声に力がこもった。

「お父さん、これ、すごくいいね。至れりつくせり。何をするべきか、すべて書いてある」

そうだろ？　と答えた夫が「いいかい？」と真奈に顔を向けた。

「このリストを順番通りに確認して、一つずつマーカーで印を付けていけば、誰でも滞りなく式があげられる。ちなみに」

夫が封筒から黄ばんだ紙を出した。ワープロでよく使われていた感熱紙だ。

「お母さんと結婚したときに、お父さんが作ったリストはこれ」

「そんなのあったの？　初めて見るわ」

渡された感熱紙には、文字のインクが薄れているが、真奈に渡されたものと同じ体裁の表が書かれていた。チェック欄には赤いペンで印が入り、備忘欄には手書きの文字で、さまざまな記録が書かれている。智子の手元を真奈がのぞきこんだ。

「お父さん、『トモツン』って、お母さんのこと？」

「そこはあまり見るな」

「『トモツンとケンカ』だって。見て、ここ、お母さん。ショボーンって手書きの顔文字入り」

「そこはあんまり見るなったら、もう！」

夫が手を伸ばし、智子から感熱紙を奪い返した。

「ちょっと、お父さん、返して。なつかしいわぁ。もっと読ませてよ」

「見せたいのはそこじゃない。このリストの威力についてだよ。お母さんに聞くけど、我々の結婚式の感想は？」

思いおこせば、自分たちの結婚式はすべてが順調だった。苦労した記憶はまったく無い。

「何のトラブルもなかった。すべてが順調、滞りなく……そうか、お父さんが陰できっちりチェックして、問題をクリアしてたんだね。このリストのおかげ？　つまり威力は」

「平成時代に実証済みだ」

風呂上がりの一杯に酔ったのだろうか。「トップガン」のトム・クルーズのように、夫が親指を立てた。そんな陽気な仕草を見るのは初めてだ。

「その平成版リストに、今回お父さんが最新情報を織り込み、令和の改訂版をつくった。我ながらほれぼれする出来《でき》だよ」

　申し訳なさそうに、真奈が小声で言った。

「でも、お父さん、式は優吾さんというか、マルコさんの家の人が仕切ってくれるみたいで」

「真奈はそれでいいのか？」

　真奈が父を見て、何かを言おうとした。しかし、再びうつむいた。

　その様子に、夫の声が優しくなった。

「……たとえ、そうだとしても、全体像を把握しておくのは大事だよ。たとえば真奈のドレスだったり、会場の装飾だったり。どの時期に何をするべきかがわかっていれば、人にまかせるところと、自分たちで仕切るべきところがはっきりする。真奈が絶対に譲れない項目も」

　うつむいた真奈が、父の作ったリストを読み始めた。

　しばらく読んでいたが、顔を上げた。その表情がいきいきとしている。

「お父さん……このリスト、すごいね。何をするべきかが、ぐいぐい頭に入ってくる。ねえ、さっきの平成版の写真も撮っていい？　どうやって使うのか、お手本にする。もう一回、見せて」

「いやだ、真奈もお母さんも笑うから」

　笑わないよ、と智子は答える。

「私も見たい。だって、感熱紙の印字はそのうち消えちゃうでしょ。今だって、もう文字が薄いもの。手書きの文字だって、いつまで残るかわからない」

　感熱紙の表を、夫がじっと見つめている。そして、何かを思いきるようにして、真奈に渡した。

　真奈が立ち上がり、食卓に置かれた感熱紙の写真をスマホで撮っている。

　彼女の隣に並んだ夫が、「そうだ」と言った。

「大事なことを忘れてた。真奈、優吾君には、絶対これを見せるなよ」

「えー、どうして？　シェアしたい」

真奈の口調の可愛らしさに、智子は微笑む。疲れ切った声は消え、娘らしい華やいだ声が戻ってきた。夫が首を横に振った。

「やめとけ、細かくて鬱陶《うっとう》しい奴と思われる。今風に言えば『ドン引き』確定。お父さんも、お母さんには絶対見せなかった。これは社外秘だよ」

夫の隣に並び、智子は軽くその背をつつく。

「社外秘って、うちはいつから会社になったのよ」

からかいながらも、卓上の感熱紙を眺めた。手書きの「トモツン」という字に、じんわりと目頭が熱くなる。備忘欄に書かれた記録はまるで夫の日記のようで、二人で始める新婚生活への期待と喜びが素直に綴られていた。

写真を撮りおえた真奈が父に身体を寄せ、腕を伸ばした。

「ついでに三人で写真撮ろうよ。お母さん、もう少し、お父さんに近寄って」

戸惑っている夫の肩に顔を寄せ、智子は微笑む。

両親と自分をスマホの画面に上手に収め、真奈が数枚の写真を撮った。自撮りに慣れている世代らしい早業だ。

「真奈ちゃん、その写真、お母さんにも送って」

「OK、お父さんは？　いらない？」

「いるよ。送って」

「感熱紙の写真は？　それも送っとく？」

そっちはいらない、と苦笑する父に感熱紙を返し、真奈は頭を下げた。

「お父さん、ありがとう。すごく参考になります」

「それならよかった……早くお風呂に入れ。湯が冷める」

封筒を手にして、夫は早足で台所を出ていった。

お父さん、照れてる、と智子がつぶやくと、真奈は笑った。その笑顔がかけがえのないものに思え、智子は我が子を見つめる。

挙式の予定が秋になっても、娘は六月にこの家を出ていく。

家族で過ごすのもあと三ヶ月。

いつかこの夜を、なつかしく思う日が来るだろう。


新宿教室での着付けの指導を終え、智子は藤沢方面へ向かう電車に乗り込んだ。

日曜日の午後、春の光は暖かい。車窓には白い花をつけた木蓮や咲き始めた桜が現れては消えていく。

これから従姉の恵と、世田谷区にあるアンティークショップ「晴着屋」で待ち合わせだ。真奈の結婚式への参列を恵に依頼したあと、今日は二人で思う存分、美しい髪飾りや着物を堪能したい。

スマホにメッセージの着信音がした。

着付け教室の生徒たちからの写真とお礼のメッセージだった。

一月から担当していた初心者講座のカリキュラムは全十回。最終日の今日はコース終了の試験をかね、それぞれが自分で着装したあと、プロのカメラマンによる撮影を行った。

正月の時点では腰紐を結ぶのもおぼつかなかった生徒が、今では一人で帯を結び、晴れやかな着物姿で写真におさまっている。その笑顔を見ていると、自分の顔もゆるんでしまう。

好きでこつこつ覚えてきたことが、誰かの役に立つのは嬉しい。こちらこそ、お礼を言いたい気分だ。

着付けの指導は日曜の新宿以外にも、火曜は銀座教室、木曜は京王線沿線の町で講師をしている。どの町の指導も楽しみだが、真奈の結婚準備のため、四月開講の講座はほかの講師に預けて、休むことにした。六月の婚礼が終わったら、夏から始まる講座に復帰するつもりだ。

ところが昨日聞いた話では、真奈の挙式は十月に延期になるらしい。そうなると、年内開催の講座への復帰は難しい。

通信添削の仕事で得た収入は家計に入れるが、着付け講師の謝礼は自分の裁量で使える報酬にしている。ささやかな額だが、年内いっぱい、それが途切れてしまうのは心もとない。

でも、まあ、いいか。

娘の婚礼支度を調えるのは、人生で何度もない。今年は家族で過ごす時間を大切にしたい。

生徒たちからのお礼のメッセージを読んだあと、智子は昨夜、真奈から送られた写真を眺めた。家族三人で笑っている写真も好きだが、二十数年前の結婚式のチェックリストも見飽きない。夫が綴った感想欄を読んでいくと、当時の記憶がよみがえってくる。

そのなかのひとつ「トモツン、衣裳のランクアップに大喜び」という文字に智子は微笑む。

あのとき、挙式のセットプランに入っているランクの衣裳に気に入ったものがなかった。着たいドレスや打ち掛けのレンタル代はどれも追加料金がかかり、しかも高額だ。言い出せなくてあきらめかけていたとき、母に送った衣裳の試着の写真を父が見た。そして、なぜか、智子にはもっと似合う晴着を着せてやりたいと言いだし、母に言わせると「へそくり」を出してくれたのだった。

服装には関心がなかった父の突然の発言と、秘密の貯金があったことに母は驚いていた。しかし、それは貯めたものではなく、大事にしていた釣り具や盆栽を売ってつくったものだった。数年後、父の葬儀の席でそれがわかった。

じんわりと涙がにじんできた。

ところが続いて、父の釣り具にそんな価値があったことに母が驚いていたことを思いだし、吹き出してしまった。

娘の婚礼をきっかけに、忘れていたことが次々と心によみがえる。

列車が最寄りの駅に着いた。にぎやかな商店街を抜け、智子は細い路地に入る。そして最奥にある一軒家の門を開けた。

世田谷の閑静な住宅街にある「晴着屋」は、一階はコンディションの良いヴィンテージとリサイクルの着物の店、二階は会員制のカフェ兼サロンで、ここでは店主の板東晴香《ばんどうはるか》が集めた和装小物や、丁寧な手仕事の着物や帯を販売している。

数年前までは、週末は恵とともに骨董市に遠征していた。しかし、最近は二階のサロンで店主の晴香がセレクトした品を眺めながら、お茶を飲んだり、ささやかな買い物をするのが好きだ。

二階に案内されると、恵はすでに品物を見ていた。朱塗りの小箪笥の前に女性のスタッフと座り、引き出しに入った帯留めを熱心に見ている。

メグさーん、と智子は小さく両手を振る。

「お久しぶりー。お待たせしちゃったー？」

「全然してないー。というか、ここならいくらでも待てちゃう」

智子と同じ手振りをしながら、恵が笑う。

母親の家系の遺伝なのか、恵も智子と同じく小柄で、顔立ちも体型も丸っこい。

おめでとう、と恵が優しく言った。春の光のなかで、白い蚊絣《かがすり》の着物が輝いてみえる。

「昨日はおめでたいお知らせをいただいて。真奈ちゃんのお式、喜んで二人で参列するよ」

「今日はこれから、あらためてお願いしようと思ってたのに」

「いいって、あらたまらなくて。私とトモちゃんの仲じゃない」

智子がスタッフに軽く会釈をすると、彼女は小簞笥の引き出しを閉めた。続いて飲みもののオーダーを取り、階段を降りていく。

晴着屋のサロンは二間続きの畳の部屋の中央に、中近東の絨毯が敷かれた和洋折衷のしつらえだ。奥の部屋の絨毯には座卓、手前の部屋の絨毯には衣裳敷を敷き、小物や着物を見られるようになっている。品物はすべて、壁に添って置かれた和簞笥と小簞笥に納められ、客はその引き出しを自由に開け、中身を見ることができる。

引き出しの中身は毎月、テーマに沿って入れ替えられ、今月のお題は「花の乙女たち」だ。

買いものができる、小さな美術館のようだと智子はいつも思う。

奥の部屋の座卓につき、恵が感慨深げに言った。

「あのちっちゃな赤ちゃんが花嫁さんか……。お相手はどんな方？」

「いい人だった。すらっとして。メグさんは『オトコノコの福』って本、知ってる？」

「知ってる。ゆーごクンだっけ？　三巻と四巻に、歯の矯正の話があってね。その縁で読んだ。今もあれを読んで、矯正の相談に来る親子がいるよ。それにうちは孫が男の子だから、今、まさにお嫁ちゃんが読んでる」

「その、ゆーごクンだった人」

えーっ、と恵が驚きの声をあげた。

「あの子、もうそんな年？　まあ、そんなものか。で、結婚？　真奈ちゃんと？　私たち、ゆーごクンと親戚になるんだ。でもトモちゃん、それは少し手強いね」

恵が腕を組み、首を横に振る。

「私の記憶だと、しっかり者のゆーごクンはふんわりしたマルコママの小さな恋人みたいだったな。あれは普通の親子より、うんと仲が近そう」

「そんな感じだったっけ？　お尻を出してる写真のインパクトが強くて、中身は覚えてない」

恵に続き、智子も腕を組む。あのシリーズはいまだに一巻しか読んでいない。続巻のあらすじを見ると、思春期へ向かう男子の身体と心の成長について、かなり踏み込んで書かれているようだ。今の自分にとっては、優吾のプライバシーを勝手にのぞいているようでためらってしまう。

しかし、「しっかり者のゆーごクンと、ふんわりしたマルコママ」という一連の本のイメージは、実はまったく逆なのはわかった。

少女のような雰囲気だったが、マルコはあの場にいた誰よりも冷静で辛辣だった。実は夫のカンカンより頭の回転が速くて、切れ者かもしれない。

階段を上がってくる足音がする。

桃色の着物を着た若い女性がお茶と菓子を運んできた。続いて若葉色の着物を着た女性が、黒いベルベットのジュエリートレイを五箱、座卓の下に置いた。

女性たちが去っていくと、今度は藤色の着物に黒羽織を重ねた晴香が現れた。長めに描いたアイラインが切れ長な目を強調し、右の唇の下にあるほくろがたいそう婀娜《あだ》っぽい。

「お待たせしました。お二方にはつい、あれもこれもお見せしたくて」

晴香が座卓の前に座り、しとやかに頭を下げる。いえいえ、と恵が陽気に手を横に振った。

「私たち、花の乙女に戻って楽しくおしゃべりしてましたよ」

「それでは、花のおしゃべりに私も仲間入り」

晴香が座卓の向かいに座り、ジュエリートレイを三つ座卓に並べた。

黒いベルベットの箱の上に、花々が描かれた櫛と笄《こうがい》のセットが整然と納まっている。

藤の花の櫛と、松を描いた笄の一組を、晴香が指差した。

「こちらの一組は、恵さんのお好みではないかと思って。藤の花は女、松は男を現すモチーフ。二つ合わせて男と女」

黒地に螺鈿《らでん》で描かれた藤と松が、ひそやかに輝いている。わずかな光の加減できらめくその様子は、恋する男女の心模様のようだ。

「恋人からの贈り物だったのかな?」

小声でつぶやき、恵が螺鈿の櫛を眺めた。

「結ばれぬ定めの恋をした女性が、秘めた思いを託して職人に作らせ、自分自身へ贈ったというのも素敵ですね」

「たしかにそんなイメージも……。ハートに命中です、晴香さん」

櫛に見とれている恵に微笑み、晴香が次のトレイに手を伸ばした。

「次は智子さん。椿の花がお好きとうかがったので。髪飾りと帯留めを揃えてきました。この乙女椿、実はブローチなんです。金具をつければ帯留めにも」

「晴香さん、私も命中。好みのど真ん中です」

ピンクの八重の椿をかたどった陶器の帯留めを、智子は眺める。真奈に似合いそうだ。ほれぼれと櫛を眺めていた恵が、晴香に話しかけた。

「トモちゃんは今度、お嬢ちゃんが結婚するんですよ」

二月に両家で食事をしたとき、先方の母親が一目で名店の品とわかる着物を着ていたことを智子は語った。

「とてもお似合いだったんです。コーディネートも素敵で。良家の奥様って感じがしました」

「智子さんは何を着ていらしたの？」

「この間、晴香さんからお迎えした、あの紬です。カジュアルなお店だったので、ちょうどいいと思って。……洗い張りから帰ってきたあの結城、ふんわり、とろとろの着心地で」

空気をたっぷりとはらんだ糸が織りなす着心地を思い出すと、思わず笑みが浮かんだ。しかし、あの食事会の気まずい思いも一緒によみがえってきた。

「……でも、あちらは準礼装でいらしたからドキドキしました」

「でも先様も智子さんを見て、紬にすればよかったって思ったかもしれませんよ」

晴香の言葉にうなずき、「ドンマイ、ドンマイ」と恵が笑った。幼い頃から、落ち込むたびに彼女はそう言ってくれる。

「着物が好きな人なら、トモちゃんと話が合いそうじゃない？」

それがね、と言ったあと、智子は口ごもる。

「ちょっぴり感覚が違うというか。……私の着物と帯の本来のお値段……前のオーナーが買ったであろうお値段のことを当ててきた。エルメスとシャネルのバッグの価格にたとえて」

あの日は帰りの電車のなかで、マルコが挙げたブランド品の名前を検索してしまい、そこに現れた値段に再び驚いた。金額を言うかわりに、さらりとそうした物でたとえられる……ということは、マルコはその二つの品を持っているのだろう。

それはいやだな、と恵が顔をしかめた。

「そういう人って着物に限らず、他人の住んでいる場所やら家族のことやら学歴、職歴、いちいちチェックして較べてきそう。面倒臭い」

「メグさんはチェックされたって負けることないでしょう」

「勝ち負けの問題じゃなく、同じ土俵に乗りたくない。あれはどこのブランドの服だ、値段はいくらだって、人の持ちものを値踏みする人って、いやね」

櫛をトレイに戻した恵が感慨深そうに言った。

「だけど、世代を感じるな。通貨の単位がブランドのバッグって。でもね、私も持ってるけど、革のバッグは重たくて。娘がいたら譲るんだけど、うちは子どもも孫も男の子だから」

お嫁さんは？　と智子がたずねると、恵は憂いを帯びた表情になった。

「うーん……いやだな。この間、ちょっとしたことで『お義母様《かあ》の感覚って、いわゆるバブル？あの世代の人ですよね』って、小馬鹿にされたから」

「何が原因で、お嫁さんはメグさんをその……小馬鹿にしてきたの？」

「孫の習いごとの話でね。楽器のことでもめた。『援助はしてほしいが口は出すな』的な態度を取られて、ムッとした。でも、お金を出すなら、どう使うのか聞きたくなるよね」

恵の言うことはもっともだが、昨日、マルコの実家で真奈が味わった思いを考えると、返事の歯切れが悪くなる。

恵がやるせない表情で続けた。

「でもね、そこで価値観がぶつかるの。若者のすべてが正義で、年寄りのすべてが老害じゃなかろうに。……だから、私のバッグや和装のコレクションは譲らない。向こうだっていらないって言うだろうけどね」

晴香が妖艶に微笑み、座卓の上に五つのジュエリートレイをきれいに並べ直した。

「誰かに譲ることをお考えになったら、うちにお持ちくださいな。美しいものは、美しい人の手から手に渡って旅をする。恵さんのセンスに共鳴する誰かが、この店でお品を大事に引き継ぎ、次の旅に連れていきます」

座卓の上で、トレイに並べられた美しいものが、魅力を放っている。どれも惜しみなく手間と時間を費《つい》やされ、すぐれた審美眼を持つ店主に選び出された品々だ。

恵が櫛と笄が乗ったトレイを再び眺めた。

「それなら私、これを引き継ぎます」

藤の櫛と松の笄を恵が指差す。

男と女。夫と妻。夫と母。一人の男をめぐる、二人の女。

漆黒の地に、青や緑にきらめく螺鈿細工を見ながら、智子は真奈とマルコのことを思う。

自分が知っている女性のなかで、恵はもっとも人柄がよく、知的な人だ。そんな彼女も息子の妻には当たりが強い。真奈はこれから、マルコとそうした関係になっていくのだ。

真奈は及び腰だったが、やはり、お茶とお花の初歩だけでも学んでおいたほうがいい。真奈が時間を作れるのなら授業料は援助する。習いごとだけではない。結婚式の費用の分担も増やしたほうがいい。真奈もきっと母親と同じだ。着たい衣裳があっても、高額だと遠慮してしまう。

予定より、どんどんふくれあがっていく結婚式の費用が怖い。

でも、あとには退けない。娘が肩身の狭い思いをしないよう、夫に費用の増額の相談をしようと智子は心に決めた。

健一

幼い頃は入学式の頃に桜が咲いていた。それが今では卒業式に合わせたように花が咲く。出会いの時期に咲くのもよいが、花は別れのときにあったほうが寂しくなくていい。

三月下旬の金曜の夜、書斎の机に飾った桜の花を健一は眺める。

五時間前、会社を早期退職する人からその花を渡された。

一つ上の先輩で、社会人になって初めて配属された部署で隣の席にいた人だ。やがて彼が別の部署に異動し、さらに別棟の建物にある、事業所に移ったことで交流は途絶えていた。

それが今日の夕方、別棟に行ったとき、偶然に廊下で出会って立ち話をした。

今月末付けで彼は退職するが、出社するのは今日が最後だという。職場の人々から贈られた花束を手にしていた。

退職後の身の振り方について話を向けると、「まあ、ぼちぼちやっていくさ」と彼は小さく笑った。そして、抱えていた花束から桜の小枝を折って差し出し、「高梨君も頑張れよ」と言った。

その花を見たとき、昔、漢文の授業で聞いた、井伏鱒二の訳詩が心によみがえった。

〝ハナニアラシノタトヘモアルゾ〟

彼との別れ際、「そのうち飲もう」と互いに言い、軽く肩を叩き合った。

でも、「そのうち」という日はおそらく来ない。そんな予感がした。

机に落ちた花びらを手で集め、健一は訳詩の最後の一節を口ずさむ。

〝「サヨナラ」ダケガ人生ダ〟

書斎の扉が開き、智子が入ってきた。

「ねえ、お父さん、ちょっといい？　この前の話なんだけど……」

物思いをさえぎられ、健一はため息をつく。この部屋は智子の着物部屋も兼ねているので、入ってくるときに遠慮がない。

「何だよ、この前の話って。それから入ってくるときは、一声かけてくれよ」

「細かいなあ。わかったわかった、気をつける」

よっこいしょ、と言いながら、智子がスチールラックにたてかけた折り畳みの椅子を広げた。

「ねえ、見て、お父さん。ディレクターズチェアを買った。お父さん、こういうの好きでしょ。どう？」

健一の椅子の隣に椅子を運び、智子が座った。足を組んで背中をそらせ、映画監督をまねたように「カット！」と言っている。

「どう？　ヒッチコックに見える？　見えないか」

智子が照れたように笑った。以前ならその笑顔に「見えないね」と答えて、一緒に笑っていた。それなのに最近、口も顔も強張って動かない。返事をしようと思っても、のどのあたりで言葉がつかえてしまう。なんとか「まあね」と答えると、それを皮切りに言葉が続いた。

「なんで椅子を買ったんだ？　着付けに必要なの？」

「お父さんとこの部屋で親睦を深めようと思って。椅子があると、ゆっくり話ができるでしょ」

「話なら飯食ってるときでも、寝室でもできるだろ」

「だってお父さん、このごろ早くから寝ちゃうし、ご飯を食べてるときにするには重たい話だし。話はね、真奈ちゃんの結婚費用のこと」

「それなら先週、結論は出ただろう？」

先週の日曜日、真奈の結婚に関する資金援助の額を増やそうと智子は提案した。そのために老後用の貯蓄を取り崩すか、それを担保に貸し付けを受けようと言うのだ。

一時的に今後の備えは減るが、それは退職金で穴埋めができるのではないか、というのが智子の意見だ。しかし、智子が提案した増額分はあまりに高額で、賛成できなかった。

結婚式に関する資料を見ると、自分たちが用意した費用は世間一般と言われる額だ。新郎側の主導で進めている挙式の規模が豪華すぎて、ささやかに見えるだけだ。それだって我が家の招待客の人数から考えると妥当な額だと思う。

智子に向けていた自分の椅子の向きを、健一は机に向ける。ノートパソコンを起動させ、この話は終わりだということを、暗に示してみた。

ところが、智子は席を立たず、机の上に手を伸ばして、桜の花をいじっている。

「私ね、あれからまた考えたの。でも、真奈ちゃんがいるときには話しづらくって。今日は真奈ちゃんは花金で遅いから、じっくり話そうと思ったわけ」

「花金」という言葉に郷愁《きょうしゅう》を感じ、智子が触れている桜を、再び健一は眺める。

一九九〇年代、「花の金曜日」を略したその言葉が使われていた頃、まさにこの花をくれた人と、金曜の夜は飲みにいった。自分が真奈の年代だったときの話だ。小さなため息がこぼれる。

花を触っていた智子が手を止め、非難めいた視線を向けてきた。

なんだよ、とその視線に抗い、健一は心のなかでつぶやく。

家にいるときぐらい、自由にため息をつかせてほしい。

でも口に出しては言えない。代わりに、再び先週と同じ言葉を言った。

「この間も言っただろう。父母に両家の祖父母。財布が三つの家と、張り合っても無駄だって」

優吾の父、カンカンが言った「財布」という表現に嫌悪感がある。ところが、口に出してみると、これほど状況を的確にとらえた言葉もない。それも癪《しゃく》にさわる。

だけどね、と智子が食い下がった。

「だからこそ考えてあげなきゃ。真奈には私たちしかいないんだから」

「どうして金銭的なものばかりに重きを置くんだ？　世の中にはもっと大事なものがあるのに」

不服そうに智子が首を横に振る。

「えー、何？　愛はお金では買えないとか言う？　たしかに買えません。でもね、お父さん、経済的な余裕がないと、愛はすり減るの。お金って潤滑油《じゅんかつゆ》だから。足りないと摩擦が多くて、ギスギスして、傷だらけになっちゃう」

たしかにそうだ。現に今も、金銭のことで自分たち夫婦は口論をしている。もし、今、宝くじに当たっていたら、こんな争いもせず、すべてを真奈のために費やすのに。

だからと言って、譲れない思いがある。

机に向けていた椅子の向きを、健一は再び智子に戻した。

「金では買えない貴重なものを、真奈は持っている。だから堂々としていればいいんだ。あちらがやりたがる豪華な式は、あちらの都合。先方の見栄の張り合いに、我が家が乗る必要はない」

「真奈が持ってる貴重なもの？」

真剣な顔で智子が考えている。我が子を褒めるのは照れるので黙っているつもりだった。しかし、その表情を見て、言葉を続けることにした。

「難しいものじゃないよ。健康と知性と教養。いくら経済的に余裕があっても、この三つは金銭では買えない」

「お父さんの言いたいことはよくわかる。でもね、それは男の考え。建前です」

智子が真顔になり、椅子に座り直した。

「だって、我が家の負担額が少ないと、真奈ちゃんはウエディングドレスも気兼ねして選べない。うちの子はね、花嫁衣装のレンタル代を気にするタイプ。素敵だと思っても、高価なドレスを選ばない。真ん中ぐらいを選ぶ子よ」

「いいじゃないか、中庸で」

そうしたバランス感覚の良さは、この先の人生できっと役に立つ。

智子の表情が渋くなった。「わかってないな、この人」と言いたげだ。

「お父さん、あのね。真奈ちゃんが、その中庸？　真ん中クラスのドレスが気に入ったならいいの。でも、一生に一度よ。何度も着られるものじゃない。婚礼衣裳は私、娘が好きなものを選ばせてあげたいな。レンタル代の追加料金や予算のやりくりを考えずに、一番、お気に入りのドレスを着て、最高にきれいにしてあげたい。それには私たちも頑張らなきゃ」

着るのは真奈だぞ。お母さんじゃない。

そう思ったが、熱を帯びた智子の目を見て、何も言えなくなった。娘の晴れ姿に自分を投影しているかのような眼差しが切ない。まるで、自分の婚礼や、これまでの人生が不満だらけだったかのようだ。うっとりとしていた智子の瞳に力がこもった。

「ねえ、蓄えを取り崩そう。老後の資金と思ってたけど、あれを使おう？　今使っても、退職金で穴埋めできるでしょう？」

今は大丈夫だが、自分が会社を去るとき、退職金は額面通りに出るのだろうか。そして来年は、役職定年で収入も減る。

返事ができず、健一は黙る。

ねえ、と再び智子が呼びかけた。瞳に続いて、今度は声にも力がこもっている。

「私も添削の仕事を増やす。着付け教室をお休みしてる間は、コンビニで働こうと思ってるの。最近、同じ年頃の人たちがたくさん働いているし」

結婚費用の増額のために母親が働くのを見て、真奈はどう思うだろうか。おそらく智子は「健康作り」や「社会勉強をする」といったポジティブな説明を真奈にする。しかし、その言葉の裏にあるものを真奈はきっと見通す。

智子も真奈も、優吾の家族の価値観に影響を受けすぎだ。

これまでは自分たちの身の丈にあった速度で歩いていたのに。急に小洒落たスポーツカーで慣れない道を疾走しようとしている。

言おうとした言葉は大きなため息になった。

智子が横を向き、「ため息、つかないで」とつぶやく。

「言いたいことがあったら言ってよ、お父さん」

「それなら言うけど。お母さんも真奈も、優吾君の家庭の価値観に毒されていないかな。彼が将来、マルコさんの実家の仕事に関わるとしても、今は関係ない。セレブ御用達《ごようたし》の式場でセレブ婚をしなくても、若い二人の身の丈にあった式を挙げればいい」

「そんな正論、今ごろ言ってもどうにもならないでしょ。話はどんどん進んでるのに。もっと早く言わなきゃ。真奈ちゃんも優吾君も、もうセレブ婚にＯＫを出してるんだから」

身の丈に合ったこと、と智子がつぶやく。

「そんなのこれから何十年、いやと言うほど続いていく、色のない日々が。結婚生活って、たまにピンクやオレンジ色にぱっと光るけど、普段はベージュや灰色。だからスタートのときには最高に輝く瞬間……」

「もうわかった、わかったよ！」

智子の言葉を乱暴にさえぎり、健一はパソコンに身を向ける。

「俺の意見なんて最初から聞く気がないだろう」

だから、何も言いたくない。言葉はため息に変わるのだ。

「お父さん、ひどいよ、そんな言い方。お父さんこそ、私の意見なんて聞く気がない。妹の美貴さんのときは……それ用の積み立てや夏のボーナスのほとんど、婚礼費用に出してあげたのに」

智子が小さく洟をすすった。

「私、あのとき、お兄さんって、ここまで大きな額を妹に援助するのかな、って思った。でも、私には兄妹がいないから、何も言わなかった……妹の結婚には気前よくお金を援助したのに、どうして娘のときはそんなに出し渋るの？」

渋ってはいないよ、と健一はつぶやく。智子は首を横に振った。

「でも、そう見える。私だってあのとき妊娠中で、お金が大事なときだったのに、気持ち良く出してあげたでしょ。何ひとつ文句を言わなかったよ、美貴さんの結婚への援助」

あの頃は若くて元気いっぱいだった。日本の経済も給与も右肩上がり。花金という言葉が象徴するように、真面目に働けば週末は華やかに過ごせる、豊かな暮らしができると思っていたのだ。

「どうして今頃、そんなことを言うんだ」

「今だから言えるの」

いたたまれなくなり、健一は椅子から立ち上がる。

「もういい。俺、風呂に入ってくる」

隣に座っている智子が顔を上げた。

「お風呂でよく考えて。ちゃんと考えてよね！」

わかったから。

追い討ちをかけないでほしい。

階段を下りながら、健一はぼんやりと考える。金の話で追い立てられるのは、己の不甲斐なさをなじられているようだ。

足元がふらつき、壁に手を突いた。そのとき壁の色が目に入ってきた。引っ越してきた当時は白かった壁紙が、歳月を経てベージュに変色している。

壁に触れながら、健一はゆっくりと階段を下りる。

ベージュに灰色。彩りのない日々を何十年も繰り返し、自分たち夫婦はどこへ向かっていくのだろう？　娘が巣立ったそのあとに――。

風呂に入ったあと、健一はすぐに寝室に入った。

最近、眠りが浅くて、布団に入ってもなかなか眠れない。そこで身体を休めるために、早い時間から布団に入って目を閉じている。今日は特に、二階の書斎兼着物部屋にいる智子と顔を合わせるのがつらい。

畳敷きの部屋には、すでに布団が二組敷かれていた。

寝床に入る前に、小箪笥の引き出しからアロマオイルの小瓶を取り出し、健一はティッシュに一滴を垂らす。

深く息を吸い、森林浴をしているような香りに身を委ねる。身体の緊張が解けてきたとき、智子が寝室に入ってきた。

暗がりのなかで「お父さん、寝ちゃった？」と聞かれた。

寝たふりをしていると「ごめんね」と智子は小声で言った。

「私、言い過ぎたかも……」

寝たふりを続けるべきか。会話を再開するべきか。

迷っているうちに再び眠りにつき、目覚めると朝になっていた。久々に深く眠った気がする。

朝食の席では真奈がいたせいか、智子は援助の話をしなかった。

それでも心が落ち着かず、朝食後、いつもより早く家を出て、母が入所している三島の施設に向かった。

東京駅から新幹線で約五十分。そこから先は、財布に余裕があればタクシー、なければバスだ。

ところが新幹線の車内でうたた寝をしてしまい、目覚めると三島駅を通過して静岡駅にいた。

外は激しい雨が降っている。目覚めたのは窓に打ち付ける雨音のおかげだ。これがなかったら、もっと遠くへ運ばれているところだった。

雨を眺めながら三島へ戻る新幹線を待つ。

通過する列車を眺めているうちに、「疲れた」という嘆きが口をついて出た。独り言を言った自分に気づき、「どうかしてるよ」と再び独り言を繰り返す。

本当に、今日の自分はどうかしている。

心の奥に、すべてを投げ出し、どこかへ身を投じたくなる衝動がひそんでいる。

三島駅に戻り、施設へ向かうバスに乗ると、いつもの習慣で富士山を探した。くっきりと山が見えると、良いことがおきる気がしている。しかし、雨に煙って今日は見えない。

幼い頃は父の転勤に伴い、静岡県内のさまざまな街で暮らしていた。それが息子が中学へ進学する時期に合わせて、父は静岡市内に家を建て、単身赴任を始めた。

両親は終の棲家《すみか》を構えたつもりだったという。ところが父は息子が高校二年生になったとき、急な病で他界した。やがて子どもたちが自立すると、母はその家を売って三島市に移り、一人で暮らし始めた。そして、浴室で転んで骨折したのをきっかけに再び自宅を売り、あらかじめ調べていた施設に入って今年で三年になる。

この街は母が父と新婚時代を暮らした思い出の場所だ。でも自分にとってはなじみがない。

施設に着くと、母は上機嫌で待っていた。お気に入りの藤色のブラウスを着て、薄く化粧をしている。そして真奈の結婚が決まったことを聞くと、さらに機嫌良く笑っていた。

結婚式に来ないかと健一は誘った。もし母がその気なら、なんとか手を尽くすつもりだ。

無理だね、と残念そうに母は言った。

「東京は遠いよ。写真を見せてくれるだけで大満足。でも、美貴は来られるの?」

来てくれると思う、と答えると、帰りに顔を見せてくれると嬉しいと母は言った。続けて甥の二人も婚礼に出席するのかと聞かれ、健一は首を横に振る。

来ないの、と母が嘆くような声を出した。

「ああ、真奈ちゃんは一人っ子で可哀想。本当に可哀想。智子さんも真奈ちゃんも、兄弟がいないから、高梨家の参列者は少ないだろ？」

　まあね、と答えて、健一は黙る。車椅子の母が手を伸ばし、軽く腰を叩いてきた。

「お前も、もうちょっと頑張って、真奈ちゃんに弟か妹をつくってあげればよかったのに。智子さんはさ、自分が一人っ子だから全然気にしていなかったけど」

「お母さん、毎回言うけど、その話はやめよう。智子にも真奈にもそういう話はしないでよ」

　この言葉を何度言っただろうか。そして、何度言っても母は忘れて、オルゴールのように毎回、同じことを繰り返す。

　二番目の子の流産は母に伝えた。三番目のときには黙っていた。共に男の子だった。

　真奈が一人っ子なのには理由がある。だから子どもの話は、智子にしないでほしいと母には昔から何度も頼んだ。ところが母はまったく悪気がなく、会うたびに真奈を不憫《ふびん》がり、弟か妹がいたほうがいいと智子に強く勧める。そして、妹夫婦に生まれた二人の孫息子の話を楽しげに語る。

　智子はそのときは笑って母と話をしていたが、そんな日は帰りの車内や、家で夜中になってから涙ぐんでいた。そのたびに健一も幻の二人の息子たちのことを思う。

　やがて、母と智子を長時間、一緒にするのを避けることにした。自分の身内のことはできるだけ自分で対処する。真奈を不憫がられたり、生まれてこなかった子どもたちのことで、胸がしめつけられるような思いをしたりするのは一人で十分だ。

　母の話の相手をしているうちに、話題は妹の息子たちのことに移っていった。もう六年近く会っていないそうだ。

「真奈ちゃんにも会いたいけど、純君と翔君にも会いたいよ」

妹に連絡しておくと母に答えたとき、「ケンちゃん」と背後から優しい声がした。

振り返ると、車椅子に乗った女性が微笑んでいる。桜色のブラウスを着た白髪の女性だ。

「お母さん、その方は高梨さんよ。お兄ちゃんじゃないよ」

白髪の女性の隣に楽器のケースを持った、ショートカットの女性が立っている。音楽ボランティアの「リコ」こと、大田真理子だ。

白髪の女性が健一をじっと見つめると、寂しげに笑った。

「そうだった。後ろ姿がそっくりだからね」

いいんだよ、ミサオさん、と母が笑う。リコの母はミサオというらしい。

「うちの息子も〝ケンちゃん〟だから」

「うちのケンちゃんも背が高くて、すらっとしててね」

ケンちゃんはみんなイケメンなんだね、と車椅子を押しているスタッフが言い、皆が笑った。

リコにアロマオイルのお礼を言おうとして、健一は彼女が肩にかけている楽器ケースに目を留める。いつもは電子キーボードなのに、今日はギターのようだ。

「今日のボランティアは、ギターでやるんですか」

頰に落ちてきた髪を耳にかけ、リコが快活に笑った。控えめに彩られた桃色の唇から、真珠のようにきれいな歯がのぞいている。

「キーボードのほうが得意なんですけど、『ムーン・リバー』のリクエストがあったんで。『ティファニーで朝食を』よろしく、ギターで歌おうかと。メイクもそれっぽくしてきました」

言われてみれば、なんとなく今日のリコの雰囲気はオードリー・ヘップバーンのようだ。背中が開いた黒いニットに、同じく黒の八分丈のパンツにフラットシューズ。この装いは映画「麗しのサブリナ」を彷彿とさせる。おそらく自分たちと同世代だが、すらりとした体型にその服装はよく似合っていた。

母が楽しそうにリコの服の袖を引いた。

「今日のリコさん、柚子みたいな香りがするよ」

リコがアロマオイルの小瓶を出した。蓋をあけると、柑橘系の香りが立ち上る。

「今日はこの香りで、春を呼び込むよ。楽しく歌って笑おうね。お腹の底からアッハッハーって」

香りの効果なのか、母とミサオは早くも笑っている。

「じゃあ、健一。私たち、ひと歌いしてくるから。今日はもう帰りな。雨がひどくなるんだって」

「それなら事務の手続きが終わったら、今日は帰るよ」

「いいよ、早く帰った、帰った。智子さんと真奈ちゃんによろしく」

リコ親子と母がプレイルームと呼ばれる大広間に歩いていった。彼女の来訪を待っていたのか、ぞくぞくと入所者たちが集まってくる。

やがてギターの音とともに、発声練習のような声が聞こえてきた。気持ちよさそうに響くその声を聞きながら、健一は四国に住む妹に電話をかけてみる。

何かあった？　とあわてた様子で妹が電話に出た。緊急の話ではないとわかると、安心した気配が伝わってきた。

（お兄ちゃんが電話してくるなんて珍しい。とうとうお母さんにお迎えが来たのかと……）

「縁起でもないことを言うな」

真奈の結婚式の帰り、母が孫に会いたがっていることを話すと、妹は困惑した声を出した。

（悪いけど、やっぱり翔太《しょうた》も忙しくてね。結婚式は私だけが出席するわ。でも、お母さんのところに行くのはなあ。お兄ちゃん、なんで東京の施設にしてくれなかったの？）

「お母さんが自分で決めたところだから、しょうがないだろ。お前もたまには会いに来い」

そう言われても、と妹が気の進まない口調で続けた。

（お母さんは私に会ってもそんなに喜ばないと思うよ。なんでかな、息子や孫息子、男には甘いんだよね……お兄ちゃんは特に長男だからさ、すごく大事にされてたじゃない？　東京の私大にも行かせてもらえて。私だって四年制の大学に行きたかったけど、うちはいつでもお兄ちゃんの学費と仕送りが最優先で）

「俺だってアルバイトをしてたよ」

（当然でしょ。私は二十歳のときから働き出して、お兄ちゃんへの仕送りを支えてたんだから）

「だから、結婚式のときはしっかり援助しただろう？　それなりに恩は返したぞ」

夏の賞与の大半を妹の結婚の援助に費やすとき、本当の理由を智子には言えなかった。恥ずかしかったからだ。その結果、智子は長い間、わだかまりを抱いて過ごし、自分はそれに気付かずにいた。言葉の代わりにため息がもれた。

（ちょっと！　お兄ちゃん、何をため息ついてんのよ！　嫌みったらしい）

「嫌みじゃない。途方にくれたんだ。とにかく、お母さんが可哀想だ。たまには会いに来い」

（お兄ちゃんがいれば、お母さんはご機嫌だよ……。あと、先に言っておくけど、そこの施設って、それなりにおカネがかかるんでしょ。うちは今、さかさに振られたって鼻血も出てこないから。ごめんね、当てにしないで）

「何言ってるんだ、馬鹿！　それが久しぶりに話して言うことか！」

昔の電話なら、受話器をたたき付けていた。それがスマホだと、怒りのやり場がない。腹立ちまぎれにスマホを持った手を乱暴に振ったあと、健一はうなだれる。

金、カネ、かね。真奈の結婚が決まって以来、自分の周囲で持ち上がるのは、金の話ばかりだ。これがおそらく父親の役目。そう思って自分を励ますものの、気力と体力が湧いてこない。

施設の手続きをしたあと、健一は建物を出た。

バス停に向かったが、雨で道が混んでいるのか遅れている。

母が言ったとおり、風雨が激しくなってきた。強風に逆らい、健一は駅に向かって歩き始める。

大きな川にかかった鉄橋を渡ると、風にあおられて傘が裏返った。

手を離した瞬間、傘は橋の下に落ちていった。

欄干《らんかん》に手を置き、健一は下をのぞきこむ。濁流に流されていく傘を見たとき、「疲れた」と再び独り言が出た。

家に帰りたくない。どこかへ行ってしまいたい、すべてを捨てて。

欄干に置いた手に力をこめたとき、車が停車する音がした。

「高梨さん！　ケンちゃん！」

その声に健一は振り返る。黒いワゴン車の窓が開いている。その奥からリコが手を振っていた。


誰かの家、それも女性の自宅を訪れるのは何年ぶりだろうか。

しかも、一人住まいの女性の家にあがりこむなんて——。

リコの家の脱衣場で濡れた服を脱ぎながら、健一は量販店のビニール袋を開ける。

四十分ほど前、強い風雨にあおられ、川に傘を落としてしまった。橋の欄干に手を掛けて川を見下ろしたとき、リコに声をかけられた。ボランティアを終えて、帰宅途中だったという。

乗って！　と車の窓を開けて言われたが、最初は断った。ところが、瞬く間にリコのうしろに数台が並んだ。後続の車にクラクションを鳴らされたとき、強い口調で「早く！」と言われた。無視をして歩き出せばよかったのだ。でも、リコのよく通る声に抗えなかった。

助手席に座ると、エアコンの風が身体にしみた。髪から靴まで全身が濡れそぼち、寒くてたまらない。それを見たリコが、作業着の量販店に車を付けてくれた。コートのおかげで上着はなんとか湿った程度で済んでいる。そこで安い靴とスラックスを買い、試着室で着替えてはどうかと言う。

ところが、その量販店は週末の大売り出しで、試着室が混雑していた。チェーン展開しているその店はレディースも扱っており、今、若い世代に人気だそうだ。見かねたリコが自宅で着替えていくことを提案し、この家に着いたのが十二分前。

リコの住まいは里山のふもとにある一軒家だった。鉄筋の二階建ての一階に「大田レンタルスタジオ」という看板があがっている。二階は住まいになっており、一階のスタジオとは別の玄関が設けられていた。

車に積んでいた機材を運びこむ前に、リコがスタジオの奥にある更衣室へ案内してくれた。四畳半ほどの部屋に、鍵がかかるロッカーが六つと、シャワーブースが一つある。ダンスや武道の教室にスタジオを貸していたときの名残だそうだ。

タオルを渡してくれる際、シャワーも使っていいとリコは言った。しかし、見知らぬ人の家で浴室を使うのも憚られ、健一はタオルで濡れた髪を拭く。

乾いた服に着替えると、こわばっていた身体が少しだけゆるんだ。ため息をつきながら、濡れた服を量販店の袋に押し込む。コートは入らないので、腕まくりをして腕にかけた。

更衣室を出ると、スタジオのドアが開いていた。そこからエレキギターの音が聞こえてくる。

のぞいてみると、フローリングが張られた空間が広がっていた。左手の壁際には音響設備が並び、その前にキーボードが二台とマイクセット、ギターが二本、置かれている。楽器類が置かれた向かいの壁は鏡張りだ。

キーボードの脇に置かれた椅子に腰掛け、リコはエレキギターのチューニングをしていた。彼女が弦を弾くたび、大きな音が耳と身体を震わせる。

三十数年ぶりに聞く、ギターの音を健一はなつかしむ。

中学、高校では軽音楽部でずっとこの楽器を弾いていた。

ギターと同じぐらいに映像も好きで、音楽関係の映像制作の仕事に就きたいと思ったことがある。しかし家庭の経済状況を考えると、好きなことを追いかけられるのは学生の間だけだとあきらめた。

それは納得していたはずなのに、就職してしばらくの間は気持ちがくすぶっていた。やがて結婚して家庭を持つと、日々の暮らしのなかでそんな思いも消え、いつの間にか音楽からも映像からも遠ざかっていた。

大田さん、と健一は声をかける。スタジオの奥に進むと、樹木のようなさわやかな香りがした。

「着替えました、ありがとうございます」

チューニングの手を止め、リコが顔を上げた。

「早かったですね。さっきも言ったけど『リコ』でいいですよ。ちゃんと暖まった？」

「シャワーブースで濡れたものだけを絞らせてもらいました」

ギターをスタンドに置き、リコが立ち上がった。隅に置かれたコート掛けの前に行き、ハンガーを手にしている。

「遠慮せずにシャワーを使ってください。私にも下心があるんで」

下心、と健一はつぶやく。この状況で言われると不安になる言葉だ。

「下心ってなんですか？」

ごめんね、と笑いながら、リコが近づいてきた。

「色っぽい話じゃないの。きわめて実務的なこと。……どうぞ、コートをこちらに」

失礼にならぬ程度にあとずさり、健一は服のポケットからスマホを出す。

「いえ、もうお暇します。タクシーを呼びますから」

「あれ？　もしかして身の危険を感じてる？　か弱きババアに食われるんじゃないかと」

朗らかに言い、リコは笑った。陽気な声の人は笑顔も明るい。

「そんなこと思ってないです」

「それならずぶ濡れのコートをなんとかしましょうよ。袋を取ってくるから、それに入れる？　どっちにしてもしわになるから、とりあえず掛けておこう」

たしかに、水を吸ったコートがひどく重い。しかも濡れた布の感触が、腕の肌に張り付くのも不快だ。差し出されたリコの手に、健一はコートを渡す。腕が一気に軽くなった。

袋を取ってくると言い、リコがスタジオを出ていった。

服の袖を下ろしながら、健一はキーボードのうしろの壁にかかった額を見る。

ロックバンドのライブの写真が入っていた。ボリューム豊かに波打つ茶色のウェービーヘアの女が、身体に張り付く赤いドレスを着てマイクに向かっている。

そこから少し離れたところに、黒衣の男がやはりマイクに向かって歌っていた。尖った音が聞こえてきそうな、臨場感がある写真だ。

ビニールカバーが付いた手提げ袋と水のペットボトルを二本持ち、リコが戻ってきた。

「わー、なんか恥ずかしい。それ、あまりしげしげ見ないで」

「ツインボーカルなんですか」

「そう、男と女でね。東京で活動してた頃の写真」

リコが水のペットボトルを差し出した。一瞬迷ったが、健一は受け取る。

ペットボトルの蓋をあけながらリコが健一の隣に並んだ。

「八〇年代にバービーボーイズってバンドがあったでしょう。あそこまで格好いいバンドではなかったけど、うちもその方向を目指してた。写真を撮ったのは兄貴。男のボーカルは元、亭主」

亭主という言葉にはそぐわない、黒衣の男の写真を健一は見る。ずいぶん粋で格好いい男だ。

「今も音楽活動をしてるんですか？」

「元、亭主？　彼は田舎に帰って、車の販売会社に勤めてた。この間、定年退職したって聞いたな。息子とは連絡取り合ってるみたいだけど」

「息子さんがいるんですか？」

いるよ、と答えて、リコが水を一口飲んだ。

「ワーキングホリデーでオーストラリアに行ったきり帰ってこない。去年、現地の女の子と結婚して、彼女は今、ベイビーを妊娠中。夏には名実ともにおばあちゃんですよ。高梨さんのところもお嬢さんがご結婚だって？」

「母がそんなこと言ってましたか」

リコがキーボードの前に行き、椅子に座った。

「すごく喜んでましたよ。今日は声にも張りがあったな。ケンちゃんつながりで、なぜかうちの母も大喜び」

チューニングをしていたときに座っていた椅子を、リコが指し示した。軽く頭を下げて、健一は椅子に座る。

「うちのケンちゃん……兄貴は五つ上だったけど、高梨家のケンちゃんはおいくつなの？」

健一が年齢を答えると、「ふーん」とリコが複雑そうな顔をした。

「そうか。あら、私のほうがお姉ちゃんか」

「そんなふうには見えませんが」

素直にそう思ったのだが、リコが手を横に振った。

「それはね、あちこち塗ったり持ち上げたり、魔法をかけてるから。外見のこと言ったんじゃなく、それならもう少し、くだけて話してもいいかって思っただけ。あっ、そうだ……新幹線は何時でしたっけ」

「いつも駅に行って、来た車両に乗ってます」

特に決めてないんだね、と言い、リコがキーボードの電源らしき箇所に手を伸ばした。

「気晴らしに一曲歌っていきますか。カラオケにする？　生伴奏で歌う？」

「カラオケのセットがあるんですか？」

そんな気分ではないが、リコの背後にある音響機器を健一は眺める。

リコが壁にかかったプロジェクターとマイクを指差した。

「ありますよ。水曜、木曜の夜はカラオケやボイストレーニングの教室をしてるんです。月曜の夜は大人のキーボード教室。以前はギター教室の日もあったんだけど」

椅子の隣に置かれたギタースタンドに健一は目をやる。置かれているギターは、十代の頃に憧れたギタリストが使っていたモデルだ。

「ギターの教室はもうしてないんですか？」

「私の先輩が先生だったんだけど、引退しちゃって。もしかして高梨さんもギターを弾く人？」

「若い頃に少しだけ」

「音楽、好きなんだね。お母さまも歌がお好きだもんね」

リコが立ち上がり、マイクスタンドを触っている。すぐに健一の前にマイクが置かれた。弾き語りをするかのようなセッティングに、あわてて手を横に振る。

「私はいいです、本当に。歌うより聴くほうが得意で」

そうなの？　と答えながら音響機器を触り、リコがキーボードの前に戻っていった。

「でも高梨さん、あーって声を出すだけでも、ストレス解消しますよ」

「いや、そんなこと」

つぶやいた声が大きく増幅され、スタジオ中に響いた。

「うわ、びっくりした。マイクが入ってるんですか」

その声も大きくとどろき、健一はあわてる。

リズムを刻むようにして、リコがキーボードを弾き出した。ピアノの音色が軽やかに流れ出す。

「遠慮はいらないですよ、高梨さん。バカヤローって叫んだって、ここは防音されてるし、隣近所から離れてる」

「いや、いいです」

「心に鬱屈《うっくつ》がたまったら、叫んだり歌ったりするのがいいですよ。すべて音にして、外に発散させるといいんです」

「それがおっくうで。……ため息ならいくらでも出るんですが」

「ため息も歌の一種ですよ。やり場のない思いを、息にして逃がしているんです。でもその息づかいで、さらに落ち込むこともあるからね。ついでに声帯をふるわせて、声にするといいです。あるいは楽器を弾くとか……」

リコが健一の傍らにあるギターを指差した。

「よかったら、それ弾いてみます？　若い頃、お好きだったなら」

「えっ……いいんですか？」

「エレキギターでいいの？　アコギも何本か、奥にあるけど」

「これがいいです」

弦にはさんであったピックを取り、健一は軽く音を出してみる。

手を動かすたびに、大きな音がスタジオに鳴り響いた。手慣らしをしてから、昔、智子の誕生日に聴かせようと、熱心に練習した曲を弾いてみる。

若い頃に覚えたことは、身体で覚えているのだろうか。少し指がもつれたが、思った以上に上手に弾けた。夢中になって弾いていると、タブレットPCを手にしたリコが近づいてきた。

「高梨さんが今弾いてるのって「トップガン・アンセム」？　トム・クルーズの『トップガン』の最後のほうで流れてた」

「昔、耳コピして弾いたんです。高校と大学の頃に二回」

「あの曲、いいよね。ギター教室の発表会でも人気だった。私たちぐらいの年代の人がこれを弾いてる動画をたくさん上げてる」

リコが差し出したタブレットを健一は眺めた。たしかにさまざまな国の人々が、思いおもいに、この曲を弾いている。

「世界中に健一君がいるね。どれ、やってみますか。楽譜があるよ」

楽譜スタンドにギター用の譜面を置くと、リコがキーボードの前に座った。

印象深い鐘の音とともに「トップガン・アンセム」の冒頭が流れてきた。

一台のキーボードから流れる多彩な音に健一は驚く。リコが弾いているのはギターのパートだけが入っていない、カラオケだった。

「リコさんは、それ、一人で全部演奏してるの？」

「そうだよ。この曲は発表会で何度も伴奏してる」

彼女がトム・クルーズのように親指を立てた。

「さあ、いつでもＯＫ。準備ができたら声をかけて。遅れても間違えてもいいですよ。途中で止まったって気にしない。一回最後まで弾いてみよう」

「待ってください……眼鏡かけてくる」

急いでシニアグラスをかけて戻り、「ＯＫです」と健一は声をかける。

鐘が二つ鳴るのを聞いてから、リコの演奏に合流した。途中で何度か、指がもつれたが、そのたびにリコが巧みにカバーして、音の乱れを味わい深さに変えていく。最後の音を弾き終えると同時に「やばい」と声が漏れた。

「むちゃくちゃ気持ちいい。めちゃくちゃ気持ちが上がる！」

でしょう、とリコがうなずいた。

「それはもう気分が上がるよ。あの時代のアメリカが総力を挙げて、最高に奮《ふる》い立つ曲をつくったんだから。これを弾いて気分が乗らなかったら相当心が疲れてる。休むか寝なきゃ。それに、なによりも高梨さんは上手だね」

マジですか、と言ったあと、健一は「本当ですか」と言い直す。

あまりの気分の昂ぶりに、若者のような言葉遣いをしてしまった。

「いや、マジで。すっごく上手」

対するリコも若者のような口調だ。

「私、弾いてて楽しかったもの。何か飲む？　もう一回やろう。あっ、新幹線の時間があるか」

腕時計を見たリコが、音響機器を眺めた。

「ねえ、ひとつ提案していい？　こんな話をしたら高梨さんは困るかな」

「まず、どうぞ。言ってみてください」

「この町にはいい温泉がいっぱいあってね。こっちの方角にある日帰り温泉は富士山が見える」

リコが左手方向を指差し、今度は右手斜めの方角を指差した。

「沼津方面にある温泉は二十四時間営業で夜通しいられる。それでね、コートを上の浴室乾燥機にかけてきてあげる」

話の内容が読めないが、健一は黙って耳を傾ける。だからさ、と、リコが身を乗り出した。

「乾くまでギターで遊ぼう。弾く？　歌う？　声出す？　全部やる？」

高揚した気分に少しだけ冷静さが戻り、健一は返事に困る。

歌うように、リコは言葉を続けた。

「完全には乾かないけど、一、二時間すればコートは少し乾くよ。そうしたらね、リコ姉ちゃんが健一君を日帰り温泉に送ってあげます。いいお湯なのよ。サウナもあるし、ご飯もおいしい。そこでお風呂に入って、ビール飲んで、仮眠室で寝て、駅まで送迎バスが出てるんで、それに乗って新幹線で帰る」

どう？　と力強い眼差しで、リコが言葉を続けた。

「よくない？　ギターを弾いて温泉に入って美味しいものを食べる。おいおい、それはどんな極楽だい？」

この町には隔週で来ているが、施設と駅を往復するだけだった。わずかな楽しみといえば、駅弁を買って新幹線で食べることだ。

それで十分満足していたはずなのに、リコの誘いに猛烈に惹《ひ》かれている。

「極楽、ですか」

「そうだよ、それがすべて今、高梨さんの手のなかに」

左の手のひらを広げて眺めたあと、健一はギターを手に取る。

しっくりと手になじむ楽器の感触と、膝にかかる心地よい重み。心と身体をふるわせる大音量の開放感。

忘れていた感覚が身体によみがえってきた。それはたいそう瑞々《みずみず》しく、まだ手放したくない。

コートがかかっているラックに、リコが歩いていった。

「さあ、これ着て帰る？　それともこの案に乗る？　乗れよ、健一君。もう少し遊ぼう」

「乗った！」

自分でも驚くほど、きっぱりとした声が出た。

よし、と応えて、リコは笑った。

「じゃあ、コートをお風呂にかけてくる。トップガンつながりで、『デンジャー・ゾーン』も弾いてみない？　あれのギターパートも格好いいよね。弾ける？」

「むろんのこと。あの映画のサントラは、テープが延びるほど聴きました」

「カセットテープがあった時代の映画だもんね。これもタブ譜があるよ。練習してて。すぐ戻ってくる」

リコから渡された譜面を見ながら、健一はその曲の冒頭を弾いてみる。まだ指が覚えていた。

この曲をいちばん熱心に練習したのは二十歳の頃だが、初めて弾いたのは高校の文化祭のときだ。軽音楽部で組んだバンドのメンバー全員がキーボード担当の女子に惚れており、彼女にいいところを見せたくて、熱心に練習を重ねたものだ。

その友人たちとは一人だけ、年賀状のやりとりが続いている。それ以外は音信不通だ。みんな、元気でやっているだろうか。

シニアグラスをかけ直し、健一は再び熱心に楽器を弾く。

ギターの音色と一緒に、高校時代のときめきが鮮やかによみがえってきた。

リコの伴奏でギターを弾き、合間に音楽や機材の話をするうちに日は落ち、あたりが暗くなってきた。帰り支度をする手を止め、健一は自分の手のひらを見る。

弦を押さえたり、弾いたりした余韻が指先に残っている。安いものでいいから、ギターが欲しくなってきた。

スタジオの扉を開け、リコが入ってきた。右手に健一のコート、左手に数本の鍵が下がったキーリングを持っている。

「生乾きだけど、持ち運べる程度には乾いたよ」

礼を言って、健一はコートを受け取る。リコがキーボードの背後にある扉の鍵を開けた。

「ところで高梨さん、おうちにギターはあるの?」

「ないんです。ネットで買おうか、今度、楽器屋をのぞいてみようかと思案していたところ」

「一本持ってく？　中古でよければ。弾くんなら差し上げます」

「それは嬉しいけど……いただくのは悪いですね」

「どこかに寄付しようかと思ってたんだから、いいですよ。手練れに使ってもらえるのは嬉しい」

「手練れだなんて……」

はにかんでしまった自分に、健一は戸惑う。今日の自分は感情の起伏が激しい。

リコが扉の奥へ入っていった。

「ちょっと見てみて。ここにあるから」

コートを椅子の背にかけ、健一は扉の奥へ進む。

八畳ほどの部屋の手前にギター専用のラックがあり、アコースティックギターとエレキギターが三本ずつ納まっていた。ラックの向かいには、照明付きの鏡と音響の機材が置かれている。

一番小さなサイズのギターを、リコがラックから出した。

「ここにあるのは、生徒さんに貸し出してた楽器なんだけどね。ほとんどは行き先が決まったんだけど、これだけまだ決まってない。気に入ったらどうぞ」

リコが広げてくれた折りたたみの椅子に座り、健一は試しに弾いてみる。

ふくよかな音が楽器全体から鳴り響いた。自分が奏でる音色に聞き入ってしまうような音だ。

「いいですね……すごくいい。好きな音です」

「よしよし、お前は東京へ連れてってもらえ」

ギターのボディをリコは軽くこぶしで叩いた。応えるようにして、深みのある音が響く。

「ものはいいのよ。生徒さんのモチベーションが上がるように、ここを経営してた父が厳選したものだから」

「どうして、この楽器だけ行き先が決まらなかったんですか？」

「私が使おうと思ってたから。でも弾かないの。普段、使ってるのがもうあるし。二階の自宅も今、片付けてるんです。ここのスタジオ、今年いっぱいで閉めて、貸倉庫にするから」

「こんなに立派な施設なのに？」

照明付きの鏡や、部屋の奥にある出入り口に健一は目を留める。観音開きの扉の出入り口は、きっと大型の機材やセットの搬入口だ。おそらくこのスタジオは、ライブや演劇などの上演にも対応でき、その際にここは楽屋になったのだろう。

リコが室内を見回したあと、ラックの傍らに置かれたギターケースの蓋を開けた。

「父も兄も私も、文化の発信地的な、文字通りのカルチャーセンターを経営したかったんだけど、うまくいかなかったな。せめて身体が元気に動くうちに始末を付けようと思って」

リコが開けたケースに、健一はギターを納める。始末をつけるという物騒な言葉のせいか、床に置かれた黒い布張りのケースは西洋式の棺桶のようだ。

「いい人のところに納まってよかった」

「もっと腕をあげて、楽器負けしないようにしないと」

渡されたギターケースを肩に掛けてみる。思ったより軽い。その軽さに心がさらに浮き立つ。

今だって負けてない、とリコが笑っている。

「この年になって再び音楽に戻ってくるなんて最高だよ。何年たっても音楽への愛が色褪せなかったってことじゃない？　そんな純度の高い愛、なかなか今の時代にないよ」

「練習のモチベーションがあがってきました」

「じゃあ、温泉につかって気分もあげていこう。きっと明日は筋肉痛になるよ。身体を暖めて、できればストレッチなんかしておくといいかも」

コートが乾いたのなら、このまま東京に帰ろうと思っていた。それなのに、リコの言葉を聞いていると、続いて彼女の勧めに乗りたくなる。

再びリコの車に乗り、彼女お勧めの温泉に向かった。雨は小降りになり、数時間前の嵐が嘘のようだ。ふと、リコが言っていた「下心」という言葉を思いだした。

「リコさん、忘れてたけど『下心がある』って話は何のことですか」

「あー、一番大事なことを忘れてた」

「なんですか……怖いな」

何かの販売や勧誘をされる予感がした。しかし、ここまで来たら、ギターを譲ってもらったお礼分ぐらいは協力するつもりだ。

「怖い話じゃないの。もう少し暖かくなったら、母たちを外に連れ出してあげたいと思って。高梨さんのお母さんとうちの母親の思い出づくりに。……車椅子でも行けて、二人が喜ぶような場所をリサーチしますから、お母さんを連れ出してもいいですか。もし、手伝ってもらえたら、さらに、ありがたいです。そういう下心」

変な予感を覚えた自分が恥ずかしくなり、健一は苦い気持ちで笑う。

「そうか、母たちのことですか。どんな下心かと」

「誤解を招く発言だったね。そうだ……もうひとつ大事なことがあった。この年になっても、誤解したり、されたりするから事前に言っておくね」

「えっ、何だろう？　また怖くなってきた」

「高梨さんは怖がりだな。ごめん、ちょいと聞き苦しいことを言うよ」

市街地に入ると道は渋滞していた。高速道路が混み、迂回している車が一般道に降りてきているようだ。

「動物学的に言うと、私は繁殖の時期はもう過ぎたのね。だからそうしたコウイには興味がないんです」

即座に意味がわからず、健一は考えこむ。リコの言う「コウイ」とは好意だろうか、それとも行為だろうか。停まっていた車列が、ゆっくりと走り始めた。

「つまり、それは……好きになるのはいいけど、植物学的に言うと、交配はしないってこと？」

交配、とリコが笑った。

「植物学で返事が戻ってきたのは初めて。私の前歯は差し歯でね」

急に歯の話になり、健一は戸惑う。黙っているのも失礼で、慎重に話を続けた。

「歯が、どうかなさったんですか？　折れた、とか？」

「四十代の後半に前歯の間に隙間があいた。だから上からセラミックをかぶせてる。息が漏れると歌いにくいからね。歯医者さんは折れないって言うけど、それ以来、誰かとキスしたら折れるんじゃないかって心配。だから物理的にスキンシップ的なことはまず無理」

「歯は……大事ですよね」

大事だよ、と熱意をこめて、リコはうなずく。

「しかも高かったんだから。たまにね、音楽の個人指導をしていると、年上の生徒にキスしてほしいとか、ハグしてほしいとか、寝ぼけたことを言われるときがある。もう、冗談でも、返事をするのが面倒臭い。私は恋より歯が大事。それに高梨さんは帰る家がきちんとあるんだからね……惚れるなよ」

「惚れないよ！」

反射的に言ったあと、健一はゆっくりと言い直す。

「絶対、惚れない。こっちだって、惚れた腫れたに興味はない」

「なら、遊びに来てください」

渋滞の車列が動き出し、目指す温泉の大きな看板が目に入ってきた。大型のショッピングモールに隣接した施設のようだ。

駐車場には列ができていた。列に車を進ませると、リコが朗らかに言葉を続ける。

「今日はすごく楽しかった。三島に来たら音楽で遊ぼう。ギターでも歌でもいい。うちのスタジオで存分に音を鳴らして。……そうだ、アコギで弾き語りの練習をするのはどう？　お嬢さんの結婚式に向けて」

花嫁の父の弾き語り。一体誰が聞くのだろう？　豪華な披露宴のなかで失笑を買いそうだ。

「いやいや、そんな度胸はありませんよ」

リコが人差し指を横に数回振った。

「別に人前で披露しなくていいんですよ。面と向かって娘に言えない思いを、音に託して歌うだけ。いいものだよ、私は息子の結婚が決まったとき、長渕剛の『乾杯』を練習しました。誰にも聞かせてない。自分一人で歌う、祈りみたいなもの」

それはどれほど心に沁みる歌声だっただろうか。

「高梨さんなら、できるでしょう。自分の演奏に声を乗せるの、最高ですよ。次はいつ来る？」

「再来週です」

「待ってる」

車が駐車場に入った。

雨はすっかり上がり、ショッピングモールを照らすライトが、濡れた路面に鮮やかな色を落としている。駐車場を通過して、温泉の建物の前にリコが車を停めた。

車を降り、もらったばかりのギターケースを健一は肩に掛ける。

「ギター、練習してきます。それから母親たちの遠足の計画も練りましょう、再来週に」

「じゃあ、今日と同じ時間に」

リコが微笑み、右手の親指を立てた。

「高梨さん、格好いいね。歴戦のミュージシャンみたいだ」

雨に打たれて傷んだコートと古びたギターケースが車の窓に映っている。

たしかに、姿だけを見るとベテランの音楽人のようだ。

くすぐったい気分になったとき、笑っている自分が窓に映った。

こんなふうに笑ったのは、何年ぶりだろうか。


リコに紹介された日帰り温泉は天然泉のほかにも、炭酸泉やジェットバスなどのさまざまな施設があった。富士見の湯と呼ばれる露天風呂は、昼間に訪れると富士山が眺められるようだ。

室内の湯で身体を温めたあと、健一は露天風呂に向かった。

外に出ると、肌寒さに身が強張った。しかし、その分、風呂に身を沈めたとき、ぬるめの湯にやわらかく全身を包み込まれて陶然とした。

喜びに満ちた長い吐息が、身体の奥から湧き上がる。天を見上げて、ゆっくりと息を吐いた。

雨上がりの夜空に、星が瞬いている。

しばらく眺めたあと、手のひらで湯をすくい、顔にかけてみた。

顔のこわばりがほぐれていく。おそらく自分は今、ゆるんだ顔で笑っている。

洗い場に出ると、ボディソープやシャンプーのほかに、顔のあかすりができるという洗顔料が置かれていた。

珍しい思いで、洗顔料を手のひらに出してみる。顔をこすると、消しゴムのカスのようなものが次々と肌に浮かんできた。それを湯で流すと、心なしか肌が滑らかになっている。

いつもより長く風呂を楽しんでから更衣室に向かうと、洗面台にメンズの化粧品の試供品があった。普段なら関心はないのだが、顔のあかすりをしたあとなので試しに使ってみる。

試供品の隣には、ボディクリームも置いてあった。試しに手のひらに出してみると、リコのスタジオに香っていたものと似ている。ストレッチをする代わりに、そのクリームを肩と首筋に塗り、軽くマッサージをした。

すっかりいい気分になって食事処に行くと、今度はメニューの豊富さに喉が鳴った。

枝豆と餃子でビールを飲み、大根おろしをたっぷりと乗せた讃岐うどんで締めたあと、休憩所で健一は手足を伸ばして横になる。このまま眠ってしまいたいが、三島に泊まると言ったら、智子は心配するだろう。

気が進まないが着替えて、三島駅までの送迎バスに乗った。

駅に着くと、すぐに上りの新幹線に乗れた。席もほどよく空いており、とろけるような心地で眠っているうちに東京に到着した。

肩にかけたギターケースが少し重くなってきた。それでも足取りは軽い。

ほんの少しの寄り道で、こんなに身体は軽くなるものなのか。

自宅の最寄り駅に着くと、雨が降り出した。三島で遭遇した土砂降りを思い出して、健一は家路を急ぐ。門を開けたときに腕時計を見ると、十一時を回っていた。

大きな音を立てないようにして、健一はドアを開ける。

すぐに智子が玄関に出てきた。風呂上がりなのか、前髪にピンクのカーラーを巻いている。

ただいま、と声をかけると、まぶしそうに智子は目を細めた。そのあと何度もまばたきをして、不思議そうに言った。

「お父さん、その……肩に掛けてるのは何?」

「ギターだよ。もらった」

もらった? と智子が聞き返し、さらに不審そうな顔をした。

「誰に? どこでもらったの? 三島で?」

ギターケースを玄関の板間に下ろし、健一は壁に立てかける。

「ギター教室を閉めた人がいて、生徒用に使ってた楽器をもらってきた。……お母さん、このコート、雨に降られたんだよ。クリーニングに出しといて。三島はひどい雨でね、ずぶ濡れになった。濡れた服はこれに入ってる」

脱いだコートと一緒に、濡れた衣類を入れた袋を健一は智子に渡す。壁に立てかけたギターケースの大きさを見て、置き場所に悩んだ。

「お母さん、今度の週末にでも、着物部屋のラックをひとつ空けて、そこにギターを置かせてもらえないかな」

「簡単に言うけど、あのラックの着物、けっこうな枚数があるのよ。……というか、なんでお父さんは突然、ギターをもらう気になったの？　ずいぶん年季の入ったケースね」

真奈が二階から降りてきた。風呂に入るのか小脇にパジャマを抱えている。

「おかえり……何を玄関で立ち話してるの？」

「お父さんがね、三島でギターを拾ってきたから。お母さんが今、叱ってるところ」

「拾ってなんていないよ、失礼だな」

「子犬を拾ってきた小学生みたいだね」

パジャマを下駄箱の上に置き、真奈はギターケースを持ち上げた。

「これはどこに運べばいいの？　二階？」

「いいよ、重いから。お父さんが自分で運ぶ」

まさか真奈が運んでくれようとするとは思わず、心温まる思いで健一は娘を見る。

真奈は優しい子だ。でも、たしかにこの性格では、智子の言うとおり、遠慮して好きなドレスも選べないかもしれない。

やはり、婚礼費用の増額をするべきか――。

「全然重くはないけど、それなら、ここに置いておくね」

ギターケースを元の位置に戻すと、真奈が不思議そうに言った。

「お父さん、顔がつやつやしてる。それに……服装が若返ってない？」

鼻の音をスンスンと鳴らし、智子は健一の首筋あたりの匂いを嗅いだ。

「お父さんから、よそんちの石鹼の香りがする。甘い香り……女の人が使ってるみたいな」

首筋に手をやったとき、日帰り温泉でボディクリームを塗ったことを思いだした。

「誤解だよ。雨に降られて、知り合いの車に乗せてもらった。で、作業着の店で着替えを買って、日帰り温泉に行ったんだ」

「温泉？　知り合いって誰？　お父さんは何か隠してない？」

お母さん、と真奈が穏やかに言った。

「作業着の店に行く時点で、それって女の人じゃない。おじさんでしょう」

真奈が目を閉じ、空気の匂いを嗅いだ。

「たしかに、いい香りがする。……でも、お母さん、これは石鹸じゃなくてアロマオイルだよ。お父さんは三島から帰ると、いつもアロマの香りがしてるでしょ」

「それもなんだか毎回あやしいって思ってたの。お父さんは本当にお祖母ちゃんのところにお見舞いに行ってるの？」

「何をあやしまれてるのか知らないが、それならお母さんも一緒に三島に来るかい？　前にも言っただろう？　アロマオイルを使ったボランティアを施設でやってるんだって」

納得していないのか、智子がむっとした表情でこちらを見ている。

ため息が出そうになったが、妹と智子にいやがられたことを健一は思い出す。

風が強くなり、横殴りの雨が窓に当たり始めた。

真奈

薄手のコートがいらなくなった四月中旬。

仕事から帰った金曜の夜、真奈は二階の部屋で机に向かう。

机の上にはカチューシャとも呼ばれる黒いヘアバンドが八個。そのヘアバンドには、蝶の触角を模した二十センチほどの高さの飾りが二本付いている。

明日は大学時代の友人の結婚披露宴に出席する。その余興に同級生と後輩の総勢八人で歌を歌い、スライドショーを見せる予定だ。それぞれに役割が振り分けられているが、真奈が担当しているのはメンバーが身につける蝶の小道具作りだった。

明日は忘れずに、小道具を会場に持っていかなければならない。

結構な荷物になるね、と母の声がした。

「蝶々の触角のほかに、羽根もつくったんだっけ？」

「それはもう会場に送った。触角はもう少し可愛くデコってみたかったから持ち込みにしたけど」

ヘアバンドに付けた二本の蝶の触角は、先端に渦巻きを付けた。そのままでは寂しいので、照明を反射して輝くビーズを、今月に入ってからずっと、夕食後に貼り付けてきた。念入りに付けたおかげか、どのヘアバンドのビーズも落ちることなくきらめいている。

我ながら、とても綺麗にできたと思う。一つを頭に付けて、母に見せてみた。

「どう？　お母さん」

おお、と母が小さく手を叩いた。

「綺麗だね。蝶のお姫様みたい。こちらもお支度ができたよ」

薄桃色の無地の振袖を衣桁《いこう》に掛け、母が眺めている。

「真奈ちゃんの振袖も明日で着納めかな。婚礼までにもう一回ぐらいは着るかな」

「結婚したら、お袖を切るんだよね」

成人式を迎えたとき、母は振袖をレンタルする代わりに、無地の振袖を誂えることを提案してくれた。白生地を好みの色に染めて振袖に仕立て、結婚したら袖を切って今度は色無地と呼ばれる着物として活用してはどうかという。

母に着付けをならった若い女性は、その勧めに乗り、赤い無地の振袖をつくっていた。ある程度の年代になったら別の色に染め変え、袖を短くするそうだ。その振袖は豪奢な絹のロングドレスのようで、たいそう美しかった。そこで同じように無地の振袖を誂えることにした。

色合いは両親と相談し、顔映りが一番良かった薄いピンクにした。

衣桁の前に母が正座をして、振袖を見上げている。

「この色は帯を替えれば、真奈ちゃんが四十歳ぐらいになるまで着られるね。その頃、お母さんが生きてるかどうかわかんないけど、この着物はずっと真奈ちゃんと一緒にいるからね」

「生きてるでしょ、余裕で」

「わかんないよ。お母さんがその年の頃には両親はいなかった」

母が小さく洟をすすった。

「思い出したら、泣きそうになってきた。明日はうんと華やかな帯結びをしてあげるね。小道具を運ぶんでしょ。お父さんが車で送って、荷物も持ってくれるって」

「本当にお姫様待遇だ」

床に敷いた衣裳敷を、母は片付け始めた。それを見て、真奈も明日の小道具を紙袋に入れる。

本棚に移していた花瓶を机に戻すと、フリージアから甘い香りが広がった。アイロンを箱に入れていた母が手を止める。

「ああ、いい香り。天然の花の香りっていいね」

一人暮らしをしていた頃は、めったに花を買えなかった。実家に帰ってからは駅前の花屋で週末にワンコインのブーケを買っている。香りのよい花やハーブが入っているときは、ごほうびをもらえた気分だ。花に顔を寄せ、真奈は香りをかぐ。

「お母さん、昔、フリージアの香りのトワレを持ってたでしょ。あれが大好きだった」

アントニアズ フラワーズね、と母が笑った。

「お母さんの青春時代の香りだな。高校の春休みに恵さんが付けてるのをかいで、好きになって。十八歳で上京したとき、ドキドキしながら青山のレイジースーザンに買いにいった。あの香りは、お父さんも好きだったんだ」

香りといえば、と母が手にした帯揚げを見た。

「お父さん、最近、寝るときにアロマオイルを付けたティッシュを枕元に置くのよ……」

「私もときどきするよ。ぐっすり眠れるから。オレンジとラベンダーを合わせたものを置いてる。お父さんが置いてる香りが苦手？」

「そういうわけじゃなく……」

その先の言葉を言わず、母は黙った。沈黙のなかに、母の戸惑いを感じる。

香りがいやというより、母は父の変化に戸惑っているのだ。

三月の終わりに父がギターケースを肩に掛けて、三島から帰ってきた。暗い玄関のなかで、父の顔色は一皮むけたかのように明るく、肌はつやつやとしていた。そのうえ出かけたときと明らかに服装が替わっている。三島で購入したという黒いワークパンツを穿いていたのだが、それはとても若々しくて洒落ており、父が自分で選んだとは思えない。しかも父がもらってきたギターは素人目に見ても高級品だ。

さらに母の心を惑わせたのは、父からほのかに漂う良い香りだ。

あれはまずい……と真奈はしみじみと考える。

母にはアロマオイルの香りだと言ったが、父から香ったのは明らかにボディソープやクリームの香りだ。母が言った「よそんちの石鹸の香り」というのは正しい。それなのに母に問い詰められている父があまりに悲しそうだったので、アロマの香りだと言って、母の疑いをよそに向けた。

父は一体、どこでお風呂に入り、しゃれた服を見立ててもらい、高そうなギターをもらってきたのだろう？

母がため息をついた。母のため息のつき方は父と似ている。

「真奈ちゃん、お父さんって……もしかして浮気してるのかな」

「お父さんに限ってそれは無いと思うけど」

階段を上がってくる足音が聞こえ、母が口をつぐんだ。

父は最近、夕食後にギターを持って車に乗り、どこかへ出かけていく。母が行き先をたずねると、近所の公園の駐車場でギターの練習をしていると答えていた。

着物部屋のドアが閉まる音がして、澄んだ音色が聞こえてきた。

しばらく手慣らしのような音が聞こえてきたが、やがてなじみのあるメロディが流れてきた。

この曲は、披露宴の余興で歌ったことがある。安室奈美恵の「CAN YOU CELEBRATE?《キャンユーセレブレイト》」だ。

安室ちゃんだ、と母がつぶやいた。

「なつかしいな……。お母さんたち、昔、結婚式の余興でこの曲を歌ったことがある」

「私も一回、歌ったことがあるよ。明日はね、木村カエラの『Butterfly《バタフライ》』を歌うけど」

「それはお母さんの頃はなかったな。安室ちゃんのこの曲は、お父さんがギターで伴奏してくれた」

「これ？　こんな感じで？」

隣の部屋を真奈は指差す。流れてくる音を聞きながら、母はうなずいた。

「私……お父さんはこれからギターを始めるのかと思ってたけど、初心者じゃなかったんだね」

「お父さんは昔からギターが上手よ。高校の文化祭でバンドを組んだこともあるって」

嘘でしょ、と言ったら、母は真顔で答えた。

「嘘じゃないよ、写真を見たことがある。なかなか格好良かった。お父さんは凝り性だから、始めればなんでも上手になるのよ。上達するまでとことん練習するから。でもある程度極めると飽きてやめちゃう。デジカメに庭いじり、バラも月下美人の鉢植えも、どれも長続きしなかった」

たしかに父は一時、鉢植えで花をたくさん育てていた。なかでも一晩しか咲かない月下美人の鉢の世話に力を入れており、開花の時期は家族三人で楽しみに夜を待ったものだ。

「お父さんって……ギャラリーや友だちがいないと、続かないたちなのかもね」

「でも、趣味って自分一人で完結するものじゃない？　お母さんは着物や布が好きだけど、誰が見てなくたって着物を着るし、一人でも布を触っていたら楽しいな」

母が衣裳敷を畳み、部屋の隅に置いた。

「真奈ちゃん、これ、お父さんが着物部屋から出たら片付けるから、それまでここに置かせて」

「ラックに置いておけばいいなら、あとで私が置いておくよ」

じゃあ、お願いね、とつぶやき、母は静かに階段を降りていった。

着物部屋から聞こえてくる父のギターの曲調が変わった。今度はワイルドにかき鳴らしている。なんとなく聞き覚えがあるメロディだ。

こんな感じの曲も弾くんだ、と思いながら、真奈は布団を敷く。しばらく聴いているうちに、母が好きな映画「トップガン」の「デンジャー・ゾーン」という曲のギターパートだと気づいた。

その曲が終わると、打って変わって、可愛らしい曲が聞こえてきた。

布団に寝そべり、真奈はギターの音色に耳を傾ける。流れてきたのは明日、披露宴で歌う予定の木村カエラの曲だった。ところが、まだ練習中のようだ。何度も弾き直している。

廊下に出て、真奈は隣の部屋をのぞいてみる。

うず高く積まれた母の着物に囲まれ、椅子に腰掛けた父がギターを弾いている。父の椅子の前にはディレクターズチェアが置いてあり、そこに楽譜が広げられていた。

お父さん、と声を掛けると、父が振り返った。

「ごめん、うるさいか？　雨が降ってるから、音が響かないかと思って」

「これぐらいの音なら気にならないよ。今、弾いてるの、木村カエラの曲？」

そうだよ、と父が答えて、前奏の部分を弾いた。

「お父さん、上手だね」

わずかにうつむき、父は微笑んでいる。照れているのだと気づいたとたん、親しみが湧いてきた。

ディレクターズチェアの上の楽譜を父が机に移した。空いたその席に真奈は座る。

「お父さん、さっき弾いてたの『トップガン』の『デンジャー・ゾーン』？」

父が軽くむせ、机の上のマグカップに手を伸ばした。

「なんで、真奈がそんなの知ってるの？」

「トム様の映画は小さい頃からお母さんと何度も見た。ビデオにＤＶＤにブルーレイ……。たびたび鑑賞会をするんだもん」

「それは初めて聞いたな。……真奈もトム様って呼んでるの？」

「そうだよ。ていうか、すごくない？　上手だよ。お母さんにも聞かせてあげてよ」

「聞かせたよ、うんと昔に」

父がシニアグラスを外して、机に置いた。

「今よ、今。もう一回、お父さん」

「今だって、お母さんが隣の部屋にいたから弾いてみたんだ」

あの曲は母に聴かせていたのか。意外な返事に、真奈は微笑む。

「なんだ、お母さんに聴かせてたの？　でも、下に降りちゃったよ。トモツン、愛されてるなあ」

「親をからかうな」

ギターのピックを弦にはさみ、父が机に立てかけた。

「さっきの『Butterfly』は練習中？」

「楽譜を見てると間違えないけど、暗譜だと途中でつっかえるね」

さきほどの演奏は楽譜を見ないで弾いていたのか。思った以上に、父はギターが得意なようだ。

照れくさそうに父がつぶやいた。

「頭のなかで歌わないと、どこを弾いてるのかわからなくなる。だけど、ときどき歌詞のほうを忘れちゃうんだ」

「明日、私、この歌を歌うんだよ。蝶のコスプレして」

「コスプレ？　せっかく着物を着るのに？」

「着物を着たまま、蝶の触角をつけて、羽根を背中につけるの。……待ってて」

触角をつけたヘアバンドを取ってきて、真奈は父に見せた。

ビーズを付けて手作りをしたことを話すと、父が感心している。

「頭に付けるとね、こんな感じ。ちょっと猫耳っぽいの」

うーん、とうなり、父が腕を組んだ。

変なのだろうか？　不安になったとき、父がつぶやいた。

「こりゃ可愛いな」

「ほんと？　ありがとう」

「真奈は友だち思いだね」

父がもう一度ギターを手に取り、いくつか弦を弾いた。音程がずれているのか、ネックに手を伸ばして、調弦している。明日歌う曲の前奏が部屋に流れ始めた。

軽やかな音色に、ふわりと真奈は声を乗せてみる。

弦の響きと声が気持ち良く重なった。その心地よさに導かれ、一節だけのつもりが続きを歌ってしまった。

一番を歌い終えたとき、力を抜いて弾いていた父が姿勢を変えた。ギターの音色が深みを帯び、音が大きく響き渡る。本気の父の演奏につられ、心をこめて真奈も歌う。

やがて歌詞は一番好きな箇所にさしかかった。

父と目が合った。そのまま視線を合わせて真奈は歌う。声と演奏の呼吸がぴたりと合った。

なんて爽快なんだろう、父のギターの音は。

演奏が終わると同時に笑っていた。

「お父さん、すごいね。めちゃくちゃ楽しい！　歌手になったみたい！」

楽器を膝に置いたまま、父が笑っている。しかし、ふと真顔になると横を向いて、目のあたりを腕でぬぐった。

汗をかいた、とつぶやいている。その声に真奈も応える。

「うん、私も汗かいた。むちゃくちゃ本気で歌っちゃった」

「真奈の歌を初めて聞いたよ。鼻歌なら小さい頃によく聴いたけど」

頭上で触角が揺れている気配を感じた。夢中になって歌ったことが、あらためて恥ずかしくなり、真奈はあわててヘアバンドを外す。

「やだー、恥ずい、恥ずかしい。急に恥ずかしくなってきた」

父は笑っている。汗がにじんだのか、目が少し潤んでいる。

「真奈は、歌が上手だ」

「そう？　……ほんと？　明日、ちゃんと歌えるかな」

黙って父はうなずく。嬉しくなってきて、真奈は再びヘアバンドを頭に付けてみた。

「ねえ、お父さん、お母さんが昔歌った『安室ちゃん』も弾いて。そのときも伴奏してあげたんでしょ」

「お母さんだけじゃなく、他に女の子が三人いたよ」

父のギターが再び鳴り始めた。清らかな音が、身体に沁みこむようにして響いてくる。

「お父さんたちの頃は、披露宴の余興の定番はこの曲と、他は『てんとう虫のサンバ』だったよ。真奈の披露宴では何を歌ってもらえるんだろう」

返事に詰まってしまった。友人の参列者の予定が、まだ立っていない。

「それがね……もしかしたら余興はないかも」

「どうして？　明日の花嫁は歌ってくれないの？　小道具を作って、真奈は参列するのに」

「彼女、式が終わったら、旦那さんの海外赴任先に行くの。もう一人の友だちは、その頃に出産予定。もう一人は家庭の事情で」

そうか、とため息のように父が答えた。

「それでは無理だな」

「私……友だちが少なくて。頼めそうな人は他にいないの」

お父さーん、と階段の下から母の声がした。

「そろそろお風呂に入ってー！」

わかった、と父が階下に向かって返事をして、ギターを片付け始めた。

「誰にも余興が頼めないなら、お父さんがギターでも弾こうか。歌はとても無理だけど……真奈が歌う？　お母さんも歌うかな？　優吾君にも参加してもらおうか。なんなら優吾ファミリーも」

みんなで歌っている姿を想像すると、小さく吹き出してしまった。そして切なくなった。

本当は、小さな会場でいいから、そんな家庭的な宴がいいのに。

立ち上がった父が、優しく右肩を二回叩いてきた。

「少なくたっていいんだよ、真奈。友だちがいる。ただ、それだけで本当は十分なんだ」

父が階段を降りていった。蝶の触角のヘアバンドを取り、真奈は膝に置く。キラキラと輝く小道具を見ていると、泣きたくなってきた。


大学時代の友人の披露宴会場は都内の老舗ホテルだった。使用している宴会場はそのホテルで一番大きく、飾られている花も料理もたいそう豪華だ。

宴は滞りなく進み、ケーキの入刀が終わった。ゲストのスピーチを聞きながら、真奈は席次表を眺める。

新郎新婦ともに実家は事業を営んでおり、招待客にはその関係者が多い。新郎は現在は別の会社で働いているが、いずれは家業に戻ることを期待されている。優吾と重なる部分があるので、おそらく似た雰囲気の式になりそうだ。

そう思ってあらためて会場を眺めると、家業に関する招待客の多くは社会的に成功を収めている人や、要職に就いている人々が多い。優吾の実家の関係者の顔ぶれはわからないが、早くも気おくれがしてきた。

背中と、椅子の背もたれの間に置いたハンドバッグから振動が伝わってきた。スマホを出し、真奈はメッセージを読む。

優吾からの連絡だった。今朝早く名古屋を発った彼は、都内に到着したらしい。

今日の披露宴は、行きは両親が車で送ってくれたが、帰りは優吾が家まで送ってくれる予定だ。ホテルのロビーで待ち合わせる時間の確認をしたあと、母に撮ってもらった振袖姿の写真を、真奈は優吾に送る。彼の褒め言葉に照れたとき、隣のテーブルから笑い声と拍手が聞こえてきた。

今、スピーチをしている、新婦の幼馴染みへの反応だ。

その方角をちらりと見て、こちらの席でよかったと真奈は安堵する。

新婦の友人のテーブルは二つあり、一つは幼馴染みと習いごとの教室の友人たちが座っている。もう一つは真奈が座っている席で、こちらは大学時代のゼミとサークルの友人たちだ。

新婦は小学校から大学の付属校に通っており、幼馴染みのテーブルのほとんどは、真奈も顔見知りの内部進学生たちだ。そのなかには、優吾の大学時代の恋人、桜井麻美《さくらいあさみ》がいる。

再び大きな歓声が上がった。その輪の中心に麻美がいる。両肩をあらわにしたデザインのドレスから滑らかな肌をのぞかせている麻美は、新婦と同じぐらいに目を惹く存在だ。

彼女は大学卒業後にＩＴ企業に就職したがすぐに結婚して、今は一児の母だ。実業家の夫と娘とともに華やかに暮らしている様子を頻繁にＳＮＳに投稿している。

余興の時間が近づいてきた。真奈の右隣の席にいる中野有里沙《なかのありさ》が、腕時計を見ている。ゼミの後輩の彼女は、今回の余興に使う動画の制作者だ。

「真奈さん、そろそろ行きますか。文月《ふづき》さんが待ってます」

「三回目となると、私たちも慣れてきたね」

「私なんかこの間、職場の先輩二人と中学のときの友だちの動画を作ったから六回目。もはや動画職人ですよ」

余興の参列者用の控え室に行くと、演出を担当している須藤《すどう》文月が、新郎側の余興の代表者と話をしていた。紺とグレーのストライプのパンツスーツを着て、黒いエナメルのハイヒールを履いている。長身に辛口のスーツが映え、とても粋で格好良い。

彼女は新婦の付属小学校からの友人で、家業を手伝いながら女性ばかりの小劇団を主宰している。顔が広くて気配りがあり、そのうえリーダーシップがあるので、これまで真奈が出席した大学関係の結婚式ではたいてい彼女が余興か二次会の幹事をしていた。

文月と同じ学部で、交友関係も重なっているせいか、真奈と有里沙も彼女と同じ披露宴に参列することが多い。そのたびに余興の小道具や動画を頼まれてきた。

新郎側の代表者と話を終えた文月が、人なつっこく手を振りながら近づいてきた。

文月さーん、と有里沙も小さく手を振る。

「小道具職人と動画職人が参上ですよ」

「やあやあ、タカナっちゃんに有里沙嬢。職人じゃなく賢者と呼んでほしいね。我ら余興の三賢者」

外見はクールで強気な美女なのに、文月の話し方は個性的で、まるで侍のようだ。彼女が主宰する劇団は、風変わりな時代劇を毎回上演しており、熱狂的なファンがついている。

賢者という言葉に真奈は微笑む。ここ数週間、小道具を作ってきた時間が報われた気分だ。

「うれしいな、賢者って。その道の達人になれた気がする」

「そうだよ、我らにかかれば、余興も二次会も失敗なしの、はずれなし。今回はリハーサルも滞りないし、ご両人の技も冴えとるよ」

有里沙が蝶の羽根を手にした。

「たしかに今回もキラッキラにきれいな蝶の羽根だ。このヘアバンドの触角の揺れ方がまた可愛い。いい仕事するなー。真奈さんは」

「そのうち、うちの芝居のほうも手伝ってもらいたいよ」

新婦側の余興のメンバーが控え室に入ってきた。

歌や簡単な振り付けの最終チェックをしたあと、真奈は有里沙と文月とともに余興の参加者に小道具を配る。皆に行き渡ったので、自分の背中に羽根を付けていると、麻美の声がした。

「高梨さん、うまく付けられないの。手伝ってくれます？」

小道具の羽根はリュックサックのように背負うタイプで装着は難しくない。それでも無視をするわけにもいかず、真奈は麻美の支度の手伝いをする。

ごめんね、と麻美が甘い声で言った。

「ドレスの胸がきつくて、うまく動けない」

「ちゃんと付いたよ、大丈夫」

触角付きのヘアバンドを手にした麻美が小首をかしげた。

「うーん、これもちょっと困るかな。髪が崩れちゃう」

「崩れないように付けようか」

麻美がソファに座った。ヘアスタイルが崩れないように、慎重に真奈は麻美の髪にヘアバンドを装着する。麻美が微笑み、真奈の着物の袖に触れた。

「振袖、素敵ね。私はもう着られないな……。そうでなくても子育て中は着物なんて無理。ほんと、子どもに振り回されてるから」

「でも可愛いでしょう？」

「そうね。新たなフェーズ？　そういうのに移った実感があるかな」

天井から下がっているモニターを麻美が見上げた。新郎の友人たちが宴会場に入っている映像が映っている。

「ゆうさ、元気？」

えっ？　と真奈は聞き返す。モニターを見ていた麻美が、真奈に視線を移した。

「高梨さんは今、ゆうさとお付き合いしてるんでしょう？」

優吾の友人から聞いたのだと麻美は微笑む。ああ、とつぶやき、真奈は控え目な声で答えた。

「渡辺君のこと？　そうですけど」

新婦や麻美と同じく付属校出身の優吾は、内部進学生の仲間たちから「ゆうさ」と呼ばれている。由来は知らないし、聞くつもりもない。

わあ、と麻美が可愛らしい声を上げた。

「その呼び方って高梨さんっぽい。渡辺君って呼んでるんだー」

「その時々に応じて違うけど」

よかったーと、麻美が両手を胸に当てた。

「安心した。呼び方って大事よね。ゆうさは優吾君って呼ばれるの、すごくいやがるから。……幸せになってほしいな、ゆうさにも。今、名古屋にいるんだっけ？」

そうです、と答えたが、それだけだとけんかを売っているようだ。「名古屋はいいところだよね」と優吾とは関係のない言葉を真奈は付け足す。

そのまま、この場から離れようとしたとき、麻美がつぶやいた。

「やだ、羽根が落ちてきた」

きちんと付けたはずなのに。

麻美の隣に座り、真奈は羽根の様子を点検する。楽しそうに麻美が話しかけてきた。

「でも高梨さんとお付き合いしてるって聞いて、ちょっぴり驚いたな。ゆうさとは、下からずっと一緒だったから、これまでの彼女はほとんど知ってるけど、高梨さんタイプは今までまったくいなかったもの」

一体、自分はどういうタイプに分類されるのだろう？　そして、優吾にはそんなにたくさんの彼女がいたのだろうか。

麻美が「うん」と朗らかに言い、うなずいた。

「でも、きっとお似合い。真面目で堅実なのが取り柄の人って、ゆうさには必要かも」

「そんな取り柄、私にはないよ」

「謙遜しなくてもいいのに。高梨さんみたいな人に手を出すなんて、ゆうさは悪い奴ーって思ったけど、うん、きっとお似合い」

でも、と麻美が小声で言い、うつむいた。

「ゆうさのことを悪く言えない。彼とお付き合いしてた頃の自分……思い出すと未熟で恥ずかしい」

「そんなことないでしょう」

音声合成ソフトになった気分で真奈は答える。遠い日々を思い出しているような表情で、麻美が小刻みに首を横に振った。顔の動きにつれて、大きなダイヤモンドの一粒ピアスがきらめいている。SNSで「旦那クンからの誕プレ」とハッシュタグをつけていた品だ。

「私……独身の頃って、本当にあさはかで……まったく自分のことしか見えてなかった。子どもが生まれて、お世話しているうちに、今は逆に私が育ててもらってる気がしてる。旦那クンとムスメちゃんの存在が、私を大人にしてくれたんだなって」

別の人が言ったら、おそらく言葉通りに受け止めていた。そして、優吾とともに子どもを育てる未来を心に描いたと思う。でも麻美に言われると複雑な気分だ。独身のお前はあさはかで、自分のことしか見えていない。遠回しにそう言われているようだ。

自分のことを卑下しているようで、実は巧みに相手を見下す。麻美はそういう話し方をする女だ。その手の女子を恋人にする男は嫌いだった。

それなのに麻美の元彼、優吾に夢中になっている——。

苦い笑いがこみあげてきた。その笑みに麻美が艶やかな微笑みを返してくる。

「ゆうさ、優しいでしょ？　女の子が嫌うこと、喜ぶことをちゃんと心得てる。歴代の彼女たちが教えてるもの。いい男に磨かれてると思うよ」

元彼女にこんなふうに語られていると知ったら、当の優吾はどう思うだろうか？　似たようなことを男同士でも語っているのだろうか。

渡辺君は……と言ったあと、真奈は黙る。

優吾のために麻美に一矢を報いたい。でも、語る言葉が見つからない。

「えっと……優しいばかりじゃないよ。いろんな顔も見せてくれる」

どんな顔？　と聞かれたが、勢いで言ってみただけだ。答えられず、真奈は曖昧に笑ってみせる。

よかった、と麻美が胸に手を当てた。

「ゆうさ、高梨さんには素の自分を見せられるんだね。結婚しないの？」

「します、秋に」

えっ？　と驚いた顔で、麻美は聞き返した。

「あっ、なんだ……もう、早く言ってよ、おめでとう。お式はどちらで？」

会場の名前を挙げると、「あら」と麻美は微笑んだ。

「私もあのホテル、素敵だなと思ったの。でも彼がどうしてもいやだって言って。歴史があるって言ったらきれいな言葉だけど、古色蒼然《こしょくそうぜん》としてるよねって。男の人ってひどいこと言うよね」

それは男ではなく、単にあなたの夫がひどいだけ。心のなかで思っても、うまく言い返せない。

会場のモニターを見ると、ちょんまげを付けた新郎の友人たちが、マツケンサンバを踊っていた。統率のとれたダンスに会場は大盛況だ。文月は腕組みをして、そのモニターを見上げている。ほぼ同じポーズで有里沙も新郎側の余興を見つめ、二人は何かを語り合っている。

彼女たちに合流しようと、真奈は腰をあげた。

「そうだ、高梨さんにいいこと教えてあげる。ゆうさの地雷。それを踏み抜くと、彼、すっごく不機嫌になるの」

「私たちの間に地雷なんてないから」

きっぱりと言い切ったが不安になってきた。浮かせた腰を、真奈は再びソファに沈める。

「あの……でもいちおう、聞いておこうかな」

食いついてきた、という表情で、麻美が笑う。それを見た途端、聞き流さなかったことを激しく後悔した。

「『オトコノコの福』のなかで、ゆうさがマルコさんと北海道を旅行してたでしょ。そのなかで『ゆーごクン』が生まれたての子馬みたいにぷるぷる震えて、電車でおもらしした話。あれが地雷。あの話が出ると、虚無そのものって顔になる」

「そんな話、わざわざしないし」

そうかな？　と麻美が首をかしげた。

「あの本は表紙のカバー写真と『ぷるぷるおもらし』が話題にされがち。だから、ゆうさとのお付き合い、うちの親はいい顔しなかったな。母が言ったの。子どもができたら、お友だちに言われるわよって。『あなたのパパって電車でおもらししたんだって？』。それでは将来の孫ちゃんが可哀想すぎるって」

「私なら……自分の子に言う。そんな意地悪なことをわざわざ言ってくる子はお友だちじゃない。可哀想な人なのよって」

麻美がじっと見つめてきた。先に視線をそらすのがいやで、真奈も真顔で見つめ返す。

真奈さーん、と有里沙の声がした。有里沙の隣で文月も手を振っている。

「賢者召喚！　来たれ、相談しよう」

モニターのなかでは、新郎の友人たちが肩を組み、母校の校歌を歌っている。同じ大学の出身らしく、主賓に加えて、新郎の父と姉、新婦の父も飛び入りして、場内は大盛り上がりだ。

会場の盛況に救われた思いで、真奈は席を立つ。

振り返ると、麻美の視線はまだ向けられたままだった。

終わったー！　と有里沙が小さな歓声をあげた。

終わったね、と答え、真奈は有里沙とワイングラスをそっと合わせる。鈴のような繊細な音が、二人の間で優しく鳴った。

新婦側の余興も大盛況のうちに終わり、祝福の雰囲気が歓談の時間になっても続いている。

新郎、新婦のまわりには多くの人たちが集まり、記念撮影が始まった。幼馴染みに囲まれている新婦を有里沙が眺めた。

「華やかだなあ。うちの大学って私の田舎では『それ、どこにあるの？』ってたまに聞かれますけど、東京では良家の子女が通う学校で知られてますもんね。下から来てる子たちはやっぱりお嬢様、お坊ちゃんが多い」

「そうだね。結婚式ってそういうのを実感するね」

しみじみした思いで真奈はワインを飲む。今、まさに優吾と自分の間で、それぞれの家の事情と経済感覚の違いを体感しているところだ。

そもそも自分は、この大学の学風に合っていなかったのだ。

大学受験の際の第一志望と第二志望は質実剛健の学風で、そのうちの一校は両親の母校だった。どちらの選考にも通らず、唯一合格した中堅の大学に進学したが、カリキュラムに魅力があったので、そこに後悔はない。ただ、就職活動に苦戦していたとき、浪人して第一志望の有名私大に進学していたらどうなっていただろうと何度か思った。

でも、そうしていたら優吾には出会えなかった。

進学も就職も、その選択で将来出会う人々が決まる。それによって人生も変わっていく。そしておそらく結婚も――。

有里沙が飲みものをビールに替え、豪快に一気に飲んだ。

「ああ〜終わったから安心して飲める。今年はこれから結婚ラッシュなんです。学生時代に付き合ってた友だちが次々と結婚していく。おめでたいからいいんですけど、ご祝儀貧乏で」

そうなんだ、と答えた言葉に、思わずため息がまじる。実は自分の披露宴に友人として出席してくれないかと、有里沙に頼もうと思っていた。

おーい、と声がして、スマホをかざしながら文月が近づいてきた。

「ご両人、新郎、新婦も交えて記念撮影しよう。まずその前で三人で写真を撮ろうぞ」

撮りましょう、と有里沙が朗らかに言い、席を立った。

「ほら、真奈さん、まんなかに入って」

「タカナっちゃん、袖を広げて。蝶々みたいに。有里沙ちゃん、視線はこっちだ」

文月に言われた通り、真奈は桃色の長い袖を広げる。文月が有里沙にポーズを付け、それから式場のスタッフに頼んで写真を撮ってもらった。

できあがった画面を見ると、宝塚歌劇の粋な男役のようなポーズを取った文月が、真奈と有里沙に手をさしのべている。振袖姿の真奈は日本の、若草色のドレスを着た有里沙は西洋の令嬢のようだ。思わず三人で吹き出し、真奈は文月に笑いかけた。

「文月さん、このまま、お芝居のポスターになりそうだね」

「だなー。優男が二人の姫様に翻弄されるコメディな」

「コメディなんですか？　先輩、血湧き肉躍る壮大なラブロマンスがいいです。ぜひ、それで」

「どういう話じゃよ、それは」

笑っていた文月があらたまった顔になり、真奈の肩を叩いた。

「そうだ。麻美から聞いた、結婚するんだって？　おめでとう。タカナっちゃんを射止めるとは、ゆうさは幸せ者だ。めでたい、めでたい」

「えー、真奈さんが結婚？　えー！　待って、渡辺先輩と？　お付き合いしてたんですか」

「うん、まあ……卒業してからだけど」

もしかして、と有里沙が頬に両手を当てた。まるでラブコメディの芝居のようだ。

「真奈さん、あれ？　あの二次会のときの？」

「そうなの、実はあのときがきっかけ」

優吾と出会った結婚式の二次会は、新婦側の幹事を真奈と有里沙が務め、文月はそのときも余興のとりまとめをしていた。感慨深い面持ちで、文月が首を左右に振る。

「あれは苦労したなあ。新郎新婦の希望が毎回ぶつかって二転三転」

でしたね、と有里沙も遠い目をした。

「……しかも一年で別れちゃったし」

そうなの？　と思わず真奈は聞き返す。文月と有里沙がほぼ同時にうなずいた。

「でも、あれがきっかけで、タカナっちゃんとゆうさが付き合ったんなら報われるよ。挙式はいつだい？」

今年の秋だと答えると、有里沙が弾んだ声で言った。

「ぜひ、お祝いさせてください！　動画作りますよ！」

「えっ、ほんと？　ほんとに？　来てくれるの？」

余興はいらんかね？　と文月が笑った。

「腕によりをかける所存。泣けるやつがいい？　笑えるのがいいか？」

文月さんも？　と思わず真奈はたずねる。もちろん文月に披露宴に来てもらえたら嬉しい。しかし、彼女とは在学中はそれほど交流はなく、親しく話をするようになったのは卒業してからだ。

「もうタカナっちゃんたら、寂しいこと言わずにワシらを呼んでくれ」

「いやいや、いえいえ、あれ？　私は何言ってるんだ？」

さまざまな思いがこみあげてきて、思ったことがうまく言葉にならない。呼吸をおさめてから、真奈は思い切ってたずねた。

「文月さん、有里沙ちゃん、あらためてお誘いするんだけど、……あの、披露宴に来てくれる？」

「もちろんです！」

「右に同じく、喜んで」

ありがとう、と言ったら、泣きそうになった。

「私、友だちが少なくて。お二人が来てくれたら、あとは、これからお願いするつもりの高校時代の友人が一人……」

「でも真奈さん、これまでお式に参列した人たちが……」

言いかけた有里沙が「ああ」とうなずいた。

「ほんとだ。海外赴任に出産……みんな無理だ。それなら、ビデオメッセージをもらってきますよ」

「高校時代のその友だちに話を通してくれたら、連絡を取るぞ。みんなで華やかにやろう。なんだったら、うちの役者も連れてこようか。どうした、タカナっちゃん、そんな思いつめた顔して」

「いろいろ……こみあげてきて」

披露宴に来てくれたら嬉しいが、ご祝儀をはじめとした費用も、時間もかかってしまう。招いたら内心、迷惑がられるのではないか。そう思うと、誰も誘えなくなっていた。

それでも母が言っていたとおり、勇気を出してたずねてみたら、こんなに気持ち良く祝ってくれる友がいた。

「すごく嬉しくて……お二人のときもなんでも手伝うよ、遠慮無く言って」

屈託なく笑い、有里沙が真奈の手を取った。

「その台詞、今、私が言いますよ」

「右に同じく。ほらほら、新婦と写真を撮ろう」

三人で新婦のもとに向かうと、余興をした友人たちが笑顔で迎えてくれた。秋の婚礼の話はすでに知れ渡り、戸惑うほどに暖かく、皆にお祝いを言われた。

新婦と同窓生たちで写真を撮ってもらいながら、真奈はあらためて思う。

選べなかった道がある。

それでも進んだ先で、この人たちに出会えた。そのなかの一人と秋に結婚する。

この道でよかったのだ。

新郎新婦の様子を見ると、麻美と新婦が頰を寄せ合うようにして写真を撮っていた。

麻美と目が合った。あわてて真奈は視線をそらす。

彼を「ゆうさ」と呼ぶ人たちとくらべると、自分はまだ優吾のことをそれほど知らない。

披露宴が終わり、その旨のメッセージを優吾に送ると、ホテルのラウンジでお茶を飲んでいるという返事が戻ってきた。有里沙と文月が挨拶をしたいというので、真奈は二人とともに優吾のもとへ向かった。四人でお茶を飲むつもりでいたのだが、婚約のお祝いを優吾に伝えると、有里沙と文月は二次会の会場へ向かっていった。

二人の背を見送りながら、優吾は微笑んだ。

「うちの披露宴も盛り上がりそうだね」

「文月さんが言ってた。余興は泣けるのがいいか、笑えるのがいいかって」

「両方がいいな。泣いて笑って感動するやつ」

ラウンジを出て、真奈は優吾と地下駐車場へ向かった。エレベーターに乗ると、鏡面の扉に優吾と並んでいる姿が映っている。

鉄紺色のジャケットを着た優吾に、薄桃色の振袖の自分が寄り添っている。自分史上、いちばんきれいな自分に出会えたようで、大胆な気持ちになってきた。

長い袖で手を隠し、真奈は優吾の手に触れてみる。握り返されて、思わずうつむいてしまったが、あふれるほどの幸福感が胸に満ちてきた。

地下四階の駐車場に着くと、精算を終えた優吾はここで待っているようにと言った。

優吾と離れがたく、真奈は首を横に振る。

「いいよ、優君、車まで一緒に行く」

「こっちに車を回したほうが、乗りやすいと思うよ。今日は着物だし、ここで待ってて」

駐車場の奥へ優吾が歩いていく。精算機の横に立って、真奈は場内を眺めた。

ホテルの雰囲気を反映してか、駐車場に停まっている車はラグジュアリーなものが多い。そのなかに慎ましやかな優吾の愛車が停まっていると思うと、温かな気分になってきた。

背後からローズとジャスミンの香りがふわりと漂ってきた。最新のハイブランドの香水の香りだ。

あら、と艶やかな声が聞こえて、真奈は振り返る。

「高梨さんも車なの？」

クリーム色のトレンチコートを着た麻美が歩いてきた。右手には小さな花束、左手にはホテルのペストリーブティックの紙袋を提げている。

駐車場の奥から真紅の車がゆっくりと走ってきた。

華やかな車が並ぶなかでも、燃え上がるような赤がたいそう目を惹いている。フロントのエンブレムには、半円に白地に赤の十字、もう半分には水色地に緑のつづら折り状のものが描かれていた。

きっと、麻美を迎えにきた車だ。彼女の背後に下がり、真奈は乗りやすい場所を譲った。

近づいてきた車が、麻美の前を通り過ぎた場所で停まる。

麻美はそこから動かずにいる。車のほうがこちらに戻ってこいと、運転している人に命じているかのようだ。

助手席の窓が開く音がした。エンジン音に混じって「真奈！」という声が聞こえてくる。

いぶかしげな顔で、麻美が真奈を見た。視線を受け止めたものの、真奈も戸惑う。

「えっ、あれ？　優君……その車は？」

カツカツとヒールの音を響かせ、麻美が赤い車に近づいていった。開いた窓から車内に声をかけている。

「ゆうさ、久しぶり、元気？」

女同士で話している声より、甘くて優しい。優吾が自分の恋人でなければ、聞き惚れてしまいそうだ。元気、と答える声がかすかに聞こえてきた。

「ゆうさ、相変わらずだね。私には『元気？』って聞いてくれないの？」

エンジンの音が場内に反響した。優吾の声は聞こえない。

元気よ、と麻美の声だけが耳に届いた。

「でもね、私……」

麻美の言葉の途中で車が後退してきて、真奈の前でぴたりと止まった。

開いた窓の向こうで、優吾が微笑んでいる。見とれてしまいそうに優しい笑顔だ。

「おまたせ、真奈」

「優君、いつもの車は？」

「山梨で留守番してる。早く行こう」

ドアノブに手を伸ばすと、ボタン状のものが付いた見慣れぬ形をしていた。開け方に迷い、真奈は再び車内に声をかける。

「優君、このドア……どうやって開けるの？」

「あっ、ごめん。忘れてた」

優吾が車から出てきて、助手席のドアを開けた。シートに真奈が座ると、袖が汚れないように膝の上に畳む手伝いをして、静かにドアを閉めた。

暑いな、と言い、麻美が手のひらで顔をあおいだ。

「やだやだー、私は一体何を見せられてるの？」

「見に来るなよ、相変わらずだな」

「見に来たと思ってるの？　うぬぼれてる。私も車を待ってるのよ」

助手席で二人の声を聞きながら、真奈は目を伏せる。

険悪なようで、じゃれている。ぞんざいな優吾の話し方は普段よりも男らしく、こちらが本来の姿に思えてしまう。

運転席に戻ってきた優吾が無言で車を出した。少し走ったところで、ミラーをちらりと見て、背後を確認している。その仕草につられて、真奈は後ろを見た。

麻美が走路のまんなかに立ち、この車を見送っている。その表情はせつなく、まるで恋愛映画のワンシーンを見ているようだ。

再び優吾がミラーに目を走らせた。

彼もまた、遠ざかっていく何かを確認するような眼差しだ。

一体、何を見せられているのだろう。

らせん状の走路を上り、車は地上へ向かっていく。心のなかで嫉妬が渦まき始めた。

地上に出たところで、よかった、と優吾が息を吐いた。

「緊張した……この車のドアノブ、壊れやすくてさ。あそこで落ちたらどうしようと思って、何度も確認してしまった」

意外な言葉に「そうなの？」と真奈は優吾の顔を見る。

そうなんだよ、と優吾が深くうなずく。

「桜井、ずっと見てるんだもんな。あいつに拾われたら恥ずかしすぎる……俺、恥ずか死ぬよ」

ドラマチックな表情を浮かべていた麻美の姿を真奈は思い出す。たしかにあの状況でドアノブがポロンと落ちたら恥ずかしい。

なーんだ、と胸の内で真奈はつぶやく。麻美と見つめ合っていたわけではないとわかると、嫉妬の渦がおさまった。

信号で車を停めた優吾が、サングラスをかけている。その仕草がむしょうにかっこいい。

顔が赤らんでくるのを感じて、真奈は頬にそっと手をやる。

大学時代、いつも視界のなかには優吾がいた。華やかな友人たちといる彼を、遠い存在のように感じて眺めていたのに。その人が恋人になり、あと数ヶ月で夫になる――。

照れくささと恥じらいと幸福感。すべてが混ざると、こんなに鼓動は速くなるものなのか。

窓の外に目をやると、ビルのウインドウに、優吾の車が映っていた。新緑のなか、車の赤い色がとても鮮やかだ。

「この車、すごくきれいだね」

「今日は真奈を迎えにいくし、明日はドレスの下見。映える車で行こうと思って。ちゃんと洗車もしてきたよ。でもドアノブが危ないから、開け閉めは俺にまかせて」

お姫様みたい、と真奈が笑うと、「お姫様だからね」と優吾が答えた。

やさしいな、と思ったとき、麻美の声がよみがえった。

(ゆうさ、優しいでしょ)

(女の子が喜ぶこと、嫌うこと、ちゃんと心得てる)

歴代の彼女が教えてきたからだろうか……。再び嫉妬が心に渦巻いてきた。

車を走らせていた優吾が、ダッシュボードを指差した。

「そんなお姫様にプレゼントが。そこを開けてみて」

グローブボックスを開けると、手のひらほどの大きさの白い箱が現れた。ピンク色のリボンが掛けられ、とても愛らしい。

昨日までの自分なら百パーセント超えの大喜びをしていた。でも今は喜びが九十、残りの十パーセントが妙に冷静だ。

開けてもいい？　とたずねて、真奈はリボンを解く。

銀のチェーンブレスレットが現れた。花の形をした小さなチャームが一つだけ付いている。

薔薇のようだが、目を凝らすと八重咲きの花だ。

「優君、これはもしかして乙女椿？」

そうだよ、と優吾はうなずいた。写真を送って、作ってもらったのだという。

「真奈の家に挨拶に行ったときに、この花がいろいろな所に飾ってあったから。それ以来、真奈のイメージは乙女椿の花」

このブレスレットはチャームが六つまで付けられるのだと優吾が語っている。既製品もあるが、写真や絵を送ればオリジナルのチャームも作ってもらえるそうだ。

「真奈にこれからいいことがあるたびに一個ずつチャームを増やしていこう。次は結婚だな。ウエディングケーキのチャームはどう？」

その前に優吾のイメージのチャームを付けたい。ブレスレットを見ながら、真奈は考える。

優吾のイメージはなんだろう？

ふと、幼児のパンツが頭に浮かんだ。続いて「オトコノコの福」のずり落ちそうなパンツをおさえた幼い優吾と、彼の「地雷」の話を思い出した。

そんなイメージが浮かんだのが申し訳なく、真奈は目を閉じる。

今日の自分は、麻美の言葉にとらわれすぎている。

「どうした、真奈、疲れた？」

目を開けて、あわてて真奈は首を横に振る。チャームに触れながら、優吾に向かって微笑んだ。

「優君のイメージって何だろうって考えてた。うれしいことがあるたびに一個ずつ増やすなら、これをもらった記念にまず優君のチャームをつけたくて」

「よかった……気に入らないのかと思った。ＳＮＳ映えする高価な物でもないんで」

麻美の耳に輝いていた大きなダイヤモンドのピアスが心をよぎる。でも、自分にとっては優吾がオーダーしてくれた椿のチャームのほうが嬉しい。

「優君のチャームは私がオーダーするね」

「あとでお店のURLを教えるよ。でも値段がわかっちゃうな、がっかりしないで」

「がっかりなんてしないよ。……あとで付けてくれる？」

今、付けるよ、と言い、優吾が車を路肩に停めた。

慣れてる……。

唐突に、心の声が響いて、真奈はうつむく。

ブレスレットを受け取った優吾は手間取ることもなく、さらりと真奈の手首にアクセサリーを付けた。

この慣れた仕草は、麻美の言うように「歴代の彼女たち」が教えたからだろうか。

どうした？　と再び優吾がたずねた。この人は他人の感情の揺れにとても敏感だ。

「なんでもない……やっぱり、ちょっと……疲れたかな」

「それは疲れるよ。今日の参列客は一癖ある連中ばかりだ。桜井に須藤文月……文月はいい奴だけど、初めて会ったときはキャラが濃すぎてびっくりした」

「文月さんは小さい頃から今みたいな雰囲気だったの？」

「中学の頃にはすでに口調は侍だったな。俺は中学からだから、その前は知らない。でも、桜井によると幼稚園の頃の一人称は『わちき』だったらしい」

「桜井さん……優君とは『下からずっと一緒』って言ってたけど、中学からなんだね。幼稚園や小学校から一緒にいるような口振りだった」

首都高速に車を進めながら、桜井が何を言っていたのかと優吾はたずねた。さりげないが、何かを探るような口調だ。

「別に……たいしたことじゃないの。『優君にも幸せをつかんでほしい』って言ってた」

「相変わらず、上からものを言ってくるな」

「相変わらず、ね」

どうかした？　と聞く優吾に「どうもしない」と真奈は答える。

優吾と麻美が交わすこの言葉には、中学、高校、大学と、十年近い年数をともに過ごした人々の連帯感を感じてしまう。それは自分には決して立ち入れない領域の絆だ。

不意に、意地悪なことが言いたくなった。

「あとは……優君の歴代の彼女を知ってるけど、私みたいなタイプは初めてだって言ってた。桜井さんの前の彼女も華やかな人？」

「なんでそんなこと聞くの？」

歴代の彼女ね、と優吾がつぶやいた。

「どこからどこまでを彼女って言うんだろう。……桜井は大学二年の夏から、いろいろなところで一緒にいたけど、つきあったのは三年のなかばから、実質八ヶ月ぐらい」

在学中、ずっと二人が付き合っていたような記憶があり、真奈は首をかしげる。

「そうなの？　もっと長く一緒にいた印象があるけど」

「友人としてはね。でも、それより進んだ関係は短いし、卒業前に終わってた」

しばらく黙っていた優吾が「人との距離感がわからない」とつぶやいた。

「昔からそうなんだけど、嫌われるのが怖くて。子どもの頃から誰にでも愛想良くしてしまう。そのうちどこに行っても一緒になる女子が現れ……まわりが気を利かせて、公認カップルみたいな扱いをし始め、やがて『私のこと、どう思ってる？』なんて聞かれて、毎回付き合い出すサイクル」

「彼女の恋をみんなが応援してたんだね」

「俺がその子のことをどう思っているか、応援してる奴らは、あまり気にしてくれないけどね」

　小さなため息をついて、優吾は話を続けた。

「断ればいいって思ってるだろ？　でも大勢の前で泣かれたり、その子の友だちに詰められたり、ストーカーまがいのことをされたりするなら、付き合うほうが楽。なぜなら、付き合うと、すぐに愛想を尽かされるから。きれい好きの度が過ぎて『病んでる』とか『ナルシスト』とか言われてね。自分でもわかってるよ。だから友だちのままでいいのに」

「私も今のところは大丈夫だけど……いつか優君のきれい好きに合わせられない日が来るかも」

　それはいいんだ、と言いながら、優吾は車の速度を落とした。

　永福の料金所が近づいてきて、車が混み始めている。

「俺も努力するから。不思議なことに真奈はいいんだ。どこも気にならない。苦手なところがない。たとえあったとしても、真奈なら構わない、大丈夫」

　どうして？　と聞くと一瞬、優吾は答えに詰まった。

「……つまり、それが『好き』ってことなんだよ」

　胸の奥から、あたたかな気持ちが湧き出してきた。

　この一言があれば、これからたいていのことはきっと乗り越えていける。

「自分から好きになって、悩んで、告《こく》ったのは真奈が初めて。……言葉にすると嘘くさいけど」

「嘘くさくないよ。優君は何に悩んでたの？」

「真奈は真面目ないい子だから、絶対に彼氏がいると思って。いないと聞いたとたん、あのカオスな二次会の打ち合わせが待ち遠しくなった」

カオスな二次会とは、数時間前に文月と有里沙との話題にあがった、二年前の婚礼の二次会のことだ。ついさっき、有里沙と文月を自分たちの披露宴に招いたときの、緊張と喜びがよみがえった。人との距離感がわからないのは優吾だけではない。自分も同じだ。親しみ深く人に接する優吾とは逆に、自分は遠慮しすぎて人の輪のなかに入っていけない。

渋滞に入ったのか、車の流れが止まった。

「ごめんね、変なこと聞いて。いやなことを言わせちゃった……あの二人、別れたんだって」

えっ？　と優吾が驚きの声を上げている。

「優君も知らなかったの？　私も」

「別居したって話は聞いたけど……。やっぱり二次会とはいえ、夫婦のスタート時点であそこまで揉めると、修復は不可能なのかな？」

それでも交際中は仲の良い二人だった。二次会の相談を受けたときも、当初はなごやかな雰囲気だったのだ。

「思い出すとね、披露宴にも彼女は不満があったみたい。私たちにずいぶん愚痴ってたもの」

「人に愚痴を言う前に俺たちは話し合おう。まずは明日、真奈のドレスを決めて、それから二人で部屋探しだね」

車の列はまだ動かない。それでも嫉妬はおさまり、心が穏やかに凪《な》いできた。

友人の披露宴に出席した余韻が残る翌日、今度は自分の挙式の衣裳のために、真奈は式場として予約しているホテルへ出かけた。

優吾とは九時五十分に、併設のウエディングサロンの前で待ち合わせている。サロンが開くのとほとんど同時に、二人でそこに入室した。

さっそく前回に予約をしておいたドレスを試着してみる。しかし、どれもしっくりとこない。試着できるドレスには枚数の制限があり、このサロンは一回につき四枚だ。

スタッフに手伝ってもらいながら、真奈は最後のドレスに袖を通した。

お似合いですよ、とスタッフがささやく。その言葉に微笑みながらも、どこか気が晴れない。

理由は分かっている。

本当は神前式で白無垢の打ち掛けに綿帽子を付けたかった。披露宴では、赤い色打ち掛けを着て、ウエディングドレスはお色直しで着たかったのだ。

ところが優吾の親族たちはチャペルでの挙式を希望している。

婚礼資金をもっとも多く援助してくれる優吾の母、マルコ側の祖父母には、可愛らしい曾孫がたくさんいた。そのなかの三人の女子にヴァージンロードに花を蒔《ま》くフラワーガール、二人の男子に指輪交換のときに結婚指輪を運ぶリングボーイを務めさせたいという。

一昨年、優吾の従姉が挙式をした折、子どもたちは同じ役を務めたそうだ。その折にそろえた衣裳の着姿をもう一度、見たいらしい。

優吾がスマホで撮った婚礼の写真を見ると、純白の衣裳を着た少女たちは、たしかに天使のように愛らしかった。そして三人のフラワーガールと二人のリングボーイが並んだ姿は人数でも、無垢な美しさでも、一緒に写っている新郎新婦を凌駕する魅力を放っていた。

その写真を見て、絶対に断りたいと思った。一生におそらく一度の晴れ舞台。その舞台に美形の少年少女五人と並んだら、優吾はともかく、並の容姿の自分はかすんでしまう。

そこで角が立たないように、おそらく衣裳のサイズが合わないでしょう、と遠回しに断った。一昨年の式だから、きっとみんな成長しているはずだ。

ところがサイズの問題は最年長の少女の衣裳を新調すれば、問題ないらしい。なによりも「だいすきな優クンのけっこん式」に参加できることを子どもたちは喜んでいるそうだ。

さらには優吾の父、カンカン側の親戚で、趣味でゴスペルを歌っている優吾の従姉が、式の際に使う讃美歌をライブで歌う用意があると連絡してきた。

優吾によると、彼女は実にパワフルで心を揺さぶるボーカリストらしい。数年前に出席した婚礼で、彼女の歌声が響くなか、花嫁が父と腕を組んで入場したことがあったそうだ。そのとき優吾は涙がこぼれそうになるのを必死で抑えたという。

それは歌声がなくても、涙が出そうになる場面だと真奈は思った。しかし、情熱的に語る優吾に水を差すことは言えない。

周囲がどんどん盛り上がって準備が進むなか、白無垢を着て厳《おごそ》かな式を挙げたいという希望はどんどん遠ざかっていく。

とうとう黙っていられず、二度目のドレスの試着のときに「神前式はどうかな？」と真奈は優吾に提案してみた。ところが「俺、袴は苦手」という返事に、それ以上は強く出られなかった。

それでも落胆した真奈を見て、披露宴で色打ち掛けを着ることを優吾は提案してくれた。羽織袴は七五三以来で、あまり良い思い出がないけれど、真奈が和装をしたいという希望を優吾なりに考えてくれたらしい。しかし、チャペルの挙式でのウエディングドレスから、披露宴で和装へ着替えるには時間がかかる。さらにそこからカラードレスへお色直しをすると、費用もかさむ。

時間と費用を考えると、和装をあきらめ、結婚式と披露宴でウエディングドレスを着て、お色直しでカラードレスへ着替えるのが一番だ。

ご新婦さま、と呼びかけられ、真奈は我に返る。

「ボタンがすべて留まりました。サイズ、ぴったりです」

ドレスの背中のボタンを留めていたスタッフが、真奈の前に回った。

「こちらもとてもよくお似合いです。このアイボリーのお色味のさじ加減が、ご新婦さまの肌の美しさを引き立てています」

試着で肩の肌が出ることを見越し、先週からボディケアに力を入れてきた。成果が出たようで嬉しく、笑顔で礼を言って、真奈は試着室を出た。

早く優吾に見せたい。ところが待っているのに疲れたのか、優吾は腕を組んだままソファで居眠りをしていた。

優君、と真奈はささやく。目覚める気配はない。

「優君！　起きて」

傍目にも気の毒なほどに勢いよく、優吾は顔を上げた。

「……やばい、俺、寝落ちしてた？」

ドレスを着付けてくれたスタッフが微笑んでいる。

いかがですか、と彼女に聞かれて、優吾は真奈を見つめた。その視線を浴びたとたん、恥ずかしくなってきた。このドレスは思った以上に肩と背中が露出している。

優吾が大きくうなずいた。

「うん、いいね。これもいい」

「優君、それ、さっきも言ってた」

二枚目も三枚目のドレスも、優吾の感想は今と同じだ。

きちんと見ているのだろうか。懸念を抱きながら、真奈はドレスの袖を指差した。

「このドレスはね、ノースリーブで大人っぽい。その前のはフレンチスリーブで可愛い。どっちが好き？」

「どっちもいいね。真奈が好きなのが一番だよ」

その一番が決まらないから、意見を聞きたいのだ。

「えーと、優君はどう思う？」

「どれも可愛いよ。真奈はどれが好きなの？」

「それに悩んでいるの」

四着目のドレスの写真を撮ったスタッフが、これまで試着した写真をタブレットＰＣで見せてくれた。

しばらく考えたあと、優吾は今日、試着した一枚目のドレスを指差した。

「どれもいいけど、強いて言うなら最初？　これが一番よかった」

写真の首と肩を真奈は交互に指差した。

「でも、これは首が短く見えると思うの。肩が、がっちり張って見えるというか」

優吾が三枚目の写真を指差した。

「それならこっちの、なんたらスリーブ？　これ可愛いね」

「でもね、それはちょっと幼いかなって思ったりして」

じゃあ四枚目、といくぶん投げやりに優吾が言い、真奈が着ているドレスを指差した。

「それがいいよ、それ」

「えー、何？　その投げやりな言い方。これはこれでエレガントすぎるというか」

「エレガントすぎて何か問題ある？　逆なら困るけど。優雅すぎるなんて最高だよ。でも、結局、真奈はどれも、いまいち気に入ってないんだね」

そういうわけじゃない。そして、エレガントも過ぎると背伸びしているようだ……と言いたいが、疲れた顔をしている優吾を見て、真奈は黙る。

カウンターに戻ったスタッフが、パソコンを操作している。しばらく指を動かしていたが、再びタブレットを持って戻ってきた。

「一着目と四着目に似たラインのドレスが、まだ数点ございます。来週の土曜日にお越しいただけたら、ご用意できますが」

差し出された画面には、魅力的な衣裳がたくさん並んでいた。

素敵、と思わず真奈はつぶやく。ただ、そのドレスは追加料金がかかってしまう。一目見て素敵だと思えるものは、やはりそれに値する金額が設定されていた。

胸の鼓動が速くなり、背中が汗ばんできた。

このクラスのドレスを試着したら、間違いなく気に入ってしまう。

でも、追加料金を払って、もう一ランク上のドレスが着たいと小心者の自分に言えるだろうか。それでなくても、このサロンのドレスのレンタル料は予想していた金額を超えているのに。

スマホを出した優吾が小さくうなった。

「ごめん、真奈。次の試着は俺、パスしていいかな。来週は無理。次はお母さんと一緒に来なよ。俺じゃ駄目だ。どれもよく見えるんだから」

スタッフが微笑んでいる。「どれもよく見える」という優吾の言葉を好ましく思っている様子だ。いつもならその言葉に自分も甘い気分になっていた。今日はそれより、次回の試着に優吾は来ないことのほうが気にかかる。

真奈？　と心配そうに優吾が声をかけてきた。あわてて真奈は笑顔を浮かべる。

「ごめん、考えごとをしてた。優君は本当に、次は来てくれないの？」

「俺が意見を言ったところで、真奈は真っ向から全否定じゃないか。俺に聞かなくても、答えはすでに真奈のなかにあるんだよ」

答えはない。あったら迷っていない。

ゆっくりとサロンの中央に歩いていき、ドレスの全体像がよく見えるように、真奈は優吾の前で振り返る。

「あの、ですね、優君。肩や首が気になるってのは、意見を否定してるんじゃないの。『そんなことないよ』とか『そうかもしれないね』とか、どっちでもいいから優君の感想が欲しいの」

「だから、それがわからないんだって」

どうして、こんなにお互い、苛立っているのだろう？

急に、すべてが面倒になってきた。

自然に頭が下がってきて、真奈はうつむく。ドレスの白い色が目にしみた。

「肩も首も、俺はまったく気にならないけど」

優吾の口調が優しいものに戻った。

「そもそも真奈を細かくパーツで見てないし。それに、女の人たちがどう思うのかわかんない。真奈が気にしてるのは俺の目線より、参列者の女子目線だろ？」

「そんなことない。優君の意見が聞きたい」

「それが正直、どれも違いがたいしてわからない。中身が真奈なら何だって可愛いよ。それより、来週も上京するのはきつい、ごめん」

つれない言葉に、甘い言葉のトッピング……。そう思ったあと、自分の心の変化に、真奈は驚く。桜井麻美と会ってから、優吾に対する目線が変わってきている。

試着はこれで最後と聞き、ホテルのティールームでランチを取っていこうと優吾が提案した。今日はこのあとドライブがてら東京の湾岸地区へ出かけ、ウェブで探した新居の候補をいくつか見る予定だ。

先に行って席を取っていると言い、優吾はサロンを出ていった。

本当はもう少しドレスについてスタッフと検討したかった。しかし、気怠《けだる》げな様子の優吾を思うと、あまり待たせてはいけない。母に電話をして都合を聞き、次回の試着の予約を取ると、真奈は急いで着替えて、ウエディングサロンを出た。

ウェブで見た情報だと、ドレスの試着にはどの花嫁も三、四回はレンタルのサロンに足を運んでいる。決して自分の試着の回数が特殊なわけではない。それなのに、どうして、優吾に悪いことをしてしまった気分になるのだろう。

サロンを出ると、ショウウインドウに、白無垢と色打ち掛けが飾られていた。ちらりと横目で見て、真奈はティールームへ急ぐ。

打ち掛けの花嫁姿を見たら、きっと母は喜ぶ。昨日、振袖を着たときも、母は大喜びでずっと写真を撮っていた。

ウエディングドレスは素敵だ。でも、やはり白無垢も着てみたかった。

ティールームに入ると、優吾は窓際の席でスマホを見ていた。それでも真奈にすぐ気付き、軽く手を上げている。黒っぽいジャケットに淡い水色のシャツが映え、とてもさわやかだ。

さっきはごめん、と言って、優吾がメニューを渡してくれた。

「俺、なんか疲れてるのかも。山梨の実家に昨日立ち寄ったら、親が喧嘩して冷戦状態で。真奈の家と違って、うちの親は仲が良くないんだ」

優吾の両親、マルコとカンカンはＳＮＳの世界ではおしどり夫婦で有名だ。この間、会ったときも、それなりに親密そうだった。

でも、と考え直し、真奈は窓の外を見る。

思えば自分の家も、母は父の浮気を疑って気を揉んでいる。

「最近、うちの両親も不穏なの。仲が良いと思ってたけど、長く一緒にいると関係性って変わっていくのかな」

「変わっていくのかもね。少なくともうちの親に関してはＳＮＳでの仲良し夫婦は営業用。かなり演じてる……そうだ、結納の話をしなくちゃ」

結納は仲人を立てた式を行わず、顔合わせの食事会だけをこのホテルでするはずだった。しかし、優吾は仲人を立てて、きちんと結納式をしないかと話し始めている。

「装飾品一式もそろった結納式のプランがこのホテルにあるんだよ」

「それはこの前、聞いたよ。でも、仲人は立てないって決めたよね。結納式をしたいってのは優君の希望？」

主に祖父母、と答えると、優吾は言いづらそうに続けた。

「やっぱり仲人はいたほうがいいって。婚礼って、新たな人と人との縁を結ぶ場だから……そう言われると、それも一理あるかと思って。費用はうちで持つって祖父母が言ってる」

お金の話じゃない。そう言いたい。でも、心のなかではこのホテルの結納式の額を気にしている。それがどんな額でも、ひとたび行うと決まれば両親はきっと費用の半額を負担する。娘に肩身の狭い思いをさせないために。

「うちは……両親も仲人を立てずに結婚しているから、いらないんじゃないかって言ってる。私もそう思ってるし」

「わかった。もう一度相談してくるよ」

ランチが運ばれてきた。カトラリーを手にした優吾が小さなため息をついた。

「ただ……俺、この間から不思議に思ってるんだけど、ここでのウエディングは女子の憧れって聞いてるよ。だから真奈は喜ぶかと思ったけど、たいして嬉しそうじゃないね。ドレスにしたって、ここのサロンのドレスはいいものがそろってるって聞いてるけど、どれも気に入らないようだし」

「次の試着で決めるよ。だけど……」

ウインドウに飾られていた白無垢が目に浮かんだ。

ほかの人にならば、自分の意見が言えるのに。好きな人といると、つい弱腰になる。わがままを言っていると思われたくない。さらに言えば、彼に嫌われたくない。すると、思っていることの半分も口にできなくなる。そんな自分がときおりいやだ。

それでも、やっぱり、勇気を出して自分の思いを伝えるべきだ。

優吾の親戚たちとの付き合いは、これからも続く。毎回、彼らの意向に流されたくはない。

もっと、強くならなければ。

「優君、私、やっぱり白無垢が着たい。本当は神前式がいいの」

サンドウィッチを食べていた優吾が驚いた顔になった。

「えっ、そうなの？　でも、それだとフラワーガールもゴスペルシンガーも出番はないね」

「別に……優君の親戚のために式を挙げるんじゃないから」

手にした食べものを見つめて「棘のある言い方だな」と優吾がつぶやいている。

「優君こそ、嫌みな言い方だよ」

二口目を食べた優吾がむせて、胸を叩いている。黙って真奈はグラスの水を差し出す。

水を飲んだ優吾が、大きく息を吐いた。

「嫌みを言ったんじゃない。ただ、確認のために言っただけ。でも、そういうことってさ……もっと早く言ってくれなきゃ」

言ったよ！　という抗議の言葉に力がこもる。声が大きかったのか、優吾の背後の席の人が振り向いた。軽くそちらに頭を下げ、真奈は声をひそめる。

「私、前に言ったよ。そうしたら優君が『俺、袴は苦手』って、話を流したじゃない」

「でも色打ち掛けを着る？　って俺、聞いたよね。そのとき白無垢を着たいって言ってくれればよかったのに。祖父母や伯父に言いづらくても、俺には自分の希望をきちんと言ってくれなきゃ」

困ったな、と優吾が頭を搔いた。

「俺、てっきり真奈は喜んでるんだと思ってた。ぬくもりのある結婚式がいいって言ってたから」

ごめん、と真奈はつぶやく。「いいけど」と優吾は答えた。

その返事がやけに心に突き刺さる。

「『いいけど』って。その言い方、私だけが悪いの？　フラワーガールは最初に断ったじゃない？　衣裳のサイズのことを言って」

「真奈はてっきり遠慮してるのかと……。だって、すごく可愛いって何度も言ってたから」

可愛らしすぎて困るのだ。でも、そんな器の小さいことは、優吾に絶対言いたくない。

わかった、どうする？　と気を取り直した表情で優吾はたずねた。

「白無垢で神前式にする？　披露宴は色打ち掛けを着て、ウエディングドレスとカラードレスを着る？」

「それだと衣裳が四着になっちゃう。どうしよう……もう少し考えてみる」

我ながら煮え切らない。でも仕方がない。

希望を言ってほしいと言われても、費用の話は伝えづらい。さもしいことは言いたくない。

できれば優吾とは対等の立場でいたいのだ。

優吾がナプキンで口もとを押さえた。

「……昨日から気にかかるんだけど、真奈はなんだかおかしいな。何かあった？　昨日の結婚式で」

おかしいって？　と真奈が聞き返すと、「棘がある」と優吾は答えた。

「突き放した言い方をする。冷めてるというか。真奈らしくないよ。麻……桜井っぽい。あいつに何か言われた？」

「別に、たいしたことは」

麻美と言いかけた優吾が「桜井」と言い直した。今も無意識のうちに彼女を呼ぶときは「麻美」なのだ。些細なことなのに心が痛い。

真奈、と優吾が真剣な顔で呼びかけた。

「何を言われた？　抱えてないで話して。誤解があるなら解きたいし」

いつになく圧力のある優吾の眼差しに真奈は迷う。歴代の彼女たちに優吾が磨かれたという話も、彼のいわゆる「地雷」の話も、本人には絶対に聞かせたくない。

真奈、と再び優吾が呼びかける。優しいがきっぱりとした口調だ。こういう声音のとき、彼は絶対に引かない。紅茶を一口飲み、真奈は口を開く。

「あのね、小さなことなんだけど……桜井さんもここで式を挙げようと思ったんだって。だけど、旦那さんがあそこは『古色蒼然』としてるって言って却下したって話をされた」

「真奈はここが気に入らないってこと？」

「まさか。私にはもったいないような場所だし、とても素敵だと思ってる」

「それならいいけど、『旦那が言ってた』、『友だちが言ってた』、『みんなが言ってた』。……他人の意見を装って、自分の毒を吐くのが彼女のいつもの手だから。まともに聞いちゃだめだ」

ああ、とつぶやき、真奈は飲み物を口にする。たしかにその通りで、夫と母親の意見を彼女は語っていた。

「『ああ』って。真奈はすでに毒されてるの？」

「少しだけ。毒リンゴをかじった白雪姫ぐらいに」

「それは少しじゃない。致死量の一歩手前。だってあの人、昏倒してんだよ。変なものを食って」

白雪姫の行動を知り合いのように語ったあと、優吾の眼差しが柔らかくなった。

「考えてもみなよ。桜井本人の意見だったら、真奈は聞き流しただろ？　だって面と向かって、人の挙式会場を『古色蒼然』と言ってくる奴って、どれだけ失礼なんだ。失礼な奴の意見は失礼だから聞くに値しない。それが旦那だの、友だちだの、第三者が言ってたみたいに聞かされると、世間一般の意見に思えて惑わされるんだ」

言われてみれば、麻美の夫や母親がどんな人なのか知らない。どこの誰だかわからない人物の意見に心がとらわれるのはおかしなことだ。

　桜井もうちの親もそうなんだけど、と優吾が声をひそめた。

「やたら自分の意見を聞かせたがったり、ものを教えたがったりする人のことは、話半分に聞いたほうがいいよ。うちの親がやってることを全面否定になっちゃうけど」

「でも、マルコさんたちの動画を楽しみにしてる人も多いじゃない」

　まあね、と優吾がいい、椅子の背もたれに身を預けた。

「もちろん良いことも言ってるよ。ただインフルエンサーは話術や見せ方がうまいから、素直に聞いてると、言葉通り影響を受けてしまう。自分でものを考えず、その人の価値観に乗っかる感じ。何か行動するたびに、そいつの言葉が頭に浮かぶようになったらやばい」

　まさに今その状態だと自覚し、真奈は考え込む。自分は麻美の価値観に、乗っ取られてしまったのだろうか。

「あの……桜井さんとお付き合いしてるとき、そういう状態になったりした？」

　今考えるとどうかしてたよ、と優吾は深くうなずく。

「着るものも行動範囲も桜井の好みに添うようになった。そのうえ何かあるたびに、彼女の決め言葉が頭に浮かぶ。でも俺の場合、一番価値観を乗っ取られたように感じたのは両親。子どもにとって親って、最大のインフルエンサーだから。そこから抜け出て、自分なりの価値観ってやつを作りたいと思ったけど……」

　優吾が腕を組んで笑った。その笑みにつられそうになったが、彼の眼差しはかすかに寂しそうだ。楽しいから笑っているわけではない。

　この笑みは相手を心配させないため。場を深刻にさせないための微笑みだ。

優吾が目を伏せ、つぶやいた。

「でも、結局……親がかりで豪華な結婚式をするのって、親や祖父母の価値観に囚《とら》われてるのかもしれないな」

やめとく？　と真奈はたずねた。

「優君、それならやめとこう」

「結婚を？」

「まさか。でも、ささやかな式でいいじゃない？　せっかくつくってきた自分の価値観？　それを壊すのって、よくないよ」

ゆっくりと飲み物を飲んだあと、優吾はグラスをテーブルに置いた。

「でも、今日もこの間も、真奈のドレス姿は素晴らしかった。結婚式では、最高にきれいな真奈を見たいよ。俺だけじゃない。真奈のお父さんやお母さんにも見てほしい」

優吾がテーブルの上で手を組み合わせた。

「それに最近、親戚付き合いも大事かな、と思うようになってきて……。俺だけだったら正直、どうでもいい。でもこれからは真奈と家庭をつくっていく。祖父母や親戚たちに真奈のことを知ってもらいたい、大事にしてもらいたい。もし俺に何かあったとき、真奈や子どもたちの力になってもらいたいって思うんだよね」

「優君、長生きして！」

将来のことを考えてくれるのは嬉しい。でも優吾が描く未来はどこか悲観的だ。

「もちろん、そのつもり……ただ、そう考えると、仲人がいるのも悪くないと思った。新生活を始めるにあたって、人生の先輩が応援団になってくれるのは嬉しいことだよ。だから結納式もいいかなって。……面倒だけど」

優吾の言葉を聞いていると、華やかな結納も婚礼もそれなりに意味があるものに思えてきた。白無垢を着たい気持ちもあるが、ドレスだけでもいいかもしれない。

「そうか……優君の言葉を聴いてると、仲人さんがいるのもよく思えてきた」

「もう少し考えよう、自分たちの頭で。喧嘩をするんじゃなく、意見を交換しよう。真奈と俺が納得できる落としどころはきっとあるから」

優吾のこうした穏やかなところが好きだ。そう思ったとたん、心から笑っていた。

まいったな、とつぶやき、優吾は二杯目の飲み物を頼んだ。

「最近、自分に驚いてる。自分以外の人のことをこんなに一生懸命、考えるようになるなんて」

愛されている実感が胸にこみあげてきて、真奈は目を伏せる。

そのときふと、テーブルに置かれた優吾のスマホのストラップが目に入った。白い三角形のなかに四つ葉のクローバーのモチーフが描かれている。彼の赤い車のトランクの右下にも、同じマークが付いていた。

「ねえ、優君、その四つ葉のクローバーは車のマークなの？　いいことありそうで素敵だね」

優吾がうれしそうに微笑み、それから堰を切ったように彼は愛車の魅力を語り始めた。

興味がない人にはそれほど語らないが、ひとたび関心を寄せる人に出会うと夢中になって解説を始めてしまう。それは着物や帯の話をするときの母と同じだ。

微笑ましい思いで、真奈はいきいきと語る優吾の言葉にうなずく。

その話によると、車体に描かれている四つ葉のマークは幸運のお守りで、そのメーカーから出ている車の高性能なモデルに付けられるものらしい。なかでも優吾の車は日本限定仕様で台数が少ないそうだ。幼い頃に伯父に乗せてもらって以来、ずっと憧れていた一台だという。

「古い車なんだね。私たちと同じぐらいの年？」

弟か妹ぐらいかな、と優吾は笑った。

「だから買えたんだ。就職してすぐの頃に欧州車専門のネットショップで見つけて。状態がよくなかったから安かった。それから少しずつ手入れして、普段は実家に置いてある」

「優君はほかにも車を持ってるの？」

車を眺めていた優吾が決まり悪そうに真奈を見た。

「そんなにないよ……普段乗ってるのは真奈も知ってるあの車だけ」

「普段、乗ってない車がほかにもあるってこと？」

真奈の問いに、まあね、と答えたあと、優吾がゆっくりと二杯目のコーヒーを飲んだ。どうやって答えるかを思案しているかのようだ。

「どれも古いもので……磨いたり、たまに家の周りを少しだけ走らせてみたり。子ども時代の憧れというか……昔ほしかった漫画やおもちゃを大人買いする感覚に近いね」

おもちゃや漫画と、自動車では金額が違いすぎる。自分磨きと車の趣味に収入を費やしていたら、貯金もできないわけだ。

妙に納得した気分で真奈はぬるくなった紅茶を飲み干す。

「優君、結婚したら、その趣味、どうするの？」

「えっ、どういうこと？」

戸惑った口調で優吾が聞き返した。その様子に真奈も戸惑う。

「だって、車の維持や修理って何万円、何十万円もする世界でしょう？　税金だって一台ごとにかかるし。お小遣いでできる範囲？」

「お小遣い……えっ？　小遣い制なの？　俺の収入のなかで自由に使える額を真奈が決めるの？」

非難しているような口調にますます戸惑い、真奈は遠慮がちに答えた。

「私が決めるんじゃなく、それは二人で決めようよ。うちは父のお給料を母が全部管理して、お小遣いを渡してるけど……家計ってそういうものじゃないの？　優君はどうやって家計を管理しようと思ってたの？」

婚礼の費用のことで気持ちがいっぱいになっていたが、実はいちばん大事な家計のことを話し合っていなかった。

婚礼は一日だけだが、そこから始まる生活は一生のものだ。

今度は優吾が口ごもった。

「……うちの親は衣食住の住に関することはカンカン。衣と食？　生活に関することはマルコさんが負担してると思う。ほかのことは二人で折半じゃないかな。よく知らないけど。でも小遣い制は無いな。あり得ない」

「私は、優君と私の収入をひとまず一つのお財布に入れて、そこから貯金や生活費やお小遣いに分けていくんだと思ってた」

「俺たち、今までうまくいってたよね、お金関係のことも含めて」

優吾の言葉に真奈は深くうなずく。これまでは優吾が車を出すときは移動関係の費用は彼が、食事代は真奈が負担していた。逆に真奈が新幹線や高速バスで名古屋に行ったときは、優吾が食事をご馳走してくれる。そのほかの費用は状況に応じて割り勘だったり、出せるほうが支払ったりしたが、それで揉めたことも不満に思ったこともない。

おだやかな口調で優吾が言葉を続けた。

「支払いのときはだいたい俺が六割、真奈が四割、ときどき俺が七割か八割。真奈に大きく負担をかけないように気を付けてきたつもり。これからもそんな形でいくのかと思ってたんだけど」

「でも、何の講義かな……忘れちゃったけど、学生時代に聞いたよ。家族になるって、つまり『生計を一にする』ってことだよね。これってお財布を一つにするってことじゃないのかな」

話しているうちに猛烈に不安で、申し訳ない気分になってきた。

どうして、お金の話をすると、自分がさもしい人間に思えて落ち着かないのだろう？

生きていくうえでとても大切なことなのに。

どうして、優吾とお金の話をするたび、うしろめたくて、みじめな気持ちになるのだろう？

楽しそうだった優吾の顔が沈んでいる。あわてて真奈は小さく両手を横に振った。

「あ、あのね、趣味を取り上げようっていうんじゃないの。ただ、家庭を持つと、いろいろお金がかかるし。そのうち子育ても始まるだろうし。使い道は二人で考えていったほうがいいんじゃないかって話……だからお互い、趣味もほどほどに」

「趣味が消えると、楽しみが消える。……そうなるとこの先、俺は何のために生きて働いて死んでいくんだろう？」

「優君、それはちょっと大袈裟じゃない？」

茶化さないでほしい、と優吾がしっかりとした声で言い、真奈を見た。

「俺は冗談で言ってるわけじゃないから」

「ごめんんね、茶化したつもりじゃないけど」

でも優吾にはそう聞こえたのか。言葉を口にするのが怖くなってきた。

それでも黙っていてはだめだ。今、この話をしないで、いつするというのだ？

勇気を振り絞り、口調に気をつけながら真奈は優しく言った。

「私には優君みたいな趣味はないけど、でも、結婚には独身時代とは違う楽しみがあるんだと、思ってる。趣味をあきらめて何のために生きて働くのか……さっきそう言ってたけど、それはあの、つまり、あ、愛、のため」

言った途端に恥ずかしくなり、「家族のため」と真奈は言い直す。

「そこから楽しいことがいっぱい生まれると思うの。生きがいみたいなものが」

そうだね、と力なく優吾はうなずいた。

「たぶん、そうなんだろう。真奈の言うことが正しい。そうでもなければ、こんなに大勢の人が結婚したり、家庭を持ったりはしない。ただ、そうなると、自分の収入の使い道を自由に決められるのは一人でいるときだけ。お互い、人生であと数ヶ月もないね」

「優君、家計のことで、もう一つ提案するけど。東京に住むなら車は無くてもいいんじゃないかな。レンタカーやカーシェアリングのサービスを使えばいいじゃない」

「給料も車も取り上げられるのか……」

言い方！　と強い口調で、真奈は優吾をたしなめる。

「そんな言い方ってないよ。ひどい。優君は何？　結婚がいやなの？」

「そんなこと言ってない、わかった……もう喧嘩はやめよう。まずは真奈のドレスから」

「でも優君は来週、来ないんだよね。私一人でドレスを決めるんだよね」

お母さんがいるだろ、と疲れた口調で優吾がつぶやき、スマホを上着のポケットに入れた。

「俺よりずっと心強いよ。それにこれまで三回も俺は立ち会ったんだよ。会社で聞いたら、みんなせいぜい一回、式当日までドレスを見たことがない人も大勢いた」

もういい、と答え、真奈は伝票をつかんだ。

「よそはよそ、うちはうち。……今日は疲れちゃった。私、もう電車で帰る」

レジに向かって歩いていくと、「待って」と優吾が腕をつかんだ。

「席に戻って話そう。ちゃんと家まで送るよ。どうせ帰り道だから。今日は山梨経由で帰るし」

「『どうせ』なら送ってくれなくていい！」

「言葉のあやだよ。言葉尻をつかんで怒るな」

優吾が荷物を取りに、席に戻っていった。その間に素早く会計をして、ティールームを出る。

追いかけてきた優吾が「真奈」と呼びかけた。

「どうしたんだよ。今日は本当に言うことに棘がある」

足を止め、真奈は優吾を見上げる。

「棘があるって言うけど、本当の私は棘だらけな性格だったらどうする？　優君の前では猫をかぶってるだけだとしたら？」

「気に障ることがあれば誰でも棘のあることを言うよ。俺が聞きたいのは、何が理由かってこと」

理由とは何か。育ってきた環境の違いを痛感したことだ。

家計の管理に関しても、父母がフルタイムで共働きをしてきた優吾の家と、自分の家とは方法が違う。優吾がお小遣い制をあれほどいやがるとは想像もしていなかった。

「真奈、なんで黙っちゃうんだ？」

この件ばかりは思ったことを素直に言ってはいけない。金銭の話をするときはよく考えて、慎重にするべきだ。そうしないと、また不安で、怖くて、みじめな気分になってしまう。

優吾が手を伸ばし、真奈の手の甲を人差し指で三回軽く触れた。初めて喧嘩をしたときに取り決めた、「ごめんね」のサインだ。仲直りに応じるときは握手をして、そんな気分になれないときは無視をする。

トントントンと、再び優吾が真奈の手の甲をつついた。

好きな人に仲直りを求められると、怒りは長く続かない。真奈は優吾の手を軽く握る。

昨日贈られたブレスレットが目に入ってきた。

結婚の準備を進めるなかで、互いの価値観の違いが次々と明らかになってきた。そのたびに浮かれた気分が減っていき、代わりに冷静な眼差しの割合が増えていく。

誰かの価値観に毒されたのだろうか。それともこれがマリッジブルーというものなのか。

答えは出ない。乙女椿のチャームは揺れ続けていた。


優吾と気まずい別れ方をした日曜日。日付が変わった頃に、名古屋の自宅に無事に着いたというメッセージがあった。疲れているのか、素っ気ない連絡だ。

こんなときはいつも、彼の気持ちがなごむ前向きな言葉で返事をしている。気まずい雰囲気は長引かせず、そのつど修復していくのが好きだ。

でも今日は明るい言葉をつづっているうちに、優吾の機嫌をとっているような気分になってきた。結局送る途中で手を止め、同じような素っ気なさで真奈はメッセージを返した。すると、優吾からの連絡は途絶えてしまった。

今度は彼からの連絡が気になり、何をしていても絶えず待ち望んでしまう。それなら自分から連絡をすればいいのに、なかば意地になっていると、とうとう水曜の夜、優吾から電話がかかってきた。今週、母方の祖母とマルコが東京に出てくる。そして式場に予定しているホテルの和食の店でランチを楽しむらしい。せっかくだから真奈と母がウエディングサロンでドレスを選んだあと、一緒に食事をしないかと言っているそうだ。

優吾の声に弾んでいた気持ちが、瞬時に緊張でいっぱいになった。

さらに二人はできればドレスの下見も同行したいという。そこで、優吾はなんとか都合をつけて今週も上京し、衣裳の下見と祖母たちとの昼食に付き合ってくれるそうだ。

断りたい。でも、優吾が上京するというのなら断りづらい。

言い出せないうちにますます断れない雰囲気になり、結局、ドレスの下見も優吾の祖母とマルコが同席することになってしまった。

電話を切ったあと、自分の押しの弱さに真奈は頭を抱える。

それでも気を取り直して、父がつくったチェックリストを広げてみた。そのなかには、両家の親が会うときは、「事前に双方で服装を確認して雰囲気を合わせる」と書いてある。

再び優吾に連絡し、祖母とマルコが当日どんな服装で来るのか聞いてほしいと頼んだ。不思議に思ったのか、優吾が理由をたずねた。

こちらがカジュアル過ぎると失礼に当たるから、と返事をすると、「気にしなくていいのに」と、電話の向こうで彼はおおらかに笑っている。

優吾は気にしなくても、彼の祖母や、自分の母がどう感じるかが大事なのだと伝えた。言い方がきつかったのか「ああ、そうだね」と今度はため息まじりの声がした。

「結婚って、あちこちに気を遣うことだらけだな」

本当に、その通りだ。

電話を終えたあと、真奈はあらためてチェックリストを眺めた。優吾と同じ年代で、父は多くの本を読んで一人でリストをつくり、母の言うに「何のトラブルもなく」婚礼を挙げている。父が偉いのか、それとも優吾がのんびりしているのか。あるいは時代が違うのか。

急に、優吾が物足りなく感じてきた。同じように優吾も、婚約者が細かいことばかり言ってくると思っているのかもしれない。

階段を上がってくる小さな足音がして、母が隣の部屋に入った。

いつもならこの時間は父もその部屋にいる。ところが今日は夕食後にギターケースを肩に掛け、車で出かけていった。

母は週末のドレスの下見を楽しみにしている。二人だけで見る予定が変わったことを告げるため、真奈は隣の部屋に入った。

いつもより大きな衣裳敷を広げ、母は長襦袢に半衿を掛けていた。父がこの部屋にいるときは、母は遠慮して小さなサイズの敷物を広げているようだ。

待ち針を襟に止めていた母が顔を上げた。

「ねえ、真奈ちゃん。週末にドレスを見たら、ホテルでお茶して帰らない？　お母さん、思いきって奮発するよ。アフタヌーンティー？　三段重ねのケーキスタンドでサンドウィッチや、おやつを優雅に食べて帰ろうよ」

ワクワクする、と母は笑い、鴨居にかかった着物を指差した。

「ほら、お母さん、あれを着ていこうかと。どう？」

遠目には白い無地に見えるが、実は細かな絣が入っているその着物は母のお気に入りの一枚だ。

「お母さん、これ好きだもんね」

「結婚するとき、真奈ちゃんのお祖母ちゃんがつくってくれたの。お祖母ちゃんのふるさとで織られた布。着てると一緒にいるみたいな気がするんだ……ごめん、針に糸を通してくれる？」

この頃、母は針穴に糸を通すのをおっくうがる。作業をしながら、優吾の祖母とマルコが同行することになったことを真奈は伝えた。

断れなかったことをあやまり、真奈は糸を通した針を母に渡す。戸惑った顔で受け取ったものの、母はすぐに首を横に振った。

「あやまらなくていいよ。そのお誘いは受けて正解。断ったら角が立つ。ただ、ランチもご一緒？それは緊張するな……うちがご馳走したほうがいいのかな？　真奈ちゃんのドレスを選ぶのに来てくれるわけだもんね。よーし、わかった。お母さん、さらに頑張って奮発する」

「お食事は向こうのご招待だと思う。別に、来てほしいって頼んだわけじゃないし……婚礼衣裳のレンタル代はうちが払うんだし」

再び出てきた費用の気遣いに、真奈はため息をつく。戸惑っていた母が、今度は心配そうな表情になった。

「ねえ、お母さん、お金のことって、本当に悩むね。話しづらいし、けんかのもとになるし。この前も結婚したら家計をどうするかで優吾さんと揉めた」

「そういうことを真剣に考えるのは、それだけ真奈がしっかりしていて、優吾さんとの仲がより深くなったってことよ。ただの友だちや恋人にはそんな話をしないでしょ」

針を動かし始めた母が、手を止めた。

「ということは何を着ていったらいい？　優吾さんファミリーは何を着ていらっしゃるのかな」

「お祖母ちゃんはたぶん着物。マルコさんはわからない。気分で決めるらしい」

「それならあの着物で大丈夫だね」

母が鴨居にかかった着物に目をやった。その下にダンベルが置いてある。

「お母さん、あのダンベルは何？」

「お父さん、筋トレを始めたの。ギターを弾き始めたら、身体が痛くなってきたんだって」

体力作りから始めたんだ、と真奈が笑うと「凝り性だから」と母は言い、さらりと付け足した。

「でもすぐに飽きるわ」

突き放した言い方に今までにない思いを感じ、真奈は母の様子をうかがう。

ここ数年、父は暗い顔でいることが多い。そんな父の気分を引き立てようと、母は常に朗らかな笑顔や会話で接してきた。ところが今月に入ってから、母もふさぎこむことが増え、父そっくりのため息をつくようになった。

凝り性といえば、と真奈は朗らかに言った。

「……さっき、お父さんがくれた『高梨家の社外秘リスト』を見たら」

真奈の話の途中で母が吹き出した。

「あのリストはそんな名前なの？」

「今、私が付けた。あれは本当に便利で、びっくりしてる。お父さんがあのリストを作ったのって今の私や優吾さんと同じぐらいの年でしょ。そうしたら優吾さんが急に頼りなく……ううん、私も全然しっかりしてないなって思った」

針山に刺さっている縫い針を取り、真奈は白い糸を通した。糸が通った針がたくさんあれば、母も便利だろう。

三本目の針に糸を通したとき、気付いた母が礼を言った。

「真奈ちゃんはしっかりしてるよ。お母さんが同じ年頃のときはもっと頼りなかった。で、その頃からお父さんは優秀だったよ。まわりに気を遣う人だから万事滞りなく、人様に迷惑かけないように……そう思ってつくったのがあのリストなんだろうね。お母さんには、まったく気を遣ってくれないけど」

母の言葉に苛立ちがあるのを感じ、真奈はあわてて父の弁護をした。

「それはね、えーと、お母さんに甘えてるんだよ。お母さんの前だと、リラックスするんだよ」

「お父さんはリラックスできても、お母さんはつらい、あのため息と仏頂面は。お父さんが家にいると、朝から晩まで不機嫌で息が詰まる」

「でも最近、笑うようになったよ」

それは真奈ちゃんだから、と母は寂しげに笑った。

「お父さんがお母さんに笑ってくれることなんてない。食事会のとき、言ってたでしょ。お母さんは空気みたいな存在だって。そこにあって当然の存在で、目の前にいても見えてない」

「そ、そんなことはないと思うけど」

まあ、いいか、と独り言のように母がつぶやき、言葉を続けた。

「優吾さんも気を遣うタイプだよね」

「ああ、うん……気を遣うほう。人の気持ちの、へこみに敏感というか」

「人の心の機微に敏感なところはうちのお父さんと似てる。だけど、人間関係に関しては、うちのお父さんとは真逆かな。優吾さんは自分が相手に気を遣うより、相手が自分に気を遣ってくれることに慣れてる。周囲の人がお膳立てしてしてくれることに慣れてるっていうか」

母が縫いものの手を止め、考えている。

「それがつまり、彼の魅力？　人徳？　そういうもののおかげかもしれないし、あるいはそれがお坊ちゃま育ちってことかもしれない。うちは優吾さんファミリーと違ってセレブじゃないからね。真奈ちゃんは肩身の狭い思いをしてる？」

切り込むように母に言われ、針穴に糸を通す手が揺れた。

沈黙は肯定になる。あわてて真奈は明るい声を出した。

「やだー。もう何言ってるの。優吾さんと私の間にそんなことないよ」

それならいいけど、と母は再び、縫いものを始めた。

「ウエディングドレス、好きな衣裳を選んでいいのよ。レンタルの割増料とか気にしてる？　お母さんは自分の婚礼のとき、そうだった。でも気にしなくていいの。結婚すると、女の人って家族のために自分を後回しにすることばかり。でもね、婚礼は花嫁のもの。この日は真奈ちゃんの気持ちが最優先なんだ」

仲人さんのことだって、と母が意を決したように言った。

「仲人さんを交えてのホテルの結納式？　お父さんは乗り気じゃない。でも、優吾さんがやりたいなら、お母さんがお父さんを説得する。お作法もきちんと調べて、誰にも失礼のないようにする。費用のことも気にしなくていい」

まかせて、と力強く言った母の言葉に、真奈はうつむく。

「ごめんね、お母さん……」

なんであやまるの、と母は笑っている。

「優吾さんファミリーとうちに経済的な体力差があるのは事実だよ。でも、なんとかなる。それに、お父さんは真奈ちゃんには、お金では買えない貴いものがあるって言ってた」

それ何？　とつぶやき、真奈は顔を上げる。ところが「健康と知性と教養」という母の答えを聞き、さらに深くうなだれた。

「それはない。身体が丈夫なのは自信がある。めったに風邪引かないし。でも知性と教養は……。お父さんって親馬鹿すぎる」

「お母さんもそう思う、でもね」

母の力強い声を聞き、真奈は再び顔を上げた。

縫いものを膝の右脇に置き、母は真奈を見つめていた。

「『ない』ってわかることが知性かもしれない。その『ない』ことを、人に聞いたり教わったりして自分のなかに蓄えていくこと、それが教養ってことだとしたら。そういう意味なら、お母さんは太鼓判を押せる。なんでも真面目に、一生懸命に取り組む真奈ちゃんにはそれが備わってる」

優吾の祖父母の家の茶室が頭に浮かんだ。あのときは優吾が機転を利かせて、恥ずかしい思いをしなくてすんだ。しかし、彼がいなかったら、自分は素直に作法を聞けただろうか。

「でも、聞くのって恥ずかしい。検索してわかることならいいけど。優吾さんちの家のしきたりとか……こんなことも知らないのかって馬鹿にされたらつらいな」

「『聞くは一時の恥』。お母さんも結婚するとき、真奈ちゃんのお祖母ちゃんにそう言われた。教わりたいという熱意を持ってものをたずねると、人って案外、親身になって教えてくれるって」

母が指で目のあたりをぬぐった。

「ああ、思い出しちゃった、お祖母ちゃんのこと。こんなことを話すの照れくさいね。でも、きっとこれから真奈ちゃんもお母さんと同じところでつまずいたり、悩んだりするんだろうな」

母と祖母も、結婚前にこんな話をしたのだろうか。そしていつか自分も、花嫁になる我が子と、こんな話をする。

ずっと子どもでいたかった気持ちと、新生活への期待と不安と。すべてが心に押し寄せ、真奈は目を閉じる。はずみで涙がぽたりと落ちた。

「どうしたの、真奈ちゃんまで泣いて」

「いろいろ、こみあげてきちゃって。……お母さんにつられたんだよ」

照れ笑いをしながら涙をぬぐい、真奈は最後の縫い針に糸を通す。慣れてきたのか、すぐに針穴に糸が通った。

「もう、真奈ちゃんが泣くから。お母さん、さらに泣けてきた。最近、涙もろくって困っちゃう」

その言葉にたまらなくなり、父の机から箱ごとティッシュをつかみ、真奈は衣裳敷に置く。二人でティッシュを引きだして涙を拭いていると、部屋の扉が開いた。ギターケースを肩に掛けた父が立っている。

「何？　何がおきた？　二人ともなんで泣いてるの？」

もう！　お父さんのバカー！　と母がティッシュで顔を押さえた。

「えっ、バカって……お父さん、何かしたっけ？」

顔を拭ったあと、真奈は父に微笑みかける。

「な、何もしてない。タイミングが、ただ悪かっただけ」

そうだそうだー！　と母が朗らかに言った。

「嫁入り前の娘と母が感涙にむせんでいるときにー！」

「なんだ、感激してるのか。嫌なことでもあったのかと思った」

新たなティッシュを、父が母に差し出している。受け取った母がしみじみと父に語りかけた。

「ねえ、お父さん、真奈ちゃんにはうんと幸せになってほしいね」

「なれるさ、真奈はいい子だから」

力強い父の褒め言葉に、また涙がこぼれてしまった。

そうして迎えた週末、珍しく父は車で三島へ出かけていった。父を見送ったあと、母と一緒に真奈は都心のホテルへ向かう。

待ち合わせ場所のティールームに行くと、マルコと優吾の祖母はすでに到着していた。マルコは茶色の麻のドレスを着て、カチューシャ代わりに黒いサングラスを頭にかけている。向かいに座っている優吾の祖母は、鶴が描かれた鶯色の着物を着て、はちみつ色の鼈甲《べっこう》の簪を白髪に挿していた。

優吾の祖母を見て、「素敵」と母がつぶやいている。

席に近づくと、二人は小声で口論をしていた。真奈たちに気付くと言い争いを止め、ぎこちなく四人で挨拶を交わしたが、諍いの余韻が残って雰囲気は重い。

そのうえ優吾が寝坊をして、四十分ほど遅れるという連絡があった。

どうしてこんな大事なときに遅刻をするのだろう。

じりじりした思いを抱え、真奈は三人をウエディングサロンへ案内した。

さっそく試着を始めたが、着替えている間、母が一人で居心地悪い思いをしているようで落ち着かない。急いで試着室を出ると、意外なことに優吾の祖母と母は和装の話が弾んでいた。二人から離れたソファに座り、マルコはつまらなそうにスマホをいじっている。

三着目の試着を終えたとき、優吾がようやくサロンに現れた。

仕事が忙しくて、昨日はあまり寝ていないそうだ。たしかに目の下にはクマがあり、疲れた顔をしている。それでも優吾が現れたとたん、室内に活気が満ちた。母もマルコも彼の祖母も、そしてスタッフまでも心なしか声が弾んでいる。

弾むその勢いで衣裳も決めたかったが、セットプランのものよりランクを上げたドレスは逸品揃いだった。すべてのデザインに抗えない魅力があって決められない。しかし、これほどまでに迷うということは、決定打がないということだ。それなら前回に試着して悩んだ四着のなかから選んでもいい気がした。あの衣裳も美しかったし、プラン内の料金でおさまる。

結局、ひとまず決定を保留して、昼食を取ることにした。

ホテル内にある和食店の個室に場を移し、真奈は悩み続ける。自分がこんなに優柔不断だとは思わなかった。

真奈さん、と、向かいに座った優吾の祖母が、温かい眼差しで呼びかけた。

「ゆっくり選べばいいのよ。どれも似合っていて眼福の至りでした。お衣裳が決まらないと聞いて、心配していたけれど」

「どれも似合いすぎて悩むんだよ。お祖母ちゃんが心配しているような理由じゃない」

左隣に座った優吾の言葉に、真奈は照れた。しかし、優吾の祖母は何を心配していたのだろう？

ごめんなさいね、と優吾の祖母が、真奈の右隣の席にいる母に頭を下げた。

「試着に同席させていただくなんて、差し出がましいことを。……私どもには七人の孫がいるんですけど、優吾だけがまだ独身で、しかも唯一の男の子でしてね。小さな頃から期待が大きくて。それなのに結婚する気もない、家業を継ぐ気もない。実家にも寄りつかない」

「実家にはたまに帰ってるよ」

車があるからよ、と優吾の向かいの席のマルコが素っ気なく言う。二人の言葉を無視して、優吾の祖母は話を続けた。

「ないない尽くしで心配していたところに、素敵なお嬢様が来てくれて、まずは一安心。だから、できることはなんでもしてあげたいんです」

母がにこやかに礼を言い、テーブルの雰囲気はくつろいだものになった。

松花堂弁当と吸い物が運ばれてきた。優雅な手つきで箸を取り、優吾の祖母は微笑む。

「七人も孫がいますと、いろいろな子がおりましてね。二年前に結婚した孫娘は、婿さんがインターネットのフリマサイト？　そこでお得に『ゲットした』というハリウッドセレブ御用達のドレスを式場に持ち込み……」

「頼もしいですね。今どきの若い人は」

母の言葉に、優吾の祖母が顔をしかめた。

「現代的って言うんでしょうかね。やたら『コスパ最強』って言う婿さんでした。でも、たいして手入れされていない中古のドレスを持ち込まれて、式場のスタッフはびっくり。こんな状態で花嫁に着せたら、晴れの日が台無しになるって必死に手入れをして。そのお手入れ代が結構な額になりました」

優吾の従姉夫婦の気持ちがわかり、真奈は箸を置く。

その「婿さん」は自分たちが出せる予算内で、なんとかして花嫁の憧れのドレスを調達しようと頑張ったのだ。優吾の祖母が大きなため息をついた。

「あまりに花嫁が好みの衣裳や料金にこだわりすぎると、かえって『コスパ』とやらが悪くなるものね。……あら、どうしたの、真奈さん。いいのよ、食べながら聞いて」

はい、と小声で答え、真奈は再び箸を取る。箸の上げ下ろしまで管理されている気分だ。

「それから引き出物もねえ……」

優吾の祖母の声に嘆きがこもっている。しかし、どこか芝居がかった響きだ。

「あの子たちは参列者の人数分のカタログギフトを、どこかから半額近くで買い叩いて引き出物にしたの。でも期限切れが迫ってて、ほとんどの人が何も選べなかった」

「期限が迫ってなくても、僕は手続きするのをよく忘れるけどね」

私もそう、と母が笑って同意した。マルコは黙々と食事を続けている。

優吾と母の言葉に取り合わず、優吾の祖母は話を続けた。

「やっぱりねえ、暮らし向きや、ものへの考え方のステージがあまりに違う人とはうまくいかないわね。今ではみんな、あの孫夫婦と距離を置いてる。『コスパ最強』って言っても、長い目で見ると何も得をしていないのよ。親戚だけじゃない、お友だちにも陰で笑われて。この先、みんなにこうして語り継がれて軽んじられるのだもの……あら、真奈さん、全然、食事に手を付けてないじゃない。若いんだから、ほら、食べないと」

優吾の祖母の言葉には、嫌みと牽制が利いている。曖昧に微笑み、真奈は白身魚のお造りを口にした。わさびがツンと利いて目鼻の奥が痛む。

優吾の祖母がナプキンで口元をそっとおさえている。

「でもね、今日は安心しました。優吾が選んだ人はしっかりしてる」

「あの……私も、優吾さんを選んだんです」

だし巻きを食べていたマルコが突然ニヤリと笑った。その笑いが何を意味しているのかわからず、真奈の心は震え上がる。

隣に座っていた母が真奈の太腿を軽く三回叩く。こちらは「よく言った」とも「やめなさい」と言われているようにも思え、混乱はますます深まっていく。

黙っていればよかった……。でも、言わずにいられなかった。

頼もしいわね、と優吾の祖母が上品にお茶を飲んだ。

「挙式の日が楽しみだわ。優吾の婚礼は、今生で私が見られる最後の結婚式。笑顔でみんなが集まって祝福してくれるのは嬉しいことね。次に全員で集まるのは、たぶん私のお葬式だもの」

「そんなことおっしゃらずに、いつまでもお健やかでいてください」

絶妙なタイミングで母が合いの手を入れ、優吾の祖母は微笑む。

「そうですね、そうありたい。でも万が一のことを考えて、できるときに、できることをしておかないとね。真奈さんと優吾の婚礼には惜しみなく力を尽くしますよ……真奈さん、カラードレスを選んでいないけど、いいのかしら？　チャペルでのお式は本当にしないの？」

「やっぱり神前式で。あの、白無垢でお式を挙げたくて」

そうなの、と寂しげに優吾の祖母が目を伏せる。

「曾孫たちががっかりしてるわ。みんな、優吾が大好きだから、真奈さんと優吾のお役に立ちたいのよ。白無垢が着たいのなら、別の日に写真撮影をしたらどう？　費用はうちで持ちますから」

「お金の問題じゃないんです」

母がよく通る声で言った。

あきらめて、と続いて言った優吾の声が低い。

それは母に言ったのか、祖母に言ったのか。確かめたくて、左隣にいる優吾を真奈は見る。

眉間にしわを寄せ、優吾は祖母を見据えていた。

「この前も言ったよね。俺……僕は、真奈さんの白無垢姿が見たい。ものすごく見たい、めちゃくちゃ見たい。だから神前式でもう決定。お祖母ちゃん、あきらめて」

黙々と箸を動かしていたマルコが「いい加減にして」と割って入った。

「昔からそうよ。お母さんは麻衣子姉さんばかり贔屓《ひいき》する。けどね、これは私の息子、優吾クンの結婚式だから。こんなときまで姉さんの孫たちのごり押しするのはやめて。それにカンカンの親戚からも、フラワーガールをやらせてほしいって子が出てきたから」

「張り合うのね、あなたの婿さんも」

孫の夫だけではなく、娘の夫、カンカンも「婿さん」と呼ばれているのか。言葉の冷ややかさに、真奈は箸を止める。

将来、自分はこの人になんと呼ばれるのだろう。「優吾の嫁」か。

とにかく、と優吾が言葉に力をこめた。

「フラワーガールもリングボーイもいらない。どちらの親戚からも断る。それから結納式の件も、お祖父ちゃんと敦史《あつし》伯父さんの間で揉めてるらしいけど」

敦史というのは優吾の伯父で、マルコの実家の事業を継いでいる。婚礼の準備を進めるなかで優吾がもっとも頼りにして、頻繁に連絡を取り合っている人だ。

優吾の祖母が、なだめるような笑顔を浮かべた。

「それはね、お祖父ちゃんと敦史との間で、誰にお仲人をお願いするか意見が割れてるだけ。じきに決まりますよ」

「自分なりに考えて、昨日、その件について伯父さんと話をした」

優吾が箸を置き、姿勢を正した。

「僕はこれからも今の勤め先にいる。マルコさんちの家業を継ぐつもりはない。だからあえて仲人を立てるのなら勤務先の人がいい。でも、お祖父ちゃんと伯父さんの気持ちもわかる。それなら、もう、仲人はなし。結納式の代わりに両家の家族だけで食事会をしよう」

「だから早く決めてって言ったのに。あの人たちったら！」

声は優しいが、心のなかで舌打ちしていそうな口調で優吾の祖母は言う。

「敦史兄さんは昔から愚図よ」

マルコは肩をすくめている。お茶目な仕草だが、兄への評価は辛辣だ。

母に、マルコが視線を投げかけた。

「それなら結納式はやめて食事会にしましょうか。この間みたいな感じでどうかしら？」

賛成です、と母がうなずく。

「もとから気の張らないお付き合いを、私どももお願いしていますし」

決定、とマルコが気怠げに言い、今度は真奈に視線を向けた。母に向けたものより鋭い。

「あとはドレスね」

思わず背筋が伸び、真奈は小さく頭を下げる。

「す、すみません……愚図で」

「愚図というより、結局出会えてないってことでしょ。だって好きなものに出会えたら、雷に打たれたみたいに『これだ！』とわかるから」

ああ、と母が深い声を出し、うなずいた。

「わかる、わかります。たしかにそんな瞬間がある。お品物と目が合ってしまった感じ。どうにも離れられなくなる感覚が」

「僕もそれはわかるな。寝ても覚めてもそのことばかり考える」

優吾の祖母が帯に手をやった。

「着るものってそういうところがあるわね。この帯がそう」

母が帯の作者らしい人の名前を言った。優吾の祖母が帯を撫でている。

「嬉しいわ、わかっていただけて。マルコはこの手の話が嫌いで、何をこしらえてやっても張り合いがない」

もう、やめて、とマルコが母親の話をさえぎった。

「優吾クンたちの話をしましょう。つまり、真奈さんは運命のドレスにまだ出会えてないってこと」

「運命の……ドレス？」

なんて格好いい響きだろうか。マルコが足元に置いたバッグからタブレットPCを取り出した。

「そうよ、運命。デスティニーな一着。これまで試着したなかで、袖はどんな感じが好き？」

「今日、試着した二番目のドレスの袖です」

「こっちに来て、写真を見せて」

写真なら私が、と母がスマホを出して立ち上がる。真奈も自分のスマホを持ち、二人でマルコの席の隣に移動した。

タッチペンを手にしたマルコが、ドレスの形や色について、矢継ぎ早に質問をぶつけてきた。これまでの試着の写真を見せながら、懸命に真奈はその問いに答える。

なるほど、と、マルコが書いたメモを眺めた。

「袖も襟ぐりの形もシルエットのデザインも好みがはっきりしてる。だったら、それをすべて集めれば理想のドレスになるわけよ。ということは既製品で見つけるより、作ったほうが早い」

「な、なるほど、です」

どうしてマルコの前に出ると、愚鈍な返事をしてしまうのだろう。

マルコがスマホを出し、何かを計算している。

「今のレンタル料金なら、オリジナルを作ることも可能。というより、もっとリーズナブルに製作できそう」

タッチペンを手にしたマルコがタブレットの画面に絵を描き始めた。

「極上のシルクで仕立てましょう。レースもとびっきりいいものを取り寄せて。でね、将来子どもが生まれたら、ベビードレスやおくるみにリメイクするの。イメージとしてはこんな感じ」

差し出されたタブレットにはウエディングドレスのデザイン画が描かれていた。「オトコノコの福」内のイラストと同じタッチのお洒落な絵だ。

マルコがスマホで検索を始めた。

「たとえばウエディングヴェールはこんな素材で。マリア様みたいなヴェールにしてもいいかも」

マルコに見せられたウェブサイトには、繊細なレースがたくさん掲載されていた。

きれい、と隣で母がつぶやく。

「すごく素敵……こんなレース、じかに見てみたいね」

胸が高鳴り、身体が熱を帯びてきた。大学に入学したばかりの頃、教室で初めて優吾を見かけたときと似ている。待って、と優吾の祖母が制した。

「マルコたちがつくるの？　ねえ、あまり変わったことをしないで。サロンのドレスから選びましょうよ」

「私のお式のときのドレス、悪くなかったでしょ？　お母さんだって、うちのスタッフがつくったフラワーガールの衣裳、すごく気に入ってるじゃない」

優吾の祖母が黙った。今度は優吾が口を開いた。

「僕もサロンで選んだほうがいい。そっちのほうが安心だから。……聞いてる？　真奈」

タブレットPCのイラストから、真奈は顔を上げた。

「でもね、目が合っちゃった……優吾さんも見て」

優吾が立ち上がり、マルコが即興で描いたイラストを眺めた。

「……たしかにいいね、すごく清楚で」

どう？　とマルコが一人ひとりの顔を順に見た。

「作る？　作りましょう、悪いようにはしないから。運命のドレスは待っていてはだめ、探しても無駄。作るのが一番。返事を先延ばしにされるのは好きじゃないな。迷うなら断って」

物腰は柔らかだが、マルコが即断即決を迫ってくる。

息を深く吸って心を落ち着け、真奈は再びイラストを見た。

「あの……では、お願いします」

優吾の祖母が席を立つ。どこに行くのかとマルコがたずねた。

「お化粧直しに行くの。どうしてみんな、私の意見をないがしろにするの！」

優吾の祖母が部屋を出ていった。

「いつものこと」とマルコは肩をすくめている。

「母はすぐにへそを曲げるの。でも機嫌が直るのも早い。裏表がなくて、サバサバしてるのが私の実家の家風だから。あなたも思ったことを言っていいのよ」

はい、と小声で答え、真奈はむりやり口角を上げる。そうしないと口が自然に「へ」の字の形になってしまう。

あらためて優吾の身内との付き合い方の難しさを感じた。今日は母がいてくれたが、結婚したら一人でこの人たちのなかへ入っていく。
強くならなければ――。

第四章　四月～五月

健一

ゴールデンウイークを前にした四月の最終週、多摩丘陵には若葉が繁り、道路脇のツツジには、赤やピンクの花が咲き始めた。

日は長くなり、隣の市にある勤務先から定時で退社すると、自宅に着いても外はまだ明るい。今日は存分にギターの練習ができそうだ。弾む思いで健一は急いで夕食を取り、二階へ上がる。ギターケースを肩に掛け、買ったばかりのマグボトルを持って台所へ向かうと、智子がほうじ茶を淹れた急須を洗おうとしていた。

智子が緑茶から自分で焙じて作るお茶は、香ばしくて美味だ。

「あっ、お母さん、ストップ。その急須にまだお茶、残ってる？」

残ってるけど、と答えて、智子が振り返る。その視線がギターケースに注がれた。

「お父さん、また出かけるの？」

智子が濡れた手を拭き、流し台にもたれるようにして健一に身体を向けた。

「お父さん、あのね、先週も言ったけど、毎晩出かけるのはほどほどにしたら？　真奈ちゃんが家にいるのも、あと少しなのよ」

「昨日は出かけてないだろう。それに真奈は何時に帰ってくるか、わからないじゃないか」

都心で働く真奈は、自宅近くにある会社へ自動車通勤している父より帰りが遅い。そのうえ毎晩の外出と言われても、外で一時間ほどウォーキングやジョギングをしているのと変わらない。

どうして智子はそんなにいやがるのだろう？

保温機能付きのマグボトルを智子に差し出し、健一は言葉を続けた。

「それにさ、今日は早く帰ってきたんだし。いいじゃないか」

「最近、帰りはいつも定時じゃない」

「もう、いいから。そんなことより、お茶！」

智子の表情がさらに険しくなった。

「あのね、お茶をどうしたいの？　今飲みたいの？　ボトルにお茶を入れたいの？」

智子に向かって、健一は軽くボトルを振ってみせる。

「入れてほしいんだよ。見ればわかるだろう？　なんでそんなにイライラしてるんだ？　具合でも悪いの？」

悪い、と智子がつぶやいた。

「朝からめまいがする。でも、それなりに一生懸命にやってるの」

「少し休めば？　俺だってそんなに元気いっぱいじゃない。お互い、年だよ」

智子が流し台に再び身体を向けた。急須のなかを水ですすぐと、なかに新しい茶葉を入れている。

「お父さん、それならね、『お茶！』じゃなくて『お茶を入れてくれる？』とか、『お茶を頼むよ』

とか、もう少しいたわりのある言い方ってものがあるでしょう？」

智子がため息をついた。そのため息が妙に心をえぐってくる。

「真奈ちゃんが帰ってきたことで、気が付いたんだけど、お父さんは娘に対してはずいぶん気を使って話をするのに、どうして私には、顔に雑巾を投げつけるような話し方をするの？」

たしかに言い方は悪かったが、これまでにない智子の怒りを前に、健一は戸惑った。

「それは、夫婦なんだし。長い付き合いの『ツーカーの仲』とか『あ、うんの呼吸』ってやつだ」

「そんな呼吸はいらない。雑に扱われるのは悲しい。あなたの召使いじゃないんだから」

玄関のドアが開く音がした。ただいま、とのびやかな声が響く。

真奈が台所にひょいと顔を出し、再び「ただいま」と笑った。その笑顔は子ども時代を彷彿とさせて心がなごむ。

険しかった智子の表情がみるみるうちに優しくなっていく。愛娘の笑顔は、夫婦の間のよどみを一気に拭いさっていった。

救われた思いで、健一は台所から出る。

「お父さん、お茶はいいの？」

台所から智子の声がした。もう、いいよ、と答えて、健一は家を後にする。

ガレージに行くと今度は花の香りがした。庭の隅にある藤の花が満開になっている。

小さな家に初夏の気配が漂い始めた。この夏が終わると、娘が嫁ぐ秋が来る。

関戸橋へ向かう道にあるコンビニで、健一はマグボトルにコーヒーを詰め、多摩川の河川敷に向かった。

市営グラウンドの駐車場に車を停め、リコとセッションする予定の曲を後部座席でしばらく練習する。三十分近くギターを弾き続けているうちに、腕がだるくなってきた。そこで今度は助手席に移ってシートを倒した。少し窮屈だがのんびりと寝そべり、大音量で音楽を流して、三島の観光に関するウェブサイトを眺めた。

今週の金曜、四国から妹の美貴が職場の仲間たちと上京してくる。勤め先の大手小売業の会社が主催する接客コンテストに県の代表で出るそうだ。翌日の土曜は仲間たちと別れて三島に寄り、母に会っていくという。

そこで母を施設の外へ連れ出し、久しぶりに親子三人で食事をする予定だ。リコに紹介してもらった、車椅子でも行ける和食の店にはすでに予約をしてある。母と妹が望めば、食事の前に景色の良いところへ二人を案内するつもりだ。

目が疲れてきたので、健一は目頭にあるツボを指で押さえたあと、窓から遠くを眺めた。

窓の向こうに夜空が広がっている。駐車場の上に、大きな月がのぼっていた。

ふとRCサクセションの「スローバラード」という曲を思いだした。市営グラウンドの駐車場で車を停めて眠る、若い恋人たちの歌だ。むしょうになつかしくて、スマホで譜面を探して再びギターを弾いてみる。気分が乗ったので歌ってみたが、うまく歌えない。苦笑して楽器から手を離し、今度は忌野清志郎の歌声を聴きながら、熱いコーヒーを飲んだ。

この空間は移動できる小さな書斎。好きな音楽のなかで春の宵を楽しんでいると、幸せな気持ちが満ちてきた。

スマホからメッセージの着信音が鳴った。智子か真奈から連絡が来たときの音だ。

確認すると「お父さん、どこにいるの?」と真奈に探されていた。優吾から急な相談があったそうだ。

何が起きたのか気になり、楽器を片付け、健一は自宅へ車を走らせる。智子は風呂に入っているようだ。

ギターケースを持って家に入ると、風呂場から物音がした。

二階から真奈の声がした。

「ごめんね、お父さん。相談って何？　呼び戻しちゃって」

「いや、いいよ。ギターをケースから出す。こっちで聞くよ」

智子の着物部屋兼書斎に入り、健一はギターをケースから出す。

椅子に座って手入れ用のクロスで楽器を拭いていると、真奈が入ってきた。淡い水色のもこもこした布地のカーディガンに、同じ生地で作られた白と水色の横縞のロングパンツを履いている。

学生時代の真奈は、家では飾り気のない地味な色のスポーツウエアのような部屋着を着ていた。それが今ではアイスクリームのような色合いの、柔らかな生地のルームウエアを着ている。社会人になって部屋着に気を使うようになったのか、それとも優吾の好みなのか。年頃の娘らしい装いの変化が、くすぐったくて面映ゆい。

机の横に畳んであったディレクターズチェアを真奈が広げている。ところが椅子に座ったとたんに吹き出した。

「こうして座ってると、私、これから先生に叱られるみたいだね」

「何をやらかして？」

「音楽室の掃除をさぼったとか、そんな感じ」

ギタースタンドに楽器を置き、健一はノートパソコンを起ち上げる。

「この間、お母さんがそこに座っているとき、お父さんは病院の診察室みたいだと思ったよ」

「どっちにせよ、お父さんは先生役だね」

微笑んだ真奈が、相談の内容を話し始めた。

先週の土曜日、優吾の母方の祖母が娘のマルコと一緒に上京した。その折、真奈と智子は彼女たちの都合に合わせ、ドレスの試着とランチをともにしている。そのときの祖母への対応に、優吾は感謝しているという。そして、施設にいる真奈の祖母が高齢で婚礼に出られないと聞き、結婚前に挨拶に行きたいと言っているそうだ。

折しも真奈と優吾はこの週末、伊豆へ旅行に行く。そこで伊豆に行く前に、三島の施設に立ち寄りたいという。しかし、今週末は健一の妹、真奈の叔母でもある美貴が三島の施設に来る。そんなときに訪問してもいいのか、真奈は判断に迷ったそうだ。

真奈が小さく手を合わせた。

「ごめんね、急な話で」

いや、いいんだ、と答えながら、健一は優吾のことを少しだけ見直す。ともすれば忘れられがちな真奈の祖母を、優吾が気に掛けてくれたのが嬉しい。

「真奈と優吾君も来てくれたら、お祖母ちゃんは大喜びだよ。何の遠慮もいらない。そうだ、ちょっと時間が早いけど、夕飯の予約も取ってあるんだ。一緒にどう?」

「それはいいです。お夕飯はホテルで食べるから」

結婚間近の二人の外泊に目くじらをたてるつもりはない。それでもホテルという言葉に居心地悪さを感じ、健一はパソコンの画面に目をやる。

「優吾君とどこで落ち合うの? お父さんは新幹線で行って、三島でレンタカーを借りる予定……もう予約したけど、真奈が行くなら家から車で行こうかな」

三島まで娘とドライブというのも悪くない、というよりかなり良い。

今週は施設のスタッフとリコに誘われ、日曜に施設で行われるボランティアに参加するつもりだ。よかったらご夫婦で参加を、とリコたちに誘われたので、智子を誘ったが断られた。

もう一度、智子を誘って、家族三人でドライブをしようか。

レンタカー会社のサイトを開き、健一は解約の手続きを取り始めた。

ごめーん、と真奈が再び言った。語尾を伸ばした言い方が柔らかい。

「金曜はお休みを取ったの。木曜の夜に仕事が終わったら、そのまま名古屋に行くつもり。土曜は優吾さんと一緒に三島に行くよ」

そうか、と答えた声に落胆がにじむ。家族でのドライブが実現しないとわかったとたん、寂しくなってきた。

思えば、智子と真奈と一緒に旅行に出かけたのは、何年前のことだろう?

真奈が小学生の頃は家族で旅行に出かけていたが、中学校に入学してからは、部活が忙しかったこともあってほとんど無い。たまに家族で出かけても、時間ができると思春期の娘は常に携帯電話やスマホを眺めていた。

ものごころついたときからデジタル機器の世界になじんでいる世代は、自分が「今、ここにいる」ことを「ここではないどこか」と常につながることで確認するのだ。

わびしい思いで、健一はレンタカー会社のウェブサイトを閉じる。真奈がちらりとギタースタンドにかけた楽器に目をやった。

「お父さんは今週は日曜も三島にいるんだっけ」

「いるよ、おばあちゃんの施設で庭の掃除をするんだ」

「泊まるの？　誰と？」

真奈が一旦そう言ったあと、あわてて言い直した。

「違う、間違えた。どこに？　三島？　それとも沼津？」

やましいことはないのに、キーボードを打つ手が止まる。ばつの悪そうな顔で、真奈が小刻みに手を振った。

「ごめんね、変なこと言って。今回の旅行、三島のスカイウォークっていう吊り橋に行くプランも立ててて。そのとき三島か沼津か、どっちに泊まるか悩んだの。結局、伊豆になったんだけど」

言い訳するような真奈の様子が、少しおかしい。

不審に思いながら、健一は二十四時間営業のスーパー銭湯で夜を明かすつもりだと伝えた。

「いいお湯なんだよ。食事もおいしいし、朝までのんびり休める。そこは住所的には沼津だね」

お父さん、と呼びかけたあと、真奈が遠慮がちに言った。

「あのね、あの……そのあたり、ちゃんとお母さんに言った方がいいよ。もう少し詳しく」

「言ったよ。ホテルじゃなくてスーパー銭湯に泊まるって。それに、お母さんも三島に誘ったんだ。四国から叔母さんが来るから、一緒に行かないかって。庭掃除のボランティアを手伝ってくれたら嬉しいし、気が向かないならその間、観光しててもいい。お母さんが来てくれるなら、いいホテルも取るつもりだったんだ」

施設の庭掃除のボランティアは毎月行われていたが、今まで参加したことはない。しかし、リコのスタジオでギターを弾いているうちに、会社以外の世界で人間関係を築いてみたくなった。

智子を誘ったのは、清掃後の庭で富士山を背景に写真を撮るのが、参加者の間で人気を呼んでいると聞いたからだ。

最近、智子はＳＮＳを始めて、着物のコーディネートや着姿の写真を投稿している。雄大な富士山を背景にした写真はきっと映えることだろう。市内にはほかにも着物が似合いそうな場所がある。しかし、土曜は以前、智子が着付けを教えた生徒たちが企画した「おさらい会」、日曜は呉服店への買い物同行の仕事で忙しいそうだ。

「あのね、お父さん。そういうことって、もっと早めに、丁寧に説明しなきゃ。急にそんな提案されたって、お母さんは忙しいんだから。お父さんが泊まりがけで週末に出かけるって聞いて、お母さんはずっとカリカリしてる。さっきだってケンカしてたでしょ、私が帰ってきたとき」

「ケンカってほどじゃないけど。なんでわかった？」

ギターを見ていた真奈が、健一に視線を移した。まばたきをせずに、じっと父親を見つめる。

「わかるよ、親がケンカしているときって。ドアを開けると家の空気が違う。言い争っている声もちらっと聞こえたし。それに私がキッチンに顔を出すと、お母さんが不自然な笑い方をした」

たしかにあのとき、真奈を見るなり智子の顔が優しくなった。それは真奈から見ると、不自然な笑顔に感じられたのか。

真奈が目を伏せた。視線の圧が減り、健一はほっと息をつく。

「お父さん、お母さんが笑ってるときはね、楽しくて笑ってるのか、空気を読んで笑ってるのか、もっと注意したほうがいいよ。お母さんはこの間、寂しそうに、ときどき息が詰まりそうだって言ってた。良くない、そういうのって絶対に良くない」

「娘の結婚で寂しくなってるんだよ。ほら、あれだ、空の巣症候群ってやつ」

お父さん、と真奈がまばたきせずに言った。

「他人事みたいに言ってないで、もう少し機嫌良く、お母さんに優しくしてあげて」

階下から、智子の声が響いてきた。

「あれー。お父さん、もう帰ってきたの？　お風呂、入る？　真奈ちゃんはもう入ったよ」

「もう少しあとで」

大きな声で健一は答える。再び智子の声が下から響いてきた。

「あー、そうだ、白髪染めをしてたから、ちょっとカラー剤で汚しちゃったかも。洗っとくね」

「いいよ、気にしなくて」

再び階下に聞こえるように言いながら、健一は考える。

白髪染めをしているとき、智子は二階のこの部屋に上がってこられない。真奈が急ぎで相談したかった本命の話は、三島のことではなく智子への対応のようだ。再び階下から声がした。

「お父さーん、髪を乾かしたら、その部屋を使っていい？」

いやだと言っても使うだろう。

冗談と嫌みをまぜて答えようとしたとき、真奈が咳払いをした。できるかぎり明るい声で、健一は答える。

「もちろんだよ！　ああ、もちろんだー！」

「いやだ……お父さんがなんか変。気持ち悪い」

気持ち悪いって言われてる、と健一はつぶやく。今度は真奈がほがらかな声を出した。

「お母さん、お父さんに気持ち悪いとか言っちゃだめ。せっかく陽気に答えてるのに！」

「ずっとその調子でいてくれるといいんだけどね！　お父さん、早くお風呂に入ってねー」

パタパタとスリッパの音がする。智子が階段の下から去って行ったようだ。

真奈がいたずらっぽく笑った。

「ずっとその調子でだって、お父さん」

「善処するよ」

椅子から立ち上がり、健一は運搬に使ったギターケースを箪笥とラックの間の隙間に入れる。

一瞬だけ、心地よい樹木の香りがほのかにした。

「いい香りがする。……お父さん、そのギターを弾いてたのは女の人？」

「ギター教室で使われていたから、女性も男性も弾いていたと思うよ。どうして？」

なんでもない、と答えた真奈の前に、再び健一は座る。手持ち無沙汰をごまかすために、ギターに手を伸ばした。

「……そう言われてみれば、自分たちの式の余興はどうなった？」

軽く音を鳴らすと、真奈の歌声を思い出した。

リコは息子が結婚するとき、思いを歌に託して、長渕剛の「乾杯」を練習したという。その話を聞き、真奈に似合いそうな曲を選んで、一人で練習してみた。リコと同じく、人に聞かせるつもりはない、祈りのようなひとときだ。ところが思わぬことに真奈がそれを聞き、演奏に合わせて歌ってくれた。友人の結婚式の余興で歌う予定があったからだ。

思春期に入った頃から、娘との距離をずっと感じていた。それなのに可愛い髪飾りをつけた娘が、父親の演奏で楽しげに歌っている。幼い頃の姿と重なり、気を抜くと涙ぐみそうになるほど心が動かされた。

そのとき真奈が付けていた髪飾りは、友人の式のために、彼女が時間をかけて作っていたものだ。それなのに真奈の婚礼には参列してくれる友人たちがいないという。

真奈が照れくさそうに笑っている。

「それはね、大丈夫になった。この間、一緒に余興をした友だちが、喜んで来てくれるって」

「いい友だちがいるじゃないか」

ほっとした気分で、健一は椅子の背に身体を預ける。

でもね、と頼りなげな声で真奈がつぶやく。

「いつも迷うの。私は『親友』と思っていても、相手は私のことをただの『知り合い』と思ってるかもしれない。『知り合い』、『友だち』、『親友』。これってどこで決まるんだろう？」

「自分が親友と思えば、親友ってことでいいんじゃないのかな」

真奈が首をかしげた。

「えー、そう？　そういうものかな。お父さんって、けっこう強引だね」

強引かどうかわからないが、娘とこんな話をするのは珍しく、そして楽しい。

再び、ギターを鳴らすと、高校時代にバンドを組んだ仲間のことを思い出した。

「お父さんにはもう何十年も会ってなくて、もう死んでるのか生きてるのか、お互い知らないけど、あいつは親友だって思う人がいるよ」

「お父さん、それは連絡しようよ。せめて、生きてるか死んでるかぐらいは把握しておこう？」

真面目な顔で言う真奈は、若い頃の智子に似ている。微笑ましい思いで、健一は娘を眺めた。

「いいんだよ、お父さんは一番の親友と結婚したから。真奈もそうだろうけど」

真奈の表情がわずかに翳った。

「学生時代の優吾さんは、私のことなんて眼中にもなかったよ。キャンパス一の美女が恋人で……。きれいな人なの。真っ赤な薔薇みたいな」

「お父さんは薔薇より庭の椿のほうが好きだな。棘がないから優しいよ」

「でも、棘がないと相手に舐められたり、軽く扱われたりするよね」

「優吾君にそんな扱いをされているの？」

「違う違う。一般論。そろそろ行くね」

朗らかに笑い、真奈は部屋を出ていった。その笑顔を見たとき、心に思うものがあった。

今の真奈の笑顔は、彼女の言葉を借りれば「楽しくて笑ってる」わけではない、父親に心配させないために笑ったのだ。

優吾や彼の身内に、軽んじられているのだろうか。

智子の話をしていたが、実は真奈自身が、誰よりも場の空気を読んでいる。


名古屋の優吾宅へキャリーケースを一足先に宅配便で送ると、木曜の朝、真奈は身軽に家を出ていった。

娘の姿が消えたとたん、家が薄ら寒くなった。智子の口数と夕食の品数は減り、置き時計の音がやけに大きく耳に付く。

真奈の留守中は彼女の部屋を使い、智子はＳＮＳに挙げる着物のコーディネートや手入れをしている。束の間だが、着物部屋兼書斎は健一のものとなった。快適になったはずなのに、どこか物寂しい。

この感覚は、社会人になった真奈が一人暮らしを始めたとき一度、すでに経験している。それなのに今回は以前より大きな寂寥《せきりょう》感が胸にこみあげる。それはおそらく智子も同じに違いなく、このうえ週末に夫の自分まで家を空けたら、さらに寂しくなるのではないか。

うしろめたさを感じ、健一は三島の施設でのボランティアに今回は参加せず、日帰りをしようと考えた。

ところが智子にそれを伝えると、土曜の夜は友人たちと一緒にレディースサウナへ行き、垢すりエステをする予定を立てているそうだ。帰ってこられると逆に困ると言われてしまった。

うしろめたさは減ったが、ますます寂寥感は増していく。

妻と職場が消えたら、自分を取り巻く世界のほとんどが消滅する。しかし、妻には趣味を通じて築いた人間関係があり、夫がいてもいなくても智子を取り巻く世界は回っていく。

自分もまた、新たな人間関係を築きたいと願い、三島でボランティアをするのだ。そう自分を励まし、健一は土曜の朝、母がいる施設に出かけた。

妹の美貴が到着する一時間前に三島駅に着き、レンタカーの手続きをして駅のロータリーで待ち合わせる。

時間通りに現れた妹はお土産ものの袋を抱えて、車に乗り込んできた。

「お兄ちゃん、ごぶさたー。変わってないね、と言いたいけど」

シートベルトを締めた妹が健一の頭に手を伸ばした。

「わあ、お兄ちゃん、やばーい！　頭、薄くなってない？」

髪に触れられそうになり、健一は妹の手を払う。

「おい、ちょっと、やめろよ」

妹の美貴は五十代に入ったばかりだが、今もスリムで小柄だ。十代の頃は童顔を気にして、ツッパリ系のアイドルの髪型やメイクを真似して、小悪魔めいた雰囲気を作っていた。紫色のアイシャドウや、血豆色のマニキュアには驚かされたものだ。今はいたって健康的な薄化粧で血色も良く、童顔のおかげで若々しく見える。

駅前から大通りへ車を進ませながら、健一はため息をついた。

「美貴、お前な、親しき仲にも礼儀ありって言葉があるだろう。なんだよ、いきなり」

気にしてた？　と朗らかに美貴は笑う。

「ごめんねー。でも、お互い様だね、私も年を取ったよ。血圧の薬は手放せないし、膝は痛いし。『オバタリアン』どころか『ババタリアン』度がマシマシよー」

ホラー映画の「バタリアン」と「オバサン」を掛け合わせた「オバタリアン」という漫画をリアルタイムで楽しんだ人々は、四十代を超えている。真奈や優吾たちはきっと知らない言葉だ。美貴が手のひらであおぐような仕草を見せた。

「お兄ちゃん、なんかかすかにいい匂いがする。うーん、頭は危険なニオイがするけど、年の割には小綺麗だね」

危険なニオイとは頭髪の様子なのか、実際の臭いなのか。聞こうとした健一の言葉を押さえ込むように「やーだ、もう」と美貴は話し続ける。

「東京暮らしが長いと、スカしてるわ。うちの翔太も都会の大学に入ったらそうなっちゃうのかな。あっ、とはいえ、まだ髪は大丈夫。うん、まだなんとか大丈夫だよ、お兄ちゃん」

「もう、いいよ。俺の髪のことはほっといてくれ！」

「あー、お兄ちゃんに会った気がするー」

助手席にもたれた美貴が、楽しげに大きくのびをした。

「お兄ちゃんって人前ではスカしてんのに、怒らせると反応がいちいち可愛いんだよね」

可愛い小悪魔だった妹は中年を過ぎ、今や悪魔のような憎まれ口を叩く。親しみを表現するのに、あけすけな指摘をするのは昔と変わらないが、気にしている髪のことを続けざまに言われて、健一の気持ちは沈んだ。

兄の落胆を気にせず、久しぶりの再会に妹の気分の盛り上がりは最高潮だ。

「お兄ちゃんはさー、カッコつけだから。どうせお義姉《ねえ》さんの前でもクールに構えてるんでしょ。いけないいよ、忠告しとくけど、そういうオトコは今どき」

人差し指を左右に振りながら、妹が弾みを付けて言った。

「も・て・な・い・ぞ」

その途端、「い・け・な・いルージュマジック」という歌が頭のなかで鳴りだした。八〇年代初頭、忌野清志郎と坂本龍一が共演した、春の化粧品のキャンペーンソングだ。

うららかな春の日差しのなか、車はのんびりと富士山に向かって進む。妹の態度は癇にさわるが、そこから浮かんだなつかしい曲と景色の共演に顔がゆるんだ。

「お兄ちゃん、何笑ってるの？」

「もてるも、もてないもないよ。五十半ばのオッサンに」

「ほかの女にはもてなくていいけど、奥さんにはもてないと」

「それこそ何を今さらだ」

妹が肩をゆすって笑い出した。その笑い方は子ども時代と変わらない。

「あー、相変わらず余裕ぶっこいてンなァ。お兄ちゃんはさー、顔と態度が取っつきにくいんだから、ちょっとは人に好かれる努力をしないとね。そんなこと言ってると熟年離婚で、お義姉さんに捨てられちゃうぞ」

「お前の話し方も相変わらずで何よりだ。ついでだから俺も忠告するけど、兄とは言え、人の外見について、とやかく言うのは昨今よろしくないんだぞ」

妹が深々とシートにもたれた。

「知ってるー。お義姉さんは賢い人だから言わないでしょ。おバカな妹だけだよ、こういうことを親切に指摘できるのは。まだ大丈夫だけどね、育毛を始めるなら今だ」

「しつこいな！　お前だって笑ったら、目尻にしわが寄るだろう」

「そういうこと言わないの。お兄ちゃんのバカァ」

なんてくだらない言い争い。母にも智子にも真奈にも聞かれたくない。

まあね、と妹が急に気弱な声を出した。

「そりゃそうよね。真奈ちゃんは結婚して、うちの子も大学生や浪人生。私たちも年を取るよね」

しんみりしていた妹が、身を乗り出した。

「ねえねえ、それよりさ。お母さんから聞いたけど、真奈ちゃんの結婚相手って、あの『ゆーごクン』なの？　びっくりしたー。大きくなったんだね」

知ってるのかと聞くと、妹は何度もうなずいた。男の子を持つ母親の間で、今もマルコの「オトコノコの福」は人気がある本らしい。

興味津々な顔で、妹は現在の優吾の様子をたずねた。シリーズの最終巻で思春期を迎えた優吾は髪を脱色したり、怠惰な生活をしたりと、母のマルコにさまざまな方法で反抗していたそうだ。

「どうなってると言われても……これから会うんだし」

自分で確かめればいい。そう言いかけて、健一は考え直す。

自分が何者であるのかを声高に主張する父「カンカン」と母「マルコ」にくらべ、息子の優吾は自分のことをあまり語らない。ある程度の情報は妹に伝えたほうがいい。

「優吾君は真奈と大学の同級生で、堅い会社に勤めて、落ち着いた暮らしをしている。あと、きれい好きだ。あの本のことは優吾君的には、いい思い出じゃないらしい」

へえ、と妹は意外そうな声を出した。

「でも、そうか。けっこう、いろいろなことを赤裸々に書かれているもんね。でもそのおかげで、私は助かったけど。うちは二人とも男の子でしょ。別れた亭主は当てにならないし。声変わりする頃の男の子のことって、ほんと、わかんなくてさ。そういうときに『オトコノコの福』シリーズは参考になったな」

家族からの着信を告げる音が鳴ったので、健一は車を路肩に寄せる。スマホのメッセージは、真奈たちが施設に着いたことを告げていた。

「真奈たちはもう着いたって」

「噂をすればナントカだね。お母さん喜んでいるだろうな」

駐車場に車を停めると、庭園のつつじが満開になっているのが見えた。

施設のスタッフに導かれて談話室に向かうと、母と真奈たちは庭に出ていた。ピンク色のつつじの前に、車椅子に座った母をはさんで、真奈と優吾が立っている。

母の笑顔がたいそう幸せそうなので、健一は三人の様子を写真に撮った。続いて施設のスタッフに撮影を頼み、母や真奈たち、妹とともに一枚の写真に納まる。それから談話室に戻ろうとしたが、母はもう少し庭にいたいという。

色とりどりのつつじが植えられた先には、見事な藤棚があった。その下には白いガーデンチェアと丸テーブルのセットが置かれている。

そこでお茶を飲んではどうかと妹が提案したので、藤棚へ向かって健一は車椅子を押す。優吾と真奈は談話室にある給茶機へお茶を取りにいった。

優吾からお茶の紙コップを受け取った美貴が、彼の顔を見上げる。

「わあ、あらためてこう見ると、本当に『ゆーごクン』だ、面影がある。大きくなったねえ」

「よく言われます」

それは「オトコノコの福」を知っている人から、幾度となく言われてきた言葉に違いない。それでも優吾の対応はさわやかだ。

美貴がせわしなくまばたきをしている。驚いたときの妹のくせだ。

「それに格好いい！　小さい頃は可愛かったけど、大人になったらシュッとしたイケメンになったんだね。これもよく言われてる？」

否定も肯定もせず、優吾は微笑み、美貴のために椅子を引く。母の隣に座ると、美貴は右に腰掛けた健一の脇腹をつついた。

「しかも優しい……ジェントルマン。お兄ちゃん、見習いなよ」

「なんで俺に。息子たちに言え」

「家に帰ったら言う」

くすっと笑いながら真奈は母の左隣に座り、その隣に優吾が座った。健一から見ると、右側には真奈と優吾による令和の新しい家族、左側には母と妹、いわば昭和の時代を共にした家族が並んだ形だ。

令和と昭和の家族の間に一人で座っていると、再び寂寥感がこみあげてきた。自分がつくりあげた平成の家族は智子がいないと幻のようだ。そして、これからは真奈や優吾の世代が時代の主役で、自分たちの時代は終わったのだという気持ちがこみあげてくる。

左に座っている妹が顔をしかめた。

「ちょっと、なんで、お兄ちゃんはため息ついてんの？」

「年を取ったなあ、と思って」

「あのね、ため息をついても若返らないし、愚痴を言ったって状況は変わんないの。せっかくみんなで会ってるんだから、スマイルしろとはいわないけど、せめてさぁ、暗い顔はやめよう」

「これは地顔だ、しばらく会ってないうちに忘れたか」

冗談を言ったつもりだが、真奈も優吾も神妙な顔をしている。そしてなぜか母は不安げな表情で美貴を見た。しかし、美貴は気付かず、真奈と優吾に親しげに話しかけている。

「ねえねえ、結婚式はどこでやるの？　もう決まった？」

若い二人が視線を交わし、どちらが叔母に返事をするのか、目で相談している。恥じらうように真奈が目を伏せ、優吾が婚礼会場のホテルの名を言った。

再び妹がせわしなく、まばたきをする。

「えっ、なーに？　あんなホテルで？　すごくない？　ゆーごクンちって、ひょっとしてセレブ？」

「セレブではないですが……親の仕事の関係で招待客が多くて」

「お父さんは何をしてる人？」

いろいろやってます、と優吾が言葉をにごした。

「最近は、オーガニックな惣菜や小麦のパンを扱うブーランジェリーの仕事をしたり……」

「それって、あれ？　解決ナントカの店みたいな？　ほら、ユーチューバーにそんなふざけた名前の人がいるじゃない？　いまだにバブリーなチョイ悪ジジイ」

優吾が苦笑いをし、真奈が困った顔をしている。迷ったが、健一は口を開いた。

「あのな、美貴。その人……優吾君のお父さん」

こんなに言いづらい思いをして、真奈はカンカンのことを自分たち両親に伝えたのだろうか。

そして数ヶ月前の自分たちと同じく、妹も返答に困った顔をした。

「えっ？　嘘ぉ。あっ、うん、でも格好いいよね、あの人。『御存じ、解決ケンケン』だっけ？」

カンカンです、と蚊の鳴くような声で真奈が言う。その声をかき消す勢いで、妹は大袈裟に手を合わせた。

「ごめーん、ゆーごクン、素直に格好いいって言えなくて。ゆーごクンのお父さんはイケてるおじさん、イケオジよ。ケンケンって名前はどうかと思うけど」

「僕もあの名前はどうかと思ってるんですけど、サービス精神旺盛な人なんで。あと……カンカンです」

不安そうにしていた母が、美貴の腕にそっと触れる。

「みんな、何を話してるの？　特に美貴、ゆっくり話して。何を言ってるのかわかんない」

その言葉に、胸を突かれる思いがした。

昨年から母は、人の話し声が聞き取りづらくなった。補聴器を作ったが、着用感が好きではないと、普段は付けていない。それでも施設のスタッフは普段から聞き取りやすいように、明瞭に話すうえ、ここに来ると、自分も自然に大きな声でゆっくりと話してしまう。それに慣れて、うっかり美貴に伝えるのを忘れていた。

「ごめん、美貴、お母さんは最近、声が聞き取りにくいんだ。できるだけ、ゆっくり、大きな声で話して」

そうなの？　と美貴が小声でたずねる。

「お兄ちゃん、そういうことは早く言ってくれなきゃ」

母がさらに不安そうな顔になり、「補聴器を付けようかな」とつぶやいた。

これを機に補聴器に慣れたら、母は暮らしやすくなる。急いで受付へ行き、健一はスタッフに補聴器のことを伝えた。すぐにスタッフが母の補聴器を届けてくれ、その際に千代紙が貼られた小箱を添えてくれた。母は今日のために贈り物を作り、そこに入れていたそうだ。

補聴器と小箱を携え、再び健一は藤棚の下のテーブルへ戻る。

小箱に入っていたのは、折り紙細工の四つ葉のクローバーだった。クローバーの葉の先端には、アロマオイルをしみこませてあり、かすかに甘い香りが立ち上る。

一枚ずつクローバーをテーブルに配っていた母が、健一の前に二枚を置いた。一枚は智子の分だという。心地よさそうに、真奈が折り紙細工を嗅いだ。

「この香り、お祖母ちゃんの折り紙の香りだったんだね。最近、お父さんからいい香りがするって、お母さんがちょっぴり妬いてる。浮気してるんじゃないかって」

補聴器を耳に入れた母が嬉しそうな顔をしている。真奈の声がはっきりと聞き取れたようだ。

「へえ、浮気？　健一……真奈ちゃんのお父さんに限って、そんなことはないよ。昔っから言うんだよ。『女房の妬くほど、亭主もてもせず』」

気まずい思いで、健一はお茶を飲む。母が使っているアロマオイルは、先月、リコがブレンドしたリラックスを目的にした香りだ。二本を購入して、一本は母に贈り、もう一本を東京で使っている。気持ちが安らぐので、さまざまな場所で活用しているが、それに対して智子が佳く思っていなかったことは知らなかった。

お茶をテーブルに置こうとしたとき、妹と目が合った。もの言いたげな妹の眼差しに、「どうした？」と健一はたずねる。

なんでもない、と答え、妹は真奈の手首を指差した。

「真奈ちゃんのそれも四つ葉だね。キラキラして綺麗」

真奈の左の手首に、銀色のチェーンブレスレットが輝いていた。たしかに、四つ葉のクローバーと薔薇の花のようなチャームが付いている。幸せそうな笑みが、真奈の顔に浮かんだ。

「このブレスレット、チャームを付けるところが六カ所あって。嬉しいことがあるたびにその象徴になるチャームを付けていくんです」

「この花のチャームは薔薇？　ロマンチックゥ〜」

妹の質問に、乙女椿だと優吾が答えた。

「真奈さんの家にご挨拶に行ったとき、乙女椿の花がたくさん飾ってあったので」

「婚約の象徴のチャームなんだね。じゃあ、クローバーは結納？」

真奈が恥じらうように目を伏せた。

「それは、これをもらって嬉しかったから……贈ってくれた優吾さんのモチーフです。そのとき乗っていた車に四つ葉のクローバーのエンブレムがついていたから、二番目のチャームは四つ葉」

真奈がブレスレットを手首の上で一回転させ、三番目のチャームを付ける箇所を指差した。

「三番目のこの場所は結婚式を象徴するもの。四番目の場所は子どもが生まれたら、その子の名にちなんだもの。五番目は次の子の名前、六番目は家を買ったときって決めてます。できれば五番目は三十歳までに、六番目は三十五歳までに付けたいな」

そうなんだ、と優吾が小声で言った。

「もう決まってるんだ、六番目まで。知らなかった」

優吾のつぶやきに不穏な響きがする。軽く咳払いをしたあと、健一は「真奈」と呼びかけた。

「今からそこまで決めていかないで、優吾君と幸せを感じるたびに一個ずつ増やせばいいよ。ブレスレットが何個もできたほうが楽しいじゃないか」

「いやいや、真奈ちゃんはしっかりしてる。計画は大事。お祖母ちゃんは安心した」

母は深くうなずき、真奈の手首を軽く叩いた。

「特にね、子どもは二人ってところがいいよ。一人っ子は可哀想。お祖母ちゃんは口ずっぱく、真奈ちゃんのお父さんにそう言ってたんだけどね」

「それに体力あるうちに産むのはいいよね。ゆーごクン、頑張って」

頑張るという言葉に生々しさとわびしさを感じ、健一は目を閉じる。

真奈と優吾はこのあと、伊豆の温泉に出かけていく。その温泉郷の近くには幼い真奈を連れて、智子とともに出かけた子宝の湯があった。真奈にとっては家族旅行の記憶だが、親の自分たちにとっては、三番目の子どもが授かることを願った切ない旅だった。

頑張っても、人の力では及ばぬものが世の中にはある。

僕は……と優吾の声がして、健一は目を開けた。

「僕も一人っ子で。本にも書かれてますけど、母は二人目不妊っていうものらしく。両親はその頃、口論が絶えなくて、母はよく泣いていました。『ゆーごクンに弟か妹をつくってあげたい』って。僕は、どうして僕一人じゃだめなの？　って思ってた。弟や妹がいたら楽しいかもしれないけど、一人っ子もそんなに悪くないです」

笑顔だった母の唇が曲がった。この話題になると母は譲らず、自説を曲げない。

優吾に続いて、母にも不穏な気配を感じ、健一はできるだけ朗らかな声を出した。

「まあ、ほら、まだ先の話だし。一人でも二人でもいいじゃないか」

同じく、母の不興を感じたのか「そうよ、そうよ」と妹が華やいだ声を出した。

「それよりお母さん、曾孫は絶対可愛いよ。楽しみだね。女の子だったら、マルコママは『オンナノコの福』も作れちゃう」

「ああ、あの本ね。健一から話を聞いて、『オトコノコの福』は何度も読んだよ」

可愛いねえ、と母がしみじみと言った。

「特にあの場所を読むと、泣いて笑っちゃう。ほら、ゆーごクンが『マルコママ』と北海道に行ったとき、電車のなかでおもらしするでしょ？　大のほう」

「『ぷるぷるおもらし』事件ね。あれは泣くよね」

母と妹の顔がいきいきとしてきた。その様子を見て、ほっとした思いで、健一はお茶を飲む。

「ぷるぷるおもらし」とは「オトコノコの福」の後半に出てくるエピソードだ。

一人で行う子育てと仕事の両立に疲れたマルコは、ある日、長い休みを取って、幼い息子と旅に出た。その旅のなかで、小さな優吾は用を足すときに母親と女子トイレに入ることに抵抗を感じ始める。しかし、一人きりで無人駅の男子トイレに入るのも怖い。結局、トイレに行きたいことを母に言い出せないまま電車に乗り、粗相をしてしまうという話だ。

真奈が突然、立ち上がった。

「あの、お茶が冷めたね。淹れてくるよ……優吾さん、手伝ってくれる？」

お茶はいいよ、と母が楽しげに手を振った。

「まだあるから。……お祖母ちゃんはあの話で『マルコー、フンコー！』って、切羽詰まったゆーごクンが叫ぶところが好き。フンコって言葉が可愛くて」

マルコの手によって、ユーモラスに描かれたその話とイラストはたしかに笑いを誘う場面だった。

母と妹はその場面を思い出して笑っているが、優吾は目を伏せ、真奈は立ったままだ。

「真奈、お茶はいいよ。お母さん、そんな話はやめよう。美貴、『ぷるぷるおもらし』より、お前の高校時代のツッパリメイクのほうが、兄は泣いたよ」

「んー、でも。私はあの話が好きなんだ」

妹がお茶を飲み、紙コップを両手で包み込んだ。

「おもらしに気付いたマルコママが、ゆーごクンを抱きしめて泣くの。『気付いてあげられなくてごめん。私、なんにも見えてなかった』って。何度読んでも、私はそこで泣けてくる。私もまた、自分の息子が出してる『助けて』のサインを何度も見落としてきたかもしれない……」

椅子に腰掛けた真奈が、心配そうに優吾を見ている。気の抜けたような表情で、優吾はぼんやりとテーブルの一点を見つめていた。

ただならぬ優吾の様子を見て、母と妹が会話を止める。

藤の花の香りに誘われたのか、ミツバチの羽音が聞こえてきた。

真奈が「優君」と声を掛ける。我に返った表情で、優吾は顔を上げた。

「すみません……僕はあのときのことを思い出すと、頭がぼうっとするんです」

すみません、と優吾が頭を下げた。

「楽しくお話をしているときに……」

あわてた様子で、妹が両手を合わせた。

「こちらこそ、ごめんね。つい、夢中になって……ゆーごクンにとっては不名誉な話だよね。ただ、私も女手ひとつで息子たちを育てていて『オトコノコの福』には勇気づけられたから。……中学に進学直前で終わってて寂しかったな。マルコママとゆーごクンの話、ずっと読んでいたかった」

「僕、中学入試に失敗したんです」

うつむいた優吾が、小声で続けた。

「母が望んだ学校に進学していたら、僕がいやがっても、あのシリーズは続いていたと思います。どうして不合格なのかって、母は荒れましたけど、僕は半分ぐらい、あの本のせいじゃないかと思ってる。校内の事情をあれこれ書かれたら困るって、学校側に思われたんじゃないかな。それから母の関心は息子から麹や菌に移って、僕はお役御免です。でも、入試に失敗してラッキーでした」

優吾の顔に笑みが浮かんだ。過去を昇華したようにも、この場を取り繕《つくろ》うためにも見える笑顔だ。

「そのおかげで、進学先でいい先生や友だちに恵まれましたし、こうして真奈さんにも出会えた。終わり良ければ、すべて良しですね」

よかった、と妹が優吾に微笑んだ。

「それにマルコママは素敵な人と再婚できたし。カンカンって、いい人っぽいもんね」

「カンカンは再婚じゃなく、もとから僕の父親です」

妹が意外そうな顔になった。

「あれ？　マルコママは一巻の頃、シングルマザーじゃなかったっけ？」

「もちろん、母一人、子一人の暮らしってところに嘘はないです。あのとき父は海外で単身赴任をしていたんです……。二巻の中頃で帰国して、しばらく別居してました」

ふうん、と妹が返事をしたきり、黙った。再びテーブルに沈黙が訪れた。

暑くないのに背中が汗ばんできた。息苦しい思いを感じて、健一は立ち上がる。

「お母さん、そろそろ部屋に戻ろうか。あまり陽にあたるのも身体に悪い」

優吾が腕時計をちらりと見た。

「僕らもそろそろ……」

優吾が立ち上がり、車椅子のハンドルをつかんだ。

「優吾君、いいよ、私が押すから」

「いいえ、僕が」

母がのびのびとした声を上げた。

「ああ、今日は本当にいい日だ。真奈ちゃんはいい人に出会えたね」

母が喜んでいるので、優吾に車椅子を押してもらい、そのうしろを健一は妹と並んで歩く。

庭から談話室に入ったとき、廊下側の扉から施設のスタッフと一緒に、藤色のドレスを着た五十絡みの女性が入ってきた。続いて、リコが彼女の母親を乗せた車椅子を押しながら現れた。今日は紺色のパンツスーツを着て、金色の糸のようなロングピアスをしている。

ミサオちゃん、と母がリコの母親に声をかけると、彼女は嬉しそうに両手を振った。

「あら、アッちゃん、今日は健ちゃんが来てる日なの」

リコが母親に「明日も来るよ」と言っている。

「高梨さんは庭掃除のボランティアに参加してくれるから」

「じゃあ、明日も健ちゃんに会えるんだ。わあ、嬉しいね、アッちゃん」

母の車椅子の隣に、リコの母親の車椅子が並んだ。藤色のドレスの女性と施設のスタッフはソファのセットに座り、こちらを見守っている。

リコの母親に、母が真奈たちを紹介している。

母は以前、リコの母親のことを「ミサオさん」と呼び、ミサオは母を「敦子《あつこ》さん」と呼んでいた。

それが今では「ミサオちゃん」と「アッちゃん」と呼び合っている。この年代になって、名前で呼び合える友人に出会えることは貴重だ。

リコと目が合うと、彼女も優しい眼差しをしていた。きっと同じことを考えているのだ。

音楽のボランティアとアロマテラピーの先生だと、母がリコを真奈たちに紹介している。真奈がポケットから四つ葉のクローバーの折り紙細工を出した。

「じゃあ、もしかして、この香りは……」

「そうだよ、リコさんのブレンド」

健一の言葉に母が微笑み、「ほんと、いい匂い」とつぶやいた。

「お祖母ちゃんたちの楽しみはね、毎週、リコさんがブレンドしてくれるいい香りのなかで歌を聴いたり歌ったりすることだよ。ほんと、いい気分でね。極楽のようだ。ねえ、ミサちゃん」

母の膝をリコの母親が軽く叩いた。

「うちの真理子なんてたいしたものじゃないの。でもね、今日、いらしてくださったヴァイオリンの先生はすごいのよ。夫が開いていた音楽教室の出世頭」

ねえ、真理子、とリコの母親が娘に同意を求めた。

「すごいよね、クミちゃんは」

クミちゃんと呼ばれた藤色のドレスの女性が、こちらに会釈した。

リコの母親が誇らしげにクミを指し示す。

「クミちゃんはね、音大に進んでクラシック音楽の道に一筋。うちの子は途中で大衆音楽に転向しちゃって、いまだにフラフラしてる。音楽家なのかアロマ屋さんなのか、もうわからないわ」

苦笑いをしたリコが窓の外に目をやった。肩につきそうなほどの長さのピアスがショートヘアによく似合っている。もともと垢抜けた人だが、今日はことのほかスタイリッシュに見えた。

「リコさんのアロマも歌も、あたしは好きだよ。最近の歌手は何を歌ってんだかさっぱりわからないけど、リコさんの歌は景色が浮かぶから。アロマだって気持ちいいし……この間は手がむくんだときにオイルマッサージをしてもらって、ほんとに気持ちがよかった」

母の言葉にリコが微笑んでいる。折り紙細工を眺めていた真奈が、健一を見た。

「お父さん、もしかしてギターをくれた人も……」

「リコさんだよ」

やっぱり、と真奈が折り紙細工の香りをかいだ。

「……この折り紙に付けている香り、父も家ですごく愛用しています」

「それはよかったです、ありがとうございます」

幾分、他人行儀にリコが答えて、健一に頭を下げる。そして自分が働いているアロマテラピーの店の名刺を真奈に渡した。

リコの店で一番人気があるのは、人や物のイメージでオリジナルブレンドのアロマオイルを製作することらしい。最近はアニメやゲームの登場人物のイメージでオーダーを受けることが多く、好評を得ているそうだ。真奈がリコの名刺をじっくりと見ている。

「あと、もう一本。この香りの他に、父がすごく大事にしている清々しい香りのオイルがあって……書斎で使ったり、枕もとに置いたりしているので、母が少しやきもきしています」

心配そうな表情で、リコがつぶやいた。

「苦手な香りが入ってるのかな。樹木系がお嫌い？」

いいえ、と真奈は小さく首を横に振り、リコをまっすぐに見た。

「父が香りに興味をもつなんて、これまでになかったことだから。母は戸惑っているんです」

香りにことよせて、真奈は別のことを言っている……気がする。

リコはそれに気付いているのか、気付いていないのか。

仮に気付いているとして、無視をするのか、しないのか。

リコがふんわりと微笑んだ。

「それは、きっと似たもの同士が惹かれあっているんでしょう。共鳴するものがあるというか」

共鳴？　と不審げにたずねた真奈が、ちらりと健一を見る。

やましいことは何もない。それなのに背中にかいた汗が冷えて寒い。

リコが再び微笑んだ。

「実は最初に差し上げたアロマオイルは、高梨さんをイメージしてブレンドした香りなんです」

そうなんですか？　と健一は思わず聞き返す。リコが言葉を続けた。

「高梨さんご自身のイメージの香りだから、きっとどこか惹かれるもの、共鳴するものがあるんでしょう。つまり、上手にブレンドができたってことですね、自画自賛ですけど」

「えー、父があんな爽やかな香りですか？　全然、イメージじゃないです」

真奈がイメージする父の香りとは、一体どういう匂いなのだろう？

リコが母親を乗せた車椅子の向きを変えた。

「娘さんから見たお父様のイメージは、また違う香りなのかもしれないですね。……お母さん、クミちゃんにリクエストがあるんでしょう。そろそろ行きましょう」

リコが目礼して、ソファの方向へ車椅子を押していった。

真奈がポケットに折り紙細工をしまうと、母が言った。

「真奈ちゃん、お母さんに教えてあげてよ、アロマっていいものだよ。お父さんが三島で見つけた楽しみに焼きもちを妬くなら、一緒に来ればいいのに。智子さんに最後に会ったのは去年？　一昨年？　ずいぶん会ってないけど」

去年だよ、と健一は答えると、「そうだっけか」と母は答えた。

「あまり覚えてない。いつもぱっと来て、ぱっと帰るから」

あの、と真奈があわてた様子で言った。

「お祖母ちゃん、お母さんは今、着付けの先生の仕事ですごく忙しくて。生徒さんたちに頼りにされてるから……来たくてもなかなか来られないの。それに、ごめんね、私も忙しくて。一昨年に会いに来たきりだった」

妹がくすっと笑った。

「私も一昨年だ……。でも、お母さん、そういう嫌みを言うから、お義姉さんも実の娘も足が遠のくんだよ。そもそも東京の施設だったら、お義姉さんだって、真奈ちゃんだって、それに私だってちょくちょく顔を出せたのに」

「嫌みなんて言ったつもりはない」

母の声がわずかにふるえている。

「事実を言っただけ。どうして美貴はいつもひねくれたことばっかり言うの！　今日はすごくいい日なのに、あんたこそ嫌みを言って、お母さんの気持ちを台無しにしてる」

母が補聴器を外そうとしているが、手がふるえている。それを見た優吾は制止しようかどうかを迷い、健一に視線で判断をあおいだ。

「お母さん、落ち着いて。優吾君、大丈夫だ、何もしなくていい。美貴はあやまれ。お前はいつも一言多い」

「私の声なんてもう聞きたくない？　お母さん？」

妹のその言葉に、母が補聴器を外そうとした手を止めた。

ごめんなさい、と澄んだ声がして、真奈が頭を下げた。

「私が変なことを言ったから……ごめんなさい」

「真奈のせいじゃない。……すまないね、優吾君。帰りがけに見苦しいところを見せて」

いいえ、と言ったあと、優吾は穏やかに言い添えた。

「高梨家に加わった気がします。不束者《ふつつかもの》ですが、これからどうぞよろしくお願いします」

優吾が姿勢を正して一礼した。その途端、空気が変わり、母、妹、真奈の顔の強張りがゆるんでいる。

優吾に対して親しみが湧き、そんな心境の変化に健一は驚く。

母と妹、妻と娘。父親を早くに亡くした自分は、人生のほとんどを女性ばかりの家庭で暮らしてきた。これからは義理とはいえ、息子がいる。

リコ親子に目で挨拶をしたあと、健一は母たちと施設の玄関へ向かった。

真奈と優吾が手を振り、初夏の日差しのなかを駐車場へ歩いていった。車椅子のうしろに立ち、健一は娘と優吾の背を見送る。

真奈が優吾の手の甲を指でトントンと叩いた。優吾が反応しないと、再び同じ仕草を繰り返している。

優吾が真奈の手を握り、結んだ手を前後にゆすった。そして幼い子どものように、二人は手をつないで歩いていった。

あれまあ、と母が驚き、「仲がいいんだね」と、あきれたように言った。

車椅子の横にいる妹が、大きくのびをした。

「あー、ほんとだ、見せつけられちゃった。熱い熱い、『ヒューヒューだよ！』って言いたいわ」

往年のテレビドラマの名台詞を言ったあと、妹が真顔になった。

「でも私、人の手なんて何年も握ったことないな。ちっちゃい頃は息子とよく手をつないだけど、最後に握ったのはいつだっけか」

同じ思いが胸に湧き、健一も車に乗り込む真奈の姿を見る。

幼い娘と最後に手をつないだのは、いつのことだっただろう。

母が手を伸ばし、妹の手の甲をつついた。妹が気付かずにいると、再びつついている。

車椅子の母を妹が見下ろし、その手をそっと握った。

真奈たちの車が施設の門を出ようとしている。小さな声が聞こえてきた。

「お母さん……ごめんね」

「何あやまってんの、バカだねえ」

母と手をつないだまま、妹が空を仰ぎみた。

気の強い妹が、涙をこらえている。


真奈を見送ったあと、健一は母と妹を三島観光と食事に誘った。

二日前にその計画を伝えたとき、母は喜んでいた。ところが今日はどちらも行きたくないという。

最近は食事も量を食べられないし、なによりも観光をしていると、妹の帰りが遅くなる。孫が待っているから、はやく四国の家に帰ってやれという。

母が行かないのならと、妹も観光と食事を断ったので、健一は駅まで送った。

新幹線のホームで妹に手を振ったあと、重い足取りで車へ戻る。運転席のドアを閉めたとたんにため息がこぼれた。

車椅子対応のレンタカーは慣れていないので運転しづらい。この日のために観光の順路や注意事項を調べておいたが、無駄に終わった。そして、気が付けばいつもと同じ。一人きりでいる。

わびしい思いで、夕食を予定していた店にキャンセルの連絡をしようとした矢先、リコから電話が来た。ボランティアが終わり、ゲストのクミを彼女の実家まで送り届けたところだという。健一の母は今日は不参加だと思っていたが、リコの母親と楽しそうに過ごしていたので心配になったそうだ。

今日は夜の七時に、リコの自宅のスタジオでセッションをする予定だった。予約していた和食処は、彼女に紹介してもらった店だ。

そこでリコの提案で、キャンセルするつもりだった店に一緒に行き、それからスタジオに入ることにした。二人とも車なので酒は飲めなかったが、駿河湾の旬の魚を用いた食事は美味で、店を出る頃には、わびしさが少し薄れていた。

食後に訪れたリコのスタジオには、たくさんのアロマキャンドルが置かれていた。これから店で扱う予定の海外製のキャンドルらしい。キーボードや機材が置かれた壁の向かいには、三人ほど座れそうな細長いソファが新しく置かれている。両脇には小さなテーブルが置かれ、飲み物などが置けるようになっていた。小さな観客席だとリコは笑っている。

「このソファ、二階から降ろしてきたんだけど、リラックスして弾くときに、すごくいいんだよ。この間は友だちがそこでウクレレを弾いて大絶賛してた」

「ウクレレもあるんですか？」

「あるよ、弾く？　どうぞ座って」

リコに勧められ、健一はソファに腰をおろす。背もたれは柔らかいが座面はほどよく固く、たしかに演奏しやすそうだ。

リコが数本のアロマキャンドルに火を灯し、天井の照明を落とした。室内をくまなく照らしていた電灯のかわりに、間接照明とキャンドルの暖かな光が広がっていく。

タブレットが置かれた楽譜台をソファの前に運び、健一は壁に掛けられたアコースティックギターを手に取った。キーボードの前に座ったリコが機材を調整している。

「高梨さん、今日は何をやる？」

「今日はですね、思いっきりアコギを鳴らしたい気分なんです」

「じゃあ、今日は私もギターにしようかな。二人でジャカジャカ弾きまくろう。ちょっと待ってて。上へ行って取ってくる」

リコがスタジオを出て、二階の自宅へ上がっていった。

シニアグラスをかけてギターを抱え、健一は手慣らしに短い曲を弾いてみた。スタジオ閉鎖に向けて備品や機材を減らしているリコが、あえて手元に残している楽器はどれも音が素晴らしい。響きを楽しみながら、リコからもらったギターについて思案した。

前回、三島に来たとき、智子が用意してくれた新潟の美味な米三キロを車に積み、ギターのお礼にリコに渡した。しかし、もらった楽器は中古市場でかなりの高値がついており、米だけではお礼として不足だ。そこで今日の和食店の食事をご馳走しようとしたのだが、おごられるのは好きじゃないと言い、リコは自分の分を支払ってしまった。

それならリコが勧めているアロマショップで、まとまった額の買い物をしようかと健一は考える。

しかし、昼間の真奈の口ぶりでは、アロマテラピーの製品を買って帰ったら智子がいやがりそうだ。

ギターを持ったリコがスタジオに戻ってきた。健一が座っているソファの横に演奏用の椅子を運び、楽器のチューニングを始めている。

「さーて、何をやろうか？　高梨さんは最近、何を弾いてるの？」

「家で練習すると音が気になるんで、最近は車で出かけて練習してるんです。市営グラウンドの駐車場に車を停めて……」

ほうほう、と相づちをうちながら、リコが楽譜台のタブレットに手を伸ばした。

「なるほど。するとカーラジオから、こんなバラードが流れてくるわけだね」

ＲＣサクセションの「スローバラード」の前奏をリコが弾き始めた。話が通じた嬉しさに、すぐに健一はその演奏に自分の音を重ねていく。

小声でリコが歌い始めた。ささやくような歌声が優しく耳をくすぐる。

アロマキャンドルから、オレンジのような甘い香りが漂ってきた。

身体の強張りが抜けていき、頬のあたりが軽い。自分が微笑んでいるのだと気付いたとき、いい香りのなかで音楽を聴いたり歌ったりすると極楽のようだと言った母の気持ちがわかった。

歌い終えたリコが「いい曲だよね」としみじみと言っている。

「この曲のなかの恋人たちは実在してたら、もう還暦を超えてる。最後の歌詞を見ると、結局別れたみたいだけど……でも、きっとお互い死ぬまで忘れられない存在なんだろうな」

不思議だよね、と言いながらリコが楽器を抱え直した。

「私が若い頃は、五十代以上の人間なんて年寄りで、瑞々しい気持ちなんて枯れてると思ってた。でも実際に自分がその年になるのって本当、あっという間で」

そうですね、と答えた言葉に実感がこもる。社会人になったばかりの頃の記憶は薄れていないのに、定年はもう間近だ。

だけどね、とリコが言葉を続ける。

「今、心が枯れているかと言えばそうでもなく。なつかしい人たちのことを思うと、今も心がふるえるよ。高梨さんにもそんな人がいるでしょ？」

「昔の恋人ですか。実は、うちは学生時代に知り合った者同士でそのまま結婚してるんで……」

「ということは十代の恋人がそのまま夫婦になったんだ。幸せな結末だね。大滝詠一さんに『幸せな結末』って歌があったっけ」

ギターを弾きながら、リコが「幸せな結末」のメロディをハミングしている。ドラマの主題歌だったその曲を聴いていると、忘れられない人がいることを思いだした。

「恋人ではないですが、でも、忘れられない人はいます。子どもの頃の友だちとか……。引っ越しが多かったので、今となっては連絡先もわからないし、同窓会の誘いもないけど、今も親友だと思ってる……この間、その話を娘にしたら『連絡しようよ』ってあきれてましたが」

二十代の真奈にとって十代の頃の友人はまだ連絡を取りやすい。しかしある程度の年代になると、子ども時代の友人に今さら連絡を取るのは難しいのだ。

ハミングをやめたリコが微笑んだ。

「いいと思いますよ。この先、二度と会うことがなくても親友だと思ってる。そんな関係があっても。数十年ぶりに連絡したところで向こうだって驚くだろうし。縁があればきっとまた会える」

リコが楽譜台に置かれたタブレットに手を伸ばした。

楽譜を呼び出している横顔が誰かを思い出しているようだ。

「リコさんにもそんな人がいるんですか？」

「いますよ。私たちのバンドはたいして売れなかったけど、それでもライブに来てくれる人たちはいたし。名前も住所も仕事も何も知らないけど、同じ時代を過ごした仲間、親友だと思ってます。みんな元気でいてほしいな」

ギターのボディに頬杖をつくと、リコが再び微笑んだ。

「しかし、さすがだな、高梨さん。学生時代の恋人と結婚して、家庭を築いて。私は学校も結婚も仕事も全部ドロップアウトしちゃったから。すべてが中途半端でいやになる」

「音楽があるじゃないですか」

頬杖をやめたリコがギターを抱え直した。

「それが一番中途半端に終わってるんですよ。でも、愚痴ったって昔には帰れない……私、この曲、好きなんです」

リコが再びギターを弾きだした。印象的な響きの前奏は「帰れない二人」だ。

私もです、と声を弾ませ、健一は再びリコの演奏に加わる。

井上陽水とRCサクセションの忌野清志郎との共作によるこの曲は、昔からよく聴いている。バラードの正確な定義はわからないが、日本を代表する美しいバラードのひとつだと思う。

一番のハミングを終えると、リコがつぶやいた。

「今日は素敵だったな、高梨さんたち」

二番への演奏を続けながら「何がですか」と健一はたずねる。リコが演奏の手を止めた。

「高梨さんとお母さんのアッちゃん、妹さん、きれいなお嬢さんと素敵な婚約者。これぞ正統派、にっぽんの幸せなファミリーって感じがした」

「からかってますか？」

まさか、と言って、リコが首を横に振り、ギターのピックを弦に挟んだ。

「心からそう思った。お嬢さんが素敵なブレスレットをしてて……アッちゃんが一生懸命つくっていた折り紙細工と同じ。幸運の四つ葉のクローバーと、それからバラの花」

ギターを弾く手を止め、健一もピックを弦に挟む。シニアグラスを外し、軽く目を押さえながら答えた。

「あれはバラではなく、うちの庭の乙女椿らしいです。彼が婚約の挨拶に来たときに家に飾っていたので……。あのブレスレットは好みのチャームを付けられるタイプで、乙女椿は娘のイメージだとか。四つ葉のクローバーは婚約者のイメージのチャームらしいです」

「彼はなんで四つ葉のクローバーなのかな」

「愛車に四つ葉のエンブレムが付いているからだって言ってました」

アルファロメオか、とさらりとリコが答えた。

「アルファのなかでもいちばん速いか高いか。最上級のグレードに付いてるエンブレムだね」

「……よくご存じですね」

優吾の愛車にも内心驚いていたが、即答したリコにも驚き、健一は彼女の方向に身体を向ける。

照れたように笑い、リコは首筋に手をやった。

「いや、ほら、健一君、リコ姉ちゃんはバブルの時代を見てるからさ。まいったな、若作りしているのに年がばれる。……それより、自分を象徴するチャームっていいね。私だったら何かな。音符がいいや。高梨さんは何？　ギター？」

「ギターを再開したのは最近ですから、何だろう」

自動車関連の会社にいるから、親会社の車がいいだろうか。でも、それが自分の象徴かといえば違和感がある。そうかといって長く続けている趣味もない。

「何だろう、まったく浮かばない。……私とは、一体何だろう？」

ごめん、考え込まないで、とリコが微笑む。

「そんな哲学的な話じゃないんだよ。自分で決めるものじゃないのかもね。お嬢さんの椿は彼が選んで、彼氏の四つ葉はお嬢さんが選んだんでしょう、違う？」

言われてみればその通りで、急に気持ちが軽くなってきた。

リコが真面目な顔で何かを考えている。

「そうだな、私が高梨さんのチャームを選ぶとしたら『傘』かな」

「傘、ですか……」

「えっ？　がっかりしてるの？　もう少し格好いい物がいい？　ちょっと待って」

しばらく考えていたが「やっぱり傘」と言い、リコはギターのボディに右手を置いた。

再び「傘ですか」と言いそうになるのを健一はこらえる。

「リコさん、それは……私が傘を吹っ飛ばされてたからですか」

それもあるけど、と言ったあと、リコの声が少し沈んだ。

「あのとき私、ひどく落ち込んでいてね。高梨さんに救われたから」

「救ってもらったのは私のほうですが。……何に落ち込んでいたんですか？」

リコが再びギターのボディに頬杖をついた。

「あの日はね、母の話し相手に疲れて。音楽のボランティアのあと、母と話をしていたんですけど喧嘩になって」

「意外ですね。リコさんのお母さんは穏やかそうな方なのに」

リコが頬杖をやめ、楽器をやさしく撫でた。

「穏やかですよ、私以外の人には。昔から人当たりがいいって言われてた。だからストレスがたまるんでしょうね。娘には当たりがきつい」

昼間にリコの母親が彼女に言っていた言葉を健一は思い出す。リコは多才な人だが、彼女の母親はそれについて皮肉っぽい言い方をしていた。

珍しくリコがため息をついている。

「機嫌がいいとき、母は死んだ父や兄や、自分の実家の話ばかりする。機嫌が悪いときは私に当たる。天気が悪いときは使われるけど、晴れたら存在を忘れられる傘みたい。ごめんね、高梨さんのチャームと言いながら、傘って私みたいだ、しかもネガティブなことを。ほんと、ごめん」

思いがけないリコの言葉に、健一は軽く首を横に振る。

「それは全然。……ただ、リコさんも私も、母親たちにとって一番身近な身内だから、つい、遠慮なく感情をぶつけるのだと思います。あの世代の人は不器用だから、口には出せないけど、リコさんには感謝してると思いますよ」

「高梨さんはいい人だね。そんなふうに言ってもらえると、ほっとする」

リコがうつむき、ギターのボディを優しくなでた。

「母は、昔から娘の私には厳しいんですが、最近はときどき……人格が変わったみたいに、感情の抑えが利かなくなるときがある。それを見ていると、私にひどいことを言うのは、身体の不調が言わせていることで、本心ではないのかもと思ったり。あるいは逆に、これこそが母の本音ではないかと悩んだり」

こみあげてきた思いを隠すようにして、リコが窓を見た。その視線を追い、健一も外を見る。空には大きな月が昇っていた。ここにも灯りがともっているようだ。

リコの声が響いてきた。

「そんな気分のときに、あの日、橋の上で高梨さんを見つけて。大事な傘なんだろうか。風に飛ばされた傘を追って、欄干に身を乗り出していた。それを見たら……たまらなくなって声をかけたんです」

「恥ずかしいです、安物の傘だったのに」

でも、と強く言い、視線をそらしていたリコが健一を見つめた。

「そんな傘に、高梨さんはすべてを捨てようとしている気がしたよ」

あのときはすっかり疲れきり、何もかも濁流に投げ出したくなっていた。己の身すらも。

五十代に入ってから、時折そんな暗い衝動に心が囚われる。

しかし、一瞬でも行動に移そうとしたのはあれが初めてだった。

心によぎったその思いを健一は微笑でごまかす。しかし、リコはまっすぐに視線を向けてきた。

何もかも見透かしているような眼差しに、今度は健一が視線をそらせた。

「気のせいですよ、リコさん。……気のせいだ」

「それならいいですけど。でも、そのとき思ったの。ああ、この人も私と一緒。奥さんもお子さんもいらっしゃるって聞いたけど、施設に来るときはいつも一人。何もかも一人で受け止めて、雨の中に立ってる」

橋の上で浴びた風雨の激しさが心によみがえる。横殴りに降る雨の粒は大きく、容赦なく顔や手を打ち付けてきた。吹く風は強くてすぐに方向を変え、そのたびに傘と身体の動きが翻弄される。

濡れた靴は冷えて重たく、耳鳴りに似た風音はいつまでも気味悪く鳴り響いていた。

そのなかでリコの澄んだ声はまっすぐに耳に届いた。彼女の声に引き戻されて、今がある。

ごめんね、とリコが立ち上がる気配がした。

「寂しい話になった。何か飲む？　コーヒー、紅茶、あとお水」

「水をいただけますか」

スタジオの奥にある控え室にリコが入っていった。ギターを右脇に置いて、健一はソファの背にもたれる。

数本のキャンドルの炎が、壁に淡い光のゆらめきを放っていた。リコが言うとおり、たしかに寂しい話だが、それでも気持ちは不思議なほどくつろいでいる。

リコが銀色の丸盆に水のグラスを乗せて戻ってきた。ソファの脇のテーブルに盆ごと置こうとしているのに気付き、健一は手を伸ばす。

リコがグラスを手渡してくれた。その一瞬、指先が彼女の手に触れた。

よく練習してるね、とリコがささやく。

「指が硬くなってる」

「実はそれが嬉しくて」

そうだろうね、と答えると、リコは歩いていき、向かいの壁にもたれた。

「それに、高梨さんの手は指が長くてきれいだ」

手のひらを裏返し、健一は自分の手を眺める。

「自分の手をきれいだなんて思ったことはないです」

そう？　と聞き返し、リコは壁にもたれてグラスの水を飲む。

「とても知的で色っぽい手だ。なぜだかわからないけど、ギタリストはみんな繊細できれいな手をしている」

「キーボードを弾く人の手は、どんな感じなんですか？」

水を飲みながら、リコが自分の手の裏表を見ている。

傍らに置いたギターを再び健一は膝に置く。ゆっくりと近づいてきたリコが、隣に腰掛けた。

「ところどころ変形してる。私は気に入ってるけど、きれいではないね」

差し出されたリコの左の手のひらは小指の関節が変形していた。

積み重ねた鍛錬の深さを感じ、曲がった小指に健一はそっと触れる。その瞬間、リコが手を引っ込めた。

不躾なことをしてしまったのに気付き、あわてて健一は頭を下げる。

「すみません、つい……セクハラじみたことを」

「全然問題ないけど。ただ」

リコが左手を伸ばして、健一の右手をつかんだ。

「……やわな触り方をされるのは好きじゃない」

健一の手をしっかりと握り、リコは微笑む。キャンドルの光が瞳に映り込み、とてもきれいだ。

つないだ手の先から、リコのぬくもりが伝わってくる。

誰かの手を握ったのは何年ぶりだろう？

不意に瑞々しい感情が胸に湧き上がり、その鮮烈さに健一は戸惑う。

結んだ手をリコが軽く揺さぶった。ささやく声に親密さが薫る。

「あの雨の日、高梨さんは私のこと、お節介な奴だと思ったでしょ」

「そんなふうには、思わなかったです」

「お節介なうえに、リコ姉ちゃんは図々しいんですよ。健一君の手もこうして握っちゃうしね」

「図々しいとも思わないです。なぜかというと……」

温かなリコの手を健一は強い力で握り返す。

楽しげにリコは笑い、手をつないだままソファの背に身を預けた。

「……あのときの高梨さんの演奏、すごくよかったな。純粋に、素直に、音楽への喜びがあふれてて。伴奏をしながら、音楽をやってきてよかったって心から思えた。だから、私が選ぶ高梨さんのチャームは傘。出会いのきっかけと、雨に負けない矜持。傘立てに突っ込んで忘れたりはしないよ。私の傘は日傘も兼ねてるから」

つないだ手をリコが離そうとした。引き留めるようにして、健一はリコの手を握る。

晴れの日も雨の日も、指の形が変わるほど鍛錬を続けてきた人。

その熱に、もう少しだけ触れていたい。

「リコさん、今日、電話をもらって嬉しかったです。母が食事に行かなかったことを気にしてくれて……ありがとうございます」

「車椅子ＯＫの車両やお店や、いろいろ準備してきたのにね。それなのに怒りもせず愚痴も言わず、高梨さんは偉いなと思ったよ」

「鈍いんです」

「それはないでしょう。鈍い男は音楽をやらない」

「鈍いというか、感じないようにしています。気持ちに蓋をして。……自分の力ではどうにもならないことに、いちいち過敏に反応していたら……」

その先の言葉を言うのを健一はためらう。口に出してしまったら、自分の弱さを認めてしまいそうだ。つないでいるリコの手に力がこもり、強い圧力がかかってきた。

「リコさん……ちょっと痛いです」

「言いかけて途中でやめられると気になる。いちいち反応してたら、何？　続きは？」

返答を得るまで減らす気がなさそうな手の圧力に、声が出た。

「つらい……つらくなる」

思うようにならない職場の事情、収入、老いていく身体、健康への不安。娘の婚礼と親の介護と己の老後の備えの工面。人付き合いの難しさ。それを避けることで生じた孤独。

怒りも悲しみも愚痴も、湧き上がる感情には蓋をして、すべてため息にしてやり過ごす。

そうしないと、つらい。

いつか、何もかもすべて、投げ捨ててしまいたくなる。

リコの手の圧力が心地よい強さになった。

「高梨さん、一人で抱えこんでいないで誰かに相談してみたら？」

「家族には、心配をかけたくないんです」

「ご家族じゃなくて専門家に。身体のことでもお金のことでも、ちゃんと専門家がいるんだから。一人で悩むよりプロにアドバイスをもらったほうがいいよ。感情に蓋をするよりずっといい。だって蓋をした気持ちはどこに行くの？」

「ため息……最近はギターの練習。三島の、このスタジオで演奏するのが今は心の息抜きです」

「手放せなくなっちゃうな」

リコがつないだ手を軽くゆすった。そのぬくもりに健一は目を閉じる。

そろそろ、この手を解かなければいけない。

そうしないと、友人の域を超えてしまう。でも、離したくない。

心が決まらぬまま、健一は「リコさん」と呼びかける。

「もし……我々がお互い四十歳若かったら、リコさんに恋に落ちたと思います」

目を開けると、気持ちが定まった。

「……でも残念ながら、今はそんな気力も体力もなく」

「まったく同感。私も歯が大事。……ところで、四十歳若いと高梨さんはいくつなの」

「中学生ぐらいです」

犯罪だよ、と笑い、リコが手を引っ込めた。

「四十年前でも、私、そんなお子ちゃまは無理」

リコが立ち上がり、演奏用の椅子をキーボードのそばへ運んでいった。

「さて、指も温まったし、何か弾こうか。キーボードを入れて『スローバラード』をもう一回どうですか。高梨さん、今度は歌う？」

「歌はやりませんが、それをぜひ」

再びギターを手に取り、健一はリコと音を合わせる。

自分が奏でる音と、リコの歌声が気持ち良く溶け合っていく。

これ以上は何も期待しないし、求めない、お互いに。

それでも胸に湧き上がる瑞々しいこの思いを、これからどうやって抱えていけばいいのだろう？

智子

空模様や天気予報を見なくても、雨雲が近づいていることがわかるようになってきた。

夜の十一時、自宅二階の着物部屋兼書斎で智子は目を閉じる。

低気圧が近づいてくると身体がだるくなる。そして雨が降る前日には、きまってめまいがおきて顔がむくむ。

若い頃はそんな症状は出なかった。しかし五十代に入ってから身体のあちこちが弱くなり、それまでは簡単に撥《は》ね返していた刺激や変化にたやすく負けてしまう。

ゆっくりと深呼吸をしながら、智子はめまいに耐える。

オレンジのような優しい香りが鼻孔をくすぐった。夫の机に置いてある、折り紙細工から漂ってくるものだ。

先日の土曜日、義母がいる三島の施設に真奈と優吾、夫と彼の妹が集まった。本当は自分も行くべきだったのだが、その週末は以前、着付け教室で指導した生徒たちからの依頼で、着付けのおさらい会や買い物同行の予定が入っていた。

昨今のSNSはとても便利だ。発起人になってくれた元・生徒の呼びかけで、おさらい会はこれまでに指導した生徒たちが多数集まり、会場になった公民館の和室で午前に一回、午後は二回にわけての開催が予定されていた。

呉服店への買い物同行は「晴着屋」で買い物をしたいという、やはり以前に着付けを教えた生徒たち五人を連れていくことになっていた。

同行する彼女たちの希望は事前に聞いて、店主の晴香に話を通してあった。

週末に三島に行くことで、その催しを中止するのは参加者の多さと、予定を組んでくれた人たちに申し訳なくてできなかった。何よりも参加者からの謝礼がまとまるとかなりの額になる。真奈の婚礼資金の足しにできるのが嬉しかった。

そうした事情で三島には行かなかったのだが、義母は夫に託して、柑橘系の香りがする折り紙細工をプレゼントしてくれた。それは夫が愛用しているアロマオイルの香りと同じものだ。義母は、真奈と夫にも同じ折り紙細工を贈っており、そのおかげでこの家ではここ数日、ふとした折にその香りが立ち上る。

それはぬくもりがある、とてもリラックスする香りなのだが、そのたびに身内の集まりに行かなかった後味の悪さと、オイルをブレンドした女性のことが心に浮かぶ。

階段を上ってくる足音がして、真奈が着物部屋に顔をのぞかせた。

「お母さん、お先に。お風呂、空いたよ。どうしたの……また、めまい?」

うっすらと目を開け、智子は娘に微笑む。

「そうなの。困ったもんね。なかなか治まらなくて」

「それ、明日の支度? 手伝うよ」

真奈が部屋に入ってきた。衣裳敷に膝を付き、智子のまわりに積まれたガーゼや綿花を見回している。

「これはどうしたらいいの? お母さんは椅子に座るか、何かにもたれるかして、じっとしてて」

「そうしようかな。ここにあるもの全部、キャリーケースに入れてもらえる?」

ゆっくりと立ち上がり、智子は夫のデスクチェアに腰掛ける。

真奈が手早く作業を始めた。みるみるうちに衣裳敷に積み上げた明日の支度がキャリーケースに納まっていく。

昨年までは自分もこんなふうにてきぱきと動けた。それなのに今年は身体が重くて、作業が滞る。年齢のせいだと思うが不甲斐ない。

真奈が手を動かしながら、心配そうにこちらを見ている。

「お母さん、最近、忙しすぎない？ あっちこっちから呼ばれて」

「でも嬉しくて。みんな、お母さんのことを覚えててくれてたんだと思うと、張り切っちゃうのよ。それにね、結構、いい収入になるの。お母さん、いっそフリーランスの着付けの先生になろうかな」

ずっとこの活気が続くとは思わない。しかし、こうした働き方があることを知ると、所属している和装教室の団体をやめ、自宅で教室を開くことを夢見てしまう。

気持ちはわかるけど、と真奈の顔がくもった。

「お母さん、顔がむくんでる。あまり無理しないで。具合が悪いときは、ゆっくり休んでよ」

「大丈夫、大丈夫。お母さんは丈夫にできてるから」

おおげさに手を横に振ると、机に置かれた折り紙細工の香りが広がった。智子がもらった折り紙細工の香りは弱くなってきたが、夫のものは変わらない。たぶん、定期的に香りを足しているのだ。

いい香り、と真奈がつぶやいた。

「このオイル、オンラインショップの一番人気だった」

「その、三島で会った人の店は、通販もしてるんだ」

「むしろ、そっちのほうに力を入れてるみたい。サイトが充実してて更新もまめだし、ブレンドオイルはすぐに売り切れてる」

この香りをつくった女性は、夫にギターを無償で譲った人だ。三島の施設では「リコ」と呼ばれている。

折り紙細工の香りをかぎながら、智子はぼんやりと二ヶ月前のことを考える。

三月の終わり、ギターケースを持って、夫が三島から帰ってきた。

襟足から石鹼の香りをさせ、出かけたときと違う服を着ている。それはワークウエアのような飾り気のない衣類と靴だったが、夫の疲れた表情を無頼なミュージシャンのように引き立てていて、目を見張った。雨でずぶ濡れになったので、とりあえず安いものを買ったというが、それにしても服のシルエットや色が夫によく似合っている。

夫が自力でこんな服を選べるとは思えない。明らかにセンスの良い誰かの手が入っている。おそらく女性だ。

その勘は当たり、その服を選んだのも「リコ」だった。

「ねえ、真奈ちゃん、その……三島のリコさんってどんな人？」

「お母さん、この間もそれ、お父さんに聞いてた」

「アロマに詳しくて、音楽をやってるんでしょ。ショートカットでスリムで……。お祖母ちゃんの施設のＳＮＳでこの間、お父さんたちの写真を見たけど、それらしい人は写ってなかった」

真奈たちが三島を訪れた翌日、夫は施設の庭園の清掃ボランティアに参加していた。そのあと富士山を背景にして撮った、参加者全員の写真が施設のＳＮＳにあがっていたが、ショートカットの女性は参加していなかった。

気の進まない様子で、真奈が口を開いた。

「お母さん、お祖母ちゃんが言ってたよ。『女房の妬くほど、亭主もてもせず』って。私もちょっとこの二人、怪しいかな、と一瞬思った。でも、お父さんはああいうお洒落で気が強そうな人は絶対、苦手だよ。ずっと敬語だった、先輩に話してるみたいに」

「どれぐらいの年齢の人なの？」

作業の手を止め、真奈は首をかしげている。

「それでもお父さんよりは若いかな。お母さんと同じか、もう少し若い？　……あっ、でも、一緒にいたヴァイオリンの人はリコさんの後輩っぽいけど、その人はお父さんより年上っぽかった」

「さっぱりわかんないよ……」

真奈は細かいところをよく見ているが、情報が多くて肝心なことがつかめない。真奈が不本意そうな顔をしている。

「そんなこと言うけど、お母さんだってわかんないと思うよ。女の人ってお化粧でガラッと変わるから。それより、お父さんからプレゼントをもらった？」

プレゼント？　と聞き返すと、真奈が頰に両手を当てた。少女漫画に出てきそうな可愛い仕草だ。

「やばい、これ、言っちゃいけなかったやつ？」

「真奈ちゃん、それも、さっぱりわかんない。ちゃんと説明してよ」

「あのね、お父さんにこれ……」

ためらいながら、真奈が左の手首を指差した。華奢な手首に銀色のブレスレットが揺れている。

「この間、これを売ってるお店のことを聞かれて、サイトのURLを教えたの。お父さん、すぐにスマホでそれを見て注文してた。で、追加でオリジナルのチャームを作ろうとしてたよ」

思えば、結婚記念日は今週の木曜日だ。

真奈の仕草が移り、智子も両頰に手を当てる。

「やだー、お父さんったら、若い人に張り合っちゃって。今週の木曜はね、お母さんたちの結婚記念日なの」

それかー！　と、真奈も再び両頰に手を当てる。二人で両頰に手を当てているのがおかしくて、智子は吹き出す。顔から手を離した真奈が何度もうなずいている。

「それはね、お母さん、間違いないよ。お母さんに日頃の感謝をこめて、お父さんはチャームを作って贈ろうとしているんだよ、お父さん、偉い！」

「えー、でも、ブレスレットはしないんだよね」

若い頃から手首に何かを巻くのは苦手だった。できるだけ腕時計も付けないようにしており、時間を知りたいときは今はスマホか、和装の際は懐中時計を使うことが多い。

うーん、と智子はうなり、腕を組む。めまいはいつの間にか遠のいていた。

「サプライズのプレゼントか。でも高額な贈り物なら、相談してくれたほうが嬉しいのに。ずっと欲しかった帯締めがあるんだけど」

「これ、実は可愛いお値段なの。お母さん、スマホ、持ってる？　検索してみて」

真奈に言われた言葉で検索して、智子はアクセサリーショップのサイトを開く。たしかに値段は安いが、真奈が付けていると高価なものに見える。

「なるほど、若者向けなんだ。でもチャームをオリジナルで作ると、それなりのお値段がするね」

たとえあまり身に付けなくても娘とおそろいのブレスレットは嬉しい。それに夫からアクセサリーのプレゼントをもらうなんて何年ぶりだろうか。

真奈が手首のブレスレットを軽く振った。可愛らしい花と四つ葉のクローバーのチャームが揺れている。

「お母さん、このブレスレットをプレゼントされたらね。その記念に、贈ってくれた人を象徴するチャームを二番目の位置に付けるといいよ」

「お父さんのモチーフ？　何だろう？」

すぐに思い浮かばず、智子は考え込む。しばらく考えていたが、真奈が「電卓？」と言った。

「お父さんって経理の仕事をしてたよね。だったら今はもう使わないけど電卓とかそろばんとか」

「経理にいたのは昔で、今は別の部署だよ」

夫のデスクの脇に、畳まれたディレクターズチェアが置いてある。

大学時代、夫は映画サークルの中心人物でミュージック・ビデオのような映像作品を作っていた。音楽と映像が融合したその作品は仲間内では評価が高く、誰もが将来は映像関係の分野に進むのだと思っていた。

ところが就職活動が始まると彼は長めの髪を切り、堅実な会社に就職を決めていった。今では映画館に行くこともなく、たまに家で古い映画のＤＶＤを見るぐらいだ。

衣裳敷に並べた荷物を詰め終えた真奈が「花はどうかな？」と言った。

「お父さんはバラや月下美人を育てるのが上手だったから。でも、今はギターに夢中だもんね。ギターのチャームにすると喜ぶかも」

「それはお母さん、ちょっといやだな……若い頃だったら煙草にしたけど」

「煙草？　お父さん、煙草を吸ってたの」

キャリーケースの蓋を閉めながら、真奈は不思議そうな顔をしている。

「若い頃ね。お母さんが妊娠したときにきっぱり禁煙したから、真奈ちゃんは知らないよ」

若き日の夫の姿で印象に残っているのは、煙草を手にして部室で本を読んだり、映画の話をしていた姿だ。煙草を持つ指の雰囲気がセルジュ・ゲンスブールに似ていると、夫に熱を上げていた、女優志望の後輩は言っていた。

真奈が立ち上がり、キャリーケースを玄関に降ろしておこうかとたずねた。智子が頼むと、軽々とケースを持って部屋を出ていく。しかし、すぐに戻ってきて、扉から顔をのぞかせた。

「お母さん、あのね、せっかくのサプライズをばらしちゃったけど、プレゼントをもらったら、ちゃんと驚いてあげてよね。ブレスレットは使わないとか、帯締めのほうがよかったとか、そういうことを絶対、お父さんの前で言っちゃだめだからね」

言わないよ、そんなこと、と言ったが、真奈は心配そうだ。

「照れ隠しで言ってもだめだよ。お母さんはたまにひどいことを言うから」

そこまで言われるほど、ひどいことを言ってはいない。思わず智子は言い返した。

「何言ってるの！　お父さんのほうがひどいよ。真奈ちゃんには優しいけど、お母さんにはいつも不機嫌なんだから」

「だから、贈り物なんだよ。おわびもかねて。木曜日は私も早めに帰るね。お父さんにサプライズでパーティをプレゼントしようよ」

「いいね、それ。お母さん、腕によりをかけてごちそうを作っちゃう」

私も手伝う、と言って真奈が微笑み、扉を閉めた。階段を降りていく足音を聞きながら、智子は衣裳敷を畳む。真奈が言った「パーティ」という言葉に心が弾む。婚礼を控えた娘に祝ってもらう結婚記念日。こんな素敵な日があるだろうか。

木曜日が待ち遠しい。身体はだるいが、気分は晴れやかだ。その勢いで入浴をすませ、智子は一階の寝室に入った。

寝支度を整えた夫は、布団の上に腹ばいになってタブレットＰＣを見ていた。流れている映像は井上陽水のライブ映像だ。

ギターの音色が静かに流れてきた。「帰れない二人」の前奏だ。

「お父さん、最近、この曲をギターでよく弾いてるよね」

うきうきした気分の延長で、智子は夫に声をかける。

うるさかったかと夫がたずねた。そんなつもりで言ったわけではなく、智子はあわてて答えた。

「全然、うるさくないよ。この曲、昔から好きだったもんね」

夫が布団に横たわる姿をちらりと見て、智子はドレッサーの鏡に向かう。

ギターを弾いているうちに身体の節々が痛くなった夫はしばらくの間、落ち込んでいた。しかし、気を取り直して倉庫からダンベルを出すと、筋トレを始めた。ひとたび興味を持てば、とことん極める性格のおかげで、緩んでいた身体はしだいに引き締まり、最近、スーツを着たときの肩や胸回りが格好いい。

これで昔のように他愛のない話で笑い合えたら、惚れ直すのに。

夫が見ているタブレットから、のびやかな歌声が流れてきた。

愛の告白をしようとしたとき、街の灯りが消えてしまったという意味合いの歌詞が聞こえてくる。

前髪をカーラーで巻きながら、智子は夫に声をかけた。昔のような会話を望むのなら、こちらから話題を積極的に振るのもいいかもしれない。

「ねえねえ、お父さん。前から不思議に思ってたんだけど、この歌……あなたが好きだって言いかけたとき、街の灯りが消えたっていうのはなんで？　停電じゃないよね。緊張のあまり、まわりの景色が目に入らなくなったってこと？」

「解釈は人それぞれで、どれも正解だと思うけど」

映像から目を離さず、夫は物憂げに答えた。

「……目を閉じたんだと思うよ。好きだと男は言いかけたものの、言葉より先に気持ちが昂ぶって口づけてしまった」

「なるほどー。お父さん、言葉のチョイスが古風だわ」

あるいは、と夫の物憂げな声が再び響いた。

「男が思いを告げようとしたら、言葉を封じ込めるようにして、彼女のほうからキスしてきた」

「そんな大胆なことしたら男の人は引くよね、ドン引きだわ」

ライブ映像を見つめていた夫が、しばらく考えたあと「相手による」と答えた。

どんな相手とだったら――そんな情熱的な体験をしたいと夫は思うのだろう？

味気ない思いで、智子は鏡に映る夫を見る。

音楽は夫の生活に深く沁み、姿を若返らせ、表情に生気をもたらしてきた。相変わらず不機嫌で口数は少ないが、ごく、たまにこんな会話もできるようになった。それは喜ばしいけれど、変化をもたらしたのは「リコ」だ。

負けたくない。

鏡のなかの夫に向かい、智子はほがらかに話しかけた。

「若い頃、お父さんはいつも音楽を聴いてたよね。いろんな音楽を……私、お父さんは就職活動をしないで映像とか音楽関係？　そっち方面の道に進むのかって思ってた」

腹ばいになっていた夫が智子に背を向けた。その背に向かって、さらに智子は話しかける。

「私だけじゃないよ。だって、高梨先輩がリクルートスーツを着てるって、あの頃、みんなびっくりしてたもん。そういうこと、嫌いな人だと思ってたから。髪も短く切って、さっぱりした髪型になってて」

「歌の文句じゃないけど、映画はもう卒業だと思って髪を切った」

掛け布団を乱暴にめくり、夫は布団に入っていった。

「俺にはその道へ進む才能も度胸も覚悟も、経済的な余裕もなかったから。……どうして今さら、そんな話をするんだ」

どうして、とつぶやき、夫が再び背を向ける。思わぬ反応に、智子は髪を巻く手を止めた。

「えっ、私……ただ、思い出話がしたかっただけ。リクルートスーツ、似合ってたし、短い髪も、いいなって思ってたから、ごめん、何か……変なことを言った？」

たまに夫にひどいことを言うと、真奈はさっき言っていた。しかし、今の話のどこが夫の気に障ったのだろう？

本当は音楽や映像の世界で生きていたかったのだろうか。でもその世界にいたら、今はない。

「お父さん……私、お父さんの就職は正しい……最高の選択だったと思うよ。だって、こうして家も構えて、娘もいい子に育って、いい人にめぐりあえて。東京郊外って、地方の街の良さと都会の便利さがあって住みやすいよね。家を買うときにこの街を選んで正解だった。お父さんの選択は、いつだって正しい」

背中を向けたまま、夫が言った。

「正しい選択ってなんだ？　今も迷ってる。決められずにいるのに」

何に？　とたずねると、職場に居場所がないのだと夫は小声で言った。最近では振り分けられる仕事の量も減ってきたそうだ。

夫と交流のあった先輩の社員や、同期たちの様子を智子は聞いてみた。すると、自分が知っている夫の職場の知り合いは、役職定年を前にしてみんな転職や早期退職を行っている。

「お父さんは……転職を考えなかったの？」

自分が放った言葉が夫を責めているように響いて、智子は言い直す。

「あの、今のは、責めてるわけじゃなく……素直にそう思っただけで」

うまくいかなかった、と声がした。食いしばった歯の隙間から洩れ出るような声だ。

「じゃあ、早期退職とかも、考えてるの？」

夫は背を向けたままだ。自分の存在を拒絶されているようで、智子は唇を噛む。

辞めてどうするんだ、とため息まじりの声がした。

「これからいろいろな費用がかさむのに。今や早期退職の退職金の割増額なんて微々たるものだ」

「もし……真奈ちゃんの結婚がなかったら退職してた？」

「『もし』の話をするのは無駄だよ。真奈の結婚は関係ない」

押し殺した夫の声に不安を感じた。不安を払いたくなり、智子はできるだけ陽気な声を出した。

「ねえ、いいと思うよ、それなら会社を辞めても。私も頑張るから。ただ、真奈ちゃんが結婚するとき、お父さんが無職だと肩身が狭いかも。あなただって居心地悪いでしょ？　だから、娘が巣立つまでは我慢して」

振り返ることもなく、夫は黙ったままだ。大きなその背に触れようとして、智子はためらう。

触れたら、手を振り払われてしまいそうだ。

「電気、消すよ、お父さん」

照明のリモコンに手を伸ばし、智子は灯りを消す。

暗がりが室内に満ちていく。雨音が重く響いてきた。

就職活動の話が気に障ったのか。それとも今後の進退について悩んでいるのか。今週に入ってから夫の顔はいつにも増して暗く、ため息が多い。

重苦しい表情をしている夫を見て、智子はなるべくほがらかに振る舞ってみた。しかし、明るくすればするほど、夫の表情は暗くなる。

水曜日の午後。世田谷方面に向かう電車のなかで、智子はスマホでスケジュールを確認した。

今週の土曜は晴着屋の店主、板東晴香に招かれ、ヴィンテージの帯の上手な結び方を伝える会を開催予定だ。今日はその打ち合わせと、従姉の恵の買い物に付き合うために晴着屋へ行く。帰りは新宿のデパートに寄り、明日に迫った結婚記念日のサプライズパーティの食材と、夫へのプレゼントを買うつもりだ。

楽しいことばかりが続くのに、なぜか身も心も重い。

晴着屋の最寄り駅で電車を降りると、ため息まで出た。

夫は今朝も暗い顔をしており、具合が悪いのかと聞いたところ、大丈夫だと答えた。何か怒っているのかとたずねると「何も怒っていない」と不機嫌そうな返事が戻ってきた。

それでも彼は家を出るとき、玄関に飾られた花を見て微笑んでいた。その笑顔に嬉しくなって、少しおどけてみせたのだが、それが悪かったのだろうか。再び夫は陰鬱《いんうつ》な顔になって出ていった。

もう、どうしたらいいのかわからない。自分の何が、夫を不愉快にさせているのだろう？

夫は自分の不機嫌な態度で妻がストレスをためているとは思っていない。だから、この先、今の状態が改善されることはない。そして彼は会社で居心地の悪い思いをしているのだ。家にいるときぐらい人目を気にせず、感情の赴くままに過ごさせてあげるべきだ。

でも、もう、つらい。

そんなに不機嫌でため息ばかりついているのなら、いっそ別れて、お互い好きに生きたほうが、楽ではないか。

心に浮かんだ考えに、智子は思わず足を止める。

夫と別れる。自由に生きる。

これまで考えたこともなかった未来だ。

晴着屋に到着し、智子は店主の晴香たちと土曜日の教室の打ち合わせを始めた。しかし、来る途中で浮かんだ「自由に生きる」という言葉が頭から離れない。

これから先、自分は何年、元気でいられるのだろう。

その時間をずっと、夫の顔色をうかがって過ごしていくのだろうか？

打ち合わせは順調に終わり、四時になると従姉の恵が晴着屋にやってきた。

晴香が用意した恵好みの簪をいくつか見せてもらい、智子は三人で会話を交わす。いつもだったら楽しくてたまらないのに、今日は晴香と恵の会話の内容がさっぱり頭に入ってこない。

「トモちゃん、ねえ、トモちゃん！」

名前を呼びかけられ、智子はあわてて顔を上げた。会計を終えた恵が心配そうに見つめている。

「どうしたの、さっきからずっと下を向いて」

「ごめんね、メグさん。ぼうっとしてた」

店主の晴香が、もう少しゆっくりしていかないかと誘った。仙台に帰省していたスタッフが、おみやげに郷土のお菓子をたくさん持ってきてくれたのだという。

頭は働かないが、一人になるのが寂しい。晴香の言葉に甘えることにした。

すぐに一口サイズの真っ白な餅が出てきた。恵には黒、智子には朱赤の漆《うるし》の椿皿に載っている。白い餅の上には枝豆をすり潰した緑色の餡が載っていた。

ずんだ餅だ、と恵がうれしそうに笑っている。

翡翠色の餡が載った餅を、智子はひとくち味わってみる。緑の枝豆のふくよかな甘さに、思わず顔がほころんだ。

「おいしい！　お餅がまた柔らかくって」

よかった、と晴香が微笑んだ。

「智子さん、ご気分が晴れたみたいで。どこかお加減が悪そうだったから」

恵が心配そうに顔をのぞきこんできた。

「大丈夫なの？　どこか悪くない？」

大丈夫だと言おうとしたが、恵の眼差しの前に本音がこぼれた。

「年齢的なものだと思うんだけど、最近、めまいがするし、手足はむくむし、やたら落ち込むの。……ストレスもあるのかな。真奈がいると平気なんだけど、夫と二人でいると気詰まりで。あの人、昨年あたりから毎日不機嫌で、ため息ばかりつくの」

昔からそうじゃない？　と恵が笑っている。

「高梨さんってよく言えば苦み走ったいい男で、悪く言えば苦虫を嚙みつぶした顔の人だよ」

どちらにしても苦いのか。そう思っていると、恵がさらに言葉を続けた。

「トモちゃん的にはそんな苦々しい男が、自分だけにはデレッと甘いところが胸にキュンときたわけでしょ」

そんなことないよ、と否定しようとしたが、智子はよく考えてみる。

「あっ……あれ？　そうかもしれない」

晴香がくすっと笑ったのを見て、恵が彼女に顔を向けた。

「この人、筋金入りのトム・クルーズのファンなんですけど、子どもの頃は苦みのある人が好きだったんですよ。『西部警察』の渡哲也や『ルパン三世』の次元大介とか」

照れくさくなり、智子は恵の袖を引く。

「メグさん、そこはそっとしておいて……」

「どなたもみんな素敵な方ばかり。智子さんのお連れ合い様もきっと素敵な方ですね」

笑っている晴香を見て、智子は口ごもる。

「それが誰にもまったく似てないんです……」

「苦み走ったところは共通してるよ。つまりね、これはもともと不機嫌な人が年を取って、甘さを見せる余裕が無くなっただけ。そして、トモちゃんも我々も同じく年を取ったってこと」

それはそうだけど、と口ごもり、智子はお茶を飲む。

「でもね、メグさん。私、毎日不機嫌な人と一緒にいるのがつらい。自分の存在がそんなに相手に負担をかけてるのかと思うと悲しいの」

しみじみとした顔で、恵も湯飲みを口に運んだ。

「それはトモちゃんのせいじゃないよ。ほら、赤ちゃんとか小さな子どもを見ると、人って自然に笑顔になっちゃうときがあるじゃない？　あれと同じ。人は若い異性を見ると自然にデレッと甘くなるのよ。でも年寄りにはその逆。ババアやジジイには自然に渋い顔になる。私たち、悲しいけど、人から不機嫌な顔をされがちな年になったの。慣れなくちゃ」

そういうもの？　と思わず智子は反論する。そうだよ、と恵はうなずいている。

「うちだって夫も息子も、私に笑顔なんてひとかけらも見せない。夫に愛情を求めるからこじれるの。ただの同居人と思えばいい。卒婚っていうじゃない、結婚状態を卒業しますってやつ。籍は抜かないけど、お互いに干渉しないで好きに暮らす。これがベストよ」

「それなら別居か離婚したほうがいいんじゃない？」

恵が勢いよく首を横に振った。

「だって、トモちゃん。今さら、家を出て新生活をするのは大変よ。それに苦労して作ってきた、居心地のいい家を手放すのはもったいないじゃない」

晴香が部屋の奥に向かって手を上げた。若いスタッフが赤い椿皿に真っ白な餅を載せたものを運んできた。紅白の彩りがたいそう福々しい。

「どうぞ、もう一口、お餅を」

菓子を勧めたあと、晴香が控えめに言った。

「お連れ合い様と顔を合わせるのがおつらいのなら、智子さんが積極的に外に出られたらどうでしょう？」

お茶を飲んでいた恵が笑っている。

「でもトモちゃん、着付けの講師になってから週末は忙しいよね。高梨さんは何も言わないの？」

「夕飯さえ準備すれば特に何も。だって彼も隔週で三島のお義母さんのところに行ってるし」

「それなら今も、結構自由じゃない？」

週末はそうだが、朝晩の不機嫌が積もりに積もってつらい。しかし、自分がわがままを言っている気分になり、智子はうつむく。晴香の励ますような声が聞こえてきた。

「智子さんは着付けのご指導が上手だし、買い物同行も、生徒さんのご予算や先々のことまで親身になって考えてくださる。私どもも、ご新規のお客様が増えて嬉しいですよ。活動範囲をもっと広げることは可能だと思います。それにね」

晴香がいたずらっぽく笑い、早く真っ白な餅を食べてみるようにと勧めた。

あわてて智子は小さな餅を口に入れる。その瞬間、枝豆のほっくりとした味わいに、甘美なミルクの風味が加わった。

「あっ、この味、私、好きかも、というか、かなり好き」

晴香が黒文字で小さな餅を半分に割った。切り口から緑と白いクリームがのぞいている。

「一見、真っ白なお餅ですけど中身は、ずんだと生クリーム。伝統の味に西洋の味を加えた新しい甘さ。お連れ合い様も心の内には甘い気持ちがちゃんとあるかもしれませんよ。お互い腹を割って話せば、これまでの気持ちに新たなスウィートさが加わるかも」

「そう……かもしれませんね」

その、腹を割って話すことが難しい。そう感じつつも、晴香の言葉に智子はうなずく。

あら、どうしよう、と恵が笑った。

「帰ったら、夫に優しくしてあげたくなってきた」

「それはもう、うんと優しく。よかったらお代わりをどうぞ」

晴香がスタッフに手を上げると、新しい餅が運ばれてきた。

「甘いお菓子で甘いひととき。たとえ、お連れ合い様が塩対応でも、晴着屋はいつでも甘美なひとときをお約束しますよ」

だから、この店が好きなのだ。そして、お客としてだけではなく、着付け講師としての立場で、これから晴香たちの役に立てるのが嬉しい。

晴着屋を出ると、気分はすっかり上向いていた。足取りも軽く智子はデパートに出かけ、夫への贈り物に着心地よさそうなルームウエアを買った。

たしかに、この間、真奈も言っていた。夫が用意している贈り物は日頃の態度のおわびをこめたものではないかと。晴香が言うように、内側にはきっと温かな気持ちが変わらずにあるに違いない。

明日のパーティのための食材も買い込み、意気揚々と智子は家に帰った。

その日の夕食はデパートの地下で買ったイタリア風の惣菜をメインに、洒落た食卓をしつらえた。真奈は喜んだが、夫はたいして関心を示さない。食事を終えると、ギターを持って出かけていき、九時に戻ると風呂に入って二階へ上がっていった。

明日は確実に早く帰ってきてもらおうと考え、智子も二階へ上がる。

トントン、とノックの音を声で出し、智子は書斎兼着物部屋に入った。

夫はパジャマの上に、数年前に行ったライブのツアーグッズのパーカーを羽織ってパソコンに向かっている。部屋着に愛用しているスウェットパンツと対になった上着だ。肩越しに見えるウェブサイトには、三島のグルメや観光情報が紹介されている。

デートスポットを探しているみたいだと感じたとき、顔も知らないリコのことを思った。

夫のパーカーのフードを、智子はそっと引っ張ってみる。不快そうな顔で夫が振り返った。

「なんだよ、苦しいよ」

「そんなに力を入れてないけど……お父さん、こんな古い服、いつまでも着てないで……そんなにあのバンドが好きなら、今度ライブに行って新しいのを買ってきたら」

「そんな余裕はない。お母さんと違って」

衣裳敷を畳に広げながら、智子は顔をしかめる。和装の趣味を非難されている気分になった。

「別にね……私だってそんなに余裕はないよ。でも三島に行くのを一回休めば行けるでしょ」

「そんなにおふくろのことが、きらいか」

背中を向けたまま言った夫の言葉に、あわてて智子は手を横に振る。

「そんなつもりじゃないよ。全然そんなことないけど……」

リコという女性に気を取られていた。たしかに、夫が三島に行くのは義母に会うためだ。

「ごめんね、お父さんが行かなかったら、お義母《かあ》さんは寂しいよね。私も今度、一緒に行くよ……。そうだ、それなら今度一緒にライブに行こうか。着付け指導のお仕事をいっぱいもらったから、お父さんにプレゼントするよ、チケット。夏にどこかでやるんでしょ？　ウェブで予約できるの？　久しぶりに一緒にお出かけしよう」

腹を割って話すには旅行が一番だ。夫がぶっきらぼうでも、素っ気なくても、きっと歩み寄れば、新しい何かが見つかるはずだ。

ストレスはためるより、減らすことを考えよう。

パソコンのキーボードを叩きながら、夫は答えた。

「真奈と出かけてくれればいい。俺と出かけたって、つまらないよ」

そんなことないよ、と言ったものの、たしかに真奈と出かけたほうが楽しい。気持ちが言葉ににじんで、語尾が小さくなった。

最近さ、と夫がため息をつく。

「トイレが近くなって」

「えー、お爺ちゃんみたいなことを言わないで。ほら、元気出していこ！」

どうして突然、そんな話を始めるのだろう？　戸惑いのあまり、冗談めかして智子は答える。

ところが夫は笑わず、その背は微動だにしない。冗談を言ったわけではなさそうだ。笑いが引っ込み、智子は真顔になる。

淡々とした声で「元気で解決する問題じゃない」と夫は言った。

「夜中に何度か目が覚めて、昼間も近くなってる。ライブや映画の途中でトイレに立ちたくなったら……そう考えると、とても行けない。あきらめてしまう。映画館なら隅の席にいればいいけど、ライブの席はなかなか選べない。みんなが盛り上がってる最中に人前を横切るなんてできないよ」

着物を出す手が止まった。夫は毎晩、ずいぶん音に気を使って手洗いに立っていたのだろう。夜中に寝室を出ていることに、それほど気付かずにいた。

夫のパーカーの背に書かれたライブの開催年を、あらためて智子は眺める。

彼はいつから、長時間を費やす娯楽をあきらめたのだろう？

「じゃあさ、今度、私、ライブのＤＶＤをプレゼントするよ。一緒に見よう」

ライブのＤＶＤを二人でのんびり見よう。いつもは発泡酒だが、極上のビールを奮発だ。

「ネットで見られるからいい……。ごめんな、智子」

ずっと背を向けていた夫が、椅子ごと振り返った。

「俺を重たく感じているのは、わかってるんだ。あれこれ気を使われると、俺のことでストレスをためてるのがわかって、よけいにつらい。一緒にいるのが申し訳なくなる気分だ」

妻がストレスを感じていること、そして、夫も自分と似た気持ちを持っていたことがわかり、智子は夫の顔を見つめる。

互いが、互いの存在を重たく感じているのなら、一緒にいる意味はあるのだろうか。

心に湧いた思いがそのまま声になった。

「それなら、私はどうしたらいいの」

「普通でいいんだ、今までどおりで」

椅子がきしみをたてて回転し、夫が再び机に向かった。

「週末は好きにでかけて、お互い、自由にやればいい。今までそれで通してきたのに、なんで最近になって、俺にあれこれかまうんだ」

お互い、自由にやる。

自由に生きてみたい。今日の午後、晴着屋に行きながら考えた。でも、恵が指摘したとおり、自分はすでに自由にやっている……のかもしれない。

智子、と再び夫が呼びかけた。今度は懇願するような響きだ。

「智子の気分を良くするのは今の俺には無理なんだ。自分の機嫌は自分で取ってくれ」

「ちょっと！　お父さんがそれを言う？　さんざん不機嫌をまき散らしてるのに？　お父さんこそ、自分の機嫌は自分で取ってよ。せめて、家族に気を使わせない程度に」

わかってる、と夫は両手で顔を覆った。

「言い聞かせてる、自分で、なんとかしようと。だから筋トレして、ギターを弾いて、気持ちをつないでる。智子も好きにやればいい。俺は今、余裕がなくて。目の前のことに精一杯で。老いにも、心がついていかなくて。他のことにかまっていられないんだ」

もう寝る、と言って、夫がゆらりと立ち上がった。

「私……別に、かまってほしいわけじゃない」

仲良く暮らしたいのだ。

心に浮かんだその言葉は子どもじみていて、口には出せない。

この気持ちが、かまってほしいということなのだろうか。

部屋を出ていく夫のあとを、智子はあわてて追いかける。

「お父さん……明日は早く帰ってきて」

「最近、いつも帰りは定時だよ」

「そうだけど……明日は寄り道しないで」

泣きたくなってきて、智子は必死でこらえる。一番身近にいたのに、彼の思いを知らないでいた。

でも、自分自身の思いだって、今はもうよくわからない。


翌日、木曜の午後、真奈が会社を早退してきた。手には都心にある洋菓子店の紙袋を持っている。東京一おいしいと彼女が思う店で、結婚記念日を祝うホールケーキを注文したそうだ。

ケーキを冷蔵庫に入れると、真奈はこの日のために用意しておいた装飾品を二階から運び、居間に飾り始めた。「レトロなお祝いの会」をイメージして、可愛い飾り付けを考えたと笑っている。

夕方になり、智子は出来上がった料理を居間に運んだ。夫へのプレゼントもすぐに渡せるようにテレビの脇に忍ばせておく。

すべての用意が整ったとき、真奈の飾り付けも終わった。

感心しながら、智子はその装飾を眺める。生活感が出るものは洒落た布をかぶせて隠し、壁や天井からは色紙で作った鎖と、ハートと星のモチーフのガーランドが下げられている。

真奈が室内の照明を暗めに落とし、このために設置したクリップライトを灯した。ぬくもりのある雰囲気が一気に広がり、光を受けたガーランドが輝いた。

「真奈ちゃんには、こんな特技があったんだね……お母さん、子どもの頃のお誕生日会やクリスマス会を思いだしたわ。でも、そのときの数倍きれい」

「お母さんのアルバムで見たのを思い出して作ったから。三角帽子も買ってきたんだけど……さすがにこれはちょっと恥ずかしいかな？」

真奈がキラキラと輝く厚紙製の三角帽子を紙袋から取り出した。ピンクと黄色とオレンジ色、三つの派手な帽子を前にして智子は苦笑する。

「うーん、これはさすがにちょっとだね」

「だよね、これはどこかで使うよ」

一体、どこで使う気なのか。それに真奈が用意してくれたのだと思うと、その心遣いが嬉しい。

「でも、かぶってみようかな。真奈ちゃん、一緒にかぶって写真を撮ろうよ」

真奈が喜んで同意したので、智子はピンク、真奈は黄色の帽子をかぶって写真を撮ってみる。二人で画像を確認していると、玄関で物音がした。

昨日の言葉を覚えていたのか、今日の夫の帰りは早い。

ただいま、という声のあと、夫が居間に入ってきた。手には小さな菓子箱を持っている。

「うわ、すごいな……部屋も帽子も。何？　どうしたの、真奈、今日は早いんだな」

驚きのあまり、夫が早口になっている。三角帽子をかぶったまま、真奈が明るい声を上げた。

「お帰り、お父さん。それ、どうしたの？」

夫が手にした小箱に目をやった。

「昨日、お母さんに言い過ぎたと思って」

「また、喧嘩したの？」

喧嘩ってほどじゃないよね、と夫に語りかけながら、智子は小箱を受け取る。感心した表情で、夫が卓の上から部屋を見回した。

「すごいご馳走だな……なんとなく昭和のお誕生日会みたいだ」

「それを意識して飾りました。なつかしいでしょ、お父さん。おめでとう」

「えっ、何が？　何がおめでとう？　何かあった？」

サプライズを仕掛けたつもりが、夫が何のことか理解していないことに驚き、智子は言葉を呑み込む。居間のテレビの大画面に、背後にいる真奈が映りこんでいる。

真奈がこっそり、父にサインを送っていた。目立たぬように、腰のあたりで指でハートマークを作ったあと、布で隠れているカレンダーを小刻みに指差している。カレンダーに気付いたのか、夫が「ああ」と言った。

「もしかして……」

そう、もしかして。結婚記念日を忘れていたのだろうか。夫が口に手を当てた。

「真奈、おめでたか。そうか、子どもができたのか」

ええっ？　と言った声が、真奈と重なった。

お父さん、何言ってるの！　と言い、真奈が智子の隣に並ぶ。

口に手を当てたまま、「だって」と夫が口ごもっている。

「この間伊豆の温泉に……」

言われてみれば、四月の終わり、真奈と優吾が三島で祖母に会ったあとに出かけた温泉郷は昔、家族旅行で出かけた子宝の湯だ。真奈の下に生まれていたかもしれない子どもたちのことを、夫も思い出すときがあるのだろうか。

もう！　と言った真奈の声が怒っている。

「何言ってるの、お父さん。ちょっと……引く」

もはや隠すこともせず、真奈が大きな動作で左手の薬指を指差した。

あっ、と言った夫が、口元から手を外す。

「そうか……結婚記念日だ。そうだ、そうだよ。忘れ……いや、ごめん、うっかりしてた」

気まずさを払拭するかのように、真奈が華やいだ声を上げた。

「よかった！　おめでとう、お父さんとお母さん……早く着替えて、ごちそうを食べようよ。ね？」

料理を並べた席に二人で着いたとき、いつもの部屋着に着替えた夫が戻ってきた。あわてて着替えたのか髪が乱れている。夫があらためて室内を見回し、席に着いた。

「楽しい雰囲気だな。本当になつかしい」

「真奈ちゃんが今日は早退して、飾り付けてくれたの。この色紙の鎖は手作りだって。家族三人でお祝いするのって、もうあまり無いかもしれないね、お父さん」

夫が真奈に礼を言い、そのあと三人で乾杯をした。成人した娘と乾杯する酒は格別の味わいだ。

グラスを空けた夫がテレビの横に置かれた袋に目を留めた。

夫がためらいがちに紙袋を指差した。

「それはもしかして……」

「ああ、うん……いちおう、お父さんにプレゼント。部屋着なんだけど、気に入らなかったら着なくていいから」

「いや、そんなことはないよ。ありがとう」

礼を言っているが、夫の顔はつらそうだ。そして昨日の話を聞いたあとだと、部屋着の贈り物は嫌味かもしれない。でも、せっかく買ったのだし、洗い替えにでも使ってもらえばいい。

見かねたような口調で「お父さん」と真奈が呼びかけた。

「この間のサイトは？　私、ちゃんと、お母さんが好きそうなチャームを推したよね」

「いや、あれはさ……お母さんは腕に何か巻くのが苦手な人だから。腕時計も好きじゃないだろ？　プレゼントだったら、着物関係の物のほうが絶対喜ばれる。帯の上の紐とか小さな布とか。でも、それならお母さんが欲しい色を聞いたほうが確実だ」

なんて妻の好みを知り尽くしているのだろうか。でも、それが逆に今日はつらい。

夫が「えーと」と口ごもった。

「このお礼は紐でいいかな。なんだっけ、あれの名前、帯紐？」

「帯締めね。今度でいいわ。ありがとう」

さらに盛り下がっていく空気のなか、真奈が小さく二度手を叩いた。

「ほら、気持ち、切り替えていこ！　お父さんもお母さんも」

「スポーツ中継みたいだな。解説者一年目の元選手が言いそうだ」

父親のつぶやきを受け流し、真奈が冷蔵庫からケーキの箱を取り出した。

「お母さん、お父さんの隣に並んで記念撮影しようよ。二人でこのケーキを持って」

真奈が差し出したケーキは可愛いハート型だ。「ＬＯＶＥ　ＦＯＲＥＶＥＲ」とチョコレートで書かれたプレートがのっている。

気まずい思いで夫とハート型のケーキを持って智子は写真に収まる。撮った画像を確認しながら、真奈がぼやいた。

「二人とも、もうちょっと楽しそうな顔してよ。目が全然笑ってない」

真奈ちゃんも入って、と智子が言うと真奈が横に並び、夫に言った。

「じゃあ、今度はお父さんが撮って」

夫が自分のスマホを出して、左手を伸ばした。そして右手を伸ばすと、智子の肩に触れた。不意に肩を引き寄せられ、気持ちがなごんだ瞬間、夫の手は離れて右端の真奈の肩に乗った。

娘と妻を引き寄せ、夫が掛け声を発した。

「はい、チーズ」

画像を確認すると、娘と夫にはさまれ、「LOVE FOREVER」と書かれたケーキを持って、自分が笑っている。ぎこちなく笑った気でいたが、写真を見ると、照れたような顔をしていた。

お母さん、いい顔してる、と真奈が笑っている。

そう？ と聞き返し、智子はケーキに書かれた文字を見た。たしかに娘への愛情は夫婦そろって永遠だ。

始まりはぎこちなかったが、真奈のおかげで会話は弾み、サプライズの宴はなごやかに終わった。

その夜、夫は機嫌のいい顔で布団にもぐっていった。そして金曜日は、結婚年数分の赤いバラの花束を買ってきた。

真奈の提案で、花束と一緒に智子は再び夫と写真を撮る。こんなにたくさんのバラの花をもらったのは、生まれて初めてだ。

彼は彼なりに精一杯、気に掛けてくれている。そう思うと、年を重ねてきた者同士、いたわりの気持ちがわいてきた。

土曜日になると夫はギターを持って三島に出かけていった。いつもは楽器を持っていかないうえ、荷物が多いときは車で行くのに電車で出かけるのは珍しい。

晴着屋で帯の結び方を指導した帰り、電車のなかで智子は義母が入所している三島の施設のSNSを眺める。

動画が投稿されていた。ギターの音色に合わせ、車椅子に座った老人たちが歌ったり、手を動かしたりして踊っている。伴奏者にカメラが向けられると、ギターを弾いている夫が映っていた。六十代ぐらいの男と二人で、アイコンタクトを取りながら演奏している。その姿があまりに格好良く、思わず見入った。

伴奏者のあとは、踊りを指導している女性が映った。くっきりとした目鼻立ちの、ショートカットの女性だ。五十代だと思うが、身のこなしが軽やかで若々しい。おそらく、この人がリコだ。

ギターを弾いている夫が顔を上げて微笑んだ。その視線の先に彼女がいる。思わず画面を大きくしたとき、彼女の手首に輝くものがあった。

真奈と同じ銀色のブレスレットだ。チャームらしきものが輝いている。

リコが大切そうにブレスレットに触れて、微笑んだ。その笑みを見たとき、電車の席から立ち上がりそうになった。

真奈に聞いた店で夫が買ったのは、彼女への贈り物だったのか。

夫は今夜は温泉施設に滞在し、明日は園の清掃ボランティアに参加する。本当だろうか。三島の楽しげな場所のサイトを眺めていたけれど。

暑くもないのに汗が顔に噴き出してきた。気分が悪くなってきて、智子は電車を降りる。

顔の汗を拭きながらベンチに座ると、めまいがしてきた。電車で移動するのがつらい。誰かに迎えにきてほしい。でも夫は三島で、真奈は今日、名古屋に出かけている。

誰に、助けを求めたらいい？

そう思ったとき、銀色のブレスレットが脳裏に浮かんだ。

ささやかなそのアクセサリーを愛おしむリコの姿も。

ゆっくりと立ち上がり、ホームに入ってきた電車に智子は乗る。

姿勢を正して、目を閉じた。

助けなんて求めるものか。泣き言も言わない。

ただ、明日は朝早く起きて新幹線に乗る。

三島へ。夫のもとへ——。


夫の浮気の現場を押さえる。そんなとき妻は何を着るべきか。

着飾る必要も心の余裕もない。でも、相手の女性より貧相に見えるのはいやだ。

日曜の午前八時過ぎ、三島駅の洗面所で智子は化粧を直す。

これまで着付け教室の生徒のリクエストに応え、入学式、卒業式、各種式典、ランチ、ディナー、アフタヌーンティーを楽しむヌン活、婚活、推し活。現代のさまざまな状況に合わせて着物のコーディネートを提案してきた。

しかし、今日はまったく頭が働かなかった。洋服にしようと思ったが、こんなときこそ気持ちを支えてくれるものを着たい。

そこで、手持ちの着物のなかでいちばん好きな「塩沢お召」を着ることにした。淡い灰色地に白いうさぎが織り出された、母の郷里の名産品だ。うさぎは飛躍するから縁起がいいのだと、嫁入り道具の簞笥に母はこの一枚を入れてくれた。その縁起の良さに、今からの自分を守ってもらいたい心境だ。

薔薇色の口紅を引き、智子は鏡に向かって着付けを整える。

夫に浮気の疑いを抱く日が来るとは。

思えば彼は若い頃、それなりに女性たちから思いを寄せられていた。真面目で堅物で変化を好まない性格だと安心していたが、魅力がないわけでもないのだ。

洗面所を出て深呼吸をしたあと、智子は夫に電話をかけた。ところがすぐに留守番電話になってしまった。

あやしい……。いぶかしく思ったとき、呼び出し音が鳴った。電話に出ると、あわてた様子で何かあったのかと夫が聞いている。

いよいよあやしい。

特に何もないけど、と、不信感を隠して智子は明るく答えた。

「でも時間ができたから、お義母さんに会いたくなって」

えっ？　と夫が聞き返したあと、「どういうこと？」とたずねた。

「だから三島に来たの。今、駅前。お父さんは何時にお義母さんのところに行くの？　ご飯は食べた？　モーニングでも一緒にどう？」

今度は「へっ？」と気の抜けた返事が戻ってきた。

（いきなり、そんなにあれこれ言われても……）

清掃作業が九時から始まるので、もう施設にいるのだと夫は答えた。今日はみんなでバラの手入れをするそうだ。そのために夫は一足早く準備を始めているらしい。

（あとは芝刈りとかするけど、お母さんは動ける格好で来てる？）

「それが着物なの。お父さん……お父さんは本当にボランティアしてるんだね」

どういう意味？　とたずねた声が不機嫌だ。その声音に、思わず返事が弱腰になった。

「いや、ほら。温泉とか。三島は佳いところがいっぱいあるみたいだし」

(何を言ってるんだかわかんないけど、おふくろに会いに来てくれたのは嬉しいよ。それなら、どこかで時間をつぶして十一時頃に施設に来てくれるかな。その頃には終わって、みんなで軽食をつまんでるから)

差し入れとして個別包装の菓子を持ってきてほしいと、細かい指示をしたあと、夫からの電話は切れた。スマホをバッグにいれ、智子は重い足取りで駅前のコーヒーショップに入る。どこかで時間をつぶせと言われても観光する気力がわかない。

コーヒーを飲みながら窓に目をやると、艶やかな口紅を塗った着物の女が見つめ返していた。貧相に見えるのはいやだが、あまりに着飾っているのも痛々しい。紙ナプキンで口紅の色をそっと押さえると、めまいがした。

身体のふらつきに耐えながらなんとか時間をやりすごし、智子は駅前で買った焼き菓子を持って施設に向かう。スタッフの案内で庭に出ると、藤棚の下に置かれたテーブルのまわりに十人ほどの男女と車椅子の入所者が五人集まっていた。女性も男性も厚手の布で作られたガーデニング用のエプロンを着け、みんな楽しそうに笑っている。

「あっ、智子さん！」

義母の声がした方角を見ると、バラがたくさん植えられた一角に車椅子が二台停まっている。

車椅子の一台は義母で、もう一台は色白の老婦人が座っていた。

「健一から聞いたよ。ありがとね、来てくれて」

元気そうな義母の声を聞きながら、智子は二台の車椅子に近づいた。

あら、素敵、と義母の隣にいる老婦人が目を細めている。藤色のプリーツチュニックに、コットンパールのロングネックレスが映え、とても上品な装いだ。

藤色の婦人が微笑みながら言った。

「さわやかね、初夏の着物って」

「健一の嫁は着付けの先生でね」

少し誇らしげに、義母が嫁を紹介している。紺色のチュニックに黒いパンツを合わせた義母は、口調がさっぱりしているせいか、心なしか男性っぽい。

義母の前に立ち、智子は丁寧に挨拶をした。しばらく顔を出せなかった不義理をわびると、義母は気にした様子を見せずに笑った。

「いいよ、いいよ。忙しいってのは真奈ちゃんや健一から聞いてる。それより今日、来てくれたことが本当に嬉しい」

義母が藤色の婦人に再び顔を向けた。

「智子さんはね、大きな街の着付け教室をまかされてる偉い先生だから」

「偉くなんてないです、全然、まったく」

謙遜、謙遜、ご謙遜、とリズミカルに義母が言う。ラップを聴いているようなその響きは、からかわれているようにも嫌味を言われているようにも聞こえた。

「健一が言ってたよ。着付けの団体にたくさんいる先生のなかで、銀座や新宿の教室をまかされるのは別格、エースなんだって。教え方も人柄もよくないとできないって」

そんなふうに夫が義母に語っていたとは。思わぬ高評価に智子は目を伏せる。

藤色の婦人がしみじみとした声で言った。

「健ちゃんのご家庭は円満そうで素敵ね。それに引き換え、うちの真理子は夫にも息子にも愛想をつかされ、いまだに素っ頓狂な格好をして……転がる石はなんとやら。まったく落ち着かない」

リコ先生はリコ先生で格好いいよ、と義母が取りなしたとき、背後にある藤棚のほうから明るい声がした。

「お待たせ。おなかすいたでしょ。飲みものは温かいのと冷たいのがありますよ。みんな、水分を取ってね。脱水症には今の季節からご用心よ」

赤い髪のショートカットの女が、紙コップとサンドウィッチの盛り合わせを載せた盆を藤棚の下へ運んでいる。髪の色が違うが、昨日の動画で踊りを指導していた人、リコだ。奇抜な髪の色だが肌色にしっくりと合い、顔立ちがいきいきとして見える。

リコのうしろにはステンレス製のウォータージャグを持った二人の男が続いている。一人は夫で、もう一人は動画で夫と一緒にギターを弾いていた男だった。

テーブルにジャグを置いた夫が、車椅子の入所者に飲みものの希望を聞いている。

お父さん、という智子の声と、「健一！」と呼んだ義母の声が重なった。

「おっ、智子、来てたのか。これは？」

夫が指先で小さく四角形を描いた。菓子が入った紙袋を、智子は夫に向かってかざす。

「お義母さん、私、健一さんに差し入れを渡してきます」

「ついでに私たちにも飲みものを持ってきて。……ミサオちゃん、冷たいのでいい？」

藤色の婦人がうなずく。彼女はリコの母親で、ミサオというらしい。

施設の建物の前でスタッフと話をしているリコを智子はちらりと見る。たしかに色白の肌と形のよい昏が親子で似ていた。

藤棚の下に入って、智子は集まっている人々に夫が世話になっていることの礼を伝えた。この催しは園の関係者も参加しているが、それ以外にも花やハーブづくりに関心がある人たちが集まり、清掃がてらガーデニングを楽しむ時間になっているそうだ。

夫と一緒にギターを弾いていた男が、感心した表情で智子を見た。

「素敵だな。健さんの奥さんは和服美人で。家に帰ったら三つ指をついて迎えてくれそう」

そんなことないですよ、と夫は笑っている。

「家では普通の格好だし、私なんて、ぞんざいに扱われています」

洋服姿が普通と言われると、今はおかしな格好をしているようだ。しかし、夫の揚げ足を取ることは控え、智子は無理におどけてみせる。

「三つ指をつくのはお殿様にだけですよ！」

若い女性の参加者から朗らかな声が上がった。

(ご主人様はお殿様じゃないんですね！)

もちろん、と声がしたほうに智子は笑顔を向ける。

「昔はそんな時期もあったけど今は尻軽、いえ、足軽ですよ。フットワーク軽く三島に通ってますから」

(奥さんに座布団一枚！)

年配の男の声に、場がどっとわいた。夫と一緒にギターを弾いていた男が斉藤《さいとう》と名乗り、智子に笑いかけた。

「健さんの奥さんはノリがいいな。音楽、やりませんか？　ご夫婦で一緒に」

藤棚の下にいる人々の間に、再び笑い声がおきた。

(斉藤さんがまたバンドの勧誘を始めたよ!)

バンドを組むんですか、と智子がたずねると、斉藤は照れくさそうに夫を見た。

「いまどき流行らないですかね……でも僕は土曜の深夜に『イカ天』を見てた世代なんで、バンドを組むのに憧れがあって」

「『BANDやろうぜ』って雑誌もありましたっけ」

夫の言葉に「読んでた、それ読んでた!」と斉藤も笑う。

「とはいえ僕はギターはうまくないんでね。健さんとツインギターなら、なんとかなるかと。……リカさんちのお嬢ちゃんが」

斉藤がサンドウィッチをつまんでいる、ロングヘアの女性を指差した。リカと呼ばれた女性が、智子に向かって小さく手を振る。

「うちの子、吹奏楽部でドラムやってて一。リコさんのスタジオで練習させてもらえて喜んでまーす」

というわけで、と斉藤が再び智子に笑いかける。

「ドラマーも確保したし。あとはボーカルかな。着物で一曲歌いませんか? 『川の流れのように』とか、ねえ健さん」

「あの歌は難しいですよ」

腕を組みながら夫が微笑んでいる。

深緑のワークシャツとデニムが長身に映え、今日の夫は垢抜けている。くたびれたスウェットを着て頻尿に悩む姿とは別人だ。でも家とは楽屋のようなものだから、それはお互い様か。

見違えるような夫の姿を、智子は感慨深く眺める。

世界中で自分にしか見せない、彼の素の姿。それはかつて甘美な秘密だった。しかし、四捨五入して結婚三十年を迎える今、分け合う秘密はもの悲しくてほろ苦い。それも、お互い様か。

「お父さん、私、お義母さんたちに飲みものを持っていくね」

「あとで俺も行くよ。冷たいのと熱いの、どっちがいいかな」

冷たいほう、と答えて、智子は二人分の飲みものを持ち、義母のもとに戻る。咲き始めた赤いバラの近くに移動して、二人は話をしていた。

ミサオがバラを眺めながら、「真理子の髪の色と一緒」とつぶやいている。リコのことを嘆いているのか、花を愛でているのかわからない口調だ。

智子から飲みものを受け取ると、ミサオは丁寧に礼を言い、建物の脇で話をしているリコに手を振った。

「真理子、お話がすんだら、健ちゃんの奥様にご挨拶して」

リコがスタッフに頭を下げ、こちらに近づいてきた。にわかに緊張が高まり、智子は袖に隠して、そっと拳を握る。

目の前に来たリコがギターのお礼に贈った米のお礼を述べている。さらには、夫の健一がボランティアに参加したことで、バンドブームが来ていると楽しげに語った。さきほど紹介された斉藤を中心に、タンバリンやカスタネットでも参加ＯＫの、三島一、加入しやすいバンドが結成されつつあるそうだ。

私たちも一曲参加するのだと、義母とミサオが笑っている。

来月、この施設では地元の人々をまじえた交流会があるそうだ。それに向けて義母とミサオは、カスタネットを練習しているらしい。

凝り性のせいなのか、それとも好きな音楽や庭仕事が絡んでいるせいなのか。自宅がある街より、夫がこの土地になじんでいることに智子は戸惑う。

リコがスマホを出して操作を始めた。

「高梨さんは昨日は音楽ボランティアでギターの演奏をなさったんですよ。ここのＳＮＳに動画があがってまして……」

「いい感じに映ってたよね、リコ先生も健一も」

それを見たから来たとは義母には言えず、智子は曖昧にほほえむ。

スマホを操作するリコの左の手首に、柔らかな光がきらめいた。袖口から、真奈がしているものと同じブレスレットがはっきりと見える。

「あら、きれいなブレスレット……」

平静を装って言った声は、棒読みの台詞のようだ。

スマホを操作する手を止め、リコが左手のブレスレットを見ている。

本当はもう少し婉曲に、夫との関係を聞くつもりだった。しかし、いきなり核心に切りこんでしまい、智子は悔やむ。

袖の内側で握った手に力を込めた。

もう引き返せない。拳を振り上げてしまった気分だ。

一瞬、間を置いたのち、「そうなんです」とリコは微笑んだ。

「私の宝物……大事にしています」

この人、手強い。

リコが左腕に付けたアクセサリーを愛おしげに手のひらで包み込んだ。

「高梨さんのお嬢さんが付けていたブレスレットが、母たちにとても印象深かったみたいで……その話ばかりしていたら、高梨さんが贈ってくれたんです」

義母がほがらかに笑い、藤棚の下にいる夫に目をやった。

「健一もたまには気の利いたことをするよね、ほら」

義母が突き出した手首には真奈と同じ、銀色の糸鎖のようなブレスレットがあった。

私も、と言い、ミサオも服の袖を上げる。そこにもやはり、六カ所にチャームを付けられる、真奈と同じブレスレットが輝いている。

「私たちと真理子と三人でおそろいなの。私のチャームは音符で、アッちゃんのチャームは梨」

義母の敦子は、ミサオにアッちゃんと呼ばれているのか。義母が梨のチャームに触れている。

「リンゴに見えるけど、梨なんだよ。そうしたら、たまたまリコ先生の誕生日が今月って聞いてね。それで今度は私とミサオちゃんから健一に頼んで、三人でこれを先生にプレゼント」

「あっ……そう、ですか」

二台の車椅子の間に立ち、リコがミサオのブレスレットに自分のものを重ねた。年を重ねた女たちの肌に、銀色のアクセサリーが優しい光を集めている。

「私のチャームは母と同じ、音符なんです」

リコのチャームには音符のほかに、傘と梨と、もうひとつ音符のチャームが付いていた。

このブレスレットには二番目の位置に、贈ってくれた人のチャームを付けるのだと義母が言っている。

何の話をしてるの、と声がして、夫が現れた。手には紙コップを二つ持っている。一つを智子に渡したあと、夫がリコに声をかけた。

「リコさん、飲みますか。熱いですけど」

礼を言って飲み物を受け取り、リコがブレスレットを指差した。

「……ちょうど、今、高梨さんのチャームの話をしようとしてたところ」

傘ですか、と夫が照れくさそうに言う。たしかに義母もミサオもリコも、二番目の位置に傘のモチーフが下がっている。

「どうして、お父さんのチャームは傘なの？」

真理子が決めたんですけど、とミサオが娘を見た。

「春の嵐に、健ちゃんの傘が吹き飛ばされたんですって。それがきっかけでお話をするようになったから、傘」

「あの時は、みっともないところを見せてしまって」

ギターケースを肩に掛け、見知らぬ服を着て夫が帰ってきた日のことを智子は思い出した。雨でずぶ濡れになったと聞いたが、そこまでひどい嵐だったとは知らなかった。

知っているつもりでいて、実はそれほど夫の行動を深く知らないことに智子は気付く。聞けば教えてくれたかもしれない。ただ、長年の間に、互いの行動に昔ほど関心を持たなくなっていた。

義母が宝物のように、手首のブレスレットに触れた。

「人って何が縁でつながるのかわからない。おかげさまで、私もこの年になって、息子からこんなプレゼントをもらったよ。似合うかどうかはわからないけど、嬉しいものだね。みんなとおそろいだし、しかもこっそり孫ともおそろいだ」

三人の女が夫に温かな眼差しを向けた。感謝の思いがこもった視線のなかで、夫は静かに微笑んでいる。

心のなかで振り上げた拳のやり場がなく、複雑な思いで智子も微笑む。昨日の電車内での逆上は、まったくの独り相撲だった。

ミサオが目を細めた。

「いいわね、健ちゃんのお宅は夫婦円満で。ご夫婦で並んで笑っているのを見てると、こっちまで幸せになってくる。何が秘訣？」

何でしょうね、と夫が少し考え込んだ。

「夫婦って空気みたいなもので、長年のうちにお互い、そこにいるのが当たり前のようなところがあって。秘訣は、よくわからないです」

「空気……いなくなったら、生きてはいけないってことね。健ちゃんはロマンチストだわ」

うっとりとした表情で言うミサオの隣で、義母が豪快に笑った。

「なーにを気取ったことを言ってるんだか！　もう、この子は父親に似て、昔っから小難しいことばっかり言う子で」

うーん、とリコが首をかしげている。

「私は自分の存在が空気にたとえられるのはいやだな。無くしたら生きていけない？　それなら、あるのが当然と思わず大事にしろって思う。人は空気と違うよ。触れるし、心があるもの。ここにいるのにいないような扱いをされたら、目の前から立ち去られても文句は言えないよ」

脅すんですね、と夫がわずかに微笑む。

脅しじゃないよ、とリコが言った。

「せっかく奥さんがここまで来てくれたのに、空気よばわりされたら、同じ女として腹が立つってこと。たとえ照れだとしても、高梨さん、そんな言い方はよくないよ」

怒ったように言うリコの赤い髪を見ながら、智子はぼんやりと考える。

この人は一体、敵か味方か。

それともこの会話には、夫とリコにしかわからぬ意味が潜んでいるのか。

どれでもないのかもしれない。自分が独り相撲を取っているだけで。

「あのう、私はそんなに……腹は立ちません。もう、空気でいいです。それがお互いに楽だから」

リコが気の抜けたような表情で「そういうもの、ですか」と小声で言った。

「そうか……そういう心の広さが、きちんとした家庭を築く秘訣だったのかな」

ミサオが、リコの腕を軽く叩いた。

「真理子はね、そうやっていちいち人に突っかかるところがまずいの。あなたは自分の才能を過信して、兄さんやご主人の顔を立ててあげなかったから。だから、みんなあなたのもとを去っていったのよ」

何それ、とつぶやき、リコが横を向く。その隣で、義母が豪快に笑った。

「まあまあミサオちゃん、難しいこと言わない。そんなもの立てても立てなくても、人はお迎えがくれば去っていくんだよ。うちのダンナはそうだった。健一、お茶、お代わり！」

「まだ飲むの？　お母さん、飲み過ぎだよ。さっきも麦茶をがぶ飲みしてただろ」

ミサオが心配そうに義母の腕をさすった。

「アッちゃん、お腹がチャポチャポになるわよ。ねえ、真理子、ところでうちの賢《ケン》ちゃん……お兄ちゃんはどこに行ったのかしら」

お母さん、とつぶやいたリコの顔がゆがんだ。

「お兄ちゃんは去っていったよ。つい数秒前に自分でもそう言ってたじゃない」

「えっ、でも、賢司《けんじ》は……そうだった、かしら」

ミサオがうつむき、何も言わなくなった。その姿を見たリコもうなだれている。義母が手を伸ばし、ミサオの手を黙って握った。

何が起きたのかわからず、智子は義母に声をかける。

「私……飲みものを取ってきますね」

足早に藤棚の下へ向かい、智子はバラが植えられた一角を振り返る。

義母たちの車椅子のうしろに、リコと夫が並んでいた。うつむいているミサオ親子の隣に、寄り添うようにして夫が立っている。

そうしていると、リコと夫のほうが仲の良い夫婦のようだった。


軽食を取りながら一時間ほど歓談をしたあと、清掃ボランティアの会は解散となった。参加者たちは次々と自分の車やバイクで帰っていく。

夫はこの施設までバスで来たらしい。帰りはタクシーを呼ぼうとしたが、車が出払っており、手配がつくのは四十分後だという。そこでリコが三島駅まで送ってくれることになった。

リコの黒いワゴン車の助手席に乗り込み、智子は車内を見回す。

「大きな車ですね……」

「運ぶ物が多いから。でも、ごめんなさいね、ちらかってて。助手席が一番マシだから、ちょっとだけ我慢してください」

車内は広いが、たしかに段ボール箱と機材のようなものが積み込まれ、雑然としていた。夫はギターを抱えて後部座席で窮屈そうに座っている。

ごめんなさい、と再びリコがあやまった。

「さっきは母がおかしなことを言って。たまに不思議なことを言い出すんです。高梨さんのことを兄と間違えたり……。名前も似てるし、背格好がそっくりなせいもあるけど」

お兄さんは？　とためらいながら智子がたずねると、二十年以上前に他界したとリコは答えた。

「母は、認知症が進んできたのかな、と思います。でも兄のこと以外では頭脳明晰。私のことを叱るときは特に元気で、いきいきするんです。でもそれだけに……」

信号で車を停めると、リコが軽く顔をうしろに向けた。

「高梨さんからの贈り物が本当に嬉しかったみたいですよ。ケンちゃんからの贈り物だって。……でも、ごめんなさい」

リコが、智子に顔を向けた。間近で見ると大きな目に迫力がある。

魅入られるようにして、智子はリコを見つめた。

「えっ、えーと、何が、ですか？」

「あまり、いい気分じゃなかったかも、と。高梨さんのお嬢さんと、こんなおばあちゃんたちが、おそろいのアクセサリーって」

動画でリコのアクセサリーを見かけて三島に来たことを、彼女は気付いているのかもしれない。

やっぱり手強い。

「娘は知りませんから。知ったとしても、お祖母ちゃんたちの交流が深まっているのを見て喜ぶと思います」

それなら、よかった、とリコが安心した口調で言い、車を走らせた。

「実は私、母親とおそろいのものって今まで持ったことがなくて……だから、今回、母たちから贈り物をもらって二重に嬉しかったです。腹が立つときもあるけど、それでも気に掛けてもらえると嬉しいんですよね」

「私も母とおそろいって持ったこと、ないです。わりと早くに他界したので。娘とおそろいも……」

車は三島駅のロータリーに入っていった。礼を言ったあと、夫とともに智子は車から降りる。

リコも車から降り、後部座席から機材のようなものを下ろしている。

「高梨さん、今度は何を弾く？」

リコから渡された機材を夫が受け取り「あれがいいです」と言った。

「えーっと、名前が出ない。いやだな、最近、ものや曲の名前がぱっと出ないんですよ。母たちが歌っていた、井上陽水の」

『『少年時代』ね。あの曲、いいよね。高梨さんの伴奏は歌いやすいから好きだよ」

本当ですか、とたずねた夫にリコはうなずく。

「私は音楽に関しては嘘は言わないよ、健一君。ほんと、歌ってて楽しい」

ゆっくりと、顔に光が差すような笑い方をして、夫がリコを見た。柔らかなその笑みに、含羞《がんしゅう》と大きな喜びが浮かんでいる。

こんな表情で、この人は笑うのだ。

智子さん、とリコに呼びかけられ、智子は我に返る。

「また、いらしてくださいね。智子さんも歌いませんか？　チェリッシュとか、Le Couple《ル・クプル》とか。ご夫婦で楽しめる曲がいっぱいありますよ」

社交辞令ではない声の響きと、名前を呼ばれて嫌な気分ではない自分に智子は戸惑う。

それでいて、焼け付くような妬ましさが心に湧き上がってきた。

夫の、あんな笑顔を見たことがない。

感情の波が渦を巻き、智子は目を閉じる。

汗が噴き出してきた。この感じだと、またあめまいが来る。でも、不調を誰にも知られたくない。できればいつもと変わらずにいたい。特にリコの前では。

なんとか平静を保ってリコと別れたあと、それほど待つことがなく、帰りの新幹線に乗ることができた。席に座るなり、智子は目を閉じる。

めまいはしないが、頭が痛い。

隣に座った夫が、小気味よい音を立ててビールの缶を開けた。たいそう早いペースで一缶を飲み終えると、明るい口調で三島に来てくれた礼を言っている。

「おふくろ、本当に喜んでいたよ。今朝、電話をもらったときは、家か真奈に何かあったのかと思ったけど……あと、リコさんにはおふくろも俺もずいぶん世話になってるから、智子に紹介できてよかった」

薄目を開けて、智子は夫を見る。上機嫌だが、リコに見せたような表情はない。

「リコさんの赤い髪には、ちょっとびっくりしたけど……」

「あれはカツラだよ。リコさん、分け目が薄くなってきたって、最近、気にしてて。どうせなら派手なウィッグでもかぶろうかってことで、いろいろ買ったそうだよ」

赤は似合うね、と夫がリコの髪をほめた。

「水色のカツラもあったけど、それは本人がかぶるなり『これは綾波レイじゃなくて綾波失レイ』って爆笑しちゃってボツ。失礼ながら、俺も笑ってしまった。あれは一体、どこで買ってきたんだろう」

夫は思い出し笑いをしているが、何を言ってるのか、どこが面白いのかわからず、智子は窓の外を見る。

「ほかは金髪も似合ってたな。銀髪は白髪と変わらない。あとは頭のてっぺんに載せる小さいウィッグもあった。男がカツラをかぶるとからかわれるけど、女性はそうでもなくていいな」

「……楽しそうだね」

「智子もウィッグを使ったりするの？　着物のときとか」

「使わない……お父さん、本当に楽しそうだね。リコさんといると」

楽しげに笑っていた夫が、急に真顔になった。

新幹線の車内の音が、やけに大きく耳に響く。

「リコさんは……お父さんのことを『健一君』って呼ぶんだ」

「たまに、ふざけてね。そうは見えないけど、実は年上だから」

「私は最初から年上だと思ってたけど？　首のしわを見ればわかる」

嫉妬が、底意地の悪い言葉を吐き出させる。

自分はこんなことを言う女ではなかったのに。

「なんだか……今日のお母さんはいつもと違うな」

お父さんだって、と言ったあと、智子は小さなため息をつく。

これまで何の疑問もなく夫のことを「お父さん」と呼んできた。娘の父親だから間違いではない。ただ、思えば「お父さん」や「お母さん」と呼び合う異性に、恋人のようなときめきを感じるのは無理な話だ。恋心をもっとも感じてはならない間柄の呼び名ではないか。

「真奈ちゃんが家を出たら、私も健一さんとか、健ちゃんって呼ぼうかな」

何を今さら、と夫がつぶやく。

「調子が狂うよ。もっとも俺は今までだって、たまに智子って呼んできたけど」

「怒ってるか深刻な話をするときにね。……ねえ、お父さん、私も真奈ちゃんとおそろいのブレスレットがほしいです」

「しないだろ？　腕時計だってしないのに」

そうだけど、と答えると、泣きたくなってきた。

「私も……お父さんからプレゼントがほしい、心の込もった」

夫が大きなため息をついた。そのため息に、立ち上がりたくなるほどの怒りを感じた。

なぜ、どうして、この人は――。

いつも不機嫌な態度で圧をかけ、無言で相手を従わせようとするのだろう？

夫が再び、大きなため息をついた。

「お父さん、ため息、つかないで。お父さんが浮気してるのかと思って、私は三島に来たの」

してないよ、と夫が声に力をこめた。

「そんな余裕がどこにあるんだ」

「余裕なんてなくたって浮気はできるよ。お父さんは……心で浮気してる。家ではいつも不機嫌なのに、リコさんといるときはあんなに楽しそうに笑って」

「智子、お前、どうかしてるぞ。リコさんに失礼だろ」

わかっている、たしかに、どうかしている。

せめて若い女性だったら。「年甲斐もなく」と夫をなじることができたのに。

妻にはない何かに惹かれて、彼はリコに微笑んでいるのだ。それは一体何か。かつて自分も持っていたものだろうか。それとも最初から持ち合わせていなかったものか。問いかけばかりが続いて、答えは出ない。

夫婦って何だろう。

冷たい車窓に、智子は額を押し当てる。

夫に怒りを抱いたところで、ふるさとに帰る家はない。頼れる親も兄妹もいない。

「お父さん……お父さんにとって、私って何？」

夫が再びため息をつき、シートを深く倒した。

「少し寝るよ。俺たち、疲れてるんだよ。お母さん、少し休もう」

「答えてよ。私は空気なの？」

窓から夫へと視線を向けると、驚いた表情で彼は身を起こした。

「智子……おい、どうした！」

「何？　何言ってるの？」

「目が……鏡……いい、これを見ろ」

夫がスマホを操作してカメラの自撮りのモードにして差し出した。画面に映った自分の顔を見て、智子は声を上げる。

鮮血で左目が真っ赤に染まっていた。まるで血の涙がたまっているようだ。

「痛くないのか、その目。とりあえず閉じてろ。どうすればいいのか、すぐに調べるから」

まばたきをすると、涙がこぼれ出た。血の涙がこぼれているようで、智子は震え上がる。

轟音を立て、新幹線はトンネルに入っていった。その音が車両の音なのか、耳鳴りの音なのかわからず、智子は目を閉じた。

真奈

「……それで、真奈のお母さんの具合はどうなの？」

五月の終わりの水曜の夜、優吾と電話で話していると、話題は母のことになった。

布団の上に座っていた真奈は、そのまま後ろに倒れ込む。

「うーん、いいのか悪いのか。目はもう大丈夫なんだけど、血圧関係が……」

先週の日曜、急に時間ができたと言って、母は三島にいる祖母に会いに行った。しかし父と一緒に帰宅する途中で、片目が鮮血で真っ赤に染まってしまった。翌朝、眼科に行くと、中高年になるとよくある症状で、それほど心配はいらないらしい。実際、数日で母の白目は元に戻った。

ところがその際に血圧が高く、眼底に動脈硬化の傾向が見られるということで検査を勧められた。そこで循環器内科に検査に行ったところ、予想以上に症状が重かったようだ。その場でさらに高度な精密検査をする手続きが取られたうえ、帰りにはさまざまな薬も処方され、思わぬ事態に母は震え上がってしまった。

「サプリも飲まない人が、急にたくさん薬を飲むことになったんだけど、そのせいか今度はぼーっとしてる。血圧が下がりすぎたって言ってた」

それとも、母は何かを考えているのだろうか。昨日、真奈が帰宅したとき、母が真剣な顔で読んでいたのは、女性の幸せな老後とお金にまつわる本だった。

病気が発覚して以来、母はふさぎこみ、冗談を言うこともなくなった。父が無口なのはいつものことだが、二階でギターを弾くことが少なくなり、家のなかは暗く沈んでいる。

「真奈のお母さん、元気いっぱいって感じの人だったからなあ。急に病気って言われても気持ちが追いつかないのかもね。土曜の仮縫いは大丈夫かな」

「今のところは大丈夫。マルコさんにご挨拶したいって言ってるから」

マルコたちが作っているウエディングドレスはデザイン画のときも素敵だったが、実際に製作が始まると、集められた素材は想像以上に美しかった。写真を見た母は喜び、土曜日はマルコに挨拶をしがてら、感謝の思いをこめて贈り物をするつもりでいる。

よかった、と優吾が温かな声音で言った。

「うちのマルコさんは天然な発言で場を凍り付かせるんだけど、真奈のお母さんがいると、上手にフォローしてもらえるんだよね。この間の祖母とのご飯のときも絶妙なフォローで助けてもらった」

ほめてもらえるのは嬉しいが、弱っている母に負担をかけたくない。当日は自分がしっかりしなければと、ひそかに真奈は思う。

「優君、仮縫いが終わったら、また物件を見に行こうよ」

「えー、その日はゆっくりしない？　絶対に疲れるよ。食事でもしようよ」

「でもね、優君。駐車場付きの賃貸物件って、やっぱり少ないの。出てきた物件は早く内見して、そろそろ決めようよ」

六月に優吾の転勤は決まったが、二人で暮らす家はまだ決まらない。そこでマルコたちが東京に出てくるときに使っているマンションで、優吾はしばらく暮らすことになった。名古屋の住まいにあるものは山梨の実家に運び、必要最小限のものだけを東京に移すので引っ越しも楽だ。しかし、そのせいで秋の挙式までに新居が決まればいいと優吾はのんびり構えてしまい、家探しは難航している。

「そもそも優君、駐車場の屋根って必要？」

「できればあってほしい。車を雨ざらしにするのはちょっと」

「私たち、もう少し身の丈に合った物件を探したほうがよくない？　湾岸エリアで日当たり良好、屋根付き駐車場あり。そんな物件、私たちの予算に合わないし、あっても狭すぎるよ」

電話の向こうで思案している気配がした。

「身の丈に合うって言葉、好きじゃないな。その身の丈は誰が決めるの？　自分？　他人？　一見、賢そうな言葉だけど、それだと成長がないよね。筋肉だって自分が持ち上げられる負荷だけだと、現状維持が精一杯」

「筋トレと一緒にしないで」

「同じだよ。身の丈に合うことだけをしていたら進歩はない。それどころか少し気を抜いたら落ちていく。だから少しでも自分に負荷を掛けて鍛えて、将来に向けて手を打たねば」

「それってつまり貯蓄だよね。車をやめて二人の収入を一つに集めて、優君の嫌いなお小遣い制度にしたら将来に向けて確実に手が打てるよ」

電話の向こうで、優吾が苦笑いをしている雰囲気がした。

「それを言われるとつらい……。でも一生のうち短い期間でも、海に近い街で、好きな人と好きな物が身近にある暮らしをしたいな」

好きな物。もしかして彼は今乗っているコンパクトカーではなく、ドアノブが心配なあの車を、実家から持ってくるつもりだろうか。

聞こうとしたが、優吾の言葉が気持ち良く耳に響いてきた。

「住まいもそうだけど、二十代のうちはいろいろなものを見たり経験したりしたいな。失敗や無駄もあるかもしれないけど、それを知るってことも財産だと思うから。真奈はそれを目にみえる形にしたがり、俺は目に見えないものに投資したがる。二人とも同じ方向を見てると危険だけど、俺たち、バランスが取れてるね」

小さく首を横に振って、真奈は起き上がる。彼の意識の高さと、おおらかさは魅力の一つだが、経済的なことに関してはそれが不安だ。

〝お金のことを話すと、いつも喧嘩になってしまう〟

この間、優吾の家に行ったときも家計のことで口論になり、彼は最後にそう言った。ほかのことで喧嘩にならないのは、たいていの場合は自分が優吾に譲歩するからだ。

それでもこれから二人で暮らしていく先には、どうしても譲れないものが出てくる。その最初が、住まいと家計の話だ。

優吾の声が再びスマホから響いてきた。電話を通して聞く彼の声は普段より低くて優しい。

「真奈の結婚資金の貯蓄額に俺は驚いたけど……二人の将来を思って投資してくれたんだと思うと、その期待にふさわしくありたいと思うよ。こんなこと、電話でしか言えないけど……恥ずかしいな」

「ふさわしいっていうより、今のままの優君でいいよ」

「……そのわりには俺に圧をかけるよね」

どういう意味？　と聞くと、優吾が「なんでもない」と答えた。

「機嫌をなおしてくれるものを送信するよ。じゃあ、土曜日ね」

機嫌を損ねたのは自分ではなく、優吾のほうではないか。

そう思ったが、送られてきたウエディングヴェールの写真に真奈は歓声を上げる。それはまるで、おとぎ話に出てくる姫君が付けているような、麗しいレースの品だった。

ドレスの仮縫いの日が近づいた木曜の夜、いろいろ考えてみたけれど、マルコへの贈り物はエルメスのスカーフにすると母は言った。毎年新作が発表されるエルメスのスカーフは色柄も素敵だが、それぞれにタイトルが付いているそうだ。ブランドのウェブサイトを見ていたとき、結婚する二人にふさわしいタイトルの柄を見つけたのだという。

そこで当日の朝、母と銀座のショップで贈り物を買い、ランチを取ったあと、午後からの仮縫いに出かけることになった。父も誘ってみたが、その日は予定が入っているそうだ。

しかし、その話のあと父が真奈の部屋に来て、結婚記念日と、娘が結婚する年の記念に、二人で母にもスカーフを贈らないかと提案された。少額でいいと父は言ったが、母へのサプライズが嬉しくて真奈は半額を負担することにした。

土曜の朝、二人でエルメスの銀座店に出かけると、母が見つけた名前のスカーフはさまざまな色のバリエーションがあった。ガラスのショウケースの上にすべてを出してもらい、巻いたときに出る色合いの様子を二人で吟味したあと、母が一枚を指差した。

「この配色がマルコさんによく似合うと思うよ」

「お母さんの見立てなら間違いないね」

弱々しく母は微笑んだ。今までは外出となると着物部屋であれこれ選び、いそいそとコーディネートをしていた。それが三島から帰ってきて以来、母はいつも兎模様の同じ着物を着ている。

ショップのスタッフにプレゼント用の包装を頼んだ母に、真奈は「あのね」と話しかける。

「次はお母さんの番」

母はきょとんとした顔をしている。

「あのね、お父さんと私から、お母さんにもスカーフを贈りたいの。二人の結婚記念日と、私が結婚する記念に」

ガラスケースの上に広げられたスカーフを母が見つめている。

母はゆっくりとうつむき、「うれしい」とつぶやいた。

「こんな素敵なプレゼントを娘からもらえるなんて。でもいいよ、気持ちだけで。だって値段のことを言いかけているのに気付き、真奈は朗らかに笑いかける。

「気にしないで。お父さんと一緒に贈るから。これまでの『ありがとう』と、これからの『よろしく』をいっぱいこめて。だから遠慮しないで。……こんな贈り物をするのは初めてだよね」

「そんなことないよ。母の日にもらってる。フライパンとかエプロンとか」

母への贈り物は、本人の希望もあるけれど、常に実用品だ。反省をこめ、真奈はスカーフを手にしては母の顔の近くにかざしてみる。

「これはどう？　あっ、これもいい。だけど……もしお母さんが欲しい帯締めがあるんだったら」

スカーフがいい、と母が言い、真奈が手にした白地のスカーフに触れた。

「それならこれがいい。お母さん、この色が好き」

「うん、お母さん、すごく似合うよ」

母の顔が少しずつ明るくなっていき、やがて笑みが浮かんだ。

「ありがとう、真奈ちゃん。元気が出てきた」

「その調子、その調子。お父さんにもお礼を言ってあげてね」

ようやく明るい顔になった母と銀座をのんびりと散歩し、予約しておいたカフェのテラス席に真奈は母を案内した。

日差しは明るく、初夏の風が通りを吹き抜けていく。あたりを見回し、母は目を細めた。

「素敵なお店だね。今日は嬉しい日だなあ。お母さん、一生忘れないよ」

母が隣の席に置かれた、贈り物を包んだ風呂敷を撫でた。朱色のその風呂敷は「束ね熨斗」という柄で、おめでたい日に使うものらしい。

「マルコさんはエルメスがお好きなんだよね。この間もバッグの持ち手にツイリーっていう細長いスカーフを巻いていらしたから」

よくわかるね、と真奈が驚くと、少しだけ得意げに母はうなずいた。

「布好きだもの。エルメスの絹はブラタクっていう日系の会社の糸で織られていてね、極上なの」

その社名はブラジル拓殖組合が由来だと楽しげに話し始めたが、母は途中でやめた。

「糸の話はともかく、やっぱり優吾さんのおうちはセレブなんだね。真奈ちゃんはこれから初めてのことにたくさん出会うと思うよ。お母さんにわかることなら力になるけど、優吾さんのおうちの人にしかわからないこともある。そのときは素直に教えてもらって学んでね」

母が感慨深そうに外を眺めた。ビルの間から青空がのぞいている。

「お母さんがお嫁に行くときにね、真奈ちゃんのお祖父ちゃんが言ってた。いつも笑顔で明るく、安らげる家庭を作るようにって。ジゲンセ、ワゲンセ、アイゴセだって」

方言？　とたずねると、「違うんだな」と母はハンドバッグから小さなペンを出し、紙ナプキンに「慈眼施　和顔施　愛語施」と書いた。

「お寺の住職さんに昔、言われたんだって。慈しみある眼、和やかな顔、愛ある言葉。学問や大きな収入で貢献できなくても、ただそれだけで人は宝に等しいものをまわりに差し上げているんだって。お母さんは早くに会社を辞めたから、そんなに収入を得られなかったけど、この三つを心に留めて、安らげる家庭を一生懸命作ってきたつもり」

「『つもり』じゃなくて、そうだよ、お母さん。今もそう」

母がうつむき、目のあたりを指でぬぐった。

「ごめんね……お母さん、最近涙もろくって」

照れくさそうに笑っている母を見て、真奈はスマホを取り出す。

「お母さん、写真を撮ろうよ、写真！　さっきのプレゼントと一緒に」

「写真、好きだね。じゃあ真奈ちゃんも一緒に」

席を立ち、真奈は母の隣で腰をかがめる。母がプレゼントの箱を出し、顔のそばに持ってきた。その肩を抱き、身を寄せ合って写真を撮る。

画像を確認すると、母がとても嬉しそうに笑っている。可愛い兎柄の着物がよく似合っていて、思わず真奈も笑顔になった。


マルコが仮縫いの会場に指定したのは、銀座の近くにあるハウススタジオだった。マンションの一室を利用したそのスタジオは洒落た家具や観葉植物、絵画などが備え付けられ、趣味人の邸宅のようなしつらえだ。ドラマやＣＭなどの撮影にもよく使われているらしく、マルコとカンカンは午前中、ここで動画の撮影をしていたという。

母と銀座のカフェを出たとき、優吾は三十分ほど遅れるというメッセージが真奈のスマホに入っていた。

マルコによれば、優吾は寝坊して新幹線に乗り遅れ、そのうえ座席でも寝入ってしまって連絡が遅れたが、もう近くまで来ているそうだ。

彼がいないところで話を進めるのは心細い。仮縫いをする部屋に向かいながら、それなら優吾の到着を待ちたいと真奈は言った。しかし、マルコはきっぱりとした口調で断った。

「優吾クンがいたって、今日はたいして役に立たないわ。先に作業を始めましょうよ」

そう言いながら開けた扉の向こうには、学校の教室ほどの空間が広がっていた。部屋の一角には瀟洒なバーカウンターがあり、黒い麻のシャツを着たカンカンがスツールに腰掛け、スマホで話をしている。鎖骨がのぞくほど襟を開けたシャツの肩には若草色のカーディガンが掛けられ、胸元で左右の袖がゆるく結ばれていた。

カンカンの横を通り過ぎ、部屋の中央へ向かうと、布地やレースが置かれた丸テーブルと、白い布をかぶせたトルソーが置いてあった。

マルコの合図で、彼女のスタッフがトルソーの布を外す。シンプルだが、美しいラインのドレスが現れ、真奈は息を呑んだ。

素敵、と母が声をもらし、ドレスに近寄った。今回は仮縫い用の布だが、実際のドレスはこだわりの素材で仕立てるとマルコが言っている。

彼女に許可を取り、母が丸テーブルに置かれた生地の端に触れた。上質な布なのか、「素晴らしいです」と、うっとりとしている。

カメラを持った青年が母に近づき、映像を撮り始めた。よく見れば、カンカンのそばにも、もう一人カメラマンがいて、彼もこちらにレンズを向けている。

不審に思いながらも、真奈はマルコに頭を下げた。

「すみません……こんな素敵なお支度をしていただいて」

電話を終えたカンカンが振り返った。人差し指を軽く左右に振っている。

「ノーノー、真奈さん。『すみません』なんて言わない。どれもあなたにふさわしいものだよ。堂々と受け取ればいい。そして今日も真奈さんママ、実に麗しい着物姿ですね」

カンカンが白い歯を見せて笑った。濃い色の服のせいか、今日は一段と歯が輝いて見える。

いえ、そんな、と、言って、母が目を伏せた。カンカンの褒め言葉より、ラテン風のセクシーなシャツの着こなしに戸惑っているようだ。

カンカンがスツールを下り、母の前に立った。

これも粋な着方の演出なのだろうか。深く開けたシャツの胸元から、ちらりと胸毛をのぞかせている。目のやり場に困り、真奈もうつむく。

いかがですか、とカンカンが朗らかにたずねた。

いえ、あの、と母がつぶやく。

「いかがですかと言われましても……」

「失礼、唐突でしたね。いかがですか？　真奈さんママも動画を配信してみませんか？　僕はこの一ヶ月、あなたのSNSをチェックしましたが、生徒さんとの交流がひじょうに活発ですね。和装に関する動画も調べてみたんですが、この分野はまだまだブルゥーオゥシャンヌですよ」

相変わらずカンカンの発音は良すぎて、パッと聞いただけでは意味がわからない。母も同じなのか、少し時間をおいたあと「ブルーオーシャン」とは何かとたずねた。

よく聞いてくれた、と言わんばかりにカンカンが微笑む。

「競合相手がいないってことです。リサイクルの着物や箪笥に眠っている着物をどう活用するか。そうした知恵を、清楚な和装のご婦人が語るコンテンツ。着物に興味がない層にも刺さりますよ。

将来的には収益をあげる形に……」

マルコが生あくびをした。

「その話、まだ続くの？」

「おっと、失礼。今日の主役は真奈さんだ」

「カンカンさんのお話、とても興味はあるんですけど、その前にまず」

カンカンに一礼したあと、母がマルコに身体を向けた。

「マルコさん、ささやかですが、真奈の支度にお骨折りをいただいたことへの感謝をこめて」

母が朱色の風呂敷から、リボンがかかったオレンジ色の箱を出した。

「真奈と一緒に選びました。この間、エルメスのスカーフをバッグに巻いていらしたから、お好きかと思って。私たちの気持ちです」

箱を受け取ったマルコが「あら」と微笑んだ。

「どちらのリサイクルショップで？」

えっ、と小声で言ったきり、母が黙りこむ。あわてて真奈は言葉を継ぐ。

「銀座の、本店？　そこで母と、さっき選んできたばかりです」

「あら、メゾンでお買い物なさるなら、タントウサンをご紹介したのに」

タントウサンとは何かと考え、「担当さん」と気付いて真奈も黙る。マルコはきっと頻繁に買い物をする上客で、担当のスタッフが店にいるのだろう。

数時間前、一枚のスカーフだけで感激していた母を思うと、せつなくなってきた。

「おいおいマルコ、そんな言い方は失礼だよ、せっかくのプレゼントを」

カンカンがよく鍛えられた腕を組む。黒いシャツの袖から、重厚感のある腕時計がのぞいた。

「どこから見ても正規店の品じゃないか。ブランドの箱にリボンもかかってる」

「最近はフリマサイトでブランドのお店のリボンや箱も取引されてるのよ」

いたたまれない顔で母がうつむく。ごめんなさいね、とマルコが軽やかに言った。

「悪気はないの。そんなお店があるなら教えてもらおうと思っただけ。さあ、仮縫いしましょ」

うつむいていた母が、わずかに顔を上げた。

「私、少し、気分が良くなくて。今日はもう、失礼します」

「えっ、お母さん帰るの？　それなら私も帰る」

ドアに手をかけた母が、「真奈は駄目」と言って振り返った。

そうよ、真奈さんは駄目、とマルコの声がした。

「仮縫いができなくなるじゃない。気分が良くないって、私の言葉がお気に障ったってこと？」

否定も肯定もせず、母がマルコを見据え、しとやかに頭を下げた。

「娘を、どうかよろしくお願いいたします。真奈ちゃん、あちらのお母様にいろいろ教わってね」

「待って、お母さん！」

母は足早に廊下を進み、玄関を出ていった。あわてて真奈も後を追い、エレベーターホールの前で母の腕をつかむ。

「待って、お母さん、置いていかないで！」

「子どもみたいなことを言わない！」

振り返った母が真奈の目を見つめた。

「真奈ちゃん、これが結婚というものの現実。相手の親がどんな人でも、何を言われようとも、波風を立てたくなかったら多少のことは我慢しなければ。ごめんね、お母さんはここに来るべきじゃ

なかった。場違いなところに来て、真奈ちゃんの足を引っ張って
「引っ張ってなんていないよ！」

エレベーターが到着した音が鳴り、扉が開いた。

「あっ、真奈、お母さん」

大量の紙袋を持った優吾がエレベータから出てきた。照れくさそうに笑っている。

「すみません、遅れまして。これ、お土産です」

優吾が一番大きな紙袋を母に渡した。

「海老煎餅が大好きって聞いたから、一番デカい箱を買ってきました。バリバリ食べてください」

お土産を持った母が頭を下げ、エレベーターに入って扉を閉めた。閉じた扉を真奈は叩く。

「待って、お母さん！　開けて！　開けて！」

何？　と優吾が驚いた顔をしている。

「何事？　俺、さっぱりわかんないんだけど……お母さんを追いかけたほうがいい？」

追いかけて！　と叫び、真奈は階段へ駆け出す。優吾が真奈の腕をつかんだ。

「わかった、階段は俺が行く。真奈はエレベーターで降りて」

土産物の袋を床に置き、脱兎の勢いで優吾が階段を降りていった。上がってきたエレベーターに乗り、真奈が一階へ急ぐと、マンションの前の路上に優吾が出ていた。膝に手を突き、肩を上下させて、苦しげに呼吸をしている。

「ごめん、真奈、申し訳ない……一足遅れた。お母さん、タクシーに、乗って、行っちゃった」

優吾が指を差した方角を見ると、タクシーが道を曲がっていくところだった。

途方に暮れて、真奈は母が消えた方角を見る。息を切らせながら、優吾はポケットからハンカチ

を出して額の汗をぬぐった。

「一体、何が、起きたか……せ、説明、して、くれる？」

「母が、マルコさんに贈り物をしたの。ドレスのお気遣いのお礼にって、エルメスのスカーフを」

「それ、喜んだだろ？　母は大好き、だよ」

それが……とつぶやき、真奈はうつむく。

「どこのリサイクルショップで買ったのかって、マルコさんが母に聞いて」

汗を拭く手を止め、優吾がハンカチをポケットに突っ込んだ。怒っているのか、広めの歩幅で建物に戻ると、せわしなくボタンを押し、上階にいるエレベーターを呼んでいる。しかし、なかなか下りてこない。待つのがまどろこしくなったのか、優吾は階段に向かっていった。

「真奈は、エレベーターで上がってきて」

下りていったときと同じ勢いで、優吾が階段を駆け上がっていった。

壁にもたれて真奈は母のスマホにお詫びのメッセージを打つ。既読になったが、返事は戻ってこない。

気が進まないが、スタジオに荷物を置いてあるので、このまま帰るわけにもいかない。再び部屋へ戻ると、テーブルに置かれた高梨家からの贈り物を、優吾たち渡辺家の三人が取り囲んでいた。

マルコさん、と呆れたように優吾が言っている。

「……なんでそういう毒を吐くんだよ！」

「そうだな、あれはよろしくないね、マルコ」

ちょっとしたジョークよ、とマルコがふてくされたように言った。

「それにサステイナブルなことだし、別に悪くないでしょ。私は素直にそう感じたから聞いただけ。

何が悪いの？　リサイクルのお店に失礼じゃないの」

　黙ったまま、真奈は優吾の隣に並ぶ。

　ごめんね、とカンカンが真奈に声をかけた。

「マルコは、天然なところがあって、思ったことをすぐに言ってしまうんだ。悪気はないんだよ。日をあらためて、真奈さんママにあやまらなくては」

　真奈のそばにカメラマンが寄ってきた。明らかに動画を撮影している。

「あの、どうして、私を撮るんですか。……っていうか、さっきから何を撮ってるんですか？」

　ウエディングドレスのメイキング動画を作っているとマルコが説明した。

「最後は真奈さんに着てもらって、感想を聞かせてもらいたいな。式も撮らせてほしいの。実は『オトコノコの福』の完結編を映像と本で作りたくて。あのシリーズの幸せな結末として『ゆーごクンの結婚』って、すごくよくない？」

　優吾は知っていたのだろうか。非難の思いを目に込め、真奈は隣にいる彼を見る。

　優吾が首を横に振った。

「勘弁してよ。そういう思惑があるなら、真奈には悪いけどドレスはレンタルにしてほしい」

　マルコがテーブルの上のレースや生地を指差した。

「これを前にしてそんなことを言う？　こんなに素晴らしい素材を集めてきたのに？」

　私も、と真奈は声を強め、優吾に寄り添った。

「それなら作っていただかなくて結構です」

「本当に？　今さらそんなことを言う？　あなたたちって、ほんと張り合いがないのね。兄も言ってたわ。優吾君の彼女は何をしてやっても喜ばない、いつもあやまってばかりいるって。何かをしてもらったら、笑顔で喜ぶのが一番のお礼よ。それなのに遠慮して暗い顔でペコペコ頭を下げたり、『すみません、すみません』って口癖みたいに言うのはおかしいわ」

「だって……申し訳ないですから」

「真奈にまで毒を吐くな！」

カンカンが英語で何かを言った。みんな、落ち着けと言っているようだ。

「マルコが言いたいのはつまり、真奈さんのスマイルは最高だから優吾に独占させないで、みんなにわけてあげればハッピーってことさ。結婚式は花嫁のためにある。真奈さんのためにあるといっても過言じゃないんだ」

花嫁のため？　この家のためではないだろうか。

急に、何もかもが色褪せて見えてきた。

大勢の招待客も豪華な食事も装飾も、すべて新郎側の家の体裁を取り繕うためのものだ。

「私……帰ります、母のことが心配ですし」

「あのね、そこまで私、ひどいことを言った？」

テーブルに置かれたスカーフの箱に真奈は目を落とす。

些細なことかもしれない。ただ、母と銀座で過ごした楽しい時間を思い出すと心が痛い。

「母は……たしかにリサイクルのお品を活用します。お値段のこともあるけど、昔の着物の模様や布が好きなんです。でも人への贈り物には新しいものを心をこめて選びます。そういう考えやお金がない人だと見下されたのがいやなんです」

マルコが腕を組み、数回うなずいた。

「あー、わかったわ、ごめんね、配慮がなくて。お母様にはあとで、きちんとあやまるわ」

マルコが腕をほどき、独り言のように言った。

「だから、昔、優吾クンに言ったじゃない。同じぐらいの生活レベルの人じゃないと、お互いに気を遣うよって。あのときはあちらのほうがうちとは桁違いのセレブだったけど」

生活レベルという言葉に、真奈はこぶしを握る。思えば優吾の祖母も、従姉の婚礼の話をしたとき、「暮らし向きや、ものへの考え方のステージが違う人」と、コスパ重視の花婿のことを語っていた。

あれは彼のことだけではなく、自分たち親子のことも遠回しに嫌味を言われていたのだろうか。

「私の家は……」

心によどむ思いを言うべきか、黙っているべきか。波風を立てぬよう我慢するべきか。

目を閉じ、真奈は深呼吸をする。目を開けたと同時に心が決まった。

「私が育った家は、その、生活レベルというものがお宅にくらべて低いかもしれません。でも私は、そういう発言を平気でする人は品性が下劣だと思います。少なくとも、そんな下品な発言を私の母はしないし、それを天然だと言い訳して、周囲の人に我慢をさせるお宅って何様かと思います」

「真奈、落ち着いて、真奈も言い過ぎだよ」

たしなめた優吾に真奈は顔を向ける。

「今、なんて言った？　もう一回言って」

「真奈も、言い過ぎ……」

あのね、と、真奈は優吾の言葉をさえぎる。

「最初からすべて見ていたわけじゃないのに、どうして私のことを言い過ぎって言えるの？　待ち合わせは一時だよね。どうして寝坊して遅刻してくるの？」

「忙しくて。昨日もそんなに寝てないんだ」

「忙しくて大変なら、結婚なんてやめたら。忙しいのはあなただけじゃない。……それから、私のことを撮らないでください！」

「やめて、真奈さん、カメラマンに当たらないで！」

マルコと真奈を交互に見ながら、手首に針山を巻いたスタッフがおずおずと近づいてきた。

「あのう、時間も迫ってますし、そろそろ仮縫いを……」

「しません。私は帰ります」

バッグを抱え、真奈は玄関に急ぐ。優吾が追いかけてきて「外で話そう」とささやいた。

スタジオを出て真奈はエレベーターに乗り込んだ。優吾を待たずに扉を閉めた瞬間、わずかな隙間に彼のバッグが差し込まれた。

弾みで開いた扉を手で押さえ、落ち着いた物腰で優吾が乗り込んでくる。ところがエレベーターが動き始めると、今度は情熱的に抱きしめられた。その落差に怒りが溶けそうになったが、真奈は力をこめて優吾の身体を押し返す。

「ハグでごまかさないで！」

優吾が身を離した。しかし今度は真奈の手の甲に彼の手が触れた。仲直りを求めて、優吾がせわしなく手の甲を叩いている。

「触らないでよ！　むかつくから」

「そんな言い方しなくても……」

傷ついた表情の彼に「ごめんね、悪気はないの」と真奈は声を掛ける。

「優君、そう言われたらどう思う？　あなたと結婚したら、この先こうやってお母様の暴言を浴び続けるんだね。『悪気はない』って言われながら。自分のことを言われるのは我慢できる。でもね、親のことを悪く言われるのは許せない」

「母のことはあやまるよ。でも、真奈も俺の両親にわりと酷いこと言ってたけどね」

エレベーターの表示を真奈は見上げる。階が下がるにつれ、怒りと興奮と愛情も冷めていく。最下階への到着音が大きくフロアに響いた。

「それなら私たち、もう駄目かもね」

優吾は黙っている。自分から別れをほのめかしたのに、同意を思わせる沈黙が怖くなってきた。


スタジオが入っている建物を出ると、優吾は馴れた足取りで五分ほど歩き、昔ながらの古びた喫茶店の扉を開けた。昼どきが過ぎたせいか、客は一人もいない。

奥のボックス席に座って飲みものが届くと、優吾はあらためて頭を下げた。ただ、真奈の怒りはもっともながら、あそこまで激怒しなくてもいいだろうと反論している。

優吾の話を聞きながら、真奈はアイスコーヒーのグラスを見つめる。

そうかもしれない。でもマルコの言葉はきっかけだ。これまで心の内にくすぶっていた火種が、一気に燃え上がったのだ。

「優君の言い分もわかったけど、私……もう疲れた。部屋探しにしても探してるのは私ばっかり。優君は物件を見て文句を言うだけ。条件を譲歩する気もない。私が譲歩するのを待っている」

優吾は無言でコーヒーを飲んでいる。

「婚礼のことも私、言ったよね。親がかりで挙げる立派な披露宴はもうやめようって。あのときは、これから何かあったときに親戚付き合いが大事になるからって言ってたけど、どうして親戚に頼るのが前提？　自分たちでなんとかする。そういう気概はないの？　もう結婚はいい」

どういう意味？　と優吾が口を開いた。「言葉の通り」と真奈はアイスコーヒーのグラスをストローでかきまぜる。

「ほかにも家計のこととか。言いたいことがいっぱいあったんだ」

「それなら俺も言うけど……」

優吾が真奈の手首のブレスレットを指差した。

「それは真奈に似合うと思って買った。楽しいことがあったら、二人で相談してチャームを増やしていこうと思って。だけど、真奈にとってそれはポイントカードみたいなものなんだね」

「どういうこと？」

乙女椿とクローバーのチャームに真奈は触れる。残り四カ所のチャームを付ける位置には、結婚式、第一子、第二子、最後はマイホーム、それぞれにちなんだものを付けるつもりだ。

「婚礼はすぐに付く」

三番目のチャームの位置を、優吾は指差した。

「でも次は二人の子どもと家だろ？　もし、子どもが授からなかったら？　予定通りに家が買えなかったら？　そうしたら、ずっとチャームが付かないブレスレットを俺は見せられるの？」

優吾の声に悲痛なものを感じて、真奈は顔を上げる。彼はテーブルの一点を見つめていた。

「俺は、真奈がいればいい。子どもができたら大事に育てるけど、たとえそうでなくても人生に真奈がいてくれたらいい。でも真奈は違う。三十までに結婚して子どもを二人産んで、三十五歳までに持ち家が欲しい。それって別に相手は俺じゃなくてもいいよね。ほかの男でもいいわけで」

ほかの人はいやだ。優吾がいい。でも、素直にその言葉が言えない。

振り絞るような優吾の声が聞こえてきた。

「何歳までにこうしろ、ああしろと、人に生き方を決められるのはいやなんだ。たとえ真奈でも」

「優君の生き方を決めたつもりなんてない。嬉しくて、楽しくて、未来のことを少し夢見ただけ。将来のことを夢見るのはそんなに悪いこと?」

「悪いことじゃない、たぶん。でも、結婚が決まってから僕らは喧嘩ばかりだ」

優吾の一人称が「俺」から「僕」に変わっている。真奈、と呼びかけた声には今までにない深みがあった。

「僕の親は、父が原因で子どもになかなか恵まれなかった。僕にも同じように男性不妊の可能性があったらどうする? もし、子どもができないとしても、真奈は僕と結婚する?」

驚きのあまり、真奈は優吾を見つめる。

そんなことは考えたこともない。結婚したら自然に子どもは授かるものだと思っていた。

「どうして、答えてくれないんだ?」

気持ちがまとまらず、真奈は目を伏せる。優吾が伝票に手を伸ばした。

そうだな、とかすかに声がする。

「真奈の言うとおりだ。たしかに、もういい。式をキャンセルして、すべて白紙に戻そう」

優吾が立ち上がった。その姿を見上げたとき、「もう結婚はいい」と言ったのが自分の本心だったのか、わからなくなってきた。

会計を終えて優吾が去っていく。引き止める言葉も浮かばず、扉が閉まる音を真奈はただ聞いていた。

第五章　六月

智子

もう少し我慢をすればよかったのだろうか。

全国的に梅雨入りした金曜の夜、雨音を聞きながら、智子は食卓で血圧を測る。

ずいぶん高い数値が出た。

再び腕帯を上腕に巻き、智子は二度目の血圧測定を始める。

先月、白目に出血をおこしたことがきっかけで、高血圧と動脈硬化がずいぶん進んでいたことがわかった。これまでは、めまいや頭痛やむくみがひどくても更年期のせいだと思っていた。しかし、実際のところは静かに進んでいた病気の影響だったようだ。

　精密検査をした結果、すぐに手術を要するほどの状態ではないことはわかったが、食事や睡眠、運動なども含め、今後の暮らし方を見直したほうがよいと言われ、あらためて自分の老後について深く考えた。

　いったい、いつまで元気でいられるのだろう？

そしていったい、自分はいつまで夫や周囲の人々の顔色をうかがいながら、笑顔を浮かべて暮らしていくのだろう？

そう考えているうちに、その場の空気をなごやかにするために、自分の気持ちを抑えることが、つらくなってきた。だから真奈のウエディングドレスの仮縫いの折、マルコの発した言葉に我慢ができなかった。これまでの自分だったら、どれほど不愉快でも娘のために、笑顔とユーモアをまじえた返答でうまく切り抜けられたはずだ。

二度目の計測結果が出た。最初の数値とほとんど変わらない。

「えー、こんなに高いの？　薬を飲んでるのに？　機械、壊れてない？」

独り言を言った自分に苦笑しながら、智子は血圧計を片付け、二階へ向かった。階段を上がりながら、再び先月のことを思い出す。

五月の最終週、マルコの嫌味に耐えられず、真奈のドレスの仮縫いに立ち会わずに先に帰宅した。その二時間後、真奈が暗い顔で家に帰ってきて、マルコによるウエディングドレスの製作は断ってきたと語った。あのあともマルコから不愉快な発言が続き、耐えられなかったそうだ。

何を言われたのと聞いたが、真奈は多くを語らない。ただ、優吾が以前交際していた女性の家はかなりの富裕層で、そのときは優吾一家のほうが、今の高梨家のような立場だったそうだ。

世の中、上には上がいるんだね、と真奈は他人事のように言い、そして一昨日の水曜日、さらに他人事のように、優吾との婚約は白紙に戻したと両親に告げた。式場のキャンセル料を問い合わせたところ、見積もり金額の二割と、これまでにかかった実費を支払わなければいけないそうだ。それらの費用はすべて優吾が負担する意向だが、真奈も半額を払いたいと考えているらしい。

すると、それまで黙って聞いていた夫が、今後、金銭に関することは真奈ではなく、自分が先方と交渉すると言い出した。

真奈は反対したが、これは親の役目だと夫は言い張る。どちらから婚約破棄を切り出し、どちらに落ち度があるのかわからないが、理由によっては慰謝料が発生する可能性がある。そうなると当人同士より、親や弁護士が対処したほうが感情的にならなくてよいという。

それでも、もし一時の気の迷い、恋人同士の喧嘩の類いなら親が出る幕ではないが……、と夫が言うと、真奈がほろりと涙をこぼした。そして静かに「お願いします」と夫に頭を下げた。

その姿を見て、母親の自分も泣いてしまった。そして思った。

あのとき、もう少し我慢をすればよかったのだ。

ただ、夫も自分も郷里を出て三十数年。結婚してからは、二人で力を合わせて生きてきた。華美ではなくとも見苦しいことはしてこなかったつもりだ。優吾の家族に馬鹿にされるいわれはない。

それでも娘の涙がつらい。あの姿を思い出すたび、後悔の念が胸にこみあげてくる。

ため息をつきながらゆっくりと階段を上がり、智子は着物部屋兼書斎の扉を開けた。

さわやかな柑橘系の香りがした。

夫のパソコンの脇に置かれた折り紙からアロマオイルの香りがたちのぼっている。緊張を緩和させる香りと聞いたから、夫は真奈の一件で生じたストレスを癒やしているのだろう。しかし香りを調合した人物のことを考えると、こちらはさらにストレスが増すのは皮肉な話だ。

玄関のドアが開く音がした。誰かが階段を上がってくる。

真奈ちゃん？　と智子は声をかける。

俺だよ、という声がして、夫が部屋に入ってきた。肩にはギターケースを掛け、手にはスーパーの袋を二つ提げている。

「なんだ……お父さんか」

「真奈はまだ帰ってこないの？　心配だな」

心配する必要はないと思いつつ、智子は衣装敷を畳に広げた。

「大丈夫だよ。今日は真奈ちゃん、お友だちと会ってるから。親には言えない愚痴も、お友だちになら言えるってこともあるでしょ」

本来なら今夜、真奈は披露宴で余興を披露してくれる友人たちと打ち合わせの予定だった。それなのに婚礼が中止となり、真奈はすっかり出かける気力をなくしたそうだ。ところが心配した友人が熱心に誘ってくれたので、やっぱり会うことにした……と、今朝、智子が作ったおかずを弁当箱に詰めながら、ぽつりぽつりと語ってくれた。

そうか、とつぶやき、夫は荷物を畳に置き、デスクライトを点けている。

「こういうときに会える友だちがいたのかと思うと、ほっとするな。ところで……さっき先方の父親と電話で話をしたよ」

机の前に座った夫が椅子を智子のほうに向けた。再来週に「先方の父親」ことカンカンが上京するので、その折に金銭関係の話を詰めることになったらしい。

「なんだろうな……先方の母親は焼きもちを妬いてたんだって、のんきなことを言ってた」

「息子の婚約者に嫉妬したってこと？　生臭いね」

「生臭いって、それもすごい言い方だな。でも違う。焼きもちを妬かれたのは真奈のほうじゃなく、真奈さんママ、つまり智子にだってさ」

「なんで私に？　妬かれる理由がないんですけど。カンカンさんって適当なことを言うのね」

「『娘と仲良くお買い物』っていうのが、うらやましかったんだろうって言ってた。それから真奈さんママの着物姿がきれいだったからだって」

それから、と言って夫が足を組んだ。

「真奈が先方の母親と言い争いをしたらしい。でもまったく負けてないどころか、言い負かしたらしく『あれは実にしびれた』って言ってた」

「何言ってるのよ、あの人。危機感がなさすぎ」

「ないな。危機感はまったくない。痴話喧嘩に巻き込まれているような調子だった。真面目に考えてるこちらが馬鹿らしく思えてきたほどだ」

「でもおカネの話はするんでしょう。わざわざ上京して」

夫が組んでいた足を戻し、今度は腕を組んだ。

「それなんだけど……結婚をやめようと言い出したのは真奈らしい。場合によっては、優吾君への慰謝料が発生しそうだ。でも先方は優吾君より母親の慰謝料の話をしたいって言ってた」

「なんでマルコさんにうちが慰謝料を払うのよ。こっちが請求したいぐらいだわ」

うーん、と夫がうなり、首を横に振った。

「真奈はあちらの母親に何を言ったんだろうな。そんなにひどいことを言う子じゃないと思うけど。それに……」

意外なことに破談の話を聞き、優吾の祖母や伯父たちが、なんとかしてやれないかと、カンカン夫妻に言っているらしい。

「なかでも、お祖母ちゃんが強く母親に詰め寄っているそうだ」

「破談になると体面が悪いとか？　それとも真奈ちゃんはお祖母さんに気に入られているのかな」

わからん、と夫がつぶやいた。

「今となってはどうでもいいが。とにかく真奈がこれ以上傷つかないようにしたい。先方が法外な額を言わない限り速やかに支払い、この件はそれで終わりにしよう。うちにも意地がある」

ため息をつくと夫は立ち上がり、畳に置いたスーパーの袋を手にした。続いて机の下から大きなボストンバッグを引き出し、買ってきた品物を次々と入れている。

「お父さん、その荷物は何？」

「明日のイベントで使うんだ。現地で買ってもいいんだけど、当日バタバタするのもいやだし」

明日は義母が入所している三島の施設でイベントが開催される。有志による模擬店やバンドの演奏も行われ、義母やリコの母親もカスタネットで演奏に参加する予定だ。

真奈の破談の話を聞き、智子は今週末に予定していた呉服店への買い物同行を延期してもらった。娘のそばにいてもたいしたことはしてやれないが、この土日は家にいるつもりだ。

ねえ、お父さん、と智子は夫に呼びかける。

「急なことだけど……明日は三島に行かないで、うちにいてくれない？　真奈ちゃんと一緒にご飯でも食べにいこうよ」

荷物を詰めている夫の手が止まった。

「いや、でも、人手が足りなくて。俺が行かないと困る人が大勢いるんだ。みたらし団子の担当だし、バンドの手伝いもあるし、テントの設営も」

振り返った夫がほほえんでいる。

「そうだ、一緒に行こうか。気晴らしに三島までドライブはどうかな。智子と真奈が来てくれたら、おふくろも喜ぶ。みんなで団子を売ろう」

嬉しそうな夫の顔を智子は黙って見つめる。

夫の笑みがゆっくりと消えていった。

「そうだな、ごめん、馬鹿なことを言った。真奈もそんな気分になれないよな」

「お父さんは……うち以外にも大事な場所があるんだね。それで……明日は健一君、リコさんって呼びあってお団子を焼くんだ」

「険のある言い方だな。トモツンも来れば」

冗談めかした呼び方に智子は一瞬目を閉じる。

今までなら笑っていた。でも今は笑う代わりに涙がにじみでた。

「おいおい、なんで泣くんだ」

夫があわてて立ち上がり、机の上にあるティッシュの箱をつかんだ。差し出された箱から数枚抜き取り、智子は涙を拭く。

衣装敷の上に夫が胡座をかいた。

「智子……今まで俺が三島に行くことを全然気にかけなかったのに、そこに友だちができて、その人が女性だからって、そんな嫌味を言うのか？　俺たち、もう若くないんだ。若葉マークの年寄りだよ。頻尿や歯や薄毛に悩み始めた老人予備軍に、色恋沙汰がおきるわけないだろう」

「でも、いやなの」

妻には不機嫌で仏頂面なのに、あの人には惜しみなく笑顔を向けるのがいやだ。

いやなんだ、と智子は再び繰り返す。

「私が洗ったパンツと靴下を穿いて、よその女の人に優しくしないで！」

呆気にとられた顔をしたのち、夫は小さなため息をついた。

「最近のお母さんはおかしい。妙に感情的で。疑うなら一緒に来ればいい。でも来ないだろう。俺といても楽しくないから」

その通りだとも言えず、智子は涙を拭いたティッシュを細かく畳む。夫の声が続いた。

「この間『お父さんにとって私って何』って聞いたよね。俺も思った。智子にとって俺とは何だ？　娘の父親？　給料を運んでくる存在？　同居人？　俺と一緒に何かをしようって思ったことはある？」

「ライブに誘った……。トイレが気になるから行きたくないって断ったのはお父さんじゃない」

「それだって、きっかけは俺が古ぼけた服を着ているのがいやだったからだ。違う？」

夫の言うとおりだ。「でもね」と智子は反論する。

「一緒に何かしなくたって、お互い……それぞれ好きなことをするのが一番いいと思ってたし」

そうだよ、とうなずき、夫は机を指差した。

「その結果が今で、この状況だ。俺が自由に使える空間は畳一枚」

あらためて夫の机に智子は目を向ける。着物が積まれた二つのスチールラックと箪笥に囲まれ、夫が使える空間は一畳分しかなかった。

「俺が安らげる場所はこの家にはもうないんだ。だから車のなかでギターを弾いて、コーヒーを飲んで、好きな音楽を大音量で聴いてる」

安らげる場所、と智子はつぶやく。それこそが、今まで自分が大切につくりあげてきたものだ。

「そうなの？　私、一生懸命……いつも笑顔で、安らげる家庭を作ってきたつもりだけど……そうじゃなかったの……お父さんにとっては」

デスクライトを消し、夫が扉に手を掛けた。

「こんなことを言うつもりはなかったんだよ。智子が楽しく暮らせるなら、この状態でもいいと思っていたから……風呂に入る。先に寝るよ」

階段を降りていく夫の足音を聞きながら、智子は彼の机をそっと触る。

明るくて安らげる家庭。

かつては二人で築いていたと思う。この家の庭で幼い娘と花の首飾りを作って遊んでいた頃だ。

その首飾りを枕元に置いて眠る娘を、仕事から帰ってきた夫と一緒に眺めた日が懐かしい。

「そうか……もう無いんだね、あの家庭は」

どこで、何を間違えたのだろう？　いつ、あの幸せは消えてしまったのだろう？

立ち上がろうとしたが力が抜け、智子は畳に膝を突く。桐箪笥に頭をもたせかけると、両親の顔が心に浮かんだ。

慈眼施、和顔施、愛語施。

慈しみある眼、和やかな顔、愛ある言葉。

今の自分には、もう一つもない。

「もう疲れた……疲れたよ、お父さん、お母さん」

どうしたらいいの、とつぶやき、智子は目を閉じる。

健一

六月第三週の金曜日、健一は式場のキャンセル料の話を優吾の父親、カンカンと詰めることにした。その日の夕方、彼は山梨から電車で移動してくるそうだ。そこで職場から近い中央線の八王子駅か立川駅周辺で会うことを提案した。そうすれば都心への移動時間が互いに節約でき、一秒でも早くこの件を収束させることができる。カンカンが了承し、すぐに店を指定してきたので、明日の夜は立川で会うことになった。

破談の話をするのはつらい。しかし最近、同じぐらいに気分が重いことがある。

木曜の夕方、仕事帰りに車を走らせながら、健一はため息をつく。

家に帰るのがつらい。

書斎で言い争いをして以来、智子が頻繁にため息をつくようになった。そこで初めて妻や妹が、ため息をひどく嫌っていた理由がわかった。たしかに身内に目の前でため息をつかれると、自分のことを見限られているようでつらい。

そこで今はなるべく家でため息をつかないように努力している。ところがそうしていると、自宅にいる間は四六時中気を使ってしまい、安らげない。くつろげる場所がますます少なくなってしまった。

車が多摩川の近くにさしかかった。

川沿いの道に車を進めたとき、スマホから妹の美貴の呼び出し音が鳴った。めったに連絡してこない妹からの電話が心配になり、健一は川沿いの空き地に車を停める。電話をかけ直すと、陽気な声で美貴が東京へ饂飩《うどん》を送ったと言っている。

(ありがとね、お兄ちゃん。お母さんの動画と、あんな高そうなヘアケアセット。髪がツヤッツヤになった。お礼にお饂飩、送ったからお義姉さんと食べて)

「かえって気を使わせて悪いな。お母さんの音楽の先生にお礼をしたくてね。先生の副業の店で買ったんだ」

だと思った、と妹が笑っている。

（お兄ちゃんのセレクトにしてはお洒落だもん。この間のアロマの人でしょ。お母さんの折り紙もいい香りだった）

先日、三島の施設で開催されたイベントで、母が仲間たちと合唱をしたり、バンドの演奏に参加したりしている動画を美貴に送った。

母たちの演奏はリコが熱心に指導をしており、自分も三島に友人が増えてきたのは彼女のおかげだ。そこでイベント後に感謝をこめて、リコの店でまとまった額の買い物をしたのだが、家に持ち帰るのはためらわれた。そこで美貴に送ってみたところ、予想以上に喜ばれているようだ。とはいえ、今度は妹から送られてきた饂飩の理由を、智子にどう説明したらいいものか。

悩んでいると、「あのね、お兄ちゃん」と声がした。

（この間もチラッと思ったんだけどさ、もしかして、お兄ちゃん、アロマの人とできてる？）

智子も美貴も、どうしてリコとの関係を恋愛に持ち込もうとするのだろうか。うんざりした思いが、声色ににじんだ。

「そんな関係じゃないよ。なんでみんな、そういうことを言うんだろうな」

からかっているのか「だってさあ」と言う妹の口調は十代の頃のような蓮っ葉さだ。

（お兄ちゃん、アロマの人とお母さんたちと四人で撮った写真あるでしょ。お兄ちゃんってこんな顔して笑うんだって、私、びっくりしたもん。あんなのお義姉さんに見せちゃだめだからね）

「見せてはいないけど……」

リコと写っている写真は、施設のＳＮＳのなかでも大きく取り上げられていた。もし、智子がそのＳＮＳをフォローしていたら、確実に目に入っている。

その話を美貴にすると「あちゃー！」と奇声があがった。

（やばいよ、それ。あれはどう見てもラブラブな夫婦か恋人同士だ）

「いや、そんなふうには見えないよ」

（見えるって。お兄ちゃん、ほかの写真もそうだけど、すっごく楽しそう。夏休みにクワガタ採りに来た小学生みたいな顔してる）

「さっぱりわからん。俺、虫が苦手だし。それにラブラブ？　年を考えろ、俺の年を！」

妹の口調が急に真面目なものにあらたまった。

（何を枯れたことを言ってるの。恋に年齢制限はないんだよ。五十代って第二の人生の始まりじゃない。現役バリバリよ。老後に向けて楽しく過ごす相手を探す人もいるんだから）

恋愛体質というのだろうか。若い頃から妹はこの手の話が好きだ。電話の声が活気づいている。

「お前はともかく、俺はそうじゃないよ」

（まあ、そうだよね。お義姉さんを泣かせたら、真奈ちゃんはママの味方に付くからね。そうしたらお兄ちゃんはこの先、娘にも孫にも会えない寂しい人生をまっしぐら）

「やめろ、そういうこと言うのは！　誤解をするな。先方だってまったくその気はないんだから」

（お兄ちゃんのほうは？）

もちろんそんな気はない。そう答えるつもりが言葉に詰まり、健一は窓の外を見る。

六月の雨はやみ、外には夕焼けが広がっていた。雨上がりの空の下、老夫婦が仲睦《なかむつ》まじく話をしながら犬を散歩させている。

この間、宅配のピザをつまみながら、リコのスタジオでイベントの参加者たちと打ち上げを行った。そのとき話のなりゆきで「雨上がりの夜空に」の前奏を軽く弾いてみた。するとリコが歌いだし、続いて斉藤や同世代の人々も参加して大合唱になった。

クワガタ採りの気分はわからない。ただ、リコといると、たしかに夏休みに友だちと遊んでいるような楽しさがあった。

ちょっと！　と非難するような声を妹が上げた。

（お兄ちゃん、何、黙ってるの。お義姉さんは気付いてるよ。真奈ちゃんだって。思えば三島で会ったとき、あの人のことを探ってたフシがある）

「だからさ、そういうのじゃなく……」

（そう思ってるのはお兄ちゃんだけだ）

冷静な声で妹が言った。

（あるいは自分の気持ちに蓋をして、なかったことにしてるか。お兄ちゃん、昔からそういうところあるからね。本当は……）

もう切るぞ、と、健一は妹の言葉をさえぎる。

「車を運転してるから。饂飩、ありがとうな。届いたらまた連絡する」

電話を切ると同時に、健一は目を閉じる。

気が付けば三島に行く週末が心の支えになっていた。母に会い、音楽を楽しみ、リコと他愛ない話で盛り上がるあのひとときが――。

あの時間があるから、すべてを投げ出さずに、まだ踏みとどまっていられるのだ。

ため息が出そうになるのを健一は寸前で止めた。代わりに手を広げて深呼吸をしてみる。

落ち着け、と自分の心に言い聞かせた。これが恋であろうとなかろうと、互いにこれ以上進める気持ちはない。そして今、いちばん大事なことは、真奈のために破談の収拾を付けることだ。

気を取り直して家に帰ると、玄関から和装の女性が出てきた。青磁色の着物に黒い羽織を着ている。智子がスマホの待ち受け画面にしている、鏑木清方の「築地明石町」のような着姿だ。

昼の右下にあるほくろの色香に惹かれたとき、彼女に続いて智子が出てきた。

「あっ、お父さんお帰り。……晴香さん、主人です」

晴香と呼ばれた女がしとやかに健一に頭を下げる。そのあと智子に向かって艶やかに微笑んだ。

「では智子さん、色よいお返事をお待ちしておりますよ」

「前向きに、どころか、前のめりで検討します」

転ぶぞ、智子。

内心、そう思ったとき、タクシーが家の前に停まった。晴香が車に乗り込み、智子は道に出て笑顔で手を振っている。しかし玄関に戻ってくると、笑みはすっかり消えていた。

「お父さん、今日はご飯、簡単なものでいい？　お寿司、買ってあるから」

「いいよ、もちろん……。さっきの人は誰？　着物関係の人？」

そう、とだけ答え、智子は台所へ入っていった。これまでは一つ聞けば十ぐらい説明をしてくれたのに素っ気ない。味気ない思いで着慣れた服に着替え、健一は食卓に向かった。

テーブルの上にはパックに入った寿司と小皿が置かれ、智子はすでに席についている。わずかな違和感を持ちながら、健一も椅子に腰掛けた。

今までの智子なら、簡単なものと言っても夕食には常備菜の小鉢や汁物が付いていた。しかし、今日はそうした彩りがまるでない。

「智子は……また具合が悪いのかな」

「簡単なものでいいって言ってたじゃない」

「別にこれでいいけど、上等だけど……」

鉄火巻きを手にした智子がため息をついた。

「おいおい、智子、ため息をつくなよ。いつも俺にため息をつくなって言ってたくせに」

「あれは悪かったわね……もう言わない」

鉄火巻きを食べ終えた智子がふっと笑った。

「お父さんの気持ちがよくわかった。言ったところで何も変わらないって思ったとき、人は言葉の代わりにため息が出るんだね」

「何か不満が？」

「お父さんだって不満だらけでしょ」

そうであっても、改善しようとしている。特に、ため息に関しては――。

その話をしようとしたとき、ふと食器棚が目に入った。

これまでぎっしりと棚に入っていた食器やグラスの数が減っている。しかもこの棚の上には大型の調理器具が入っていた箱や、使われていない食器類のセットが入った箱も積まれていたが、それらもすべて消えていた。おかげで黄ばんだ壁紙が天井から剝がれているのが見え、ひどく寒々しい。物がすっきりと片付いたことで、今まで隠れていた部分があらわになったようだ。

視線を落とすと、暗い顔で黙々と食事をしている智子が目に入ってきた。台所の低い天井と白っぽい照明のなかで、やけに小さく見える。

新婚時代から智子は、夫が疲れてふさぎこんでいるのを見ると、気持ちを明るくさせようとして、ことさら陽気に接してきた。空元気にも似たその明るさに、若い頃は対応できた。慰められたこともある。でも、年を重ねるにつれ、ついていけなくなり、おだやかに見守ってほしいと思うようになった。

それでも三島で新しい交友関係ができ、心に余裕ができてくると、以前ほど智子の陽気さが気にならなくなってきた。それどころか、彼女の病気が発覚し、薬が効きすぎてぼんやりしていたり、何かを考え込んだりしているのを見ると、勝手なもので、今度は以前の朗らかさがなつかしい。

再び、健一は剝がれかけた壁紙を見つめ、年季の入った流し台や台所の窓を眺める。

引っ越してきた当時、すでに中古住宅だったこの住まいは今やすっかり古家になっていた。どこかのタイミングで建て替えるべきだったのだ。でもその時期を完全に見誤ってしまった。この先は壊れた箇所をだましだまし直しながら、朽ちていくのを先延ばしにするしかない。

それはきっと家だけの話ではない。男女の仲もおそらく同じだ。夫婦という関係に甘んじず、行き詰まりを感じたなら、立て直しをはからないと、家と同じく朽ちていくばかりだ。

さっきの智子ではないが、「前のめり」に関係を立て直そうと健一は考える。

川沿いの道を仲睦まじく、犬と散歩している老夫婦の姿が心に浮かんだ。

「智子……そのうち犬でも飼おうか」

薄紅色のガリを食べていた智子が顔を上げた。その顔に健一は懸命に話しかける。

「今日の帰りに、犬と散歩してた年配の夫婦を見かけてさ。俺たちよりもう少し上の世代だけど、楽しそうに話してて、すごくいい感じだった」

智子はうつむき、犬は何匹いたかとたずねた。

「えっ？　一匹だった気がするけど。……二匹いたっけかな。それがどうかした？」

「二匹いたなら夫婦じゃないかも。犬友だちかもしれない」

「そんなことないよ、仲良さそうだったし。あれは絶対……」

夫婦だよ、と言いかけて健一は口をつぐむ。三島の施設でリコたちと写っている写真を、妹は夫婦か恋人のようだと言っていた。たしかに夫婦ではなくとも、話が弾む関係性はある。

かっぱ巻きを口に放り込み、健一は黙々と咀嚼する。話を途中でやめたことで、よりいっそう互いの間でリコの存在感がふくれあがっていくような気がした。

犬ね、とつぶやき、智子が顔を上げる。

「あのね、お父さん。犬がいたからって会話が増えるわけじゃない。きっとその人たちはもともと気の合う犬友だちなのよ。あるいは夫婦だったら、どちらかが一生懸命に会話を盛り上げてるか」

「今の俺みたいに？」

「そうだよ、今までの私みたいに」

皮肉を言ったつもりが返り討ちに遭い、健一は目を閉じる。

智子、と再び声を掛け、健一は目を開けた。

「それなら今度、ホームセンターに行かないか。智子と真奈が好きな苗を買って、みんなで庭仕事でもしようか。昔みたいに、この家の庭を花いっぱいにして……」

「なんで今さらそんなこと言い出すの？　庭仕事なら三島でやってるじゃない。私にとってのホームセンターって、お父さんにとっての骨董市と同じよ」

「興味ないか、そうだよな」

寿司を半分残して智子が立ち上がった。シンクの横に置いた食洗機を指差している。

「私、ごちそうさまにするけど、お父さん、食べ終わったら食器をゆすいでここに入れてね」

昨日までは食事を終えたあと、智子は果物を出してくれたり、お茶を入れ替えたりしてくれた。

食後のそのなごみのひとときは、結婚以来、ずっと続いてきた習慣だ。ところが今日はその気配もなく、智子は席を立っている。

「……お母さんは何か怒ってるの？」

怒ってない、と小声で答えた智子に、健一は言い返す。

「いや、その言い方がすでに怒ってるだろ」

突然、智子が笑い出した。顔を横に向け、肩をゆすって笑っている。

「何、笑ってるんだ……何がおかしい？」

「いつもと逆だなと思って」

もう、なんだよ、と健一はつぶやく。

「何が逆なんだか知らないけど、どうしたんだい、トモツン。機嫌、なおしてくれよ」

「機嫌とか、そういう問題じゃないの。……私、お風呂わかしてくるから」

食器を食洗機に入れると、智子は台所を出ていった。すぐに浴室から水音が聞こえてきた。

智子がいないことを確認してから、健一はそっとため息をつく。そのとたん、もっと自由に呼吸をしたいという欲求がこみあげてきた。

それがたとえ、ため息であったとしても――。

口のなかに押し込むようにして寿司を食べ終え、健一は立ち上がる。湯飲みとしょうゆの小皿をゆすぎながらため息をつくと、自然に背中が丸まっていった。

気まずい夕食が終わると、車で外へ出かけたくなった。しかし、一番風呂を智子に勧められ、断りづらくて風呂に入った。

いつもより長く浴室で過ごしたあと、水を飲みに台所へ向かうと、仕事から帰ってきた真奈が智子と食卓で話をしていた。今日の夕食は外で食べてきたそうだ。向かいあう二人の前には、洋梨のジュースのグラスがある。

一家団らんを目論み、「お父さんもそれ飲みたいな」と冗談めかして健一はグラスを指差す。

無言で智子は立ち上がり、氷とジュースをグラスに入れると、盆に載せて差し出した。

ここ以外の場所で飲めという圧力を感じ、健一は盆を持ち、すごすごと二階へ上がる。

しばらくすると、階段を上がってくる足音がして、隣室の扉が開く音がした。

書斎から顔を出し、「真奈」と健一は声をかける。

「ちょっといいかな。明日のことで少し話があるんだけど」

ああ、とため息まじりに真奈は答えた。

「お母さんとも下で今、その話をしてた。明日、カンカンさんが来るんだってね、キャンセル料の話をしに……」

ごめんね、とつぶやき、真奈は目を伏せた。

「本当にごめんなさい。いろいろ」

「真奈があやまるようなことじゃない。それは気にしなくてもいいよ。ただ……」

「そっちに行ってもいい？」

もちろん、と答え、健一は机の横に立てかけてあったディレクターズチェアを広げる。

部屋に入ってきた真奈がかすかに笑った。

「また、叱られる生徒だ」

「叱られることなんて一つもないよ」

そうかな、とつぶやき、真奈が机の脇に座る。

「私は反省ばかりしてる」

「何に対して？」

答えようとした真奈が表情を強張らせた。いいよ、と健一はあわてて娘に声をかける。

「話しづらいことは無理に答えなくていい。まだ飲んでないけど、これ飲む？」

手つかずのジュースのグラスを健一は差し出す。もらうね、と言って、真奈が受け取った。

「私があまりに暗い顔してるから、お母さんがとっておきのジュースを出してくれた」

「何か言ってた？　お母さんは」

真奈が少し考えたあと、慎重な口振りで答えた。

「結婚に関する突っ込んだ話をして……あとは、手放してみると、空いたところに新しい風が吹き込む。そんな話をした。おかげで台所の壁紙がボロになってるのが丸見えになったって話も」

真奈が手にしたグラスに目を落とした。華奢な手の内側で、淡黄色のジュースがほのかな光を放っている。

「お母さん、少し変わったね。前からふさぎこんでいたけど、ここ数日さらに考えこんでる。それに暮らしを軽くしているっていうか……あちこち片付けて、まるで自分が暮らした痕跡を消そうとしてるみたい……ってのは考えすぎかな」

「考えすぎだよ。真奈がもう少し長く、家で暮らすことを考えて、きれいにしているんだ、きっと」

ごめんね、とあやまり、真奈が部屋を見回した。

梅雨どきになるとこの部屋は、着物が湿気を吸わないように、ラックには除湿シートが大量に挟まれ、部屋の中央では除湿機がフル稼働だ。

「いつまでもお父さんの机をここに置いてもらって。落ち着いたら、職場近くにまた引っ越す。なるべく早くお父さんに書斎を返すね」

「いいんだ、気にしなくて。もう、ずっといれば」

あやまってばかりの娘が不憫で、健一はできるだけ陽気に声を張る。

「家にいるのも歓迎だけど、いっそ目先を変えて語学留学でもするか。昔、カナダに行きたがってたじゃないか。婚礼費用を使って、好きな国で一年ぐらい暮らしてみるのはどう？」

仕事、どうするの、と真奈が笑った。

「辞められないよ。……ああ、でも、お父さん、たまには冒険してみるのもいいよね」

真奈が耳にかかっている毛先に指を絡めた。

一昨日、真奈は髪の色を少し軽くして、パーマをかけた。そのおかげで柔らかな色の髪のウェーブが顔を縁取り、たいそう優しげだ。

「小さな冒険だけど、髪型も変えたし、ほら、ネイルも」

真奈が片手を広げてみせた。淡いピンク色に爪が彩られ、キラキラと光る飾りが付いている。

「ずっと貯金ばかりしてきたから、これからは自分のことに少しお金かけようと思って」

正月に家に戻ってきた頃、真奈には学生時代の素朴な面影が残っていた。

それが少しの間に素朴さは消え、髪型を変えて爪を磨いた今、大人の女の美しさをたたえている。

娘の肩の力が抜けたのを見て、健一は本題を切り出した。

「真奈、ところで先方との話だけど……」

再び強張った真奈の表情に、これ以上、顔を曇らせないように、注意深く健一は話を進める。

「この件は長引かせない。明日ですべてを終わらせようと思う。それでいいかな」

いいです、と真奈はうなずいた。

「……お母さんにも言ったけど、私、向こうのご家族とうまくやっていく自信がない」

それでも優吾本人に対しては気持ちは残っているのだろうか。

ためらいながらも、健一は言葉を重ねた。

「真奈……結婚式が終わると、たぶん親戚にはそれほど会わないよ。それに一度こうした問題がおきているから、おそらく先方も気を配る。カンカンという人はお父さんは苦手だけど、そうした気遣いができる人だと思う。だから、優吾君とさえ気持ちが通じ合っていれば、向こうの家族のことは、なんとかなると思うけど。……お母さんはなんて言ってた？」

真奈がグラスを机に戻し、膝に手を置く。言いづらそうにしているのを見ると、智子は別の見解を持っているようだ。両親の間で意見が違うと、娘は迷うだろうか。

それでも黙っていられず、健一はなるべく優しく声をかけた。

「いいかい、真奈。お父さんは明日、先方の父親に自分の思ったところを遠慮無く伝える。そうしたら二度と復縁はない。もし、もう一度彼と……」

「それはない、たぶん、絶対」

膝に置いた手を固く真奈は握り合わせた。

「だって最後に会ったとき、優吾さん、ほとんど私の顔を見ずにキャンセル料の話をしてた。顔を見るのもいやだ……そんな感じ。私、もう一回、話し合おうって伝えようとしたんだけど……それを見てもう無理だと思った」

やはり、優吾を嫌っていたわけではないのか。

それどころか、こじれた仲を修復する気持ちがあったのかと思うと心が痛む。

真奈がうつむき、小声で言った。

「それに、私、優吾さんにひどいことをした……」

「あちらのご家族に言い過ぎたって言うのなら、それはお互い様だろう？」

真奈が力なく、首を横に振る。柔らかな髪がかすかに揺れて儚げだ。

「そうじゃなく。人として、もっと、すごく大事なところで、私、優吾さんの気持ちを踏みにじった気がしてる」

「何があった？　話しづらいこと？」

ためらいがちに、真奈がマルコの著作の名前を挙げた。読んだことがあるかと聞かれ、健一は首を縦に振る。気が進まなかったが、春先からカンカンとマルコ夫妻の動画と著作に一通り目を通してきた。

真奈が挙げた本は二人目の子どもを望んだマルコ夫妻の不妊治療に関する著作だ。

真奈が小声で、不妊の理由はマルコだけではなく、カンカンにもあったようだと言っている。

「だから、言い合いになっているときに、優吾さんが『僕にも同じように男性不妊の可能性があったらどうする？』って聞いた。『もし子どもができないとしても、真奈は僕と結婚する？』って」

答えられなかった、と真奈がつぶやく。

「私、すぐに答えられなくて、黙ってしまった。だって、私のなかでは、優吾さんと子どもがいる生活ができていて……」

「気軽に答えられる質問ではないよ」

でもね、と真奈が顔を上げた。

「優吾さんは、たとえ子どもがいても、いなくても、ずっと私と一緒にいたいって思ってたって。私はあのときまでずっと、私のほうが優吾さんのことを好きだと思ってた」

父親の目から見てもそうだと思うし、おそらく今も真奈のほうが優吾を慕っている。

真奈が再び優しく首を横に振った。

「でも、わからなくなった。優吾さん自身が好きっていうより、その『好き』のなかには子どもや家庭や……優吾さんと結婚したら自動的に得られると思っていたものも入っていた気がして」

「別にそれでいいだろう」

口調が強くなり、そのせいか真奈がわずかに萎縮している。

気持ちを抑えて、健一は穏やかに言った。

「そういう将来を感じるから結婚したいと思うわけで。優吾君も真奈も考えすぎだ」

「それでも考えなきゃいけないことだと思うの。それで、一生懸命考えて……自分なりに答えを出したけど、結局伝えられなかった」

今ならなんて答える？　と真奈に問うと、「今さらだよ」と力ない返事が戻ってきた。

「優吾さんがあんな感じになると、絶対無理なんだ。優しいけど、気の合わない人や、別れた彼女にはすごく冷たく距離を置く。自分が彼女のときはそれが安心だったけど、いざ、そういう対応をされると……」

真奈が肩を震わせ、背中を丸めて小さくなった。

もう無理、と言って、涙をぬぐっている。

「無理だよう……お父さん」

その口調に、昔、同じことを言って泣いた真奈を思いだした。鉄棒の逆上がりができなくて、親子で公園に出かけて特訓をした日の泣きべそだ。

無理じゃないよ、と、そのときと同じ言葉で励ましそうになり、健一は目を伏せる。鉄棒よりも難しく、練習ではどうにもならない事柄だ。

そして、真奈にまだ思いがあるのなら、明日、縁を断ち切ってしまってよいのだろうか。

迷いが口調に出て、歯切れの悪い言い方になった。

「相手の気持ちってのは、じかに聞いてみなければわからない。もし、真奈に気持ちが残っているなら、もう一度……」

「勇気をかき集めて聞いて、それで冷たくされたら？」

顔を上げた真奈の頬に、涙が伝っている。

「そしたら、立ち直れない。もういやだ。結婚って大変。恋愛なんてもういい。こんな思いをするのはいや」

哀切な響きの声に押され、「わかった」という返事も弱々しくなった。

「明日、先方に伝えることは……」

ない、と真奈はきっぱりと言い切った。

「まったくない」

この思い切りの良さはどちらに似たのだろう。母親にも父親にもない気性だ。

ティッシュの箱を真奈に手渡すと、「真奈ちゃーん」と階下から声がした。

「早くお風呂に入って。お母さん、出たよー」

すぐに入るー、と智子の声に応じたあと、真奈がいささか乱暴にティッシュで顔を拭っている。

「やだ……下で話してたときは我慢できたのに。こんな顔見せたら、お母さんが心配しちゃう」

「いいんだよ、心配するのが親の仕事だから。家にいるときぐらい、何も我慢しなくていいんだ」

真奈の服の袖から優吾が贈ったブレスレットがのぞいている。乙女椿の揺れるチャームが、娘の心模様のように思えてきた。

翌日は久々に電車で出社し、終業後、健一は職場からバスで立川へ出た。カンカンと交渉中は飲まないが、一人になったら今日は飲んで帰るつもりだった。ところが午後に、三島の母から智子に関する気になる連絡があった。そこで今夜は話が終わりしだい、家に帰ろうと思っている。

思ったより早くバスが駅に着いたので、智子が好きそうなクッキーを一袋買い、カンカンが予約した店へ入った。彼が選んだのは洋風の居酒屋で、テーブル同士の間隔が広く、話をするのには良さそうだ。約束の時間より早く着いてしまったので、健一はスマホのメッセージを確認した。

母によると、今日の午前中、智子が贈り物を持って施設に来たそうだ。

先月、やはり突然に智子が来た折、話のつれづれに浴衣の話題が出たそうだ。そのとき、身体に不自由があると和装は難しいと、母たちが話していたのを智子は覚えていたらしい。車椅子の利用者でも着られる二部式の浴衣を見つけたと言って、リコの母親の分まで持って施設に現れたそうだ。

しかし、そんな話は今朝、一言も聞いておらず、不穏なものを感じた。そのうえ、母のお礼の言葉に対し、これまでの不義理のおわびだと、智子は笑っていたそうだ。

その言葉はこれから新たな関係を母と作ろうとしているようにも、あるいは関係に区切りをつけようとしているようにも思えた。どういう意味なのか聞きたくて、智子に連絡をしたが、電話にも出なければ、メッセージを読んだ形跡もない。

今夜は遅くなると伝えたから、日帰りで出かけたのだろうか。

高梨さん、と呼ばれて、健一は振り返る。

会社帰りなのか、スーツを着た優吾が立っていた。

ほかのテーブルにいる女性が、ちらちらと彼を見ている。

相変わらず人目を惹く容姿だが、娘を泣かせたのかと思うとその好青年ぶりにも腹が立つ。

「君か。お父さんはどうされた？」

「父は来ません」

どうして？　とたずねると、優吾が頭を下げた。

「自分がおこしたことの幕引きは、やはり自分の手でしたいと思い、父に代わってもらいました」

だまし討ちをされたようで不愉快だ。隠さずにその思いを顔に出し、健一は声を強めた。

「お父さんにも伝えたが、この件は親や第三者が話したほうがいいと思うがね。金銭や恋愛絡みの話は当事者がいると逆上して、思わぬ事件になりがちだ」

「僕は逆上もしないし、事件をおこしたりもしませんよ」

「私が逆上して君を殴ったら、どうするんだ？」

「そのときはそのときです」

落ち着いた物腰で、優吾が向かいの席に座る。優しげな容姿のわりに、肝が据わった口調だ。

飲みものを注文すると、優吾が食事のメニューを広げた。落ち着き払った様子が気に障り、健一は手を伸ばして、優吾のメニューを取り上げる。

「優吾君、君と食事をする気はない。時間は取らせない。話が済んでから好きなものを頼め。まず今回の件に関する費用について。それは当方も半額負担させてほしい」

いいえ、と言った優吾の目が動揺している。それを見て、胸がすっとした。

「あの……広い会場になったのは当家の参列者の数のせいですから。うちが負担します」

「それならこちらの気持ちの額を明日、現金書留で君のお父さんのもとに送る。費用の足しにできないというのなら、どこかに寄付してほしい。それから君のお母さんの慰謝料の話だけど……」

「お父さん、待ってください」

耐えかねたような声を優吾が出した。

「……僕の話を聞いてくれませんか」

「早く家に帰りたいんだ。家内のことが心配でね。それから私は君の父親ではないし、破談の後始末をしているときに、そう呼ばれるのは不愉快だ」

「お母さんは……真奈さんのお母様はご体調が悪いんですか」

心から気遣っている様子の優吾に、一瞬、情にほだされそうになった。

しかし冷たく健一は答える。

「家内は体調もすぐれないし、ほかにもいろいろあってね」

娘の結婚が決まってからの半年を振り返ると、本当にいろいろあった。婚礼費用、智子との関係、健康の問題。妹の言葉ではないが、気持ちに蓋をしていたものが次々と明るみに出て炎上した感がある。それなのに娘の結婚は白紙に戻り、残されたのは焼け野原になった家庭生活だけだ。

すみません、と、優吾は頭を下げた。

「ご心労をかけてしまって、本当に申し訳ないです。真奈さんは……どうしてますか」

「小さな冒険とやらを始めた」

「何を始めたんですか？　もしかして婚活……的な何かとか」

答える必要がないので黙っていると、飲みものが運ばれてきた。

食事のオーダーを聞かれた優吾が「適当に頼みます」と言ってメニューを広げ、出てきたページの一番上と二番目を指差している。それからすぐにメニューをスタッフに返し、姿勢を正した。

「今回の件は……情けないのですが、僕は真奈さんの望み通りの人生を送る自信がなく……」

「真奈が何を望んだって言うんだ？」

優吾が一瞬ためらい、烏龍茶を一口飲んだ。

「真奈さんは、何歳までに何をするという目標が具体的にあるんです。三十歳までに二人の子ども、三十五歳までにマイホーム。結婚とはそういうものだと、僕は自分に言い聞かせていたんですが……しだいに彼女の人生設計のなかに、僕という部品が組み込まれているように感じました」

気持ちはわからないわけでもなく、健一も冷たい烏龍茶を口に運ぶ。

たしかに、三島で真奈がブレスレットを見せてその話をしたとき、予定通りに進まなかったときのことを考え、別の提案をした覚えがある。

子どもじみてるんですけど……と優吾の声が小さくなった。

「結婚相手には何があっても、一緒に乗り越えてくれる人がいい。そんなふうに思っていました。家が持ち家でなくても、子どもがいてもいなくても。健やかなときも病めるときも。何があっても、二人で気持ちを合わせて乗り越えていける人が」

優吾がテーブルに目を落とした。

「母は僕を、人から賞賛を得るための道具にしました。真奈さんは僕を、人から賞賛を得られる人生の部品にするみたいだ。自分の人生を、誰かに消費されるのはもういやだと思ったんです」

優吾の言うこともわかるが、娘の加勢をしてやりたくて、健一は腕を組む。

「いや、真奈は君の人生をどうかしようだなんて、そんな計算高いことを考えてはいないよ」

ただ、一途に、この青年のことが好きなのだ。

「僕も今はそう思っています。頭を冷やすと、真奈さんの言い分もわかる。『将来のことを夢見るのはそんなに悪いこと？』。彼女はそう言ったんですけど、そのときの泣きそうな顔が心に焼き付いて。……僕らはもっと話し合うべきでした」

料理が運ばれてきた。優吾は何を頼んだのか、二品とも鉄製の深皿のなかでぐつぐつと煮えたぎっている。どちらもよく似た赤色の煮込みだ。

戸惑った顔で優吾は皿を見て、テーブルの端に寄せた。

「それから母のこと……真奈さんのお母様に失礼なことを言って、申し訳ありませんでした。父が伝えたと思いますが、単に焼きもちを妬いたんです。娘が欲しくてたまらなかった人だから」

母は、と優吾は言いよどんだ。

「……子どもみたいな人なんです。自由気ままで。僕は幼い頃から、自分の母親のことを、子どもみたいな人だと思っていました」

優吾が取り皿を持ち、煮えたぎる料理を見た。

「せっかくなんで、取り分けましょうか」

「いや、結構」

「これ、何でしょう?」

「君が頼んだんだろう、適当に」

そうでした、と言い、優吾が取り皿を置いた。

腹立たしい反面、憎めないところもあり、健一は烏龍茶を飲む。

「君はお父さんに似てるね。それから……お母さん思いの子なんだろうな。あの『オトコノコの福』のずり落ちた下着を押さえているポーズ。天真爛漫《てんしんらんまん》な子どもの仕草と言われているけど、私は『七年目の浮気』のマリリン・モンローの有名なポーズを連想した。計算されつくした、大人に指示されたポーズのようだ」

飲みものに手を伸ばした優吾が途中でやめ、テーブルの上で手を組み合わせた。

「たしかに、そうです。あの写真は何度も撮り直しました。細かいことは覚えていないけど、ずいぶん長い時間でした。母が撮ったことになっていますが、すべてプロが撮影して、文章もライターが手を入れている。母が書いた文では失言が多すぎて」

「私は幼い子どもにあんなポーズをとらせる大人たちは信用できない。今回の件も含めて、君のご両親のモラルには疑問を抱いているよ」

「同じことを父も言い、僕の親は一時期、離婚の話が進んでいました。娘だったら、あんな半ケツの写真を撮らせないだろうに、どうして息子には何の配慮もしてやらないんだと」

でも……と優吾がかすかに笑った。

「『オトコノコの福』が利益を生むと黙ってしまった。起業するとき、母の実家から大きな援助を受けた今では、『戦友マルコ』は子育てブログやSNSの先駆者だと持ち上げています。当時、SNSはそれほど普及してなかったですけどね」

守ってくれようとした父親も、金の力を前にすると黙ってしまうのか。

「高梨さん、僕は……」

顔を上げた優吾が、何かを言いかけてやめた。その眼差しに、これ以上、手厳しいことが言えなくなり、健一は伝票に手を伸ばす。

「もう失礼するよ」

「あの、母の慰謝料の話が……すみません」

立ち上がろうとして浮かせた腰を、再び健一は元に戻した。

「聞きたいんだが……真奈は君のお母さんに、そこまでひどいことを言ったのかい？」

「いいえ、とてもまっとうな発言でした」

優吾がバッグから白い紙包みを出し、テーブルの上で広げた。

透明なビニール袋に入った布が三枚出てきた。一番上にある細長い布は、淡いベージュ地に白うさぎと乙女椿の模様が刺繍《ししゅう》されている。

優吾が優美なその布を手に取った。

「これは着物の半衿というものらしいです。母が下絵を描いて刺繍をしました。乙女椿は……真奈さんのモチーフだと、僕が話したのを覚えていて。うさぎのモチーフは、お母さんの着物の柄が可愛かったからだと言っていました。下にあるのは真奈さんのスカーフです」

スカーフは半衿と同じ色だが、ふっくらとした生地だった。こちらにも同じく、うさぎが乙女椿に寄り添ったり、花の間を跳ねたりしている刺繍が施されている。その絵にふと、庭で遊んでいた小さな真奈と智子のことを思い出した。

「スカーフが……二枚あるけど」

「一枚はお母さんの分です。半衿とおそろいの、帯あげというものになるそうです」

「きれいだね。でも、それよりお母さんの慰謝料の話を……」

こちらです、と優吾が小物を手で指し示した。

「これが母の慰謝料、真奈さんのお母さんへの慰謝料です」

「君のお母さん……真奈からマルコさんへの慰謝料は？」

えっ？　と優吾が不思議そうな顔をした。

「なんで母に慰謝料をいただくんですか。こっちが請求したいぐらいですよ」

こっちって、君、どっちだ……。

口に出そうになった言葉を、健一は烏龍茶で流し込む。

「お母さんの慰謝料」とは、優吾の母親から、真奈の母親への慰謝料だったのか。

ややこしいな、と声が漏れた。

「……もう、何か飲むか。お互い、こういう日はアルコールを入れた方がいいな」

車なんです、と優吾は断った。

「このあと、実家に帰るつもりでして……」

優吾が半衿とスカーフを白い紙で包み直した。

「僕の母親はものを作ると、すごい才能を発揮するんです。でも、その代償のように、昔から気持ちを開けっぴろげに言って、周囲を怒らせてしまう。今回も悪いことをしたと思っているんです。でもうまくあやまれない。だからこれを父に託しました」

きれいに包み直したものを、優吾はあらためて差し出した。

「そういう人なんで、僕はもうあきらめてます。見捨てることもできません。ただ、真奈さんと、お母さんには本当に申し訳なかったです」

受け取るかどうか、包みを前にして健一は迷う。

渡辺家が慰謝料を請求しているのなら、思うところはあった。しかし、実際のところは言葉の行き違いだ。しかもマルコの手作りの贈り物を見ると、反省と詫びの気持ちが伝わってくる。

優吾が丁寧に頭を下げた。

「破談の費用のことは気にしないでください。僕らのことは記憶から消し去ってほしいです。お金を出したら高梨家の記憶に残ってしまう。だから、この品を納めて、それで終わりにしてください」

終わりにしていいのだろうか。

差し出された包みを健一は押し戻した。

「これを受け取ったら、記憶に残ってしまうよ」

優吾が包みの上に手を置いた。

「そうですね、矛盾したことを言いました……」

「それに記憶は消せない。君も真奈も次の出会いで上書きしていくしかないんだ」

僕は……と優吾がためらいがちに言った。

「次の出会いのことより、もし、やり直せたら……そればかりを考えています。婚礼や新居についても考え直して……でも、真奈さんの気持ちはもう未来に向いていて、話をサクサク進めていった。お前はもう用済みだと言われているみたいで……最後の方は顔を見るのもつらかったです」

氷がとけた飲みものを口にしながら健一は考える。昨夜、似た言葉を真奈の口から聞いた。

それを伝えるべきか、伝えないべきか。

両家の経済格差は縮まらないし、互いの身内の気性も変わらない。この先、今回のような騒動は何度も持ち上がるだろう。次の出会いを待ったほうが、真奈は幸せなのかもしれない。

それでも、昨夜泣いた娘の顔が忘れられない。

どれほど大人になっても、親はその奥に幼い頃の姿を見てしまう。それが見えたら最後、理屈抜きに手を貸してやりたくなるのだ。

「君たちは、似たもの同士なんだな。真奈も昨日、同じようなことを言っていた。優吾君のなかで自分はもう過去の存在になっているんだと……。聞いてみなければわからない、と私は言った」

真剣なまなざしで優吾が再び見つめてきた。

結局自分も、この青年のことがそれほど嫌いではないのだ。

「もし、真奈が……勇気をかき集めて、気持ちはまだ残っているかと君にたずねたら、優吾君は、なんと答える？」

「僕が先に聞きます」

夜明けの光のように、優吾の顔に柔らかな血色が広がっていった。

「真奈さんに……もう一度、二人でやり直さないかと。僕にチャンスをくれないかと」

生気が満ちてきた優吾の顔を見ながら、力のないため息を健一は漏らす。

どうやら秋の訪れとともに娘は嫁いでいく。

寂しさと喜びと安堵と心配と――。さまざまな思いとともに、健一はスタッフに手を挙げた。

「少し飲むか……君が家まで送ってくれるなら」

飲んでください、と優吾が頭を下げる。

「ご自宅まで、お送りします。どうか……どうか、お願いします」

スタッフにビールを頼み終えたとき、着信音がした。ポケットからスマホを出すと切れてしまったが、真奈からだった。

優吾に断って席を立ち、静かな場所を求めて、健一は店の外に出る。

電話をかけ直すと、すぐに真奈が出た。

（よかった、お父さん。早く帰ってきて！　お父さん、早く！）

「どうした、真奈。……落ち着いて」

階段を行き来しているのか、激しい足音がした。

（大変、大変なの、お母さんが……早く！）

真奈から事情を聞き、あわてて健一は店に戻る。

優吾とともに店を出ると、六月の雨が強く降り出してきた。

真奈

激しい雨音のなか、家の前に車が停まる音がした。

車のドアが閉まる音に、真奈は玄関へと走る。

扉を開けると、父が駆け込んできた。道路から玄関まで少しの距離なのに、ずぶ濡れだ。

タオルくれ！　と言われ、あわてて真奈はタオルを取りに戻る。

数枚をつかんで玄関へ戻ると、父の隣に優吾が立っていた。額に張り付く濡れた髪を腕で払っている。その姿に、息が止まりそうになった。

「お父さん……どうして優吾さんがここにいるの」

「送ってくれたんだ、その話はあとで。優吾君、上がって」

髪のしずくを乱暴にぬぐった父が家に上がり、首にタオルをかけたまま二階へ急いだ。優吾にタオルを渡し、真奈もあとに続く。

着物部屋兼書斎の中央で父は呆然と立ち尽くしていた。

この部屋にあった母のものはすべて消えていた。

うずたかく積まれていた着物もラックも、大事にしていた桐簞笥もない。父の机だけが隅にぽつんと残され、部屋がやけに広い。

桐簞笥があった場所に父がかがんだ。簞笥があった場所の畳の色が違う。引っ越してきた当初、この家の畳はこんな若々しい緑色をしていたのだ。

まいったな、と父がつぶやいている。

「聞いてはいたけど、こうして見ると……。一体何がおきた？　どうしたんだ？」

「お母さんから何か聞いてないの」

何も、まったく、と父は首を横に振る。その姿に、真奈は言葉を重ねた。

「おかしいよ、電話をしても全然つながらないし。それにいきなりこんなこと。ここにあったのは全部、お母さんの宝物なのに」

立ち上がった父が、自分の机に目をやった。

「その、机にある封筒……真奈が置いたの？」

「ううん、私じゃない」

父が机の前に行き、封筒を開けた。中身を見たが、すぐに封筒へ戻している。

「それ何？　お手紙？　何か書いてある？」

いや、と父が小声で言い、倒れ込むようにして椅子に腰掛けた。

「真奈、悪いが、下に行っててくれるかな。すぐに降りるから」

封筒の中身をじっくり見たいということだろうか。力のない父の声に戸惑いながら、真奈は部屋を出た。

階段の下に優吾が立っている。心配そうな顔で二階を見上げると、ためらいがちに口を開いた。

「……お母様は、どうなさったんだろう？」

敬語を使われる間柄になったことを実感しながら、真奈は書斎の扉に目をやる。

「父の机に書き置きみたいなものがあって……。最近、母は自分のものを次々と処分して……考えてみれば様子がおかしかったんです。単に片付けものをしているんだと思ってたけど」

「母の失言のせいかな。あるいは僕らのせいか」

僕らのせい、という言葉を真奈は嚙みしめる。

たしかに婚約がなければ、彼も自分も互いの家族も、何の波風立たずに暮らしていたはずだ。

「母の、二階の着物が消えたのは驚いたけど、外出の予定は元からあったと思うんです。お夕飯は外で食べてきてって、今朝、出がけに言われたから。でも、どこへ？」

一階に降り立つと、優吾との距離が近くなった。

手を伸ばせば、彼に触れられる――。

そう思った瞬間「三島だよ」と声がした。

いつの間に部屋を出たのか、階段の上に父がいる。優吾がわずかにずれ、階段の下の場所を空けた。真奈が階段の脇へ移動すると、降りてきた父が割り込むようにして二人の間に立つ。

「お祖母ちゃんがいる施設に今朝、お母さんがプレゼントを持って現れたんだ。それで、お父さんは昼間から連絡しているんだけど返事は来ない」

あの、と遠慮がちに優吾が父に言った。

「さっきも車でちらっと言いましたけど、スマホのトラブルの可能性も。どこかに落としたとか、電源が落ちたとか」

あるいは、と言って、真奈は小声になる。

「……出先で何かあったとか？」

父が大きなため息をついた。

「とりあえず三島に行ってくる。真奈は家にいてほしい。お母さんが帰ってきたとき、誰もいないのはよくない。それに何かあったとき、警察から連絡が来るのは家の固定電話だ」

「警察から電話って……」

不吉な予感が心によぎり、思わず声が詰まった。

父が優吾に顔を向け、穏やかに言った。

「優吾君、悪いね。想定外のことがあって。後日連絡するから、今日のところは……」

わかりました、と優吾が父に頭を下げ、それからこちらを見つめた。

「お役に立てることがあれば、何でも言ってください」

玄関を出ていく優吾を見ながら、式場のキャンセル料と慰謝料はどうなったのかと真奈は考えた。しかし、今は、母がどこへ行ったのかが気にかかる。

疲れた足取りで父が台所へ入っていった。流し台の前に立つと、酒をあおるようにして水を飲んでいる。

「お父さん、あのね。もしかして、お母さん、何か、危ないことを考えてたら……どうしよう」

背を向けたままで父が答えた。

「危ないことって？」

「お母さん、ずっと鬱々として、身の回りのものを片付けていたし。なんだか、まるで身辺整理をしてたみたいな……」

父が二階を見上げた。

「着物が消えたのは、この間、お母さんとけんかして、お父さんがきついことを言ったからだ」

「何を言ったの？」

非難をこめて言ったものの、母のコレクションが置かれた部屋の片隅で、背中を丸めて机に向かっていた父を思い出した。

「それって、お父さんの書斎を私が取っちゃったせいだね」

「あの部屋はもともと真奈の部屋じゃないか」

それでも「僕らのせいか」と言った優吾の言葉が忘れられない。

ごめんね、とつぶやくと、涙が出そうになった。

「私のせいだ……何もかも。お父さんとお母さんの間までおかしくしちゃって」

父が振り返り、流し台に後ろ手をついた。

「お父さんたちのことは真奈のせいじゃない」

物思いに耐えるようにして、父が目を閉じた。

「責められる理由は、真奈にはひとつもない。理由があったら、お父さんはきちんと言う。お父さんの性格を知ってるだろ？」

「いつも一言多いって、お母さんが言ってた」

目を開けた父がかすかに笑った。

「真奈もお母さんも一言多いよ」

水が効いたのか、しっかりとした足取りで父が玄関に歩いていった。

「出かけてくるよ。お母さんにこまめに連絡してくれるかな」

「わかった。それから、何か……帰ってきたら食べられるものを用意しとくね」

そうしてほしい、と言い、父がポケットからスマホを出した。

「頼むよ、真奈。お父さんが連絡しても、お母さんはたぶん応えない」

どうして、と聞こうとして、真奈はやめる。

スマホを戻したはずみに、父のポケットから良い香りがした。今では馴れたその香りは、おそらく母が鬱々となった原因のひとつだ。

扉を開けると、湿った空気が家に流れ込んだ。傘を広げて、父は雨のなかに入っていった。雨の勢いは弱まったが、母からの連絡はまだない。「携帯を落としちゃった」と言って帰ってくる気もするが、じっとしていると不安ばかりが大きくなる。そこで母が帰ってきたときのために、真奈は風呂をわかし、冷蔵庫にあったもので野菜スープを作ることにした。

出来上がったので鍋の火を消し、食卓の椅子に腰掛けて、キッチンの一角を眺める。

家電の取扱説明書が置かれたそこに、数日前から気になる封筒が置かれていた。若い頃、母が勤めていた生命保険会社のロゴが入った封筒だ。

昨夜、家に帰ってきたとき、母は真剣な顔で数枚の書類を食卓に広げて見ていた。「ただいま」と声をかけると、あわてて書類をその封筒にしまって棚に置いたが、それが今は見当たらない。

雨音が響く台所にいると、寂しくなってきた。

こんな孤独のなかで、母はずっと家族の帰りを一人で待っていたのだ。

にじんできた涙を、真奈はそっと指でぬぐう。

優吾との結婚が白紙になったことについて、母は厳しい見方をしていた。

世の中には素敵な人がたくさんいるのだから、優吾に執着せず、次の出会いに期待したほうがいい。それでも、もし、彼に未練があるのなら、復縁の意向があるのか、父からカンカンに探ってもらうのも手かもしれない。しかし、その場合はこの先、出産、子どもの初節句、お稽古事、塾、進学先、夫の仕事や夫婦仲の変化。人生で節目を迎えるたびに優吾ファミリーと摩擦がおきることを覚悟しないと、と母は言い、棚から秘蔵の洋梨のジュースを出してグラスに注いだ。

それに対処する手段は三つ。

三本の指を立て、母は秘薬のようにジュースを手渡してくれた。

一つめは何を言われても気にせず、優吾ファミリーの恩恵にあずかる。

二つめはいつでも一人で生きていけるように、自活の手段、つまり職を手放さない。

三つめは真奈の実家、つまり高梨家が優吾ファミリーに負けないほどの経済力を持つ。

しかし、一番と二番目はともかく、三番目は、我が家の経済状態は現状維持で手一杯。それ以上は宝くじにでも当たらない限り難しい。その話をしたあと、母は寂しげに笑っていた。

「お母さんが真奈ちゃんに何か、残してやれればいいんだけどね……」と。

そのときの寂しげな顔が胸に響く。

生命保険の証書を見て、母は何を考えていたのだろう。

食卓に置いていたスマホが鳴り、母からの着信を告げた。飛びつくようにして耳に当て、真奈は声を張る。

「お母さん、大丈夫？　無事！　元気？　どうしたの！　何があった？」

（大丈夫、元気～）

間延びした言い方に気が抜け、真奈は椅子の背にもたれた。

「よかった……よかった、本当に。もう、どうしたの、お母さん……」

突然、と言いかけ、真奈は言葉を止める。

突然ではない。母が家を片付け始めた頃から、様子はおかしかったのだ。

ごめーん、と母が緊迫感のない声であやまっている。スマホの電源が落ちたそうだ。充電後に、家族が探していることに気が付いたが、気持ちに区切りがつくまで連絡したくなかったらしい。

何それ、と言った声が、泣きそうになった。

「気持ちに区切りって、何よ、お母さん。お父さん、三島まで行っちゃったよ」

そうなの、と母の声は驚く様子もない。

（ちょうどいいね。明日、おばあちゃんに会いに行く週だから。そのまま三島にいれば）

母が無事であることに安心したが、今度は父が気の毒になってきた。

「お母さん、その言い方、ひどくない？　お父さん、死にそうな顔して雨のなかを出ていったよ。私だって心配で……今、どこにいるの？」

新潟、と母が答えた。三島の祖母に会ったあと、祖父母の墓参りに出かけたそうだ。

（もう何年も帰ってないなと思って。ずっとお墓参りに行こうって考えてた。来週はお母さんの親……真奈ちゃんのお祖父ちゃんの命日だから）

「そうか、そう、だっけ……ごめん」

幼い頃に他界した母方の祖父母の記憶はない。そのせいか命日のことも覚えていなかった。

いいのよ、と母が言っている。

（去る者日々に疎し。昔のことだから。ただ、お母さんにとって親の命日は大事な日なんだ）

以前から母は娘の婚約の報告を兼ね、今月、新潟へ墓参に行くつもりだったそうだ。それが今夜、父が遅くなると聞き、出かけようと思い立ったらしい。

（破談のけりを付けたあと、妻と語らうわけでもなく、お父さんは一人になって飲みたいんだ。だったら、お母さんも好きにやろうと思ったわけ）

母の声が低く、落ち着いた響きになっている。普段の話し方とはまるで違う。ただ、昨夜、ジュースを出してくれたときも、同じ口調だった。

いつも明るい母だったが、これが本来の姿、いわゆる素の話し方なのかもしれない。

（でも、心配しないで）

急に、母がいつもの朗らかさに戻った。

(真奈ちゃんには不便をかけるけど、お母さんだって、たまには気ままに旅行したいのよ。明日、メグさんが新潟に来るから、二人で佐渡島に行くつもり。お父さんには元気だって言っといて)

親戚の恵と一緒なら安心だが、母の急な口調の変化は虚勢《きょせい》を張っているようだ。

「お母さん、本当に大丈夫？　迎えにいこうか。それにお母さんから元気って言ってあげてよ」

家出中だからいや、と母はきっぱり断った。

「お母さん、これ……家出なの？　やっぱり」

そうよ、と落ち着き払って母が言う。まるで見知らぬ人のようだ。

(お母さんね、もう、いやになっちゃったの。お父さんといるの。疲れちゃった。しばらく家には帰らないから。お父さんには机の上の封筒を見るように伝えて)

「もう、見たよ、さっき。それで、あわててお母さんを迎えにいった。そんなこと言わないで、お父さんを許してあげてよ。家出なんて言わないで」

(真奈ちゃんって、やっぱりお父さんっ子だね)

母が笑っている。何がおかしいのだろうか。

笑いをおさめた気配のあと、冴え冴えとした声が響いた。

(お母さんはこれまで、ずっと我慢してきた。この先も我慢をしろって真奈ちゃんは言うの？)

「そんなつもりじゃ……ない、けど」

とにかく心配しないで、と母は言い、通話は切れた。

食卓に顔を伏せ、真奈は息を吐く。

顔が見えないせいだろうか。途中から母ではなく、見知らぬ女の人が現れたような気がする。

両親の仲がうまくいっていないことはわかっていた。しかし、母がここまで怒りをためていたとは知らなかった。

父にメッセージを送ると、電話がかかってきた。母が新潟にいることを伝えると、「命日が近いな」とつぶやいた。

「お父さん、知ってたの？」

もちろん、と父は答え、このまま引き返して、新潟へ母を迎えに行くと言った。

優吾君に無事を伝えておいてくれと言われ、真奈はその旨をメッセージで送った。すると、優吾からもすぐに電話がかかってきた。

よかった、という言葉には、裏表のない気持ちがこもっている。温かなその声に、体温が高くて大柄な彼のことを思いだし、泣きたくなってきた。

こんなとき、そばにいてくれたら、どれほど心強いだろうか。

母が連絡を絶ったことを、優吾が不思議がっている。話の流れで、母が故郷へ家出をしたことを伝えると、再び「僕らのせいかな」と言った。

違うと思います、と他人行儀に答えると、思慮深い声がした。

(それなら……お父さんが迎えにいっても、お母さんは素直に帰れないんじゃないかな。なんとなくだけど)

「明日の朝、私も行こうかな、新潟へ」

時計を見ると十時になっていた。たしか、母は学生時代、池袋を十一時に出る深夜高速バスで新潟に帰省していたという話を聞いたことがある。

「そうだ、池袋からバスだ！　そうします」

送るよ、と優吾が言った。

（……話したいこともあるし）

「私にはない」

そうか、と気弱な返事が聞こえた。その声に、伝えたいことがあったのを思いだした。

「あっ、でも一つあった。子どもがいてもいなくても、優吾さんと一緒にいたい。そう言えばよかったって思ってた。すぐに答えられなくてごめんね。ただ、驚いたんだ。すぐに考えがまとまらなくて。それだけ。ごめん早口で！」

電話の向こうで優吾が黙っている。

「じゃ、切るね、ありがとう」

待って！　と叫ぶ声がした。

（ブライダルチェックを受けてから言おうと思ってたことが……。もういちど、やり直せないかな。それをお願いしたくて今日、お父さんに会った。式のことも、住むところも、家計に関してもよく考えた。もう一度、もう一回、チャンスをくれるなら、どうか新潟まで一緒に……）

えっ、新潟まで？　と聞くと、優吾の声に力がこもった。

（帰りも、その先の人生も、ずっと一緒に）

その言葉の重みに、真奈は目を閉じる。

なんで答えてくれないんだ？　と電話から声がする。「泣いてるから」と真奈は涙を拭く。

「泣いてるの……会いたくて」

迎えにいくよ、と力強い声がした。

（何かあったらと思って、まだ近くにいるんだ）

「どこにいるの？」

バックネットが見える、と優吾が答えた。

（グラウンドの駐車場かな。すぐ行く。支度して待ってて）

顔を洗い、真奈は手早く荷物をまとめる。

玄関の扉を開けたと同時に、優吾の車が到着した。助手席に彼が身を乗り出し、内側からドアを開けている。

傘も差さず、真奈は車に駆け込んだ。シートに座った拍子に袖からブレスレットがこぼれ出た。

優吾が手を伸ばし、乙女椿のチャームごと手首を握って引き寄せる。

軽い抱擁のあと、車は走り出した。

振り返ると、育った家が遠ざかっていく。視界から消えたところで真奈は前を向いた。

優吾とともに進む道が、目の前に広がっている。

智子

昨夜は目覚ましをかけずに眠った。それなのにいつもと同じ朝五時に目が覚めた。

新潟市内、萬代橋のたもとにあるホテルの部屋で、智子は窓際のソファに腰掛ける。

明け方の薄闇のなか、橋を行き来する車が部屋から見えた。

信濃川にかかる萬代橋は六つのアーチで構成される美しい景観を持ち、全長は約三百七メートル。

歩道には瀟洒な街灯が整備され、橋の中央にたたずめば、川を渡る風と広い空が味わえる。

結婚前、夫と両親と一緒に、このホテルのレストランで食事をした。

春の花の盛りになると、この場所からは信濃川の堤の桜が一望できる。窓際の席で、満開の桜を見ている夫の横顔に、やっぱり素敵だと惚れ直したものだ。

スマホを見ると、真奈と夫から連絡が来ていた。

家出に驚いた二人は、新潟に迎えに来ることにしたらしい。

夫はすでに到着し、連絡をくれればどこにでも迎えにいくというメッセージが残っていた。しかし、不機嫌な顔で迎えにこられても、ストレスが溜まるばかりだ。

真奈からのメッセージが届いた。新潟駅の近くにいるらしい。すぐに電話をかけると、真奈の柔らかな声がした。

(ごめーん、お母さん、寝てた？　電話くれて、ありがと……今、どこにいるの？)

ホテルの名前を告げると、「ほんとに？」と真奈が驚きの声を発した。

(お父さんもさっき、そこに部屋を取ったって言ってた。お母さんとの思い出の場所だからって)

「えー、そうなの？　ちょっと、やだな」

長年連れ添った夫婦は似たことを考えるのだろうか。それとも彼の心のなかにも、あの春の日の思い出が鮮やかに残っているのだろうか。

でね、と真奈が可愛らしく言った。

(私たちの分も取ってくれたっていうから、今、そっちに向かってるとこ)

「私たち？　真奈ちゃんは誰といるの？」

たずねたと同時に、なんとなく相手がわかった。

「もしかして……優吾さんと一緒？」

うん、と真奈が応えた。

（一緒にいる。ずっと一緒に……これからも）

そうなの、と答えた声に、安堵の思いと哀歓がこもる。

母と娘は、似た恋をするのだろうか。

かつて自分がそうであったように、娘も相手に惚れ込んでいる。だから、この先も彼に強く出られない。尽くしてしまうだろう。

惚れるより、惚れられたほうが幸せなのに。

そんな出会いを待つほうが、ずっといいのに。

「そうか……お母さんはこの間、いろいろ言ったけど……でも好きなんだもんね、好きになっちゃったんだもんね」

歯切れが悪いのは、そんな恋の顚末を今、身をもって体験しているからだ。

ありがとう、と言った真奈の声が震えている。

「ありがとう、お母さん。心配かけてごめんね……だから、二人で迎えに行くよ」

「メグさんと旅行に行くって言ったのに」

（それなら恵伯母さんが来るまで一緒にいる）

「いっそ真奈ちゃんたちも一緒に佐渡へ行く？　お母さんがお金出してあげる」

二階の部屋にあった着物のほとんどは生徒や知人に譲り、残りは晴着屋で委託販売をすることにした。その相談をした折、晴香が秋に開店予定の晴着屋の二号店で使いたいと、桐簞笥を買い取ってくれた。それが予想以上に高価な買取額で、今回の旅の費用は潤沢だ。

いいね、と真奈は笑ったあと、小声で聞いた。

（お父さんも一緒に行く？　みんなで行く？）

さあ、どうだろう、と曖昧な返事をして、智子は窓の外を見る。

朝焼けのなか、一台の小型乗用車が橋を渡り始めている。初めて家に来たとき、優吾が乗っていた車だ。

「真奈ちゃん、今、長ーい橋を渡ってる？」

（えっ、なんでわかるの？　渡ってるよ）

見えるから、と答えると、挨拶をするように優吾の小型乗用車がパッシングをした。車内で真奈が手を振っている姿が想像でき、智子は微笑む。

「よーし。じゃあ真奈ちゃんたちに、とびっきり素敵な朝ごはんをごちそうしてあげる。駐車場に車を停めたらロビーで待ってて」

（えーほんと？　実はすごくお腹すいてるの）

素直な娘の言葉に再び笑い、智子は着替えてロビーの階に降りる。ソファのセットがある一角に歩いていくと、見慣れた背中が見えた。

スーツ姿の夫が疲れた様子でうつむいている。

無言のまま、智子は夫の前に立った。

顔を上げた夫が、居心地悪そうな表情で「おはよう」と言い、向かいの席を指し示す。

「……座れよ、立ってないで。なつかしいな、ここ。お義父さんたちと食事したのが、ついこの間に思えるのに。……何か、言ってくれよ」

向かいの席に座り、智子は夫を見つめる。小さく咳払いをしたあと、夫は言葉を続けた。

「おふくろに……浴衣をありがとう。喜んでたよ。でも少し心配してた」

「急に行ったたから？」

「それもあるし、智子さんが暗い顔をしてたって、気にしてた。どうして三島へ？」

「お義母さんに今までの不義理のお詫びをしたかったのと……あとは、自分でもよくわかんない」

おそらく、自分はリコにもう一度会ってみたかったのだ。ところが彼女の店をのぞくと、若い店員が一人でいるだけだった。それを見たとき、リコに会って、自分は何をするつもりだったのかとしみじみと考えた。

帰ろう、智子、と夫が小声で言った。

「真奈から聞いたけど、恵さんと旅行するんだって？　彼女には俺からもあやまっておくから、今日のところは一緒に帰ろう。それで……ゆっくり二人で話し合おう」

「何を話し合うの？　机に置いた書類、見てくれた？」

見た、とため息まじりに夫が答えた。

「でも、極端すぎないか？　離婚を言い渡されるほど、俺はひどいことをしたか？　暴力を振るったわけでも暴言を吐いたわけでもない。浮気だってしていないし、これまでずっと真面目に働いてきた。智子が趣味に熱中するのだって認めてきたじゃないか。何が不満だ？　何が悪かったんだ」

この人は何もわかっていない。

自分の日頃の不機嫌さが、妻にどれほどの威圧感を与えてきたのかを。

「私ね、もういやなの、不機嫌な人に気を使うの。毎日、暗い顔でため息をつかれるのもいや。殴られたり、暴言を吐かれたりしたら逃げられるけど、夫が毎日不機嫌、それだけじゃ逃げられない。でもね、心はゆっくり殺されるの。不機嫌な人の顔色を何年もうかがい続けてると」

大袈裟だよ、と、夫が両手で顔を覆った。

「じゃあ、俺はどうしたらよかったんだ。気持ちも体調もずっとつらくて。……俺だって、つらかったんだよ。職場で毎日気を使って、家に帰っても気を使って、智子の機嫌を取ればよかったのか」

「不機嫌でいるのは具合が悪いのか、私に怒ってるのか、はっきりさせてほしかった」

「智子はしじゅう俺にそれを聞くけど、怒ってないって、そのたびに俺は毎回言ったじゃないか」

だから！　と言った声が大きくなり、智子は周囲を見る。幸いにもロビーには他の客はいない。

「その言い方が怒ってるんだって！　自分で気付いてないの？　すごく怒ってるよ」

顔を覆っていた手を外し、「わかった」と夫が投げやりに言った。

「これからは気をつける。でもさ……世の中にはもっとひどい夫がいっぱいいるだろう」

「何、それ。世の中には私よりつらい思いをしている人がいるから我慢しろって言うの？　よそはよそ、うちはうち。あなた、わかってないようだから、はっきり言うけど、不機嫌は立派な暴力。静かな暴力だから」

夫に惚れ込んでいるときは気付かなかった。でも、心が離れ始めたときに見えてきた。

暴力を振るって、相手の心や行動を意のままにすることと、不機嫌な態度で相手に気を使わせ、自分の思い通りに行動させるのは、結果としては同じことだ。不機嫌さは本人が暴力だと自覚していない分、止むことも無く、いつまでも続く。

「暴力って、ひどい言い方だな、俺はそこまで悪人でも野蛮でもない。わかった、話し合おう」

「もちろん悪人じゃないよ。野蛮でもない。なのに不機嫌でいるなら私と一緒にいるのがいやなんでしょ。あるいは私には何をしてもいいと思ってる。話し合う段階はもう過ぎたの。選択肢は三つ」

三本の指を立ててみせると、夫がたじろいだ。構わずに智子は話を進める。

「離婚。別居、卒婚。卒婚ってのは籍は抜かないけど同居人みたいに、お互いを束縛しないで暮らすってこと。離婚の場合は私、家を出るから」

待ってくれ、と夫が言葉を遮った。

「そうしたらあの家はどうするんだ」

「売りましょ。でも古家があると売りにくいんだって。その場合は更地にしたほうがいいみたい」

「……いやいや、冗談きついよ、トモツン」

夫が弱々しく笑い出した。

冗談じゃないの、と智子は語勢を強める。

「離婚の場合は弁護士さんを頼むから。その人と話をして。あとは生命保険についてだけど」

「ちょっと待ってくれ」

夫が絞り出すような声を出した。

「本当に、智子、頼むから、ちょっと待ってくれ。なんで……どうして、突然」

「私にとっては突然じゃないの。長い間、不機嫌なあなたの気持ちをほぐそうと、ふざけて、はしゃいで、うっとうしがられて……。もう疲れたの。私、いつでも家を出ていけるから」

「気持ちが整理できない……俺はいやだよ」

それは馴れた日常を変えたくないだけだ。

落ち着いて考えれば夫も気付くだろう。

もう、二人で一緒にいても、何も楽しくないことを。

「私、考えたの。この先何年、元気で生きられるか。それを考えると、残りの人生は、なごやかに笑っていられる人と一緒にいたい。それって、もう男の人じゃないかもね。そして、あなたじゃないと思う」

夫が深々とため息をついた。

「容赦ないな……智子」

「とにかく離婚、別居、卒婚。真奈ちゃんの結婚式が終わるまでに、どうするかを決めて」

わかった、と力なく夫は首を横に振った。

「もう気持ちは固まってるんだな、智子のなかで。わかったよ……俺も自由に呼吸がしたい」

その言葉を聞いた途端、不安が押し寄せてきた。だいそれたことをしたのかもしれない。

今ならまだ、引き返せるかもしれない――。

ゆっくりと夫が立ち上がった。

「とりあえず……真奈たちを迎えにいこう。あの二人、気を利かせて橋を見に行ってる」

「ごはんを食べさせなきゃね、あの子たちに」

ホテルのエントランスを出ると、萬代橋が右手に見えた。夜明けの光のなかで、灰白色の石造りの橋がほのかに輝いてみえる。

橋のなかばで真奈と優吾が寄り添い、空を見上げていた。ひとたび別れを味わった二人の絆は、より強くなっているのだろう。仲睦まじいその様子に「比翼の鳥」という言葉が心に浮かんだ。

学生時代に夫が作った映像作品の題名だ。

巣立っていったな、と夫がつぶやいた。そうね、と答え、智子は真奈を見守る。

娘の笑顔にまぶしい朝の光が降り注いでいた。

エピローグ

健一

十月中旬の大安吉日、真奈は優吾と都内の神社で結婚式を挙げた。神社の付属の会館で行われた披露宴の招待客は親族と、新郎新婦の友人と知人で、なごやかな佳い宴だった。

一ヶ月後の土曜日、健一は二階の自室で布団に乾燥機をかけながら、物思いにふける。

六月に智子から離婚、別居、卒婚の提案をされたあと、夫婦の寝室を分けることになった。着物部屋兼書斎だった部屋は健一の部屋になり、以前は桐箪笥が置かれていた位置に布団を敷いて、一人で寝起きをしている。

寝具の間にはさんだマットが温風をはらんで膨らんできた。壁にもたれ、健一は真奈から贈られたフォトブックをめくる。

新婚旅行から帰ってくると、真奈は婚礼の様子と、実家に戻ったときの写真をまとめてフォトブックを作り、両親に一冊ずつ贈ってくれた。

最初のページは結婚式の日の写真だ。赤い和傘の下、白無垢姿の真奈が、羽織袴の優吾と寄り添っている。

和装の婚礼写真と披露宴のスナップ写真の次は、洋装の婚礼写真が続いていた。緑の草原のなかで、ウエディングドレスを着た真奈とタキシード姿の優吾が微笑んでいる。海外の洒落た映画の一場面のようだ。

この写真は結婚式に先立って、九月の終わりに山梨県にあるマルコとカンカン夫妻の自宅兼スタジオで撮られている。

真奈と優吾の希望を取り入れながら、マルコは「森のガーデンウエディング」をテーマに、野外でのパーティのテーブルをしつらえ、高梨家を招いた。この日は親も正装してのスナップ撮影が行われ、真っ白な歯を見せて笑っているカンカンの隣で、新婦の父の自分も、借り物のモーニングを着て、わずかながらの笑顔を浮かべている。

ページをめくると、今度はウエディングドレスの真奈と智子、マルコが写っている写真が現れた。

そのときのことを健一は鮮やかに思い出す。

撮影の数日前、マルコから智子へ宅配便が送られてきた。中身は真奈のウエディングヴェールとお揃いのレースで作られた着物の半衿と帯あげだ。

レースの小物を留袖に合わせていいのか、智子は迷っていた。そのせいか、半衿はレースだが、帯あげはマルコの贈り物を使っていなかった。

前撮りのパーティが終わる頃、真奈と三人で写真を撮ろうと智子がマルコを誘った。

智子と真奈からどことなく距離を置いていたマルコが決まり悪げに二人に近づく。すると、智子が大切そうにレースの帯あげを出してきた。

真奈がその帯あげをマルコの首にスカーフのようにして巻き、彼女に何かをささやいている。

その途端、マルコが涙ぐみ、智子も真っ赤な目になり、なぜか真奈までもらい泣きを始めた。

そして三人は幸せそうに泣き笑いをして、仲良く写真に収まった。揃いのレースを襟元に飾った二人の母親は、真奈の強力な応援団のようだ。

ベリッシマ！　と謎の言葉を連発しながら、カンカンは三人をさまざまな角度から撮影し、その様子を見た優吾はハンカチで目を押さえている。

泣いているような気配に「大丈夫か、君」と声を掛けると、照れくさそうに優吾は笑った。

「すみません……いろいろこみあげてきて。大丈夫です、お義父さん」

笑っていた優吾が、あらたまった顔になった。

「やっと、お義父さんと呼べますね。僕はずっと、高梨さんをお義父さんと呼びたかったんです」

「娘を、真奈を、どうかよろしく」

優吾に向かい、丁寧に頭を下げると、「やめてください。僕、そういうのに弱いんです」と優吾は再びハンカチを目に押し当てていた。

見かけは大柄でたくましいが、この青年は感受性が豊かで、繊細だ。真奈の強さは彼の心を支え、彼の感性は真奈の心を癒やすだろう。

婚礼に関する写真のあとは、真奈が婚約中にこの家で暮らした日々の写真がプリントされていた。

三角帽子をかぶっておどけている智子と真奈の写真に健一は一瞬、目を閉じる。

真奈がこの家を引き払った際、出されたゴミのなかに紙製のこの帽子があった。それに気付いたとき、しばらく見つめてしまった。あのとき結婚記念日を忘れず、妻子と帽子をかぶって笑っていたら、万年床に布団乾燥機をかけている今とは違った時間が流れていたかもしれない。

さらにページをめくると、三島の施設で真奈が祖母と写っている一枚が現れた。藤棚の下で微笑む二人は、顔の雰囲気が似ている。その背景に、リコと友人が写り込んでいた。

小さく写っているリコの姿を健一は指でそっとなぞる。

六月以来、母のもとへ行ったのは一度だけだ。

母には、真奈の結婚準備で忙しいのだと伝えたが、リコには家庭が壊れかけていることを正直に打ち明け、庭の清掃ボランティアも、彼女のスタジオでのセッションもやめることを伝えた。

するとリコは今が正念場だと励ましてくれた。

婚礼の準備を夫婦で協力して行えば、きっと昔のように気持ちが通い合う。予言者めいたことを言ったあと、彼女は冗談っぽく言い添えた。

(古ぼけた傘にすべてを捨てちゃだめなんだよ、高梨さん)

その言葉を聞いたとき、激しく心が揺れた。

「……雨の日に一緒にいる人がいなくなったら、傘は、どうなるのかと思うんですよ」

(傘はね、いい夢を見たんだって思うよ。僕らはとてもよく似た夢を見たんだと)

「スローバラード」の歌詞をもじって答えたあと、優しくリコは言った。

(会えなくなってよかったのかも。車のなかで『惚れるなよ』って、私、自分に言い聞かせたけど、このままだと健一君に岡惚れしそうだからね)

ギターケースに手を伸ばして蓋を開けると、かすかに樹木の香りがした。その香りを調合した人を思うと、自然に目を閉じてしまう。

リコに会いたい。他愛ない話で笑って、音を重ねたい。恋とも友情ともつかぬこの思いを飼い殺して、自分はこれから老いていくのだろうか。

たまらなくなってきて、ギターケースを持ち、健一は階下へ降りる。玄関で智子と鉢合わせた。

「どこかに行くの？　天気いいもんね」

「久しぶりに……ギターでも弾こうかと」

淡い黄色の着物を着た智子はキャリーケースの上に大きなボストンバッグを載せている。

真奈の婚礼が終わったら、今後について智子と話し合う予定だった。しかし、智子から結論を急ぐ声はない。気が付けば、三番目の選択肢の「卒婚」、いわゆる同居人のように暮らす形で今は落ち着いている。そうすることで、意外なことに智子との仲は以前より良好になった。

「……荷物多いな。駅まで車で送ろうか」

「大丈夫、コンビニから送るものもあるし」

快活な足取りで、智子は玄関を出た。

駅まで送るよ、と、もう一度言おうとしたとき、スマホに着信音のメロディが流れてきた。

この音に設定しているのは一人だけだ。

智子

聞いたことがあるメロディが流れてきた。夫のスマホの着信音のようだ。

何の曲だろうと智子は考え、ＲＣサクセションの「スローバラード」の前奏だと気が付いた。

ギターケースを肩に掛けた夫が門前で足を止め、ポケットに手を突っ込んでいる。電話に出るかどうかを迷っているようだ。

「ねえ、出なくていいの？」

ねえ、と再び促したが、彼は目を閉じている。

着信音が途絶えた。目を開け、楽器のケースを掛け直している夫に「出ればよかったのに」と智子は再び声をかける。

「何かのお誘いだったかもよ。バンドやろうぜとか、コンテストに出ようとか。もしかしたら、保険や投資の勧誘だったかもしれないけど」

わずかに顔を伏せる夫に、智子は笑いかけた。

「いいんじゃない？　私たち、多少は冒険しても。……もう行くわ。出かけるなら気をつけて」

「ありがとう……智子もな」

ゆっくりと顔を上げた夫が微笑んだ。

なぜか、このままギターを持って、夫はどこかへ行ってしまう気がした。

それでもいい。

彼がどんな道を選ぼうと、もう構わない。

夫に背を向け、智子はキャリーケースを引く。

晴香の店、晴着屋の二号店は「輝着屋《かがやきや》」という名前で今月開店した。彼女に譲った桐簞笥は削り直され、かつての光沢を取り戻して、店の象徴として据えられている。晴香に誘われ、七月から輝着屋のスタッフとして、開店準備の段階から働いてきた。今日からは店で着付け教室を開く。

夫の車が出ていく音を聞き、智子は振り返る。

誰もいなくなった家は、古い巣のようだ。

遠い昔、挙式の朝、いつも笑顔で明るく、安らげる家庭を作るようにと、父は言った。

その言葉を胸に、これまで頑張ってきたつもりだ。

（私、一生懸命やったよ）

心のなかで両親に語りかけ、智子は前を向く。
(もう、好きに生きてもいいよね)
これからどうなるのかわからない。でも今は、思いきって飛び立ちたい。
さわやかな朝の風のなか、深呼吸を一つしてから、智子は再び歩き始めた。

本作品は三友社の配信により新潟日報「Otona+」、河北新報、長野日報、中国新聞など九紙に
二〇二二年一月〜二〇二四年二月の期間、順次掲載したものです。出版に際し加筆しております。

伊吹有喜（いぶき・ゆき）

一九六九年、三重県生まれ。中央大学法学部卒業後、出版社勤務を経て、二〇〇八年『風待ちのひと』（応募時のタイトルは「夏の終わりのトラヴィアータ」）でポプラ社小説大賞特別賞を受賞し、デビュー。長篇二作目の『四十九日のレシピ』が累計三十五万部を突破するベストセラーになり、ドラマ化、映画化。一四年の『ミッドナイト・バス』は山本周五郎賞と直木賞の候補作、原田泰造主演で映画化された。一七年『彼方の友へ』が直木賞候補。二〇年『雲を紡ぐ』も直木賞候補となり、二一年高校生直木賞を受賞。『犬がいた季節』は同年本屋大賞三位を獲得。二二年『今はちょっと、ついてないだけ』が玉山鉄二主演で映画化。他の著書に『なでし子物語』『カンパニー』など多数。

娘《むすめ》が巣立《すだ》つ朝《あさ》

二〇二四年五月一〇日　第一刷発行

著　者　伊吹有喜《いぶきゆき》
発行者　花田朋子
発行所　株式会社　文藝春秋
〒一〇二‐八〇〇八
東京都千代田区紀尾井町三番二十三号
電話　〇三‐三二六五‐一二一一
印刷所　大日本印刷
製本所　大口製本
DTP　言語社

ISBN978-4-16-391839-6